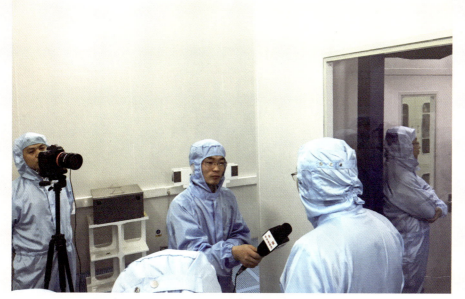

◎ 2016 年 11 月，记者在长春采访大光栅刻划机成果

◎ 2017 年 1 月，记者在大连参加"大连光源"出光新闻发布会

◎ 2017 年 3 月，参加"科技服务经济社会发展记者行"的记者在南京分院合影

◎ 2017 年 3 月，记者在江苏参加"科技服务经济社会发展记者行"

◎ 2017 年 5 月，国务院新闻办举行新闻发布会，邀请白春礼院长介绍中科院科技支撑"一带一路"建设成果情况并回答记者提问

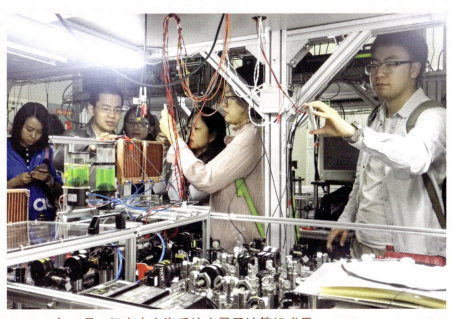

◎ 2017 年 5 月，记者在上海采访光量子计算机成果

◎ 2017 年 6 月，参加"科技支撑川藏廊道建设记者行"的记者在采访途中合影

◎ 2017 年 6 月，记者在"科技支撑川藏廊道建设记者行"中采访专家

◎ 2017 年 7 月，记者在位于四川的高海拔宇宙线观测站采访

◎ 2017 年 8 月，记者集中采访合肥科学岛上的"哈佛八剑客"

◎ 2017 年 8 月，记者在广东东莞采访中国散裂中子源首次打靶

◎ 2017 年 9 月，记者在永兴岛采访南海海洋科学研究

◎ 2017 年 10 月，记者在湖南"巨型稻"试验田采访

◎ 2017 年 11 月，记者参加暗物质卫星首批研究成果新闻发布会

◎ 2017 年 11 月，新华社、上海文汇报社资深摄影记者为中科院新闻宣传
工作人员进行科技摄影专题培训

◎ 2018 年 2 月，记者在黑龙江漠河参加"空间环境野外台站记者行"

◎ 2018 年 3 月全国两会期间，白春礼院长做客新华社"省部长高端访谈"

◎ 2018 年 5 月，中科院科技摄影联盟工作室正式启用

◎ 2018 年 6 月，记者在中科院季度发布会上提问

◎ 2018 年 8 月，记者在中科院上海生命科学研究院植物生理生态研究所采访

◎ 2018 年 9 月，记者在《"芯"想事成：中国芯片产业的博弈与突围》读书交流活动中热烈讨论

◎ 2018 年 9 月，记者参加中科院季度新闻发布会

◎ 2018 年 11 月，记者在"蚁蛛哺乳"成果发布会上拍摄蚁蛛

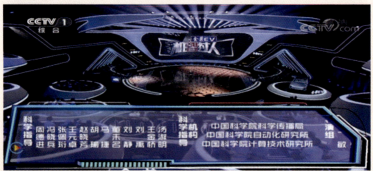

◎中科院科学传播局与中央电视台综合频道联合策划制作的大型科学挑战
节目《机智过人》在中央电视台黄金时段热播

◎中科院科学传播局与中央电视台综合频道联合策划制作《开讲啦》"一带一路·遇见非洲"特别节目

摄影：熊德、王晓亮、金立旺、谢震霖、吕珍慧、李燕、刘宇飞

创新年轮　攀登足迹

中国科学院第十五届科星奖获奖作品选

中国科学院科学传播局　编

科学出版社

北京

内 容 简 介

本书收集了中国科学院第十五届"科星新闻奖"（简称"科星奖"）的所有获奖作品，这些作品真实、客观地反映了中国科学院近两年来的发展和成就。这其中，既有对重大创新成果和科技事件的报道，如量子通信、体细胞克隆猴；也有对老一辈科学家和一线科技工作者爱国敬业、献身科学的精神的热情讴歌，如南仁东、潘建伟、王逸平；更有对科技界一些亟待解决的问题乃至体制机制弊端的理性反思。本书不仅是中国科学院改革创新发展历程的真实写照，更是我国乃至国际科技发展的忠实记录。

本书适合广大科技工作者、新闻工作者以及关注中国科学院发展的公众阅读。

图书在版编目（CIP）数据

创新年轮　攀登足迹：中国科学院第十五届科星奖获奖作品选 / 中国科学院科学传播局编 . —北京：科学出版社，2019.2

ISBN 978-7-03-060510-8

I. ①创… II. ①中… III. ①新闻－作品集－中国－当代 ② 中国科学院－概况　IV. ① I253②G322.21

中国版本图书馆 CIP 数据核字（2019）第 023685 号

责任编辑：朱萍萍 / 责任校对：韩　杨
责任印制：张克忠 / 封面设计：有道文化
联系电话：010-64035853
电子邮箱：houjunlin@mail.sciencep.com

科 学 出 版 社 出版

北京东黄城根北街16号
邮政编码：100717
http://www.sciencep.com

中国科学院印刷厂 印刷
科学出版社发行　各地新华书店经销

*

2019 年 2 月第 一 版　开本：720×1000　1/16
2019 年 2 月第一次印刷　印张：33 1/2
字数：640 000

定价：198.00 元
（如有印装质量问题，我社负责调换）

中国科学院第十五届"科星新闻奖"评审委员会成员

评委会主任

名誉主任　白春礼　中国科学院院长、党组书记

主　　任　侯建国　中国科学院党组副书记、副院长

副 主 任　高　福　中国科学院院士、中国疾病预防控制中心主任、
　　　　　　　　　　国家自然科学基金委员会副主任

　　　　　周德进　中国科学院科学传播局局长、新闻发言人

评委会委员（按姓氏笔画排序）

丁　士　经济日报社副总编辑

丁　玫　新华社《半月谈》杂志社副总编辑

万立骏　中国科学院院士、中国侨联主席

王　磊　瞭望周刊社副总编辑

邓庆旭　新浪网副总裁

田俊荣　人民日报社经济社会部副主任

任　谦　中国国际广播电台副总编辑

刘　剑　中国科学院科学传播局副局长

刘会洲　中国科学院文献情报中心主任

李　方　腾讯网总编辑

邹　明　凤凰网总编辑

张　坤　中国青年报社总编辑

张明新　中国新闻社副总编辑

张柏春　中国科学院自然科学史研究所所长

张碧涌　光明日报社副总编辑

陈　杰　中央电视台社会新闻部主任

林　群　中国科学院院士

赵　彦　中国科学报社社长，总编辑

唐维红　人民网副总裁

郭奔胜　新华网总编辑

曹京华　中国科学院国际合作局局长

崔俐莎　新华社国内部副主任

潘晓闻　中央人民广播电台总编室主任

潘教峰　中国科学院科技战略咨询研究院院长

评委会办公室

主任（兼）周德进　中国科学院科学传播局局长

副主任　熊　德　中国科学院科学传播局新闻联络处处长

张清泉　中国科学院国际合作局综合处副处长

序　言

岁月更替，梦想不息。中国科学院第十五届"科星新闻奖"评选工作圆满结束，这本《创新年轮　攀登足迹——中国科学院第十五届科星奖获奖作品选》也如约和广大读者相见。

本届"科星新闻奖"的评选范围是 2016 年 7 月至 2018 年 6 月期间公开发表的有关中国科学院重大科研成果、改革创新发展、先进人物事迹等各方面工作的新闻作品，共收到 257 件合格参评作品，最终评选出 95 件优秀作品，其中一等奖 17 件、二等奖 31 件、三等奖 47 件。此外，评审委员会从报道数量多、报道质量优的新闻记者中评选出"丰产奖"获得者 13 人（含多人联合申报）。同时，还评选出"突出贡献奖"获得者 8 人，以表彰撰写过对中国科学院相关工作产生实际推动作用，或策划过与中国科学院工作相关的具有创新性并产生极大社会影响的报道的优秀媒体人。依照惯例，获奖作品都收录在本书里。

这本书是过去两年中国科学院新闻宣传优秀成果的一个缩影。

据不完全统计，2018 年度媒体关于中国科学院的原创性报道数量达到创纪录的 26 000 多条，典型人物、重大成果的宣传"立得住、传得广"，科学传播精品成系列地涌现。这些作品登上各大媒体的显要位置，经常在微信、微博等新端口"刷屏"，全面反映了中国科学院在各领域取得的科研重大进展，展示出中国科学院科研工作者敢于创新、攻坚克难的科学探索精神，进一步加深了社会各界对中国科学院的认同感。收录在本书中的作品，正是这份靓丽答卷的"点睛之笔"。

这本书也为中国科技创新的辉煌进程留下了一段宝贵的记录。

过去两年，中国科学院广大干部职工以习近平新时代中国特色社会主义思想为指引，切实贯彻落实党中央、国务院重大决策部署，在院党组的领导下，齐心协力，真抓实干，重大创新成果不断涌现，在改革中啃下了不少硬骨头，各项工作迈上新台阶，"率先行动"计划第一阶段目标任务取得重大进展。

两年来，中国科学院面向世界科技前沿，在量子通信、体细胞克隆猴等基础研究方面取得具有世界领先水平的原创成果；面向国家重大需求，在天宫二号任务、嫦娥四号工程、北斗三号工程中发挥了重要作用，在深渊科考、深地探测领域再创佳绩；面向国民经济主战场，成功实现了全球首套煤基乙醇工业示范项目投产，在抗阿尔茨海默病新药 GV-971 的研发中取得了重要突破，在水稻分子设计育种领域取得重大进展。作为国家战略科技力量，中国科学院始终发挥骨干引领作用，有力支撑服务国家创新发展。

两年来，从"时代楷模"南仁东、王逸平到"感动中国"的卢永根，从科学岛"八剑客"、脑科学家蒲慕明到"芯片兄弟"陈云霁、陈天石——中国科技创新之所以能够突飞猛进，离不开中国科学院一批又一批勇于开拓、甘于奉献的科学家以及他们传承的精神底色。

这些让人击节赞叹的创新成就，这些令人心潮澎湃的科技工作者，因新闻作品而为更多公众知晓和认同，在历史长卷中留下生动的印记。

凡是过往，皆为序章。

2019 年是新中国成立 70 周年和中国科学院建院 70 周年，中国科学院将勇挑时代重担，勇做创新先锋，为建设创新型国家和世界科技强国做出应有的重大贡献。

"要让科技工作成为富有吸引力的工作、成为孩子们尊崇向往的职业，给孩子们的梦想插上科技的翅膀，让未来祖国的科技天地群英荟萃，让未来科学的浩瀚星空群星闪耀。"放眼未来，实现习近平总书记在两院院士大会上的要求，离不开科技工作者和新闻工作者的共同努力。继续携手、一起创新，科技界和新闻界在履行普及科学知识、弘扬科学精神、传播科学思想、倡导科学方法的历史使命中，一定可以共同写好奋斗者的答卷！

周德进

2019 年 1 月

目　　录

序言

文字作品一等奖

文字作品二等奖

文字作品三等奖

电视作品一等奖

电视作品二等奖

电视作品三等奖

广播作品一等奖

广播作品二等奖

广播作品三等奖

文字作品 一等奖

文字作品一等奖获奖作品

"墨子"：你是第一　也是第三

——我国科学卫星从跟跑向领跑转变

科技日报社　李大庆

《科技日报》第 1 版
2016 年 8 月 16 日

16 日，"墨子号"升空，中国人成功发射了人类第一颗量子科学实验卫星。

从中国科学技术大学教授潘建伟提出量子卫星计划，到量子卫星遨游太空，经历了 13 年的时间。

2001 年，31 岁的潘建伟建立了中国第一个光量子操纵实验室。两年后，他提出了量子卫星计划。这个计划在当时或许就是一个梦。因为那时中国根本就没有发射过这种科学卫星。

转机出现在 2010 年。当年的 3 月 31 日，国务院常务会议审议通过了中国科学院（后简称中科院）"创新 2020"规划，决定组织实施战略性先导科技专项。2011年1月，中科院批准实施空间科学战略性科技先导专项，决定在"十二五"期间，研制暗物质粒子探测卫星、"实践十号"微重力科学卫星、量子科学实验卫星和硬X射线调制望远镜卫星，并在"十二五"末和"十三五"初相继发射。中科院希望通过发射这些具有先进科学目标的科学卫星，实现我国在基础科学前沿领域的突破和进展。

去年12月17日，暗物质粒子探测卫星"悟空"成功发射。今年4月6日，"实践十号"微重力科学卫星飞向太空。8月16日，量子科学实验卫星再次升空，不仅圆了潘建伟等科学家的梦想，而且使我国在这一新兴科技领域从跟跑逐渐向领跑转变。

量子科学实验卫星虽然发射成功，但它仅仅是我国发射的第3颗科学卫星，我们离空间大国的地位还相差很远。

在两个月前召开的中科院院士大会上，顾逸东院士说，2014年全球在轨卫星共937颗，其中科学卫星92颗，而我国竟没有一颗科学卫星。科学卫星之少，与我国空间大国的地位不相称，"我国的空间科学论文数量排世界第7位，被引用次数排世界第12位，严重依赖对他国公开数据的二次分析，目前尚无被国际同行公认的重大成就。"

中科院国家空间科学中心主任吴季特别强调科学卫星在科学发现中的作用。他说，1957年10月人类发射了第一颗人造地球卫星之后，空间科学才真正成为一门独立、交叉性很强的前沿学科。自此，空间科学以前所未有的崭新手段和强大能力开展研究，取得了重大成就，革命性的发现源源不断，超过了以往数千年的总和。众多的科学发现已向人类提示出全新的宇宙景象，深刻改变了人类对自然和自身的认识。吴季强调，中国不能只作为空间知识的使用者，也应成为空间知识的创造者。

今年3月，中科院组织国内专家编写了我国《2016～2030年空间科学规划研究报告》。《报告》提出的战略目标是：至2030年，我国要在宇宙的形成和演化、系外行星和地外生命的探索、太阳系的形成和演化、太阳活动及其对地球空间环境的影响等热点科学领域，通过系列科学卫星计划与任务以及"载人航天工程"相关科学计划，取得重大科学发现与创新突破，推动航天和相关高技术的跨越式发展。为了实现这一目标，《报告》提出了23个空间科学计划，包括"黑洞探针"计划、"天体号脉"计划和"链锁"计划等，至2030年预期要发射总计20颗左右的科学卫星。

"墨子号"等3颗科学卫星的升空，只是中国科学卫星发展的先锋。路还很长。

在呼伦贝尔采访中科院专家

李大庆

　　《科技日报》记者。对口联系中科院多年，采访过中科院的各个分院及多一半的研究所。在采访中感受到了中科院人的执着、奋进与创新精神。先后采访过中科院知识创新工程、"创新2020"及"率先行动"计划等中科院的改革行动。写过有关中科院的大量稿件，包括科研成果及进展、人物、事件。曾多次获得中科院的"科星新闻奖"。

在四川冰川采访中科院专家

在新疆哈密采访中科院专家

万米深海写下中科院的名字

中国科学报社　丁　佳

《中国科学报》第 1 版

2016 年 8 月 24 日

2016 年盛夏，太平洋马里亚纳海沟，一艘来自中国的科考船创造了历史。

中国科学院"探索一号"科考船的队员们将升降器从后甲板缓缓放下。升降器沉入海底，将一块写有中科院英文缩写——"CAS"的标识布放在了著名的挑战者深渊万米海水之下。那一刻，中国成为世界上极少数具备万米深渊科考能力的国家之一。

这是"探索一号"的处女航，也是中国进行的首次综合性万米深潜科考活动。正如中科院院长白春礼在 8 月 23 日中科院深渊科考成果发布会上所说："本次深渊科考 5 次叩开了马里亚纳海沟万米大门。这是我国首次在 11 000 米级海沟成功进行无人深潜与探测，标志着我国深海科技正式进入万米时代，宣示了我国深海科技创新能力正在实现从'跟踪'为主向'并行''领先'为主转变。本次深渊科考取得的重大突破必将成为我国挺进深海的里程碑。"

"一次科考创这么多项纪录，这是奇迹"

中科院"探索一号"科考船于 6 月 22 日至 8 月 12 日在马里亚纳海沟挑战者深渊进行科考活动，历时 52 天，共执行作业任务 84 项。

在 37 天的作业时间中，"探索一号"科考船在中国海洋科技史上写下了数个"第一次"。它的成功缩短了我国与美、日、英等世界海斗深渊科考先驱国家在万米科考能力上的差距，中国深潜科考"万米时代"就此开启。"在一次科考活动中能取得这么多的世界纪录和中国纪录，这是一次奇迹。"中科院深海科学与工程研究所航次首席科学家包更生感慨。

在万米深度，"原位实验"号深渊升降器搭载实验装置在海底成功进行了深渊底部氮循环原位培养实验，"天涯"号深渊着陆器单次获取大量海底水样（大于 100 升）。这在国际上均无先例。

我国自主研制的"海斗"号无人潜水器成功进行了两次万米级下潜应用，最大潜深达 10 767 米。"海斗"号成为我国首台下潜深度超过万米并进行科考应用的无人自主潜水器，创造了我国无人潜水器的最大下潜及作业深度纪录，使我国成为继日、美两国之后第三个拥有研制万米级无人潜水器能力的国家。

我国自主研制的"海角"号和"天涯"号深渊着陆器、"原位实验"号深渊升降器共进行 17 次大深度下潜，其中"天涯"号和"原位实验"号三次突破万米深度，最大深度达 10 935 米，在海底停留作业皆超过 12 小时。

深渊着陆器和升降器共进行了 13 个潜次的大生物诱捕实验，在 5000 米至 10 000 米级深度获取 2000 多个大生物样品，其中包括钩虾、深渊专属的狮子鱼以及未知物种。这是我国首次获得具有深渊专属特性的狮子鱼以及万米水深的大生物样品，为探索海斗深渊物种的起源与演化、群体遗传特征及其共生微生物对极端高压环境的适应机制提供了宝贵的样本……

就连幸运女神仿佛都在眷顾这艘来自中国的大船。据中科院深海所首席顾问、航次领队刘心成回忆，当时他们把国产的海底地震仪刚刚放下去18 分钟，就采集到一次 7.7 级的天然地震信号。这是 1900 年以来第三次发生在马里亚纳海沟的大于 7.7 级的地震。

"此次航次获得的深度序列完整的原位探测数据及水体、沉积物和大生物样本，填补了我国长期以来无法获得超大深度特别是万米海底数据和样品的空白。这将极大地促进我国深海深渊科学研究的发展，并有效推动我国海斗深渊科学研究体系的建立。"刘心成透露说，这些宝贵的数据和部分样品将向相关研究领域的科学家开放。

"宁冒风险，不当逃兵"

本航次取得的成果表明了万米深海已不再是我国海洋科技界的禁区，并被认为是继"蛟龙"号7000米海试成功后，中国又一个海洋科技的里程碑。

然而，挺进万米深海谈何容易。尽管"蛟龙"号已突破7000米大关，但再向下深入3000米，没有人知道会发生什么，中国现有的技术、装备、人员也都没有过任何实战经验。

"至今，能到达万米深渊的仍然只有极少数国家。这意味着我们不可能单靠引进走到国际深海领域的前沿，国家顶层设计及坚持全技术链条自主研发，才是我国掌握万米深潜核心技术及能力的基本保障和前提。"中科院深海所所长丁抗说。

这个与深海大洋搏斗了一辈子的科学家深知海洋科考的风险：任何一个装备入水，都面临着再也捞不上来的风险；团队多年的努力，很可能瞬间付之一炬；科学家的学术生涯，甚至学生毕业的希望，全部系于一次实验⋯⋯

"但是，如果只是因为害怕失败，或为了保住名声、脸面而不去挑战极限，这才是我们科研工作者最大的风险。"丁抗告诉《中国科学报》记者，"我们出海的目的不是为了将来把设备送到陈列室里去展览，而是为了从一万米的海底把样本取上来，供中国科学家去研究。就算失败了，我们也光荣。"

冒险不等于冒进。丁抗的冒险精神，是建立在科学判断的基础上的。在陆地上，科研人员利用两万米级压力测试装备，对下海设备进行了测试，能通过万米测试的部分，就果断进行冲击。

在丁抗的带动下，"探索一号"科考队树立了"宁冒风险，不当逃兵"的工作理念，一次次向万米深度发起挑战。这次船上的"天涯"号和"海角"号着陆器，设计最大工作水深均为7000米，但却成功经受住了万米的考验。而经过一次又一次磨炼，一支能在重压下从事万米大深度科考作业的队伍也建立了起来。

一鸣惊人的秘密

"探索一号"首航便带回如此丰富的成果，让许多人觉得眼前一亮。但在白春礼看来，今天的一鸣惊人，其实是中科院在深海领域多年积累、前瞻布局的结果。中科院在从事海洋方面的研究一直都有相当强的力量。

2011年以来，中科院采取了一系列旨在破除体制机制障碍、激发创新动力的改革举措，如"一三五"规划、机关科研管理改革、"率先行动"计划等。同时，在国务院的支持下，部署实施了战略性先导科技专项，其中A类是前瞻战略科技专项，B类是基础与交叉前沿方向布局。

这次"探索一号"深渊科考，也正是在中科院"海斗深渊前沿科技问题研究与攻关"B类先导专项的支持下完成的。这一先导专项是中科院针对国际深海科技热点和前沿问题进行的超前部署，于2014年启动。专项聚焦深渊科学前沿问题，发展适应于深渊探测和科研需要的深渊探测装备，并将建立一个以深海科学与技术紧密结合为特色的深渊科技卓越中心，发挥深渊科技在国家海洋发展中的重要战略作用。

"海洋，尤其是深海对国家和民族的未来发展至关重要，海洋科技能力是经略海洋、建设海洋强国的'高地''牛耳'和'引擎'。"白春礼说，"海洋魅力无限，海洋亦风波诡谲，人类对海洋的认识仍然停留在起步阶段。我们尚须坚定方向、集中力量，建设和发展强有力的深海科技力量，带动深海科技产业的发展，逐步构建国家深海科技创新体系，整体提升我国深海科技创新能力和水平，以满足国家在海洋国土安全、权益维护、深海资源勘探开发、科学考察等方面对深海科技的战略需求，为建设海洋强国做出中科院应有的重大贡献。"

丁　佳

　　中国科学报社记者。长期关注科技创新领域，多次参与重大事件报道，如全国两会、载人航天工程、两院院士大会等。受澳大利亚政府邀请，作为唯一一名中国记者参加"国际媒体访问计划"赴澳交流。相关作品曾获第二十五届中国新闻奖三等奖，上海市"浦江杯"好新闻奖二等奖，中科院"科星新闻奖"一等奖、二等奖、三等奖及丰产奖，中国科技新闻学会"光明杯"科技传播奖三等奖，科技报系统优秀作品三等奖，"讯飞杯"优秀团体奖等多个国家、省部级新闻奖项。

"墨子"落子解量子

——访中国"墨子号"研究团队

中国新闻社　张　素

这是一场持续近一个世纪的"棋局"。一方是以爱因斯坦为代表的科学家，对量子纠缠提出质疑；另一方是不断涌现的后继者，以科学"应手"。

双方围绕纠缠本质进行"劫争"。爱因斯坦主张量子测量结果受到某种"隐变量"的预先决定，爱尔兰物理学家贝尔提出"贝尔不等式"——他在爱因斯坦定域实在性的假设下，为同时测量两个被分隔的纠缠粒子的实验进行了严格限制。

"棋路"逐渐分明：只要在实验上验证"贝尔不等式"不成立，就可以打破爱因斯坦定域实在论。

然而行棋并非易事。量子纠缠本就脆弱，将制备好的纠缠粒子分发到相距甚远的两个点，受地面

中新社电讯通稿

2017 年 6 月 17 日

条件所限损耗过大。量子纠缠分发实验停留在百公里级，没能形成致命一击。

师从量子实验研究大师蔡林格（Anton Zeilinger）的中国科学家潘建伟，留学归国后成长为弈者主力，却要先面对一步"死棋"。他当时发现量子中继器实验"没有实用价值"。"我感到痛苦。"他对中国新闻社记者说。

2003年，在痛苦之中的潘建伟提出利用卫星实现远距离量子纠缠分发的方案。他形容当时为"悲壮"，原因是大多数科学家对这个想法的评价是"异想天开"。直到中科院的领导层说："要相信潘建伟，让他疯狂一下。"

拿着100万元人民币的科研经费，潘建伟招兵买马，彭承志就在这个时候加入团队。14年间他的白发越来越多，中国新闻社记者问其个中体会，他不假思索地答："在这个团队里做事，挺牛的，挺自豪，挺有成就感。"

这般快意，源于他们这个研究团队"绝处逢生"，频频下出妙手。2005年时的13公里、2010年的16公里、2012年的百公里，他们不断"拉长"量子纠缠分发的距离，步步围住爱因斯坦一方的阵地。

2016年8月16日，中国发射了全球首颗量子科学实验卫星"墨子号"。这颗星的命名是为纪念在2000年前崇尚科学的中国古代思想家墨子，恰也应了"执黑先行"。

"棋局"形势骤变，中国科学家争分夺秒。彭承志说，团队每晚仅有8分钟的时间，在相距超过1200公里的两个地面站，同时接收以每秒8公里的速度飞驰的卫星"落子"——卫星上的纠缠源载荷每秒产生800万个纠缠光子对。经过一系列精巧设计，他们实现了千公里级的量子纠缠分发。

实验结果违背了贝尔不等式，置信度超过99.9%。2017年6月16日，权威学术期刊《科学》以封面论文的形式刊登这项成果。"到目前为止，这是我一生中最重要的实验研究成果。"潘建伟长舒一口气。

这场百年"棋局"就这样"收官"？

潘建伟摇摇头。他们还没有在终极意义上关闭光的自由意志选择漏洞，爱因斯坦一方质疑仍存。于是潘建伟设想了"后手"，在地月拉格朗日点放上光源，向人造飞船和月球分发量子纠缠。这步"棋"一下就横跨30万公里。

　　"我们希望再干个 15 年至 20 年，把后面的事情做成。" 47 岁的潘建伟看了看坐在一侧的 41 岁的彭承志，"可能就要彭承志他们来完成相关实验了。"

　　"'墨子号'取得成果让我们感觉进入了新的层次，可以在科学上做得更好。"彭承志接过话说，在关闭光的自由意志选择漏洞、量子纠缠分发与引力波探测、精密测量等领域，还有一个个"大棋局"。

张　素

　　中国新闻社记者。2012 年夏始入行，曾参与全国两会、里约奥运会、"一带一路"国际合作高峰论坛等。2014 ～ 2018 年在科技领域"遨游"，致力于将科技新闻写得有趣。未来目标是继续成为科学家与公众之间的一道"桥"。

![人民日报]

太湖转危为安，
这群科研人员做出了独特的贡献

太湖治污，多亏这些"医生"

人民日报社　赵永新

今年是太湖水危机发生十周年。当年蓝藻堆积、湖水恶臭、自来水厂关停、市民疯抢矿泉水的场景，至今让人心有余悸。

令人高兴的是，尽管 10 年来太湖流域的人口增加了 1000 多万、GDP 翻了一番，但太湖水质没有继续恶化，蓝藻水华也没有大规模暴发。

太湖转危为安，一个鲜为人知的群体做出了独特的贡献——被称为"太湖医生"的太湖湖泊生态系统研究站（以下简称太湖站）的科研人员。隶属于中科院南京地理与湖泊研究所（以下简称中科院南京所）的太湖站是国家级野外站，在站长秦伯强带领下，科研人员以湖为家、潜心研究 20 多年，提出了很多良方，使太湖治污由粗放转向精准。

前不久，记者走进太湖站，探访为太湖治污做出独特贡献的幕后英雄。

《人民日报》第 20 版
2017 年 7 月 4 日

太湖治污艰难，重要原因就在于"一盆泥汤水、一笔糊涂账"

在太湖站专家公寓的会议室，常务副站长朱广伟研究员正向记者介绍基本情况。在他一边放幻灯片、一边解说的时候，一位头发灰白、挂着拐杖的中年男子，安静地坐在后排。直到朱广伟讲完、主持人介绍他到前排就座、"补充介绍"的时候，记者们才知道：这个其貌不扬的人，就是在此坚守了21年的太湖站站长秦伯强。

秦伯强 1963 年出生在太湖西山岛，1996 年在国外做完博士后之后，他回到中科院南京所，研究"母亲湖"的污染治理。

说到太湖治理，秦伯强很是感慨：20 世纪 90 年代太湖的污染就已触目惊心，1998 年启动的"太湖零点达标"治污行动提出了"2000 年太湖水变清"的奋斗目标。但是，"零点行动"结束后太湖水非但没能变清，还爆发了水危机。

"太湖治污如此艰难，重要原因就在于'一盆泥汤水、一笔糊涂账'。"秦伯强说，一方面是人们对太湖的特点认识不到位。"太湖虽然是中国第三大淡水湖、水面开阔，但平均水深只有 1.9 米左右，是全球少有的大型浅水湖。由于水浅，湖面稍有风浪，底泥就会被搅动上来，湖水就变成一盆泥汤，氮、磷等营养物质也随之不断扩散，很难在湖底稳定沉积，加大了治理的难度。"

他说，"一笔糊涂账"是指对太湖的污染缺乏研究，导致大家对太湖的污染因子、富营养化形成机制等没有科学的认知。环保、水利、城建、农业……相关部门公说公有理婆说婆有理，太湖治污无异于"盲人摸象"。

"太湖的污染治理就像医生看病，应该先诊断、后开方，否则只会事倍功半。"秦伯强说。

太湖水蓝藻多的时候腥臭难闻，必须用茶叶压腥除臭，否则就咽不下去。

说起当年的研究工作，秦伯强用了四个字：困难重重。

当时国内基础资料很少，国外的经验又用不上，秦伯强只能带领学生从零开始，扎到太湖里搞野外调研。

"那时候太湖站只有几间简陋的平房，办公室、宿舍都没有空调，夏天热得要死，冬天冷得要死，一年四季潮湿得要死。"秦伯强笑着说，"最难受的是喝水。我们常年喝太湖里的水，也没有什么过滤装置，蓝藻多的时候腥臭难闻，所以必须用茶叶压腥除臭，否则就咽不下去。到现在我们还保留着这个'传统'，喝水一定要加茶叶。"

比生活更苦的，是野外调查。由于缺乏经费，秦伯强只好雇渔民的打鱼船，和他们同吃同住。夏天的太湖就像一个大蒸笼，上有阳光直射、下有湖面反光、中间热气蒸腾，秦伯强他们晒得像煤炭似的黑。到了晚上，蚊虫成群结队、嗡嗡嘤嘤、挥之不去，他们常常被叮咬得体无完肤。太湖面积2300多平方公里，完成一次全湖采样，秦伯强要和学生们在湖上漂荡10多天。

除了全湖采样，还需要在典型湖区进行长年累月的定点采样和监测。秦伯强和学生们每次都是因陋就简，用钢管和竹竿在湖里搭一个简易的工作平台，然后把各种仪器挂在上面、放到水里，对湖流、波浪、水化学和水生物等进行多学科观测。夏天的湖面温度经常在35摄氏度以上，钢管摸上去都是烫的，他们在平台上一干就是一整天。

"最怕的是刮大风、下大雨，动不动就雷电交加，在平台上工作非常危险，科研人员稍不留神就会掉到水里。"曾任中科院南京所所长的杨桂山告诉记者。

这种状况，直到2012年才有所改观。

令记者深为感动的是，回忆当年的工作情形，秦伯强始终面带微笑："那时候没觉得太苦，普遍条件不好。"

他甚至有些留恋："晚上睡在渔船上，波浪拍打着小船，有一种睡在摇篮里的感觉。"

多次力排众议，为太湖治污开出良方

7000多个日夜的坚守、数百万人次的取样、监测，秦伯强团队获得了太湖生态环境要素变化的第一手数据。在此基础上，他们运用多学科交叉，开展了大型浅水湖泊富营养化及其驱动机制、内源污染、饮用水安全保障和湖泊生态恢复等系列研究，揭示了湖泊内源污染释放及其对蓝藻水华暴发的影响规律、富营养化湖泊蓝藻水华发展机制和湖泊生态系统退化机理，进而提出了相应的控制对策和恢复途径。

秦伯强根据扎实的研究成果，多次力排众议，为太湖治污开出良方——

先控源截污，后生态恢复。2000年以来，"生态恢复"曾是国内科技界关于湖泊污染治理的主流观点。秦伯强则旗帜鲜明地提出，必须先通过工厂达标排放、污水处理管网建设和农业面源污染削减等措施，把太湖的外源污染降下来，等水质有所改善方可种草养鱼、进行生态恢复，否则会劳而无功。

底泥疏浚要因地制宜，不能一刀切。在太湖治理过程中，许多环保公司热衷于底泥疏浚，多次向政府建议全湖挖泥。此举投资巨大、规模庞大，究竟利弊几何？关键时刻，秦伯强建议：底泥疏浚不能乱来，否则会起反作用。

他认为，湖中心开阔地带的风浪扰动比较强，复氧条件较好，底栖生物基本可以自动净化污染物，不需要特别处理；内湖、入湖河口等地区，由于是静水环境，底泥沉积的污染物太多、溶解氧太少，多数生物难以生存，就必须疏浚。

氮磷双控，治理蓝藻水华。借鉴国外湖泊治理上的经验，太湖治污中一直重视除磷，忽略了脱氮。对此，秦伯强提出，太湖是浅水湖，风浪扰动强、磷不容易沉淀，所以单靠控磷行不通；只有氮磷双控，才能有效降低富营养化和控制蓝藻水华。

2007年太湖蓝藻危机后，秦伯强的上述建议得到各级政府的高度重视，并被逐步采纳、付诸实施。

"省政府和无锡市的领导很尊重科学家的建议，我们成为江苏省太湖治理领导小组成员中唯一的科研单位。每年四五月份，省太湖办都要来这里考察，听取我们对当年水情、藻情的分析建议。"秦伯强自豪地说。

太湖转危为安，秦伯强却摔断了左腿，从此拐杖不离身

凭借长期的研究成果和改进后的监测方法，秦伯强带领团队突破了蓝藻水华生消过程与实时动态模拟的关键技术，研发了蓝藻水华发生与"湖泛"预测预警系统，自2008年起，每年4～10月定期发布蓝藻预测预警报告，为政府部门提供了决策参考。

据朱广伟介绍，太湖站的研究成果和治污建议，还被借鉴到滇池等许多湖泊的治理中。

不仅如此。太湖站的工作得到了国内外同行的高度认可。2016年，秦伯强团队成功申请湖泊研究领域的首个国家自然科学基金创新研究群体；他们的多篇论文在国际权威杂志发表，美国、法国和新西兰等多个国家的同行不远万里、带着经费到太湖站搞合作研究。

太湖逐渐转危为安，秦伯强却为此付出了健康代价。2008 年，他到江苏省政府参加太湖治理专家委员会会议，下台阶时不小心踩空，摔断了左腿。医生叮嘱他一定要卧床休养半年，但出院不到一个月，他就坐着轮椅赶到北京参加太湖治理的水专项课题答辩。由于休养不好，左腿没能康复，他从此拐杖不离身。

尽管如此，秦伯强经常从南京驱车 150 公里到太湖站，拄着拐杖在湖畔边走边看，思索太湖的治理之道。

赵永新（笔名柏木钉）

　　南开大学现当代文学专业硕士，人民日报社经济社会部科技采访室主编，高级记者。1995年进入人民日报社工作，2007年之前主要从事环境保护新闻采编工作，是第一个报道圆明园铺设防渗膜事件的记者，先后荣获地球奖、首届（2005年）"绿色中国年度人物"等奖项。2007年之后转向科技新闻采编工作，采写了多篇有影响力的消息、通讯、评论、内参等，为深入实施科教兴国战略、创新驱动发展战略，以及推动科技体制改革、院士制度改革、新药评审制度改革等做出了一定贡献。

"墨子号"卫星提前实现全部既定科学目标

中国量子通信领跑世界

人民日报社 吴月辉

【**本报北京8月9日电**】日前，中科院在京召开新闻发布会，宣布"墨子号"量子科学实验卫星提前并圆满实现全部三大既定科学目标，为我国在未来继续引领世界量子通信技术发展和空间尺度量子物理基本问题检验前沿研究奠定了坚实的科学与技术基础。

由中国科学技术大学潘建伟教授领衔的中科院联合研究团队利用"墨子号"量子科学实验卫星，在国际上首次成功实现了从卫星到地面的量子密钥分发和从地面到卫星的量子隐形传态。这是继先前在国际上率先实现千公里级星地双向量子纠缠分发和量子力学非定域性检验之后，我国科学家利用"墨子号"量子卫星实现的空间量子物理研究另外两项重大突破。

此次圆满完成的星地高速量子密钥分发实验和地星量子隐形传态实验，使得安全通信速率比传统技术提升万亿亿倍，为构建覆盖全球的量子保密通信网络奠定了坚实的科学和技术基础，并向空间尺度的量子物理和量子引力的实验探索迈出了第一步。同时，也标志着我国量子通信领域的研究在国际上达到全面领先的优势地位。据悉，两项成果拟于8月10日同时在线发表于国际权威学术期刊《自然》上。

通讯

从卫星到地面，量子密钥分发；
从地面到卫星，量子隐形传态

"墨子号"，抢占量子科技创新制高点

人民日报社 吴月辉

《人民日报》第 6 版
2017 年 8 月 10 日

日前，中科院在京召开新闻发布会对外宣布，"墨子号"量子科学实验卫星提前并圆满实现全部三大既定科学目标，为我国在未来继续引领世界量子通信技术发展和空间尺度量子物理基本问题检验前沿研究奠定了坚实的科学与技术基础。

中国科学技术大学潘建伟教授及其同事彭承志等组成的研究团队，联合中科院上海技术物理研究所王建宇研究组、微小卫星创新研究院、光电技术研究所、国家天文台、紫金山天文台、南京天文仪器有限公司、国家空间科学中心等，在中科院空间科学战略性先导科技专项的支持下，利用"墨子号"量子科学实验卫星，在国际上首次成功实现了从卫星到地面的量子密钥分发和从地面到卫星的量子隐形传态。两项成果于 8 月 10 日同时在线发表在国际权威学术期刊《自然》上。这是继先前在国际上率先实现千公里级星地双向量子纠缠分发和量子力学非定域性检验的研究成果发表在《科学》期刊之后，我国科学家利用"墨子号"量子卫星实现的空间量子物理研究另外两项重大突破。

中科院院长、党组书记白春礼表示，"墨子号"开启了全球化量子通信、空间量子物理学和量子引力实验检验的大门，为我国在国际上抢占了量子科技创新制高点，成为国际同行的标杆，实现了"领跑者"的转变。

量子保密通信是目前人类唯一已知的不可窃听、不可破译的无条件安全的通信方式

通信安全是国家信息安全和人类经济社会生活的基本需求。千百年来，人们对于通信安全的追求从未停止。然而，基于计算复杂性的传统加密技术，在原理上存在着被破译的可能性。随着数学和计算能力的不断提升，经典密码被破译的可能性与日俱增。

潘建伟说："通过量子通信可以解决这个问题。也就是说，把量子物理与信息技术相结合，利用量子调控技术，用一种革命性的方式对信息进行编码、存储、传输和操纵，从而在确保信息安全、提高运算速度、提升测量精度等方面突破经典信息技术的瓶颈。"

通常认为，量子通信主要研究内容包括量子密钥分发（量子保密通信）和量子隐形传态。

量子密钥分发通过量子态的传输，在遥远两地的用户共享无条件安全的密钥，利用该密钥对信息进行一次一密的严格加密，这是目前人类唯一已知的不可窃听、不可破译的无条件安全的通信方式。

"通俗来讲，量子密钥分发，就好比一个人想要传递秘密给另外一个人，需要把存放秘密的箱子和一把钥匙传给接收方。接收方只有用这把钥匙打开箱子，才能取到秘密。没有这把钥匙，别人无法打开箱子，而且一旦这把钥匙被别人动过，传送者会立刻发现，原有的钥匙作废，再给一把新的钥匙，直到确保接收方本人拿到。"潘建伟说。

那么，为什么钥匙被别人一碰，就能立刻被知晓呢？

因为，科学家利用量子有多个叠加态的原理，用量子作为密钥。这样一来，一旦有人试图截获或测试量子密钥，就会改变量子状态，科学家便

能立刻从改变中发现有人动了钥匙。所以，利用量子不可克隆和不可分割的特性，就能实现无条件安全的通信方式。

量子通信的另一重要内容量子隐形传态，是利用量子纠缠特性可以将物质的未知量子态精确传送到遥远地点，而不用传送物质本身，通过隐形传输实现信息传递。远距离量子隐形传态是实现分布式量子信息处理网络的基本单元。

外太空光信号损耗非常小，因此通过卫星的辅助可以大大扩展量子通信距离

量子通信通常采用单光子作为物理载体，最直接的方式是通过光纤或近地面自由空间信道传输。但是，这两种信道的损耗都随着距离的增加而指数增加。由于量子不可克隆原理，量子通信的信号不能像经典通信那样被放大，这使得之前量子通信的世界纪录为百公里量级。根据数据测算，通过 1200 公里的光纤，即使有每秒百亿发射率的单光子源和完美的探测器，也需要数百万年才能建立一个比特的密钥。因此，如何实现安全、长距离、可实用化的量子通信是该领域的最大挑战和国际学术界几十年来奋斗的共同目标。

中科院上海技术物理研究所研究员，量子科学实验卫星工程常务副总师、卫星系统总指挥王建宇说："利用外太空几乎真空因而光信号损耗非常小的特点，通过卫星的辅助可以大大扩展量子通信距离。同时，由于卫星具有方便覆盖整个地球的独特优势，是在全球尺度上实现超远距离实用化量子密码和量子隐形传态最有希望的途径。"

从 21 世纪初以来，该方向已经成为国际学术界激烈角逐的焦点。潘建伟团队为实现星地量子通信开展了一系列先驱性的实验研究。

2003 年，潘建伟团队提出了利用卫星实现星地间量子通信、构建覆盖全球量子保密通信网的方案，随后于 2004 年在国际上首次实现了水平距离 13 公里（大于大气层垂直厚度）的自由空间双向量子纠缠分发，验证了穿过大气层进行量子通信的可行性。2011 年年底，中科院战略性先导科技专项"量子科学实验卫星"正式立项。2012 年，潘建伟领衔的中科院联合研究团队在青海湖实现了首个百公里的双向量子纠缠分发和量子隐形传态，充分验证了利用卫星实现量子通信的可行性。2013 年，中科院联合研究团队在青海湖实现了模拟星地相对运动和星地链路大损耗的量子密钥分

发实验，全方位验证了卫星到地面的量子密钥分发的可行性。随后，该团队经过艰苦攻关，克服种种困难，最终成功研制了"墨子号"量子科学实验卫星。"墨子号"卫星于 2016 年 8 月 16 日在酒泉卫星发射中心发射升空，经过 4 个月的在轨测试，2017 年 1 月 18 日正式交付开展科学实验。

为构建覆盖全球的量子保密通信网络奠定了可靠的技术基础

此次完成的星地高速量子密钥分发实验是"墨子号"量子卫星的科学目标之一。

中国科学技术大学研究员，量子科学实验卫星科学应用系统总师、卫星系统副总师彭承志说："量子密钥分发实验采用卫星发射量子信号，地面接收的方式。'墨子号'量子卫星过境时，与河北兴隆地面光学站建立光链路，通信距离从 645 公里到 1200 公里。在 1200 公里通信距离上，星地量子密钥的传输效率比同等距离地面光纤信道高 20 个数量级（万亿亿倍）。卫星上量子诱骗态光源平均每秒发送 4000 万个信号光子，一次过轨对接实验可生成 30 万比特的安全密钥，平均成码率可达 1100 比特／秒。"

潘建伟表示，这一重要成果为构建覆盖全球的量子保密通信网络奠定了可靠的技术基础。"以星地量子密钥分发为基础，将卫星作为可信中继，可以实现地球上任意两点的密钥共享，将量子密钥分发范围扩展到覆盖全球。此外，将量子通信地面站与城际光纤量子保密通信网（如合肥量子通信网、济南量子通信网、京沪干线）互联，可以构建覆盖全球的天地一体化保密通信网络。"

地星量子隐形传态实验是"墨子号"量子卫星的另一个科学目标之一。

"量子隐形传态实验采用地面发射纠缠光子、天上接收的方式，'墨子号'量子卫星过境时，与海拔 5100 米的西藏阿里地面站建立光链路。地面光源每秒产生 8000 个量子隐形传态事例，地面向卫星发射纠缠光子，实验通信距离从 500 公里到 1400 公里，所有 6 个待传送态均以大于 99.7% 的置信度超越经典极限。"彭承志说："假设在同样长度的光纤中重复这一工作，需要 3800 亿年（宇宙年龄的 20 倍）才能观测到 1 个事例。这一重要成果为未来开展空间尺度量子通信网络研究，以及空间量子物理学和量子引力实验检验等研究奠定了可靠的技术基础。"

吴月辉

人民日报社经济社会部科技采访室主任记者。代表作品有"嫦娥三号"系列报道、《白话引力波》、《"墨子号"，抢占量子科技创新制高点》等。曾获得第九届浙江省对外传播"金鸽奖"新闻一等奖、2013年科技部"科技好新闻奖"，《人民日报（海外版）》十佳编辑、2018年科技传播奖优秀作品二等奖，多次获得人民日报社精品奖和好新闻奖等奖项。

中国青年报

哈佛八博士后"集体归国"记

——一条完整的研究链蓄势待发

中国青年报社　邱晨辉

哈佛八博士后"集体归国"记
一条完整的研究链蓄势待发

《中国青年报》第 1 版
2017 年 8 月 25 日

即便是在经历最大"海归潮"的当下中国，这也是一个罕见的归国故事。

故事的主角是 8 名青年科学家：王俊峰、刘青松、刘静、王文超、张欣、张钠、林文楚、任涛。在科学界，这 8 人可能都称不上"鼎鼎大名"，但简单勾勒他们的人生轨迹就会发现，他们所依赖的并非个体的"单打独斗"，而是团队式的"共进退"。

8 人都曾在美国打拼十几年，并因为在哈佛大学"同一个楼道"里共事而有了命运轨迹的第一次交集，这也让他们彼此熟悉，磨合出做重大选择时的信任和默契；而后，一人率先离职回国，触发连锁效应，另外 7 人接连离职回到中国，命运轨迹再次交织。这一次，他们找到"共同事业"。

正如其中一位女科学家张欣所说，他们只是普通的 8 个归国留学人员，如果说有什么特点的话，那就是"决定集体回国，相约到一处打拼"，优势是"相互之间不必再磨合"，于是只念一个目标：认真踏实做好科研。

在讲究团队合作的大科学时代背景下，这种"集体式的回归"显得弥足珍贵。因为他们 8 人曾经的共同身份——哈佛大学博士后，以及现在工作单位中科院合肥物质科学研究院（强磁场中心）的所在地——合肥科学岛，外人在形容他们的经历时，有了一个颇具武侠色彩的说法：八剑下哈佛，共聚科学岛。

那么多年过去终于不用再"漂"了

王俊峰是触发连锁效应的那个人。但他不想"拔高"这次选择："所谓放弃国外的优厚生活——那不是真实的情况。"

20 多年前，王俊峰从北京大学硕士毕业后，开始到美国闯荡，2004 年进入哈佛大学医学院生化与分子药理学系从事核磁结构生物学的博士后研究，其间他的多篇文章登上了《自然》等国际一流科学期刊，在外人看来，他的科研事业可谓风生水起。

搞科研的人经常称自己所做的工作是"探索未知"，这需要他们练就一个很强的本领，就是"看得见未来"，至少"看得见未来的方向"。王俊峰觉得看见了自己在美国的"未来"——上面有一层触手可及的"天花板"。

一来，没有属于自己的大科学装置平台，二来，没有如今这么兵强马壮的作战大团队，他很难想象在美国再往前走一步是什么样。

8 年前，一次偶然的机会，王俊峰来到合肥科学岛。他见到了中科院合肥物质科学研究院党委书记匡光力，这是被他们 8 人称作"不像领导的领导"——没有官腔，惜才，实干。

和匡光力的一番谈话，成了改变他们 8 人命运的起点。

王俊峰至今还记得，当时匡光力非常兴奋和激动，向他介绍了强磁场科学中心的规划，那时强磁场中心刚起步，相当于一张白纸，渴望优秀的人才加盟。而对王俊峰来说，面前似乎展开了一张巨大的科研蓝图，这是他在美国从未见到过的样子——"一个属于'未来'的样子"。

他再清楚不过强磁场装置的意义：强磁场与极低温、超高压一样，可为科学研究提供极端实验环境，是科学探索的"国之重器"，而自 1913 年以来，19 项与磁场有关的成果获得诺贝尔奖。一旦属于中国的 40 特斯拉的稳态强磁场建成，将跻身世界一流。

探索未知的敏锐嗅觉很快上线，王俊峰心动了。

这一年是 2009 年，距离稳态强磁场实验装置落户科学岛还不足一年。因为这场谈话，这个大装置还没抬头之时，就已经和大洋彼岸的哈佛大学医学院的 8 名中国人紧紧联系在一起。

王俊峰的老家在山西，读大学是在北京，后来去美国深造，也换了几个城市，待的时间长则六七年，少则三四年，他说："这么多年过去，我很难对自己的身份有一个准确定位。"这种感觉就是"漂泊"，他说自己以前一直在"漂"。

如今回国已八载，他既看得见强磁场建成世界最高水平的未来，也看得见自己的定位，就是一名中国强磁场人——这种身份，让他感到"踏实"。

后来，在和另一归国青年交流中，王俊峰说了这样的话：祖国就是一个强磁场，对这个国家没信心的人，是不会选择主动回国的，"'三十年河东，三十年河西'，中国的发展势不可挡"。

夫妻还家一起干事业

"王俊峰回去了！"还在哈佛的刘青松听到这个消息后，有些按捺不住了，对他这个一直在寻找回国机会的人来说，"身边人的回国"就像一块巨石投入湖中，比任何名人效应的冲击都要大。

在王俊峰回来的第二年，32 岁的刘青松就飞了回来，到合肥科学岛"考察"。首先映入眼帘的岛上的"美"：郁郁葱葱，四面环水，环境怡人，在那之前，刘青松从未到过合肥，也从未考虑把这个地方当作"归处"。

但看到眼前的一切，他开始有了一丝好感：这里美得"好安静"。

那是 2010 年，匡光力接待了他。匡光力的一句话打动了他，"青松，你今年也是 32 岁，我 32 岁的时候，刚从德国学成回来，就是来到这里，科学岛，抱着创业的决心，为科学岛打开了新的天地"。

刘青松出了门，就给妻子刘静去了电话，电话里刘静没有任何反对。她相信他的选择。

多年过去，8 个人在一起聊当年的情形，他们中很多人对刘青松的回来并不意外，但对刘静义无反顾的同意，却是吃了一惊。

刘青松在美国的华人朋友多是如此：男性喜欢"在自己地盘"做事

业，往往希望回到国内，而女性则会考虑更多生活层面的问题，舒适度、孩子上学等等。

刘静是北京人，父母也在北京，对她来说，即便回国，首选也是北京，或者上海、广州，而不是和他们8个人无论是祖籍，还是求学都没有任何关系的合肥。当时，他们甚至已经谈好了一家北京的单位。

在看到丈夫刘青松描绘的蓝图之后，刘静却放下这一切，决定支持他，也给她自己的科研事业一个新的开始。

王文超、张欣是8人中另外一对夫妇，不过相比刘青松、刘静夫妇的选择，他们的回国之路就显得慎重许多。

在美国，他们的女儿和儿子相继出生，生活稳定，科研顺利。张欣说，当时女儿7岁了，已经完全融入了周边的环境，回国面临很多考验。

她至今记得，一天中午，刘青松在午饭时向她和丈夫发出了邀约，"我回国后希望组建一个团队，需要做细胞生物学的，你和文超可否考虑下？"

张欣并没有立即答应。回家和丈夫王文超交流后，王文超却说，"可以考虑啊！"

最终让这对夫妇下定决心的，是一次偶然的聚会。

张欣带女儿参加孩子小学举办的"国际日"活动，每个孩子都要拿自己国家的国旗，但在当时，她的女儿连五星红旗是哪一个都不知道，这深深地"刺痛"张欣的心，"孩子已经完全西化，我们跟她说中文，她回答的却是英文"。

2012年，他们结束了哈佛医学院的课题，带着两个孩子来到了科学岛。

一条完整的研究链蓄势待发

8人中，还有3位男科学家：张钠、林文楚和任涛，相比之下，他们做出选择的过程则要干脆一些。

张钠是北京人，从1996年到2012年，16年的时间里他也有了属于自己的生活习惯，去酒吧找朋友聊天，每周3次网球等。

有一次，几个美国人在酒吧讨论竞选，张钠侧耳听后发现，一些政客为了竞选，会刻意贬低中国，"我很不高兴，身为中国人不能容忍有人不分青红皂白抹黑中国，我会跟他们辩论"。

但那是别人的地盘，这次辩完了还有下一次。在外时间越久，张钠越想回国。

那时，刘青松刚刚定下回国意向，就开始向他们发出邀请，不停地"骚扰"他们，跟他们讲"那个岛"究竟有多好。2012年张钠冲着岛上的王俊峰和刘青松，以及这里的大科学装置，选择了回来。

林文楚是为了一个"独立实验室"的梦想回来的："这在美国是很难实现的，基本是给别人打工。"

任涛则一直从事药物的高通量筛选。在刘青松的邀请下，基于"对老朋友的信任"，以及"想回国为中国人的新药创制做点事情"，也回来了。

至此，8位哈佛博士后悉数回来，一条依托强磁场大科学装置与技术，开展以重大疾病为导向的多学科交叉研究网络的"学术链"完成组合——

王俊峰、张钠研究结构生物学；张欣研究磁生物效应；林文楚研究动物模型；刘青松、刘静、王文超、任涛则研究肿瘤药物。

"这正好是从最基础的理论研究，到可以直接制药的应用研究，完整的研究链条。"王俊峰告诉记者，这是他们在美国"梦寐以求"想要达到的一种团队组合。如今，实现了。

"万人计划"领军人才、"万人计划"青年拔尖人才、"青年千人计划"、中科院"百人计划"、安徽省"百人计划"……这些国家、地方的人才政策，让他们在很大程度上不必为资金、项目或者人员操心。

今年2月，中科院强磁场科学中心混合磁体工艺通过国家验收，40特斯拉稳态强磁场，磁场强度居世界第二。匡光力说，8年间中心从"一无所有"成长为"世界第二"，实现了从"跟跑、并跑"到"并跑、领跑"的转变。这背后，人才的力量不可小觑。

前段时间，刘青松的美国朋友来科学岛参观，看到他在带领50多人的药物学交叉研究团队，还拥有一流的实验设备，不禁发出惊叹："没想到中国现在对人才如此重视，在美国，这也是很难得的！"

4年前的冬天，当林文楚从美国来到合肥，正式"加盟"中科院强磁场科学中心时，有媒体报道，3年来，先后有6位哈佛大学博士后登上科学岛，组成了中科院强磁场科学中心的"哈佛团队"，林文楚则成为"最后一块拼图"。

如今，这个所谓的"最后一块拼图"，被任涛2016年的"最新加入"打破了。

这一次，没有人再用"最后一块拼图"这样的表述，因为，没有人知道，还会不会有下一位哈佛博士后，下一位海外华人的加入。

邱晨辉

　　《中国青年报》记者。2011 年工作至今，三次参与全国两会报道，作品在 2012 年、2013 年分别获得报社年度最佳报道，2014 年 3 月当选报社首席记者，2016 年 3 月担任报社两会报道政协采访组组长，2016 年 5 月起担任报社"小邱之问"全媒体工作室负责人。

　　代表作有《"千人计划"入选者被解聘调查》《"第五大发明"系列调查》《新校园分裂》《长征兄弟和嫦娥姐妹的那些事儿》《飞向太空凝视你，我的祖国》和《被天文改变的小镇》等，H5 作品《我是长征七号火箭，请求加您为好友》《今晚，你比月亮还要亮！》等，VR 作品《独家全景视频探访观天巨眼 FAST》等。

游击战、"帽子"战、审批战……

科研人员难以安坐实验室

半月谈杂志社　俞　铮　杨金志　王琳琳　李建发

我国正快马加鞭建设创新型国家。2016 年我国研发经费投入强度达到 2.11%，超过欧盟 15 个初创国家的平均水平 2.08%。然而，与经费投入力度持续加大形成鲜明对比的是，我国科研领域尚存在一系列久治不愈的怪现象。

游击战："打一枪换一个地方" 冷门前沿领域没人敢做

"美国在许多领域引领世界科研潮流，它先挖一个'坑'，愿者上钩，拿钱进来，再由它分配资源。实际上就是全球为美国做实验。论文投稿现在要求必须提交原始数据，美国控制着众多顶级学术期刊，因而第一时间掌握了所有前沿科学发现，最先知道你在做什么，做到什么程度。在重大战略方向上，美国人也不全是自己花钱，而是号召全球一起去做，让大家觉得这是个好东西，不做就赶不上时髦，发不了论文。"中科院上海巴斯德研究所所长唐宏说。

一些科研人员吐槽，有些所谓的首席科学家"打一枪换一个地方"，经常变换研究领域，这在世界创新强国不可能出现。科研工作必定有延续

《半月谈（内部版）》
2018 年 1 月 5 日

性，可那些包装着多个学术"标签"的人，在中国往往很有市场，严重影响了科研项目经费申请的信用体系建设。

还有一些科研人员反映，为了获得更多科研项目经费，研究团队扎堆追热点的现象较普遍，导致冷门前沿领域无人敢碰，基础研究发展不平衡。

中科院生化与细胞研究所研究员李振斐说，现在各种基金、项目资助经费导向非常鲜明，许多研究课题相似，大家都在追热点，很多冷门前沿领域却没人敢做。

"我在美国、欧洲做科研时发现，无论多冷门的领域，总有一些科学家长期在做。一旦国家需要，就能找到相关人才储备。建议我国在基金、项目经费审批时适当考虑冷门领域，鼓励一些科研人员从事冷门研究，保证基础研究更平衡、更充分地开展。"李振斐说。

此外，许多基层科研人员反映，近些年学术会议、评审会议越来越多，这些活动有时变成了"拉关系""拜山头"的派对。

"一个单位承办多少会议，能请多少专家，似乎成了一种工作业绩。我希望80%时间能待在实验室，可安心做科研的时间越来越少。"中科院生化与细胞研究所研究员许琛琦说。

"帽子"战：疯狂抢"帽子"人才
科研人才激励现"马太效应"

一段时间以来，一些高校、科研单位热衷于搞"帽子工程""转会大战"。中国科学院院士、中国工程院院士、杰出青年、"千人计划"等有"帽子"的人才，成为许多单位竞相争夺的对象。这一方面影响了被"挖墙脚"单位的科研进展、团队建设、梯队建设；另一方面也在学术界助长了心浮气躁的不良风气，对国家整体科研生态建设颇为不利。

针对这种现状，中科院上海药物研究所副所长李佳建议，在科研单位绩效评估中重点考核由本单位自己培养的顶尖人才数量，重点考核青年人才孕育环境的塑造和团结协作机制的创新。通过政策调整，遏制部分单位过度挖人和"帽子"人才频繁"转会"等无序流动。

在人才评价机制方面，应警惕科研人才激励中的"马太效应"。中科院上海光学精密机械研究所党委书记邵建达表示，对处于不同发展阶段的人才，宜采取阶梯增长的激励办法，让科研人员尤其是青年人才感到"有奔头"。虽然反复强调不单以发表论文数量来衡量人才，但实践中很难落实，工程技术类专家在这方面很吃亏。

一边是"帽子"人才炙手可热，另一边是科研梯队结构严重不合理。在我国，许多科研机构和高等院校目前主要依靠研究生开展科研工作，严重缺乏博士后流动站这个中间层次。在发达国家，科研机构实验室里总有不少博士后人员长期在工作。实践证明，博士后人员是实验室成长为"参天大树"的中坚力量，也是大科学家学术传承、科学思想延续的重要纽带，发展得好有可能形成学派，持续获得卓越科学发现。

中科院上海光学精密机械研究所强激光材料重点实验室副主任王俊率领团队从事材料科学领域前沿基础研究。他回国 7 年来，只招到一名博士后人员。

高水平科研成果产出离不开"成建制"的课题组，包括首席科学家、研究员等领军人才，以及副研究员、博士后人员、研究生、实验技术人员、平台支撑人员等各种专业人员。多位首席科学家反映，除了拥有高级职称的在编科研人员，博士后、研究生等流动人员以及支撑人员，通常没有预算保障的工资收入，只能靠课题经费给流动人员开支较低额度的劳务费。这些人员跳槽到私营部门做类似工作，收入可涨至少 3 倍。科研机构"留不住人"的现象较普遍。

这直接导致我国一线科研人员流动性较大，国家即使投入再多科研经费，也无法确保持续的创新产出，更难形成有全球影响力的学术流派。

"按下发的编制指标，我的课题组每年只能招 1 名博士研究生，没有足够的博士研究生名额。如果招收编制内科研助理职工，又面临单位编制数瓶颈。建议对基础研究国内排名靠前的科研单位试点给予更多博士研究生名额和人员编制额，真正推动创新驱动发展战略的实施。"中科院上海药物研究所课题组长、中科院"百人计划"入选者杨伟波说。

审批战：有钱使不到"刀刃"上
"负债搞科研"问题严重

搞科学研究，需要聚精会神、心无旁骛。记者在多家科研单位调研时，不少科研人员表示，希望能够更加专注科研工作，不为杂务分心，不必"四处找钱"维持实验室运转。他们对科研项目经费管理、科研成果转化等提出改进意见。

其一，科研项目经费投入要"见物也见人"，尤其要体现人才的价值。

中科院上海生命科学研究院党委副书记兼副院长倪福弟说，科研项目经费投入"见物不见人"的现象突出，我国科研项目经费绝大部分投入仪器设备，对人员的投入限制很严，导致过于注重仪器设备的投资，轻视对人才的培养和激励。

在科研项目经费中，用于人的费用主要为人员费和劳务费。人员费发给项目承担单位有正式编制和固定工资的人员，劳务费发给博士后、外聘专家、研究生等流动人员。

由于一线城市生活成本高，一些科研单位不得不使用部分运行费用来解决高级科研人员收入过低的问题。长此以往，运行费用缺口越来越大，越是科研任务重、成绩突出的课题组，"负债搞科研"的问题越严重。

其二，科研项目经费申请要抓大放小，决算要更加灵活。

王俊说，他的实验室急需一台价值 200 多万元的设备，课题组虽然经费充足还是买不了，因为来自不同渠道的经费零碎且使用方向被严格限定。

"科研项目经费申请时得严格按程序报批，使用过程中却有可能发生用途改变，我们希望在加强科研项目经费事前、事中、事后监管的前提下，在决算时允许一定限度的灵活调整。"王俊说。

中科院生化与细胞研究所研究员陈江野反映，科研项目经费审批大多鼓励购买昂贵仪器，这些仪器使用率却不高，而单价在 20 万～ 50 万元之间的常用仪器使用最频繁，需求最大。"常用仪器审批很难通过，因为会由于同类设备已经购置而被否决。但我们实验室的常用仪器每天都满负荷工作，已难以满足科研任务需求，急需购置更多常用仪器。"

其三，科技成果作价入股要简化审批，进一步激发科研人员活力。

2016 年以来，国家已出台优惠政策，科研成果作为无形资产作价入股是一种较好的转化方式，更有利于激发科研人员的创造力，并保障科研单位的长期收益。但现行的国资监管政策没有给科研成果无形资产以区别于有形资产的管理渠道，对科研成果无形资产可能造成国有资产流失的担忧，导致相关经济行为及价值评估的审批或备案耗时费力，有国资背景的创新单元进行投融资存在较大障碍。

对此，李佳建议，实行评估备案与科研成果无形资产的分类管理。对科研成果作价入股的，可进行评估备案；对以转让或许可等其他形式转化的，可采取不需评估的协议定价；对以科研成果无形资产作价入股的，应分类管理、科学监管，使科研人员、科研成果和社会资本更有活力地结合，为促成创新活力巨大的高成长性科技企业创造更好的制度环境。

其四，要以更开放的姿态撬动社会资本。

由于我国对国资院所管控非常严格，缺乏相应政策空间，国资院所通过与企业合作弥补经费缺口很难操作。"建议国家通过减免税收等手段，鼓励私营部门和其他社会资本关注并投入科研活动；出台相关政策，引导国资院所在不影响科研活动自主、可控的前提下，引入各类资本，弥补资金缺口。"倪福弟说。

杨金志

新华社上海分社副总编辑，高级记者。2000年毕业于复旦大学新闻学院，进入新华社上海分社工作，长期从事新闻采编工作，曾任政文采访部副主任、主任，现任上海分社副总编辑。曾获"新华社十佳记者""上海市先进工作者"等荣誉。著有《一年好景君须记：古典诗词中的季节之美》《给孩子的节气古诗词》等书。

王琳琳

新华社上海分社记者，清华大学新闻与传播学院传媒经济与管理科学硕士，清华大学优秀毕业生。复旦大学新闻学院传播学系本科生。

2013年起从事科技、产业等多领域全媒体报道。作品曾获上海市典型报道优秀作品特等奖，多次获得上海市科技新闻奖一等奖，数十篇稿件获得新华社社级好稿、总编室表扬稿和中央领导批示。重点承担或参加过克隆猴、人造单条染色体真核细胞生命、黑臭水体治污超级材料、精准医学战略、"天使粒子"发现、暗物质粒子探测卫星"悟空"、"天宫二号"、北斗导航卫星发射、长征六号运载火箭发射、"嫦娥"探月、党的十九大、世界人工智能大会以及近年来全国两会、科技奖励大会等重大新闻事件的报道任务，取得了良好的传播效果。

李建发

　　新华社《半月谈》杂志社编辑。自 2014 年进入新闻行业以来，深耕于时政、科技、能源、ITC、教育等多个领域，曾参与党的十九大、全国两会等多场大型报道活动。采访足迹遍及祖国大江南北，曾深入内蒙古、新疆、青海、浙江、山东等多地基层一线进行调研，策划、采写的多篇稿件获得新华社总编室表扬稿、新华社社级好稿等荣誉。随着职业生涯的深入，越发对监督性报道近乎魔性地着迷，始终相信新闻可以让世界变得更好。

世界生命科学重大突破！两只克隆猴在中国诞生

新华社　董瑞丰

世界生命科学重大突破！两只克隆猴在中国诞生

克隆猴"中中"和"华华"在中科院神经科学研究所非人灵长类平台育婴室的恒温箱里得到精心照料（1月22日摄）。新华社记者 金立旺 摄

新华社北京1月25日电（记者陈芳、董瑞丰）用一把毫毛，变出千百个一模一样的猴子——《西游记》里的神话正在成为现实。克隆猴"中中"和她的妹妹"华华"在中国诞生近两个月！北京时间1月25日，它们的"故事"登上国际权威学术期刊《细胞》封面，这意味着中国科学家成功突破了现有技术无法克隆灵长类动物的世界难题。

在中国科学院神经科学研究所非人灵长平台，记者见到克隆猴"中中"和"华华"正在恒温箱里嬉戏。姐姐比妹妹大10天，除了个头略有差异，"姐妹"俩几无分别。

"姐妹"俩的基因，来自同一个流产的雌性猕猴胎儿。科研人员提取了这个猕猴胎儿的部分体细胞，将其细胞核"植入"若干个"摘除"了细胞核的卵细胞，结果产生了基因完全相同的后代，这个过程也就是克隆。

"这是许多专家认为不可能实现的重大技术突破。"国际细胞治疗学会主席约翰·拉斯科这样点评中国科学家的成果，"利用聪明的化学方法和操作技巧，攻克了多年来导致克隆猴失败的障碍。"

自1996年第一只克隆羊"多利"诞生以来，20多年间，各国科学家利用体细胞先后克隆了牛、鼠、猫、狗等动物，但一直没有克隆与人类最相似的非人灵长类动物克隆的难题。科学家曾普遍认为以现有技术无法克隆灵长类动物。

新华社通稿

2018年1月25日

用一把毫毛，变出千百个一模一样的猴子——《西游记》里的神话正在成为现实。克隆猴"中中"和她的妹妹"华华"在中国诞生近两个月！北京时间1月25日，它们的"故事"登上国际权威学术期刊《细胞》封面，这意味着中国科学家成功突破了现有技术无法克隆灵长类动物的世界难题。

在中科院神经科学研究所非人灵长类平台，记者见到克隆猴"中中"和"华华"正在恒温箱里嬉戏。姐姐比妹妹大10天，除了个头略有差异，"姐妹"俩几无分别。

"姐妹"俩的基因来

自同一个流产的雌性猕猴胎儿。科研人员提取了这个猕猴胎儿的部分体细胞，将其细胞核"植入"若干个"摘除"了细胞核的卵细胞，结果产生了基因完全相同的后代，这个过程也就是克隆。

"这是许多专家认为不可能实现的重大技术突破。"国际细胞治疗学会主席约翰·拉斯科这样点评中国科学家的成果，"利用聪明的化学方法和操作技巧，攻克了多年来导致克隆猴失败的障碍。"

自 1996 年第一只克隆羊"多利"诞生以来，20 多年间，各国科学家利用体细胞先后克隆了牛、鼠、猫、狗等动物，但一直没有克服与人类最相近的非人灵长类动物克隆的难题。科学家曾普遍认为现有技术无法克隆灵长类动物。

中科院神经科学研究所孙强团队经过 5 年努力，成功突破了世界生物学前沿的这个难题。利用该技术，科研团队未来可在一年时间内培育出大批基因编辑和遗传背景相同的模型猴。

"这是世界生命科学领域近年来的重大突破。"中科院神经科学研究所所长蒲慕明院士说，克隆猴的成功，将为阿尔茨海默病、自闭症等脑疾病以及免疫缺陷、肿瘤、代谢性疾病的机理研究、干预、诊治带来前所未有的光明前景。

孙强说，这意味着中国将率先建立起可有效模拟人类疾病的动物模型，既能满足脑疾病和脑高级认知功能研究的迫切需要，又可广泛应用于新药测试。

董瑞丰

新华社国内部科技室记者。曾长期从事时政报道，一度在非洲驻站，2016年开始专注于科技领域，跟踪前沿、记录人物、弘扬主旋律，见证了中国科技创新的时代进程。多篇作品获得科技类新闻奖及新华社社级好稿，部分稿件获中央领导批示，合著有《"芯"想事成：中国芯片产业的博弈与突围》。

2018年9月在中科院新疆生态与地理研究所野外台站的采访途中

2018年3月全国两会期间采访人大代表

"第一动力"的历史自觉　中国创新的时代答卷

新华社　陈　芳

历史在这里交汇，又在这里递进。

2018 年 1 月 8 日，人民大会堂，中国"火药王"王泽山、"病毒斗士"侯云德共同获颁"国家最高科学技术奖"。习近平总书记紧紧握住两位大奖得主的手。

如潮的掌声，是对复兴大道上科技成就的礼赞，也是对中国坚定走创新之路的共鸣。

40 年前，同样如潮般的掌声曾在这里响起。万众瞩目的全国科学大会上，提出了科学技术是生产力的重要论断，发出了"向科学技术现代化进军"的时代强音。

时序更替，梦想前行，中国特色社会主义进入新时代。"天眼"探空、神舟飞天、墨子"传信"、高铁奔驰……中国"赶上世界"的强国梦实现了历史性跨越，其背后蕴含着当代中国共产党人对创新这个"第一动力"的高度自觉。

从"科学的春天"到"创新的春天"，从"科学技术是第一生产力"到"创新是引领发展的第一动力"，在以习近平同志为核心的党中央带领下，13 亿中国人民接续奋斗，开启新征程。中华大地上，一个具有转折意义的创新周期已经开启……

穿越历史的回声—— 一个国家的梦想与"第一动力"的时代交响

"在中国，人们称他'量子之父'。"2017 年末，英国《自然》期刊评选的年度十大人物，首次出现了中国科学家潘建伟的面孔。

量子技术的潜力令人难以想象：经典计算机需要100年才能破译的密码，量子计算机可能在几秒间就突破。世界竞逐因此你追我赶。

要让量子技术这个决胜未来的关键掌握在中国人手中！这是"第一生产力"自觉在潘建伟心中投射下的梦想火种。

27年前，在中国科学技术大学读书的潘建伟，只想搞明白量子力学"为什么"。在他身上萌动着中国改革开放后一代青年人的科学求真热情。

决心把中国的量子通信技术做成世界第一，并没有想象中的顺利。他被问及最多的就是："这个靠谱吗？""美国都没做成，你有什么把握？"

潘建伟憋了一股劲，他想证明，在这片曾诞生四大发明、墨子、张衡的土地上，千年之后，依然能为天下之先。

10多年间，从多次刷新光量子纠缠世界纪录，到发射"墨子号"量子卫星回答"爱因斯坦之问"……为了量子梦，"量子军团"分秒必争，"敢于冒险"的火花在自觉实践中绽放。

当潘建伟向量子之巅"进军"的同时，远在千里之外的深圳，一家企业在"时间就是金钱"的商品经济大潮中呱呱落地，他们也要向科学技术发起"冲锋"。

2018年，这家名为"华为"的中国通信企业稳居世界五百强，年销售额达6000亿元。18万华为人中，接近一半的人从事研发，是迄今全球规模最大的研发团队。

30年专注做一件事情，就是"对准全球通信领域这个'城墙口'冲锋"。在华为创始人任正非心里，对"第一生产力"的自觉，就是守住这座"上甘岭"，守住华为的"创新之魂"。

合肥是中国经济版图中一个不太起眼的角色。不沿江、不沿海、没有大矿。

对这个"追赶中的城市"而言，什么是"第一生产力"的自觉？就是破除机制束缚，打破科研与生产力之间那堵"无形的墙"。

2004年，合肥申请成为全国第一个国家科技创新型试点市。这一举动，一度被视为"冒进"。

在全国率先破除"科技三项经费"体制，改"按类分配"为"按需分配"，对科技创新主体，不问出身，真干真支持！

这样的突破，和上级的统计口径"对不上"。但改革一步一步推进，合肥的"科技创新链"变得越来越完善。

主动邀请京东方落户，拿出近百亿元共建合资项目。到2017年年底，最先进的液晶面板在这里投产，合肥跻身全球液晶面板显示产业重要基地。

人们恍然大悟：如果没有多年前"第一生产力"的充分自觉，这个内陆城市怎会诞生一个产值超千亿元的新兴产业？

干部主动去科研机构"挖宝"，搞"精准成果孵化"……10多年来，合肥"无中生有"了集成电路、机器人等多个新兴产业，热核聚变、稳态强磁场率先突破，区域创新能力已稳居全国第一方阵。

"这是一场沉默者的长跑，既要有创新的'眼力'，更要有坚守的耐力。"安徽省一位领导这样总结合肥的自觉之道。

浩瀚的历史长河中，创新决定着文明的走向。

当沉睡的东方民族跨越百年沧桑，科学技术越来越成为现代生产力最活跃的因素。如何聚力创新发展实现赶超，成为中国必须回答的时代课题。

"科学技术是第一生产力。"邓小平的经典论断振聋发聩。

如一声春雷，长期以来禁锢创新的桎梏打开了，萧瑟许久的大地迎来科学的春天。

"第一生产力"的历史自觉在1978年的中国播下一颗巨变的"种子"。这颗神奇的"种子"，以惊人的速度不断"生长"。

"察绥宁甘青新六省……经济价值甚微，比平津及沿江沿海一带，肥瘦之差，直不可以道里计。"大西北如何突围？这是几十年来摆在中国西北角的"天问"。

八百里秦川的平分线上，中国唯一不依托大城市的"农字号"高新区给出了时代答案。在这里，"第一生产力"正在演绎新的精彩。

杨凌曾是西北角一个"越穷越垦、越垦越穷"的荒峁峁。1997年，第一个"国字号"农业高新区在此批准设立，为西北角脱贫指明了方向。

土苹果没水分没甜味怎么办？在果树旁套种油菜，品质堪比红富士；热带水果养不活怎么办？用LED补光、用二氧化碳施肥，就能在大棚里实现"南果北种"……千百年的土办法在这里遇上自主创新的火花，现代农业梦在"第一生产力"自觉的活力中充分涌流。

"学农业科技，不再让父老饿肚皮。"一批"85后"大学生在这里摇身变成"农桑创客""土壤医生"，一批农业科学家被冠以辣椒大王、杂交油菜之父、白菜女王的称号……这座被赋予"国家使命"的"农业特区"因自觉创新重获新生，"杨凌农科"品牌价值已超600亿元。

"创新是引领发展的第一动力。"在以习近平同志为核心的党中央带领下，中国创新发展迎来了新时代。

"这是对马克思关于生产力理论的创造性发展，强调的是创新的战略地位，对社会经济发展的'撬动作用'。"在中科院科技战略咨询研究院院长潘教峰眼中，正是这个"第一"的认知，解放了创新活力。

从"第一生产力"到"第一动力"，是一种动能，让顶尖人才资源不断蓄积。

265万——2016年留学回国人员的总数，一个史上罕见的"归国潮"正在出现，带回全球最先进的创新理念。

387万——2016年研发人员总数，一支强大的科研创新队伍屹立世界东方。

千秋基业，人才为先。一个"人"字带来自觉创新的不竭动力。变"要我创新"为"我要创新"，越来越成为全民族的一种精神自觉与行动自觉。

从"第一生产力"到"第一动力"是一股洪流，通过改革红利得以磅礴而出。

敢于在没有路的地方探出一条新路，是勇敢者的抉择。

党的十八大以来，中国科技体制改革"动真格"，向数十年难除的积弊"下刀"。科研人员如何既有"面子"更有"里子"？"松绑"＋"激励"成为中国科技改革的关键词，越来越多的"千里马"正在创新沃土上竞相奔腾。

从"第一生产力"到"第一动力"，是时代伟力，助推中国实现历史性跃升。

2017年12月6日，满载乘客的西安至成都高铁列车呼啸穿过秦巴山脉。蜀道"难于上青天"的千古沉吟、孙中山《建国方略》中的铁路蓝图，在新时代的中国化为现实。

每天早高峰，全国平均每分钟有4万份手机叫车的订单等待响应；每百位手机网民中，就有七成在用手机支付；中国网购人数和网购交易额达到全球首位……中国全方位创新的活力曲线图在世界铺展。

"从量的积累到质的飞跃，从点的突破到系统能力的提升，'第一动力'结出累累硕果，让中国在越来越多的领域成为开拓者、引领者。"中科院院长白春礼说。

新时代的飞跃——"第一动力"的自觉引领中国创新取得历史性成就

2018 年新年刚过，北京，雁栖湖畔。中国科学院大学礼堂的大屏幕上打出了一组历史、科学与哲学的宏大命题——

"推动文明进步的力量是什么？""中华民族有什么样的创新特质？""新一轮科技革命如何释放发展生产力？"……

西装革履，一丝不苟，聚光灯打在台上，中科院院士张杰正在为大家讲授思想政治理论课。面对千余名硕士生、博士生，他从东西文明发展曲线，一直讲到新时代的战略选择。

"把创新作为新发展理念之首，这是文明史上改变世界的创新之举，深刻揭示世界发展潮流、中国发展规律。"张杰说。

察势者智，驭势者赢。

2013 年 9 月，十八届中央政治局集体学习的"课堂"第一次走出中南海，搬到了中关村。

"创新是一个民族进步的灵魂，是一个国家兴旺发达的不竭动力，也是中华民族最深沉的民族禀赋。在激烈的国际竞争中，唯创新者进，唯创新者强，唯创新者胜。"习近平总书记的宣示铿锵有力。

"第一动力"的自觉，在新时代加速孕育、萌动，在中华大地上渐次开花。

——这是对"第一生产力"认识的飞跃，坚持走中国特色自主创新道路，指导我国创新取得历史性成就、发生历史性变革。

2015 年 3 月，习近平总书记提出："创新是引领发展的第一动力。"

2016 年 5 月，《国家创新驱动发展战略纲要》发布，成为面向未来 30 年推动创新的纲领性文件。

2017 年 10 月，党的十九大报告提出"加快建设创新型国家"，明确"创新是建设现代化经济体系的战略支撑"。

这是中国领导人远见卓识的清醒判断，更是关乎国家命运的伟大抉择。党的十八大以来，以习近平同志为核心的党中央，在实践—认识—再实践—再认识的基础上不断探索创新发展的内在规律。

科技部部长万钢指出，从"第一生产力"到"第一动力"的科学理论飞跃，标志着党对"第一生产力"的重要性认识达到了新高度。

短短 5 年，中国的决策者以一往无前的决心和魄力，推动创新驱动战略大力实施，基础研究实现多点突破。战略科技力量布局不断强化，中国正站在飞跃发展的新起点。

短短5年，科技体制改革"涉深水"，向多年束缚创新的藩篱"下刀"；中央财政科技计划管理改革对分散在40多个部门的近百项科技计划进行优化整合；科技资源配置分散、封闭、重复、低效的痼疾得到明显改善。

——这是中国高质量增长的跨越期，"第一动力"成为强大引擎。

超过80万亿元的经济总量，成为年度表现最好的主要经济体；6.9%的增速，成为全球经济增长的"强心针"。新年伊始，中国经济交出的这份"提气"的成绩单，诠释了这个东方大国为世界做出的发展性贡献，这是对"第一动力"的深化理解。

当经济中高速增长成为新常态，用创新续写中国高质量发展的辉煌，成为中国"找寻"与"探索"现代化路径的必然选择。从解决好产业转型升级"卡脖子"问题，到通过科技创新让人民生活更美好，"第一动力"推动我国经济社会发展跨越新关口。

高铁、海洋工程装备、核电装备、卫星成体系走出国门，中国桥、中国路、中国飞机……一个个奇迹般的工程，编织起新时代的希望版图。

"科技的发展不是均匀的，而是以浪潮的形式出现，每当浪潮接替期，便会涌现新的窗口机遇。"《浪潮之巅》作者吴军认为，从西学东渐到成果井喷，曾错失世界科技革命浪潮的中国，如今已迎来创新能力突破的拐点。

——这是世界格局的重塑期，"中国号"巨轮驶向新彼岸。

中国发明，世界受益。支付宝覆盖70多个国家和地区的数十万商家，20多个国家、数百座城市分享绿色骑行的"中国模式"。

"泰国版阿里巴巴""菲律宾版微信""印尼版滴滴"……在"一带一路"沿线国家，许多在中国热门的移动应用实现本土化，让当地民众体会到"互联网＋"的方便与实用。

依靠"第一动力"的自觉，中国对世界经济增长的贡献率在30%以上，是举足轻重的稳定器与压舱石。

依靠"第一动力"的自觉，中国从过去的"世界工厂"变成"全球超市"。

依靠"第一动力"的自觉，中国从模仿者、跟随者变为世界各国期望搭乘的创新发展"快车""便车"，为人类命运共同体建设做出更多贡献……

清华大学国情研究院院长胡鞍钢认为，屹立于世界民族之林的必由之路，是一条中国特色自主创新的"自觉之路"，是把创新、发展的主动权牢牢掌握在自己手中的"中国道路"。

新征程再出发——唱响"第一动力"的进行曲，闯关夺隘

"我为中国人民迸发出来的创造伟力喝彩！"

在2018年的新年贺词中，习近平主席回望一年来的科技创新、重大工程，饱含深情地说。这既是对过去成就的高度赞扬，更是对未来奋斗的激励鞭策。

从公元6世纪到17世纪初，在世界重大科技成果中，中国所占比例一直在54%以上，到了19世纪，骤降为0.4%。尽管中国古代对人类科技发展做出了很多重要贡献，但为什么近代科学和工业革命没有在中国发生？——著名的"李约瑟之问"让无数中国人扼腕深省。

而今，站在新时代，迎着新一轮科技革命和产业革命的机遇之门，中国比以往任何时候更有条件和能力抢占制高点、把握主动权。

近500年来，世界经历了数次科技革命，一些欧美国家抓住了重大机遇，成为世界大国和强国。"中国也要用好科技第一生产力的有力杠杆，树立创新自觉与自信，走出一条人才强、科技强到产业强、国家强的发展路径。"科技部党组书记王志刚表示。

这是一场朝着科技创新"无人区"的新远征，中国应敢于"领跑"。

2018新年伊始，中国暗物质卫星"悟空"号团队的科研人员紧锣密鼓地投入一场新的科研国际赛跑。"悟空"团队不久前去欧洲的合作机构访问，会议室陈列的该领域全球最知名的三个科学标志，"悟空"赫然在列，他们开始感受到前所未有的自信。

从"天眼"到"悟空"，从深海载人到量子保密通信，从酿酒酵母染色体人工合成到"克隆猴"诞生，中国对科学和技术"无人区"的探索日渐成为常态。

"聚沙成塔，国家实力不断增强，创新活力不断迸发，让越来越多不可能的事情成为现实。"中国工程院院士邬贺铨说。

这是一场国家创新体系的新比拼，中国用"国家行动"发起创新总攻。

2020年进入创新型国家行列，2030年跻身创新型国家前列，到2050年

建成世界科技创新强国。

适应中国日益走近世界舞台中央的新形势新要求，十九大报告里，创新型国家的总攻目标已然清晰，从国家到地方，中国创新的时代答卷正在书写新的篇章。

"推动中国高质量发展，就要加速探索建立高效协同的创新体系，加快解答'由谁来创新''动力哪里来''成果如何用'的创新之问。"白春礼说，这是新时代中国创新发展的重大命题，主动识变、应变、求变是唯一选择。

在"创新之城"深圳，"未来30年怎么干"成为主政者的新时代之问。在1月中旬召开的市委全会上，深圳提出了再出发的新目标：2035年将建成可持续发展的全球创新之都、21世纪中叶成为竞争力影响卓著的创新引领型全球城市。

在"经济高地"苏州，牵手大院大所"创新源"，在资源集聚上做"加法"，成为发展新路径。一场发挥创新引领作用、追求原创性成果、构建标志性平台、打造开放性创新生态的"创新四问"行动，正在重塑苏州的发展之路。

在"数据新城"贵阳，"中国数谷"建设正加速"西部洼地"崛起。通过建设"扶贫云""福农宝"，越来越多的农户不仅有了帮扶"朋友圈"，更分享到智慧农业的新福利。第一个国家大数据综合试验区的核心区，第一个大数据交易所所在地……贵阳坚定不移把发展大数据作为战略引领，推动全省发生从思维模式到生产方式、生活方式的创新"质变"。

这是一次凝聚全球高端科技创新人才的新赛跑，谁拥有更多人才谁就拥有创新优势。

人才，未来创新驱动的关键所在。世界级科技大师缺乏、领军人才和尖子人才不足、工程技术人才培养同生产和创新实践脱节，已成为创新强国人才建设的短板。中国正在以前所未有的力度吸引各方人才，做伟大复兴"生力军"。

抓住一个大有可为的历史机遇期，中国不能等待、不能懈怠。

以建设高效协同创新体系为目标，推行全方位、多层次、宽领域的大创新，更加科学地配置资源，激活万众创新的"一池春水"，中国寻求在推动发展的内生动力和活力上有根本性转变。

增强中国技术、商业模式输出能力，实现从被动跟随向积极融入、主动布局全球创新网络的历史转变，中国致力探索以人类健康和幸福为目标的新发展模式。

行路有道，东风正来。

进入中国特色社会主义新时代，"第一动力"的自觉，已成为标示创新中国的新标杆，汇聚起创新发展征程上的磅礴力量，书写着决胜未来的新奇迹。

陈芳

　　新华社高级记者，全国"三八红旗手"，"新华社十佳编辑"。作品曾六次获新闻界的最高奖——中国新闻奖，是新闻界优秀的调查研究型记者。

经济日报

核心技术：要跟踪更要原创

——科技领域卡脖子问题亟待解决

经济日报社　佘惠敏　沈　慧

"实践反复告诉我们，关键核心技术是要不来、买不来、讨不来的。"在近日举行的两院院士大会上，习近平总书记的讲话振聋发聩，引人深思。

前不久备受关注的芯片禁运事件即是最好的例证，而这仅是冰山一角。当前，我们还有哪些核心技术亟待攻克？它们缘何成为卡脖子难题？未来向哪个方向发展？《经济日报》记者就这些问题采访了有关专家。

核心技术之痛

中科院院士李依依已经 80 多岁了，依旧不知疲倦地带领她的团队攻坚克难。

"只要是需要转动的器件，如火电发动机、飞机发动机、飞机叶片等，都需要一个轴，大的轴有时七八米长。"在长期从事特种合金与工艺制备的研究过程中，李依依发现因为缺少核心技术，很多轴即便能造出来，但稳定性、可靠性相对较差，投入实际应用往往会因缺陷导致寿命严重缩短。

"自主创新是最核心的东西，国家要由大变强，没有核心技术、关键技术不可能做到。想要自主创新，需要'破'很多的东西。"李依依举例说，比如三峡水轮机转轮有 400 多吨重，以前全部依赖进口，不是不能做，而是做出来的转轮性能不稳定。"三峡工程建设之初，26 台水轮机转轮除了叶片和上冠，其余全部来自国外。"

而这并非孤例。广泛应用于机械驱动和大型电站的重型燃气轮机（功率 5 万千瓦以上），目前基本依赖进口；我国自主创新研发出世界首台套双动力电驱铣磨维护机器人装备，但最核心部件铣刀仍需进口；我国仪器仪表产品总体技术水平与国外先进水平相比有 10 ~ 15 年的差距……

根据有关统计，一些行业的对外技术依存度超过 50%。"核心技术依存度较高，产业发展需要的高端设备、关键零部件和元器件、关键材料大多依赖进口。"在中国工程院重大咨询项目成果《制造强国》一书中，战略研究项目组如是列举。

"在关系国民经济命脉和国家安全的关键领域，真正的核心技术、关键技术是买不来的，也是市场换不来的。"中科院院士、北斗导航系统副总设计师杨元喜说，北斗导航系统任何一个关键零部件都面临着激烈的竞争和封锁，即便愿意斥巨资购买，国外也不会卖。

"科技创新主动权只有牢牢掌握在自己手中，才有可持续发展的资本。"杨元喜说。

基础研究之忧

核心技术受制于人，我们有太多切肤之痛，发人深省的现实背后是一系列亟待解决的突出问题。

基础研究是整个科学体系的源头，是科技创新的源泉。实践表明，基础研究的重大突破往往会带来一系列科学发现和技术发明。中科院院士潘建伟说，得益于量子力学的进步，原子能、半导体、激光、核磁共振、超导、全球卫星定位系统等这些重大技术发明让人类在能源、信息、材料和生命科学领域获得了空前发展。"对基础研究的重视，无论如何都不过分。"

近年来我国基础研究有了长足进步，但仍是建设科技强国的"短板"。中国工程院院士潘复生表示，以投入为例，发达国家基础研究占 R&D（研究与试验发展）经费的比例大约在 15% ~ 25%，我国基础研究占 R&D 的比例大约只是他们的 1/3 ~ 1/5。

由此造成的后果：一是原始创新能力不强，具有国际影响力的重大原创成果较少。二是学科发展不均衡，部分学科同国际差距较大，开创新的研究方向的能力不足。三是引领当代科学潮流的世界顶级科学家不多，卓越学术团队和青年拔尖人才相对较少。

"历史和科技发展表明，以基础研究为重点的知识创新是一个国家创新体系的重要组成部分。没有知识创新的突破，技术创新就不可能持续发展。没有知识发现，技术发明就无从谈起。"潘复生说。

这与杨元喜的看法不谋而合，"过去，我们利用后发优势大量引进国外技术，实现了快速发展。如果现在继续沿用这种思路，差距会越来越大"。在杨元喜看来，自主创新是新时代实现科技强国梦的唯一路径。在原始创新中，基础研究占有极其重要的地位，但基础研究投入多、周期长、见效慢，还有很大的不确定性。因为评价机制等种种原因，如今长期从事基础研究的科研人员有一部分向技术创新转移，这不利于建设创新型国家。

一些领域核心技术对外依存度高也有历史的原因。"能源、材料和信息科学，这是当今核心技术的三大支撑。"中科院院士龚昌德说，这三大"支柱"中，能源和材料科学属于传统科学，主要涉及物理、化学、数学、生物学等传统学科，在这方面国外已有数百年的发展历史，我国基础薄、底子弱，要想迎头赶上还需时日。

"信息科学涉及的学科主要是计算机科学，在这方面与世界发达国家相比，我国基本处于同步的水平。"龚昌德说。

科研环境之困

如今，我国迎来了世界新一轮科技革命和产业变革同我国转变发展方式的历史性交汇期，既面临着千载难逢的历史机遇，又面临着差距拉大的严峻挑战。

"当前，我国科技创新能力与建设现代化强国的要求还不相适应，科技创新水平与建设世界科技强国的目标还不相适应，科技成果的质量和效益与国家和人民的期待还不相适应，科技队伍的水平和结构与科技创新发展的要求还不相适应，体制机制和文化与新时代科技创新的要求还不相适应。"两院院士大会上，中科院院长白春礼直言不讳。

形势逼人，挑战逼人，使命逼人。"解决卡脖子问题，需要长时间的努力和积累，绝不能急功近利。"中国重大原创性科学技术成果奖——"陈嘉庚奖"近日揭晓，中科院院士高鸿钧牵头的《原子尺度上"小分子机器"在固体表面的构筑与物性调控》项目获得了数理科学奖。既是科学家又是中科院前沿科学与教育局局长，同时身兼两种角色，高鸿钧的体会是现在的科研环境有些浮躁，科学家要获得奖项、头衔，都需要指标性的东西，如论文数量。由此造成的负面影响是科学家难以静下心坐冷板凳，重大原创性科研成果自然无从谈起。

　　对此，龚昌德深有感触，"为了多出成果，很多科学家追求短平快，重跟踪不重原创。功利主义是当前阻碍我国自主创新的一只'拦路虎'"。在龚昌德看来，自然科学的发现与发明，从来都是厚积薄发的结果，世界上有突出成就的科学家大多具有开阔的视野、丰厚的知识积淀，通常还是跨界"高手"。

　　"基础研究属于发明创造，靠行政规划不会出来。因此要继续深化科技体制改革，为科学家'松绑'。"龚昌德表示。

　　"科学技术要支撑国家强盛和民族复兴，就要直面这些挑战，解决这些问题。"白春礼呼吁，广大院士在解决这些重大问题中，要勇做科学技术的引领者、深化改革的促进者、创新发展的开拓者、科学文化的建设者，使院士群体真正成为中国建设创新型国家和世界科技强国的带头人和先锋队。

佘惠敏

毕业于清华大学新闻与传播学院，就职于经济日报社综合采访部，主任记者。长期从事科技新闻报道工作，曾获中国新闻奖、中国人大新闻奖、中科院"科星新闻奖"、科技部"科技好新闻奖"等奖项，曾获"2013年全国青年岗位能手"，多次获评《经济日报》年度十佳记者。

沈　慧

经济日报社综合采访部记者，因机缘巧合，曾先后涉足知识产权、科技、环保、质检、气象、海洋等领域，先后荣获"2014年度中国环境好新闻优秀记者"和经济日报社"2014年度记者岗位能手"称号。2012年，撰写的内参《转基因：路在何方》荣获《经济日报》"十大精品内参"。其后，多部作品先后荣获科技部2013年度"科技好新闻奖"、"杜邦杯"环境好新闻一等奖、海洋好新闻、"光明杯"科技传播奖等。2017年乘坐"向阳红10号"科学考察船，参加了为期40天的中国大洋科考第43航次第三航段的随船报道，所尝试的媒体融合获中国科技传播奖二等奖。

文字作品二等奖

文字作品二等奖获奖作品

500米口径球面射电望远镜（系列报道）	香港大公文汇传媒集团	刘凝哲
揭秘海斗号：凭什么敢下万米深渊	半月谈杂志社	王莹 等
我们该建立怎样的科研评价体系	光明日报社	齐芳
中国科大：146名"青年千人"是如何"引"来的	中国青年报社	王磊
赵忠贤：一场没有终点的马拉松	瞭望周刊社	孙英兰
送别李佩：她的坚强超乎你想象	中国新闻社	马海燕
和"悟空"一起探星空	人民日报社	姚雪青
中科院北京分院"启明星"优秀人才计划纪实（系列报道）	中国科学报社	李晨阳
"中华慧眼"实现代际跨越	上海文汇报社	许琦敏
王爱勤的"点石成金"术	瞭望周刊社	扈永顺
村民的朋友圈有了科学家 ——走进中科院科技扶贫攻坚一线	中国科学报社	倪思洁
中国睁开"慧眼"洞见惊心动魄的宇宙	新华社	喻菲 等
跨越千里的"心手相牵"	经济日报社	佘惠敏 等
我们的青春书写在雪域高原 ——记中科院成都山地所的科技工作者	中华儿女报刊社	梁伟
我为"天眼"调焦距	人民日报社	吴月辉
中国成功从太空发送不可破解的密码	新华社	喻菲
进入无垠广袤的人生 ——追忆"天眼"之父南仁东	新华社	董瑞丰
睁开了"天眼"记住了"老南"	中国科学报社	丁佳
中国科技创新的今天与明天 ——解读十九大报告中的创新型国家建设	科技日报社	刘莉 等
悟空号"取经"记	中国青年报社	邱晨辉
中国新时代开启新的"科学春天"	中国新闻社	孙自法
张弥曼：寻找鱼"爬上陆地"证据的女人	新华社	屈婷 等

（以上获奖作品按照作品发表时间顺序排列）

500 米口径球面射电望远镜贵州完工
世界最大天眼中国横空出世

——观深空探火星 性能胜美 10 倍 港学者可申用

香港大公文汇传媒集团 刘凝哲

2016 年 7 月 3 日上午，随着最后一块三角形反射面单元顺利安装，世界最大单口径射电望远镜——500 米口径球面射电望远镜（简称 FAST，全名 Five-hundred-meter Aperture Spherical Telescope）主体工程在中国大西南深山中的贵州省完工，即将进入测试调试阶段。这个经过长达 22 年设计建造的巨型"天眼"，综合性能比美国阿雷西博 300 米望远镜提高约 10 倍，将参与火星及深空探测等重大工程，成为人类探索宇宙起源和演化及"地外文明"的利器。在后续应用中，香港科学家有望获得等同于内地科学家的申请使用机会。

位于贵州省平塘县克度镇大窝凼的 FAST 工程现场昨日上午响起隆隆鞭炮声。中科院国家天文台台长、

《香港文汇报》第 A06 版
2016 年 7 月 4 日

FAST 工程总经理严俊的一声令下，第 4450 块反射面单元顺利安装在索网上，标志 FAST 主体成形。

口径 500 米 30 个足球场大

FAST 是世界上最大的单口径射电望远镜，面积相当于 30 个足球场大小。在 FAST 建成以前，世上已存的最大射电望远镜有两个，一是号称"地面最大机器"的德国波恩 100 米望远镜，另一是被评为人类 20 世纪十大工程之首的美国阿雷西博 300 米望远镜。中科院国家天文台副台长郑晓年表示，FAST 建成后的灵敏度将比德国波恩 100 米望远镜提高约 10 倍，综合性能将比美国阿雷西博 300 米望远镜提高约 10 倍。FAST 有望在未来 10 ～ 20 年保持世界一流设备的地位。

看到宇宙边缘 听得月球声音

"FAST 望远镜可以听到人在月球上打手机"，郑晓年以此形容这台望远镜的强大性能。射电望远镜最重要的指标参数就是灵敏度。理论上说，FAST 能接收到 137 亿光年以外的电磁信号，这个距离接近于宇宙的边缘。FAST 还能监听到一些太空有机分子发出的独特电磁波，搜索可能的星际通信信号和外星生命。

FAST 工程办公室主任张蜀新向本报透露，未来还将成立一系列机构，包括科学委员会、用户委员会等。科学家需要向科学委员会提出使用申请，明确研究内容、目的、方法等，通过委员会评审后方可进行。FAST 将对全世界科学家开放，也会遵循国际惯例，优先选择本国科学家的项目，而香港科学家有望获得与内地同等的机会。"很多香港科学家担任内地科研计划的首席科学家，他们有很大的申请获批机会"张蜀新说。

工程预计 9 月竣工，进入测试调试阶段。依照规划将被应用于寻找和研究宇宙中的脉冲星等方面，为中国火星探测等深空研究奠定重要基础。

中国自主创新 技术专利纷呈

香港大公文汇传媒集团　刘凝哲

如何在原始森林中建造一座世界上最大的"锅"？这是 FAST 望远镜工程的重大挑战。FAST 项目总工艺师王启明表示，看起来像一口大锅的球冠状主动反射面是 FAST 的重要组成部分，由 4450 块三角形反射面板单元组成，每单元边长 10 米以上，施工难度极高，已形成多项专利，可在未来的桥梁、建筑建造等工程中使用，尤其利于地形地貌复杂的中国西部地区。

按照 FAST 工程设计，洼坑内铺设 4450 块面板单元组成 500 米球冠状主动反射面，反射面通过索网带动，可以在射电电源方向上形成 300 米口径的瞬时抛物面，这样可以使望远镜接收机同传统抛物面天线一样处在焦点上。反射面单元完工，就好比 500 米口径的"大锅"建成了，300 米的"碗"就可以在"大锅"里滚来滚去，以便接收射电电源。王启明形容说。

克服大尺度高精度拼装难点

王启明指出，反射面单元吊装工程去年 8 月开始施工。过程中，工程人员克服了大尺度、高精度的拼装施工难点以及跨度大、位置高等吊装施工难题。FAST 的研制和建设，体现了中国自主创新能力，还将推动中国在天线制造技术、微波电子技术、大跨度结构、公里范围高精度动态测量等高科技领域的发展。

工程历 22 载 选址百里挑一

香港大公文汇传媒集团　刘凝哲

自 1994 年选址开始，FAST 望远镜工程已进行了 22 年。如何从全国 400 多个"大坑"中最终选择贵州的大窝凼洼地？国家天文台专家首先利用遥感等技术，在全国范围内海选合适的区域，之后多次现场考察，分析了 400 多个洼地，并制作了 90 个候选洼地的高分辨率数字地形模型图像。距平塘县城约 85 公里的大窝凼洼地，因刚好能盛起如 30 个足球场大小的 FAST 望远镜，且洼地附近 5 公里半径之内没有一个乡镇，无线电环境相当理想，最终脱颖而出。

为保证 FAST 望远镜的运行，黔南自治州已展开 FAST 设施及电磁波宁静区保护立法工作，拟通过法律规定保护 FAST 的正常运作。

专家解读：寻得脉冲星 如启星际 GPS

香港大公文汇传媒集团　刘凝哲

FAST 的首个应用科学研究就是寻找和研究宇宙中的脉冲星，并期望第一年就找到 50 ～ 80 颗银河系外的脉冲星。"脉冲星具有强大的磁场，就像是星际航行中天然的 GPS 导航点。"中科院国家天文台副研究员岳友岭向本报表示，利用脉冲星探测引力波，对中国的天文乃至整个科学研究都有重要意义。

"天文界希望 FAST 能做更多的科学研究，希望找到脉冲星，看到暗的气体。"岳友岭说，银河系理论上估计有 10 万颗左右的脉冲星，目前观测到的已有 2000 多颗，距离地球最近的大约有 100 光年。

探测引力波 灵敏度高 3 倍

FAST 不仅可以看到银河系内的脉冲星，还可以看到临近银河系的仙女星系中的脉冲星，甚至更远星系的也可能会看得到。

专家表示，随着 FAST 的建成，将会把引力波探测的灵敏度提高 2 ～ 3 倍。在应用方面，脉冲星更像是星际航行中的天然导航点，通过对脉冲星的探测，人们可以更顺利地进行星际航行。

脉冲星就像天体物理实验室，可以研究一些特殊天体物理和宇宙演化现象。如果发现脉冲星与黑洞组成的双星系统，科学家可以利用脉冲星去研究黑洞周围时空。

记者手记：走近"地球之耳" 期听外星故事

香港大公文汇传媒集团　刘凝哲

从贵阳前往平塘县克度镇，经过一路泥泞颠簸后，进入位于深山密林中的大窝凼村。大自然鬼斧神工，这里有亿万年前形成的喀斯特地貌。穿梭山峦云雾中，巨大的 FAST 望远镜出现在眼前。22 年前，这里只有 12 户村民；现在，世界上最大单口径射电望远镜在此横空出世。只有身处其中，才能体会这种壮观和宏伟，无怪乎很多人期待它最终能为地球人寻找到地外文明。

有人将 FAST 称为"天眼"。然而在现场看到这个庞然大物，却更感觉它像一只深埋在原始森林中的"地球之耳"，随着地球的转动，安静聆听着宇宙中传来的声音。站在这口世界上最大的"锅"中，抬头仰望黔西南清澈的星空，想象着银河系、仙女星系甚至宇宙的边界，胸中难抑激动。

据说，假若真存在外星生物，理论上是逃不过 FAST 的"监听"的。这是令业内人士"嘿嘿"一笑的问题，却是公众最感兴趣的话题。"地外文明在天文界存在着很大争议，如果 FAST 能探测到此前从未出现且十分规律的信号，也才只是一种可能。"国家天文台副台长郑晓年这样说。

虽然不敢对发现外星人打包票，但 FAST 却是中国天文界最大的宝贝。也许很快这台望远镜将为中国科学家提供地球上最精确、权威甚至从来没有出现过的探测数据。

让我们一起静静等待，中国 FAST 告诉人类宇宙里的那些故事。

揭秘海斗号：凭什么敢下万米深渊

半月谈杂志社　王　莹　邓　伽

"10 767 米""太棒啦！"激动的声音在对讲机里此起彼伏，"探索一号"科考船的每个角落都沸腾了。今年6月22日～8月12日，中科院"探索一号"科考船在马里亚纳海沟挑战者深渊开展了我国第一次综合性万米深渊科考活动。由中科院沈阳自动化研究所研制的"海斗号"水下机器人成功完成7次下潜，创造了我国水下机器人的最大下潜深度及作业深度记录。

14年潜心研发ARV，历经打压"淬炼"海斗

7月28日凌晨，海上乌云密布，"海斗号"准备进行第7次下潜。由于第6次、第7次下潜连续进行，"海斗号"团队的科考人员唐元贵、王健、陆洋、刘鑫宇已22小时连续作业，衣衫尽湿，但仍抓紧宝贵时间，向万米深渊"坐底式探测应用"这一目标发起挑战。

上午11点，"海斗号"按照预定时间浮出海面，顺利安全回收，最大下潜深度10 767 米，并实现全海深坐底式探测52分钟。

"探索一号"航次是我国第一次深潜科考尝试。其携带的海斗号、深渊着陆器"天涯号"与"海斗号"、9000米级深海海底地震仪、7000米级深海滑翔机等系列高技术装备，在马里亚纳海沟圆满完成了多项科考任务。其中，"海斗号"成功应用，使我国成为继日本、美国之后，第三个拥有万米级无人潜水器的国家。

科考成员陆洋说，"海斗号"后5次下潜均是深度大于8000米的深渊科考应用。其中，4次达到万米级别，首次获取了全海深海底及全海深剖面的温盐数据，圆满完成了实验目标。

"海斗号"属于自主遥控混合式水下机器人（ARV）。沈阳自动化研究所所长助理、水下机器人研究室主任李硕介绍，与传统的两大类水下机器

人——遥控水下机器人（ROV）、自主水下机器人（AUV）相比，通过自带能源和长距离光纤微缆，ARV 兼具 AUV 和 ROV 功能，既可以像 AUV 大范围自主探测，又可以像 ROV 小范围遥控精细测量。

"海斗号"是中科院"海斗深渊前沿科技问题研究与攻关"战略性先导科技专项项目之一，2014 年 4 月立项。短短两年实现目标，看似不可思议，实际上，沈阳自动化研究所在研制 ARV 方面已经探索了 14 年。"海斗号"项目负责人李一平说，2002 年起至今，沈阳自动化研究所已成功研制了 4 型 ARV 系统，并成功开展了湖试、海试及应用工作。

"实现万米深潜，整机系统需要承受约 110MPa 的海水压力，相当于一个手指甲盖大小面积上就得承受大概一辆小轿车重量。"唐元贵说。为此，项目组在两年时间里除了本体的研发、装配，还进行了数百次的压力模拟测试。

海斗也有小伙伴

"如今是混合式水下机器人的时代。"李一平说，每一类机器人都有自己的特长，完成自己擅长的任务。所谓混合式机器人，不仅包括遥控型和自主型的混合，还有水下和水面的混合，水面和空中的混合，这些机器人将对我国的深海研究起到积极的推进作用。

在这次深渊科考中，沈阳自动化研究所研制的海翼号 7000 米级水下滑翔机也创造了新纪录，最大下潜深度达到 5751 米，成为国内首台下潜深度超过 5000 米的水下滑翔机。

此外，沈阳自动化研究所参与研制的天涯号深渊着陆器和海角号也有突出表现，累计完成 12 次深潜，获取了不同等级深度下的大生物样品，包括钩虾、深渊专属的狮子鱼以及未知物种；还采集了大深度的海底沉积物样本和万米级水样。

30 年来，沈阳自动化研究所先后参与研制了我国第一台蛟龙号载人潜水器、牵头研制潜龙一号 6000 米和潜龙二号 4500 米两台水下机器人，在我国深海资源调查中发挥了重要作用。

为什么要下万米深渊

"现在我们的机器人已经能去到全世界 98% 的海域。有人问'为什么要下到万米'，就是不知道那里什么样，我们才要下到万米！"几年前，沈阳自动化研究所封锡盛院士的话语掷地有声。

"海斗号的定位是关键技术验证平台。目前只能代表我们的技术突破了万米深度，下一步我们要给 ARV 配备机械手，具备更多作业能力。"李一平说，在"十三五"国家重点研发计划中，沈阳自动化研究所还将参与"全海深无人潜水器"等多个项目的研制工作，届时由全国多家科研单位参与打造的全海深潜水器，将实现更多功能和更广泛的应用。

唐元贵认为，水下机器人是人类认识海洋、经略海洋必不可少的工具之一，也是建设海洋强国、捍卫国家安全和实现可持续发展所需的一种高技术手段。"比如说，深海有很多微生物菌种或远古大生物，对它们进行深入研究，有助于人类认识生物合成机理和新型抗性药物的研发，或许能帮助解决癌症和其他顽固疾病的难题。"

光明日报

近年来，我国科研评价过多、过于频繁、过于偏向计量指标，已经成为科技界反应较为集中的热点问题。科研评价会对科研人员的行为起到导向性作用，进而影响整个科学技术事业的发展——

我们该建立怎样的科研评价体系

光明日报社　齐　芳

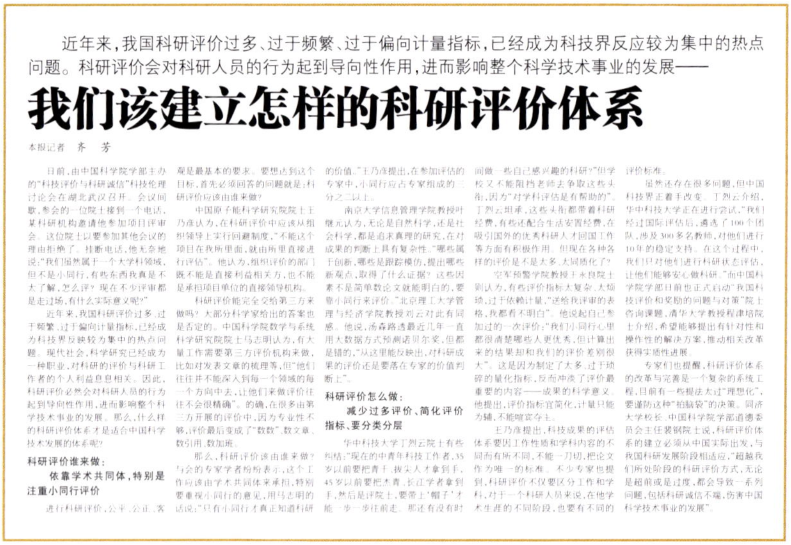

《光明日报》科教新闻版
2016 年 11 月 18 日

近年来，我国科研评价过多、过于频繁、过于偏向计量指标，已经成为科技界反映较集中的热点问题。科研评价会对科研人员的行为起到导向性作用，进而影响整个科学技术事业的发展——

日前，由中科院学部主办的"科技评价与科研诚信"科技伦理讨论会在湖北武汉召开。会议间歇，参会的一位院士接到一个电话，某科研机构邀请他参加项目评审会。这位院士以要参加其他会议的理由拒绝了。挂断电话后，他无奈地说："我们虽然属于一个大学科领域，但不是小同行，有些东西我真是不太了解，怎么评？现在不少评审都是走过场，有什么实际意义呢？"

近年来，我国科研评价过多、过于频繁、过于偏向计量指标，已经成为科技界反映较集中的热点问题。现代社会，科学研究已经成为一种职业，对科研的评价与科研工作者的个人利益息息相关。因此，科研评价必然会对科研人员的行为起到导向性作用，进而影响整个科学技术事业的发展。那么，什么样的科研评价体系才是适合中国科学技术发展的体系呢？

科研评价谁来做：依靠学术共同体，特别是注重小同行评价

进行科研评价、公平、公正、客观是最基本的要求。要想达到这个目标，首先必须回答的问题就是：科研评价应该由谁来做？

中国原子能科学研究院院士王乃彦认为，在科研评价中应该从组织领导上实行回避制度，"不能这个项目在我所里面，就由所里直接进行评估"。他认为，组织评价的部门既不能是直接利益相关方，也不能是承担项目单位的直接领导机构。

科研评价能完全交给第三方来做吗？大部分科学家给出的答案也是否定的。中科院数学与系统科学研究院院士马志明认为，有大量工作需要第三方评价机构来做，比如对发表文章的梳理等，但"他们往往并不能深入到每个领域的每个方向中去，让他们来做评价往往不会很精确"。的确，在很多由第三方开展的评价中，因为专业性不够，评价最后变成了"数数"，数文章、数引用、数加班。

那么，科研评价该由谁来做？与会的专家学者纷纷表示，这个工作应该由学术共同体来承担，特别要重视小同行的意见，用马志明的话说："只有小同行才真正知道科研的价值。"王乃彦提出，在参加评估的专家中，小同行应占专家组成的2/3以上。

南京大学信息管理学院教授叶继元认为，无论是自然科学还是社会科学，都是追求真理的研究，在对成果的判断上具有复杂性。"哪些属于创新，哪些是跟踪模仿，提出哪些新观点，取得了什么证据？这些因素不是

简单地数论文就能明白的，要靠小同行来评价。"北京理工大学管理与经济学院教授刘云对此有同感。他说，汤森路透最近几年一直用大数据方式预测诺贝尔奖，但都是错的，"从这里能反映出，对科研成果的评价还是要落在专家的价值判断上"。

科研评价怎么做：减少过多评价、简化评价指标、要分类分层

华中科技大学丁烈云院士有些纠结："现在的中青年科技工作者，35岁以前要把青千、拔尖人才拿到手，45岁以前要把杰青、长江学者拿到手，然后是评院士，要戴上'帽子'才能一步一步往前走。那还有没有时间做一些自己感兴趣的科研？"但学校又不能阻挡老师去争取这些头衔，因为"对学科评估是有帮助的"。丁烈云坦承，这些头衔都带着科研经费，有些还配合生活安置经费，在吸引国外的优秀科研人才回国工作等方面有积极作用。但现在各种各样的评价是不是太多、太同质化了？

空军预警学院教授王永良院士则认为，有些评价指标太复杂、太烦琐，过于依赖计量，"送给我评审的表格，我都看不明白"。他说起自己参加过的一次评价："我们小同行心里都很清楚哪些人更优秀，但计算出来的结果却和我们的评价差别很大"。这是因为制定了太多、过于琐碎的量化指标，反而冲淡了评价最重要的内容——成果的科学意义。他提出，评价指标宜简化，计量只能为辅，不能喧宾夺主。

王乃彦提出，科技成果的评价体系要因工作性质和学科内容的不同而有所不同，不能一刀切，把论文作为唯一的标准。不少专家也提到，科研评价不仅要区分工作和学科，对于一个科研人员来说，在他学术生涯的不同阶段，也要有不同的评价标准。

虽然还存在很多问题，但中国科技界正在着手改变。丁烈云介绍，华中科技大学正在进行尝试，"我们经过国际评估后，遴选了 100 个团队，涉及 300 多名教师，对他们进行 10 年的稳定支持。在这个过程中，我们只对他们进行科研状态评估，让他们能够安心做科研。"而中科院学部日前也正式启动"我国科技评价和奖励的问题与对策"院士咨询课题，清华大学教授程津培院士介绍，希望能够提出有针对性和操作性的解决方案，推动相关改革获得实质性进展。

专家们也提醒，科研评价体系的改革与完善是一个复杂的系统工程，目前有一些提法太过"理想化"，要谨防这种"拍脑袋"的决策。同济大

学校长、中科院学部道德委员会主任裴钢院士说，科研评价体系的建立必须从中国实际出发，与我国科研发展阶段相适应，"超越我们所处阶段的科研评价方式，无论是超前或是过度，都会导致一系列问题，包括科研诚信不端，伤害中国科学技术事业的发展"。

中国青年报

中国科大：146 名"青年千人"
是如何"引"来的

中国青年报社　王　磊

前不久，中国科大"80 后"教授陆朝阳入选英国《自然》期刊评选出的十大"中国科学之星"，被誉为"量子鬼才"；2015 年，陈宇翱、陆朝阳所在团队荣获国家自然科学奖一等奖；2014 年，陈宇翱荣获"菲涅尔奖"；同年，秦礼萍获得欧洲地球化学学会豪特曼斯奖；2013 年，雷久侯获得首届空间天气科学青年创新奖……

他们都有一个共同的标签：中国科大教授、国家"青年千人"计划入选者。

据了解，在中组部前七批"青年千人"计划申报中，中国科大共入选146 人，位居全国第二。到岗人员中有 6 位获得国家杰出青年科学基金，占全国"青千"获得杰青人数的近 1/3，另有 13 位获得国家优秀青年科学基金。

归国人员最担心什么

为什么选择中国科大？这是很多"青年千人"计划入选者回国之初遇到的最频繁的提问。雷久侯的回答很简单：纯粹的学术环境。

对于很多归国研究人员来说，他们在回国之前最担心的就是能否适应国内的学术环境。

雷久侯与中国科大的结缘，是从"偶然"到"水到渠成"。2010 年，他在美国国家大气研究中心和科罗拉多大学工作。此前他与中国科大并无交集。当年，中心接收了一位来自中国科大的访问学者。

雷久侯与这位访问学者很谈得来。在一次聊天中，该学者说"科大适合安心做研究"，并建议雷久侯到中国科大从事研究工作。2011年，适逢中组部启动"青年千人"计划，申请之前，雷久侯访问了中国科大。"中国科大与我在美国的研究环境很像，校园不大、沉静、不浮躁。"经过深思熟虑，雷久侯拒绝了其他邀请，来到中国科大。

与雷久侯不同的是，袁军华对母校中国科大很熟悉。2012年，袁军华入选"青年千人"计划，从哈佛大学回到母校。而在他还没回国之前，已经开始购买仪器、着手建设自己在中国科大的实验室了。

由于"青年千人"计划配套经费的落实会有个时间差，如果要等经费完全到位，可能会浪费几个月到半年的时间。实验室建设不能等，怎么办？中国科大的做法是，给青年人才提前开辟绿色通道，预先将钱"借"给他们。

"实验室建设过程中没有遇到什么困难，校内办事都很方便。"袁军华说，"友好的财务等人才支持系统，让刚回国的年轻人不用分心于日常的烦琐事务，而将精力全部投入科学研究"。

"科大很注意培养年轻人，这是科大能够永葆竞争力的原因。"中国科大党委常务副书记、副校长窦贤康说，在科大，从来不会论资排辈，会按照教学和科研上的成果来对老师进行评估和激励，我们会尽最大可能给予"千人计划""青年千人"等才俊最好的待遇。

这里没有记工分式的硬性考核

最近，有一则轶事在中国科大人的朋友圈里传播得很广。在6月初举行的中国科大第三届学术交流会上，中国科大化学院教授、"长江青年学者"吴长征答辩完，校长万立骏院士给予了很大的肯定，可是吴长征"并不领情"，他在会上笑言，"经不起捧杀"。

这在很多人看来是很不可思议的事，却是中国科大学术文化的打开方式：自由、民主。"低调的奢华"，是坊间对中国科大的评价。在科大校园内，流传着这样一则故事：新生入学之初，年轻的学弟学妹们都会被学长告知，千万别小看校园内穿着老头衫、骑着破旧自行车的老者，他可能就是学界大名鼎鼎的某院士、某教授。

"不打扰"，是自由文化环境的重要体现。众所周知，科学研究有它内在的规律，需要一定时间的等待和滋养，硬性的考核指标往往会伤害科研人员的研究热情。在中国科大，关于业绩的"硬性考核"却有着合理的求解：

"柔性考核"。对高层次人才，学校只是通过学术交流会对他们3～5年的阶段性工作进行总结，不作记工分式的硬性考核。

可是"柔性考核"会不会让人产生惰性呢？ "当然不会！这来源于一种文化自信和学术自觉。"第一批"青年千人"计划入选者、中国科大地球与空间科学学院教授黄方回答。

回国的第一年，黄方课题组没有一篇学术论文产出，黄方心里一点也不慌张，"我一直在认真工作，出成绩是迟早的事情"。从2011年起，他和地球物理专业的吴忠庆教授合作开展量子化学计算同位素分馏系数的工作，很快就在交叉学科方向打开局面，几年来已经发表诸多有影响力的论文，培养了一批视野广阔的学生。

细心体贴的后勤保障

对于归国人员来说，除了科研环境、学术氛围的适应，还有很重要的一点就是家庭因素的考虑。

2011年刚到科大的时候，学校为雷久侯一家准备了一套刚刚装修过的周转房，雷久侯进去后发现，新装修过的房子有些味道。由于担心年幼孩子的健康，他跟学校提出，换一套老一点、不是新装修过的房子。提出要求的第二天，学校就为他解决了。

"我们尽可能做好后勤服务，解决生活上的后顾之忧，让他们可以安心做科研。"中国科大人力资源部部长褚家如表示，"人才工作要直达人心。"

回国那年，袁军华的儿子刚上小学二年级。在美国出生和长大的孩子看不懂也听不懂中文，心里落差很大。袁军华夫妇非常着急，"好在科大附小的老师们都很负责，很照顾孩子，还定制了学习计划。"如今孩子已经上小学五年级，成绩在班级里名列前茅。

"中国科大为青年引进人才提供了全方位的后勤保障。"褚家如说。

对于"青年千人"计划产生的作用，近年来，坊间也存在一些质疑，花"大力气"引进的人才，发挥的作用到底如何？

对此，黄方认为，"青年千人"带来一些欧美名校的前沿知识和先进理念，扩展了学生的视野，增加了海内外交流的机会，同时也可以突破学科研究方向的障碍，增加学校的竞争力，一举多得。

无一例外，"青年千人"计划人才大都承担了本科教学工作。"教学相长，我将最前沿的科技知识传授给学生，同时学生也促使我对原有知识进行思考，这是一种正面的提升过程。"雷久侯说。

在褚家如看来，改革开放初期，由于国内的科研条件和经济条件都比不上欧美国家，国内流失了很多人才。近年来，随着国力的不断提升，科研和经济条件有了飞速发展，国家实施的相关人才计划使大批英才"回流"，对提升国内的科研水平有很大的作用。

此外，在注重从国外引进人才的同时，中国科大也十分重视"土著"青年教师培养。"我们每年拿出一笔钱，资助有潜力的青年教师出国进修，保留他们在学校的待遇，并提供其在国外体面的研修生活费。"窦贤康说，学校批准他们出去的唯一条件，就是他们找的实验室和导师的水平必须是一流的。

目前，中国科大各类高层次人才不重复统计有 336 人，占师资总数的 29%。

赵忠贤：一场没有终点的马拉松

瞭望周刊社　孙英兰

《瞭望》新闻周刊
2017 年 1 月 14 日

他曾在一个科研领域坚守 40 余年，研究成果两次获得被科技界誉为"含金量最高"的奖项——国家自然科学奖一等奖；他还是首届陈嘉庚物质科学奖得主。2015 年获得马蒂亚斯奖，成为首次获得该奖项的中国科学家之一。

2017 年 1 月 9 日上午，当他站在国家最高领奖台上，从国家主席习近平手中接过国家最高科学技术奖奖励证书时，"赵忠贤"三个字再次高频出现在国内各大媒体的头版，成为标准的"新闻人物"，广为人知。

对于从事了大半辈子超导研究工作的赵忠贤而言，"我只是做了一个科学家应该做的工作。"在他看来，"如果每个人都能花几年、几十年在一个领域做一件事情，认真做好，我想大多数人都能取得不同成就的成功。"

超导的"魔力"

超导，全称超导电性，是指某些材料在温度降低到某一临界温度或超导转变温度以下时，电阻突然消失为零的现象。具备这种特性的材料则被称为超导体。

1911 年，荷兰物理学家卡麦林·昂尼斯在汞研究中首次发现这种物理现象。100 年来，科学家对超导的研究一直没有停止过。这不仅因为它的独特性可能产生的应用前景，更因为它仍是当今物理学界最重要的前沿问题之一，仍是充满发现机会、充满挑战的领域。对未知世界的探索，使它从未离开科学家的视野。

至今，诺贝尔奖已 5 次颁发给 10 位研究超导的科学家。在赵忠贤看来，此次自己能获得国家最高科学技术奖，也预示着超导将在未来发展中起到更加重要的作用。

赵忠贤告诉《瞭望》新闻周刊记者，在大多数人看来，超导好像在现实生活中没什么用，而实际上，它离我们很近。比如现在医院里用的 1.5T 和 3T 的核磁共振成像仪的核心部件就是 1.5 特斯拉（磁感应强度的度量单位）或 3 特斯拉的超导磁体。超导量子干涉器件装备在医疗设备上使用大大加强了对人体心脑探测检查的精确度和灵敏度；目前北美地区有几千台高温超导滤波器服务在手机基站上，与传统基站相比大大改善了通信质量；2012 年发现"上帝粒子"的欧洲核子中心的大型对撞机中，几十公里长的超导加速环和有几层楼高的多个超导探测器都是最关键的部件。世界上首个超导示范变电站已在我国投入电网使用，其体积小、效率高、无污染等优点引领着未来变电站的发展趋势。而日本已经计划 10 年后运行超导磁悬浮列车……但超导研究之于中国，却只有半个世纪的时间。1911 年人类发现超导时，中国正经历辛亥革命。直到 20 世纪 50 年代初，中国低温物理与低温技术研究的开创者之一洪朝生先生回国，作为建立具有液氢和液氦条件低温研究室的创始人、"低温世界"的拓荒者，他带着国内的年轻学者，才实现了氢和氦的液化。国内当时在科研基础和知识储备上之薄弱可见一斑。

当 18 岁的赵忠贤负笈南下求学时，正是新中国历史上的第一次"回国潮"。以钱三强、邓稼先、朱光亚、赵忠尧、钱学森、贝时璋等为代表的老一辈科学家相继回国，开拓并奠定了新中国的科研基础。让赵忠贤感觉自己很幸运的是，在中国科学技术大学求学的他，更是得到了包括钱三强在内的大师们的悉心指导。"我至今还记得先生们在黑板上写教案的情景。"57 年前的情形恍如昨日，这让已是古稀之年的赵忠贤无限感慨。

1964 年，他从中国科学技术大学毕业分配到中科院物理研究所时，中国超导研究也刚刚起步。为了开阔视野，了解掌握世界前沿科技的发展状况，70 年代初，赵忠贤等一批年轻学生和学者陆续被派往国外学习，接触到了世界超导研究的最前沿。1975 年回国后，赵忠贤提出要探索高临界温度超导体（简称"高温超导体"）。

所谓"高温超导体"，是指临界温度在 40 开（大约零下 233 摄氏度）以上的超导体。1968 年，物理学家麦克米兰根据 1972 年诺贝尔奖的 BCS 理论（该理论是解释常规超导体超导电性的微观理论）计算，认为超导临界温度不大可能超过 40 开，他的计算得到了国际学术界的普遍认同，40 开也因此被称作"麦克米兰极限"温度（即超导最高的转变温度为 39 开）。

赵忠贤则对当时这一国际广泛认同的、由经典理论推导出的"麦克米兰极限"提出了挑战。1977 年，他在《物理》上撰文指出，结构不稳定性又不产生结构相变可以使超导临界温度达到 40 ～ 55 开，经过长时间的实验探索，科学总结升华到理论，进一步提出复杂结构和新机制在某些情况下甚至可以达到 80 开。

为了突破 40 开麦克米兰极限温度，破解高温超导之谜，世界各国的科学家展开了竞赛，都希望能最先找到谜底。赵忠贤和他的同事们也不例外。

两次重大突破

20 世纪 80 年代初，国内科研条件还十分简陋。科研经费有限，赵忠贤就和同事一起自己动手绕制烧结炉，也曾将"大减价"时淘来的"土炮"当作"重型武器"使用。依靠这些土设备，赵忠贤和他的团队也挤进了这场由美日主导的"超导竞赛"中。

1986 年，瑞士科学家贝德诺兹和缪勒在《物理学》上发表了他们发现转变温度达到 35 开的铜氧化物超导体的文章，但尚未被国际超导主流认可。赵忠贤和少数几个学者却对他们的论文产生了兴趣，因为论文中提到的"杨·泰勒"效应与赵忠贤 1977 年文章中提到的"结构不稳定性又不产生结构相变会导致高的超导温度"产生共鸣，这促使他立刻组织团队开展研究。

在 1986 年底到 1987 年初这段时间里，赵忠贤和同事们夜以继日奋战在实验室中。饿了，就煮面条；累了，轮流在椅子上打个盹。在实验最困难的时候，他们相互鼓励：别看现在这个样品不超导，新的超导体很可能就诞生在下一个样品中。

1986 年年底，赵忠贤团队和国际上少数几个小组几乎同时在镧－钡－铜－氧体系中突破了"麦克米兰极限"，获得了 40 开以上的高温超导体。

此后，赵忠贤"乘胜追击"。1987 年 2 月 19 日深夜，赵忠贤团队独立发现了临界温度 93 开的液氮温区超导体，并在国际上首次公布其元素组成：钇－钡－铜－氧。这是超导研究领域的重大突破，这一突破性发现，把超导转变温度从液氢温区提升到了液氮温区。用便宜好用的液氮替代昂贵的液氢来实现超导，大大加速了全世界高温超导的研究。

1987 年，赵忠贤作为五位特邀报告人之一，参加了美国物理学会三月会议，标志着中国物理学家走上了世界高温超导研究的舞台。

1989 年度国家自然科学奖一等奖，毫无悬念地颁发给了在世界第一次高温超导研究热潮中做出突出贡献的赵忠贤和他的团队。他还作为团队代表获得了第三世界科学院物理奖。

《瞭望》新闻周刊记者第一次见到赵忠贤时，正是他从美国回京、到位于三里河路的中科院院部向院党组汇报美国之行的情况。虽然有十几个小时的时差，在他身上看不出一点疲惫。已过不惑之年的赵忠贤，留给本刊记者的最初印象，就是浑身有用不完的劲儿。

操着一口浓重的东北腔，赵忠贤告诉《瞭望》新闻周刊记者，他的美国之行，让国际同行感受到了中国科学家的潜力，也让他看到了我们与先进国家的差距。"我们只有加倍努力！"赵忠贤说。

潮涨潮落。在突破了"麦克米兰极限"后，国际物理学家们对超导材料的探索和相关研究跌入低谷，它的"魔力"似乎消失了，国内的研究也受到影响。

缺乏激情的枯燥研究让许多人选择离开超导，有些人调整了研究方向，有些人直接"下海"，很多团队解散。但赵忠贤却一直坚持着，矢志不移。"虽然现在超导研究遇到了瓶颈，我认为还会有突破。我坚信，高温超导研究未来必将有重大突破。"赵忠贤告诉记者，身为超导国家重点实验室主任，即使面对质疑与否定，他也有责任把这项工作做好。

没有鲜花和掌声，甚至要顶着没有论文产出、没有科研成果的压力，赵忠贤带领团队坚守着高温超导研究这块阵地，宁坐板凳十年冷，咬定青山不放松。无数次制备、观察、放弃，无数次归零再重新开始，这样的过程已经数不清次数。在"静默"了近 20 年后，终于再次迎来"转机"。

2008 年 2 月下旬，日本科学家发现在镧－氧－铁－砷体系中存在转变温度为 26 开的超导电性，这与赵忠贤"在具有多种相互作用的四方层状结构的系统中会有高温超导电性"的思路是一致的。基于长期的研究经验，赵忠贤立刻意识到这类结构的铁砷化合物（后来被称作"铁基超导体"）很可能存在新的系列高温超导体。事实上，赵忠贤在 1994 年就研究过结构完全相同的稀土－铜－硒－氧体系，但没有用铁元素。

赵忠贤提出了高温高压合成结合轻稀土元素替代的方案，并带领团队在该领域全力攻关。2008 年，物理所团队发现了转变温度 40 开以上的铁基超导体，确定铁基超导体为新一类高温超导体。赵忠贤团队又接连发现了一系列高于传统超导体极限临界温度的、50 开以上的铁基超导体，并创造了 55 开的铁基超导体临界转变温度的世界纪录，为确认铁基超导体为第二个高温超导家族提供了重要依据，实现了高温超导研究领域的第二次突破。

中国科学家在铁基超导领域的突破再次震动了世界物理学界。当年，该项研究入选《科学》"2008 年度十大科学突破"、美国物理学会"2008 年度物理学重大事件"。《科学》还刊发了《新超导体将中国物理学家推到最前沿》的专题评述，认为"中国如洪流般不断涌现的研究结果标志着在凝聚态物理领域，中国已经成为一个强国。"

作为"40 开以上铁基高温超导体的发现及若干基本物理性质研究"的重要部分，赵忠贤团队再次问鼎象征着中国基础研究原始创新能力的 2013 年度国家自然科学奖一等奖。此前，这一奖项已经连续 3 年空缺。

2015 年，赵忠贤与中国科学技术大学陈仙辉教授一起获得马蒂亚斯奖。该奖项每 3 年颁发一次，授予在超导材料领域有杰出贡献的科学家，每次授奖不超过 3 人。这是此奖首次颁发给中国科学家。

未完的"长跑"

2014 年初秋的一个中午，燥热仍在持续。中科院物理研究所科研楼里一片寂静。因为没有事先约定，抱着碰碰运气的念头，《瞭望》新闻周刊记者走近赵忠贤院士的办公室。门没有关严，从门缝中能模糊地看到一个人的侧影。轻轻敲了两下门，一声"请进"便传了出来。

斜靠着椅子、手里还拿着一本英文杂志的赵忠贤见是本刊记者连忙起身招呼，还不忘调侃："大记者，怎么跑我这儿来啦？"

对"不速之客"的造访，赵忠贤似乎已经习以为常。"你看我这门都不关严，就是人来人往方便。"2013 年的一场病，让他清瘦了许多，头发也白了许多。但说话仍是"大嗓门"，东北腔一点儿没改变。

在中科院，赵忠贤曾以"敢说"出名。对科研领域的不正之风他一向敢于直言，对培养人才他更是费尽心力。为了培养学生的动手能力，他常常自己动手磨晶体，在几毫米的材料上接线，亲自做示范；为了把铁基超导体的临界温度提高到 50 开以上，并尽快形成论文成果，他曾以 67 岁的年纪带领年轻人几乎通宵工作，完成了初期最关键的 3 篇论文。

他常跟学生们说，搞科研就要吃得了辛苦，耐得住寂寞；不要只盯着论文，要真的去解决科学问题。"现在社会上各种诱惑很多，好像很多选择都比做科研赚钱，但如果选择了科研这条道路，就不妨安下心来，坚持一下，我相信你们坚持十年一定会有重大突破。"

他也常和身边人开玩笑说，搞科研就好比打麻将，你若一直打，总有和牌的时候。"我们口袋里装着许多把钥匙，同时还在不断地制造出新的钥匙，而只有其中一把能够开启科学之门。我们要做的，就是不懈努力，制造、修改每把钥匙，直到打开这扇大门。也许，此前试验过的那么多把钥匙都失败了，于是有人选择了放弃。但谁又能肯定，接下来这把钥匙不会解开未知之谜呢？"

对本刊记者，赵忠贤也直言不讳：《瞭望》新闻周刊是非常有分量的媒体，希望你们能多报道年轻的科学家，多报道我们取得的科技成就，多为科技改革、为营造创新环境鼓与呼。

赵忠贤认为，科学研究是没有终点的长跑，没有止境。要创新，就要宽容失败；基础研究就是在不断的失败中找出一条成功的路。"但现在的评价体系对失败还是比较苛刻的，所以我尽可能为年轻人营造一个轻松的研究氛围，多承担责任，多呼吁建立合理的评价体系。"赵忠贤说。

他告诉《瞭望》新闻周刊记者，早在 20 世纪 80 年代他就曾经提出过和铁基超导材料的化学组成非常相似的材料，只不过用的是铜。"现在回过头来看，如果当时思想再解放一些，胆子再大一些，第一个提出铁基超导的或许就会是我们。"正因如此，他总是鼓励实验室里的年轻人什么都可以做，不要怕失败，要不断创新、不断尝试。"我现在的工作就是凝练学科方向，同时尽我所能，为大家营造良好的学术氛围。"赵忠贤说。

送别李佩：她的坚强超乎你想象

中国新闻社　马海燕

送别李佩：她的坚强超乎你想象

2017年01月17日 18:16　来源：中国新闻网　参与互动

中新社北京1月17日电 专题：送别李佩：她的坚强超乎你想象

中新社记者 马海燕

17日的北京，雾霭沉沉，八宝山东礼堂外的人流排成长龙，来送别一位99岁的老人。瘦削的李佩躺在玫瑰花丛中，身上覆盖党旗，面容安详。

她最广为人知的身份是"两弹一星"元勋郭永怀遗孀。1968年12月，郭永怀不幸因公殉职。时隔近半个世纪，她与他终于天堂团聚。

大厅正中照片上的李佩，戴白色围巾，微微笑着，望着来送她的那些或认识或不认识的人。"寿终德望在，身去音容存"，告别室里的对联是对她一生中肯的评价。

92岁的两院院士郑哲敏特地赶来送好友最后一程。他是钱学森的学生，与郭永怀夫妇在美国时就相识，在中科院力学研究所与郭永怀是同事，两家一同经历了几十年的风风雨雨。在郑哲敏看来，李佩的百年人生是一个传奇，无论是早期在中国科学院行政管理局中关村西郊办公室负责后勤建设，还是后来为中科院赴美留学生培训英语，她都做得尽心尽责。

负责任也是所有接触过李佩的师生的印象。中科院力学所纪委书记戴兰宏还记得一件小事：中科院研究生院大概是最早请外教的院校之一。当时学生们的英语学习大多与博士论文答辩、演讲等实际要求相结合，作业也会练习用英语写作介绍自己博士论文背景、研究方向等，涉及不少相关内容。当时有个外教学期结束回国时把同学们的作业装箱带走了，李佩听说了硬是赶到机场把他截了下来。

中国科学院大学校长丁仲礼是李佩的学生，硕士、博士英语都是李佩所教。在丁仲礼看来，老师内不发火，却自有一股威严。丁仲礼当校长时，李佩已退休多年，再去看老师时，老师的衰老一度让他很感伤，但淡定的气度仍在。

中新社电讯通稿

2017 年 1 月 17 日

17 日的北京，雾霭沉沉，八宝山东礼堂外的人流排成长龙，来送别一位 99 岁的老人。瘦削的李佩躺在玫瑰花丛中，身上覆盖党旗，面容安详。

她最广为人知的身份是"两弹一星"元勋郭永怀遗孀。1968 年 12 月，郭永怀不幸因公殉职。时隔近半个世纪，她与他终于天堂团聚。

大厅正中照片上的李佩，戴白色围巾，微微笑着，望着来送她的那些或认识或不认识的人。"寿终德望在，身去音容存"，告别室里的对联是对她一生中肯的评价。

92 岁的两院院士郑哲敏特地赶来送好友最后一程。他是钱学森的学生，与郭永怀夫妇在美国时就相识，在中科院力学研究所与郭永怀是同事，两家一同经历了几十年的风风雨雨。在郑哲敏看来，李佩的百年人生是一个传奇，无论是早期在中科院行政管理局中关村西郊办公室负责后勤建设，还是后来为中科院赴美留学生培训英语，她都做得尽心尽责。

　　负责任也是所有接触过李佩的师生的印象。中科院力学研究所纪委书记戴兰宏还记得一件小事：中科院研究生院大概是最早请外教的院校之一，当时学生们的英语学习大多与出国参加学术会议、演讲等实际要求相结合，作业也会练习用英语写作介绍自己的博士论文开题、研究方向等，涉及不少前沿内容。当时有个外教学期结束回国时把同学们的作业装箱带走了，李佩听说了硬是赶到机场把他截了下来。

　　中国科学院大学校长丁仲礼是李佩的学生，硕士、博士英语都是李佩所教。在丁仲礼看来，老师从不发火，却自有一股威严。丁仲礼当校长时，李佩已退休多年，再去看老师时，老师的衰老一度让他很感伤，但淡定的气度仍在。

　　这种淡定伴随她度过了人生中很多艰难的时刻。年过半百丧夫，年近八旬丧女，她内心的煎熬和难过从不写在脸上。45 岁的女儿离开时，白发人送黑发人，李佩硬是一节课都没耽误。谈及此，和李佩相识 20 多年的学生马维很是动容："她从来不是悲观的人，她的坚强超乎你想象。"

　　改革开放后，李佩负责中美联合招考赴美物理研究生项目的英语选拔，所有从中科院赴美的研究生都聆听过她的教诲。发起该项目的诺贝尔物理学奖得主李政道在唁电中说："上世纪 80 年代，李佩教授大力支持我支持的 CUSPEA 项目，帮助中国学子走出国门，为推动祖国教育所做的贡献功在千秋。"

　　78 岁的中科院研究生院原党委书记颜基义还记得 20 多年前和李佩去美国，"沾李老师的光"，受到李政道、成思危的妹妹成露茜等的热情款待，每到一所大学都能见到李佩的学生，受到学生们的欢迎。"桃李满天下"，这大概就是当老师最大的荣耀。

　　生命的最后两年，由于媒体的介入，这个一直默默做事的老人突然在互联网上火了起来。她被称作"中科院最美的玫瑰""中关村的明灯""年轻的老年人"。每周都去看她的马维说，她生前很看淡这些称呼，最在乎的是科学家楼要拆了，学生有没有照顾好。这些年来学生有生活问题了、思想问题了，甚至工作上要写推荐信都可以找她。

　　退休了的李佩也常常出现在学生面前。颜基义说，每年的开学典礼，她的出现对学生就是一种无声的鼓励，从在主席台上站着到身体渐渐不允许只能坐在台下，她只要能来都坚持来。

　　2016 年 12 月 20 日，是李佩最后的一个生日。郑哲敏、颜基义、李伟格等好友到医院探望。一直处于半昏迷状态的李佩不仅睁开了眼睛，自始至终脸上都带着熟悉的微笑，当好友离去时，她还坚持招手。这是她一直以来的修养。

生日过后 23 天，李佩与世长辞。而在临终前好些年，她早已将郭永怀荣获的"两弹一星"元勋金质奖章、毕生 60 万元人民币积蓄都捐了出去。

"心中惟学生似燃蜡照明滴泪成灰春蚕今日哭丝尽，天堂有爱人曾携手报国因公忘家阖家从此喜团圆。"八宝山东礼堂门口的挽联无声地告诉人们，如今老人九九归一。

丁仲礼告诉记者，李佩的雕像将矗立在中国科学院大学的校园里，该校将同时设立李佩老师奉献奖，用于奖励为学生无私奉献的老师们。

人民日报

一年多来，紫金山天文台暗物质卫星团队
收集了 19 亿个粒子数据

和"悟空"一起探星空

人民日报社　姚雪青

　　丙申猴年将尽，宇宙中一只伶俐活泼的小猴子——"悟空"近来也忙得很。

　　据中科院紫金山天文台通报，暗物质粒子探测卫星"悟空"近期频繁记录到来自超大质量黑洞 CTA 102 的伽马射线爆发。这是科研团队自卫星上天后首次发布观测成果，引发了各方关注。

　　2015 年 12 月 17 日"悟空"成功发射，在轨飞行的一年多，它的火眼金睛看到了什么？悟空的"师父"们——科学家在后方怎样工作？

每天定时体检，对"悟空"采集的数据进行标定和重建

　　早上五六点，中科院紫金山天文台办公楼三楼一间办公室就亮起了灯。"悟空"每天绕地球飞行 15 圈，每圈 4 万多公里，一天下来"腾云驾雾" 60 多万公里，"悟空"的身体是最让"师父"们挂心的。

　　他们一天的工作，就从为"悟空"体检开始。"载荷状态监视岗"的值班人员，开始接收每天 4 轨的监测工程参数、科学数据，并通过这些信息为"悟空"测一测温度、量一量高压。

　　紫金山天文台副台长、暗物质粒子探测卫星首席科学家常进，是"悟空"的总负责人，他每天的第一件事就是查看"悟空"的体检报告："刚发射的时候我担心会出现意外，所以安排每天两班人马。但是'悟空'的表现很好，除了在 6 月份遇到一次因为太空复杂环境导致的问题，其他基本正常，平时只需一人监控值班。"

常进说得淡定，但其他"师父"们却偷偷告诉记者，那次"悟空"生病，常进急得睡不着觉，还发了低烧。好在对症下药后，"悟空"很快就痊愈了。

"悟空"也定期向后方的"师父"们汇报工作。每天清晨和傍晚，当它飞过中国境内，位于密云、喀什、三亚的三个数据接收点就会接收到数据，每天约有13G。这些数据先是汇总到怀柔的地面支撑系统，之后再传回紫金山天文台的暗物质实验室进行分析。

科学应用系统总设计师伍健用"盲人摸象"来形容分析过程。"悟空"每天传送回500万个粒子信息，这些粒子包括原子、电子、中子等。原子由原子核和绕核运动的电子组成，电子与正电子会因碰撞而湮灭，在这个过程中产生光子。500万个粒子当中，电子只有不到千分之一，而光子只有十万到百万分之一。此外，"悟空"探测器共有7万多路电子学信号通道，采集到的数据必须得标定和重建，就如同7万多个盲人在摸象。

分析第一步称为标定，就是把二进制电子信号转换成能量，就好比为数万个盲人千差万别的感觉确定一个标准。第二步是数据重建，相当于将每个盲人摸到的部分拼凑到一起。这也仅是真正物理分析的基础，接下来的关键是要挑选出那千分之一的电子。10多年前，常进提出的挑选方法，已成功应用在南极热气球实验、暗物质卫星和日本的空间站实验"电子量能器"的科学分析中。

由于成千上万路信号汇总之后，才能还原出目标粒子是什么种类、到达时间是否均匀、方向分布有无特殊性等信息，"师父"们要加班加点甚至通宵工作才能完成。为提高准确率，标定和重建一直在不断改进，目前数据分析所用的软件总共修改了5000多次。

365个日日夜夜，"悟空"与"师父"们就在这重复的程序中度过。

搜寻暗物质、研究宇宙射线等任务取得了阶段性成果

前不久，"悟空"首次擒获"小妖"，频繁记录到超大质量黑洞CTA 102的伽马射线爆发。这是怎样发现的、又有怎样的意义？

紫金山天文台暗物质与空间天文研究部研究员袁强介绍，在这里，"师父"们分成两组工作，一组负责卫星运行控制，另一组是进行科学分析。科学分析小组每天都将"悟空"传回来的500万个粒子分门别类并深入分析。去年10月份以来，光子组研究人员发现在CTA 102的方向不断有高

能光子到达，有时一天之中甚至来好几个事例，而以往一个星期也观测不到一个。经过持续观察，他们认为这是来自超大质量黑洞伽马射线爆发的情况。

当然，这只是"悟空"的一次牛刀小试。作为目前世界上观测能段范围最宽、能量分辨率最优和粒子鉴别能力最强的高能粒子探测卫星，"悟空"由卫星平台和 4 个有效载荷组成，分别是塑闪阵列探测器、硅阵列探测器、BGO 量能器和中子探测器。它们共同构成一个高能粒子望远镜，可以高精度地测量入射粒子的信息。最高可观测能量是国际空间站"阿尔法磁谱仪"的 10 倍，能量分辨率比国际同类探测器高 3 倍以上。

此次上天，"悟空"还肩负着研究宇宙射线起源和伽马射线天文学的使命，目前也都已经有了阶段性结果。

一年多来，"悟空"发回了 19 亿个粒子数据。其中，5GeV ～ 10TeV 区间的高能电子数量已经超过 100 万个。理论上，人们认为暗物质粒子湮灭或衰变可以产生高能电子，通过这些数据便可以搜寻暗物质粒子的踪迹。高能电子还可以用于探索邻近的电子宇宙射线源，这是因为高能电子在星系中只能跑很短的一段距离，从而带给我们的是太阳系附近的源的信息。

伽马射线观测方面，"悟空"还观测到了脉冲星、恒星爆炸后形成的超新星遗迹等天体。"悟空"在一年多时间里，已经完成两次全天扫描，成功绘制出一张全天伽马射线图，这是国际上仅有的 3 幅 GeV 辐射天图之一。

那么，高能量的宇宙射线究竟是来自黑洞，还是来自超新星的遗迹，抑或是某些现在还未知的天体？目前学术界有多方猜测。作为一个宇宙射线望远镜，"悟空"也可以用来研究宇宙射线的起源、传播和加速等。

"目前仍是积累数据阶段，说其中包含着多大的成果还为时尚早。"常进坦言，但这一年"悟空"已经超额完成目标。

继续全天扫描高能粒子，有望打开观测宇宙的新窗口

我们身边每分每秒都有无数的暗物质粒子穿越人体和其他物质，但我们却感觉不到，它们就是"暗物质"。根据科学家研究，宇宙中约分布着 68% 的暗能量和 27% 的暗物质。而我们所看得见、摸得着的普通物质仅占 5%，就如同深沉夜幕中几颗闪光的星星。

　　暗物质和暗能量被视为现代物理学和天文学的"两朵乌云"。业内人士认为，揭开暗物质之谜将是继日心说、万有引力定律、相对论及量子力学之后的又一次重大飞跃。

　　伍健介绍，目前科学家大致有三种方法探测暗物质：利用加速器将暗物质粒子"创造"出来；在地下布好"靶子"，等着暗物质粒子撞击留下可见粒子的蛛丝马迹；到茫茫太空捕捉暗物质粒子湮灭或衰变后留下的痕迹。"悟空"采用的是第三种方法。

　　在新一年，"悟空"还将继续遨游太空，接受来自宇宙四面八方的高能粒子。由于暗物质的踪迹的不确定性，"悟空"将在上天后的头两年进行全天扫描。如果在某些方向发现有趣的结果，它将展开定向观测。

　　"我们继续忙并快乐着。"说起自己的新一年的小目标，常进坦言，还是按部就班地做好工作，尽早发表第一批研究成果。目前第一批研究成果所需要的分析数据已经获取了一大半，但是在余下部分完成前，谁也说不好会遇到什么。

　　"只要'悟空'一切运行正常，就为我们打开了观测 TeV 能量以上宇宙的新窗口，未来就有可能在暗物质间接探测、高能天体物理、宇宙射线物理等方面带给我们更多惊喜。"袁强说，TeV 能量级别大约是地铁安检中 X 光能量的 10 亿倍，如此高能的电子只在宇宙射线中存在，而以前的实验从未准确地观测过它们。这就是一块未知的旷野，等待着"悟空"的火眼去发现。

中科院北京分院"启明星"优秀人才计划纪实
（系列报道）

一颗"启明星"点亮一群星

——中科院北京分院"启明星"
优秀人才计划纪实（上）

中国科学报社　李晨阳

一颗"启明星" 点亮一群星

——中科院北京分院"启明星"优秀人才计划纪实（上）

《中国科学报》第 1 版

2017 年 2 月 8 日

37 岁的熊志建是中科院山西煤炭化学研究所副研究员，同时也是所长助理、所党政办公室主任。一手做科研，一手搞管理，在别人看来游刃有余的他，其实也有过一段迷茫的日子。他告诉《中国科学报》记者，是一颗"启明星"照亮了他的职业之路。

一个照亮前路的计划

2001 年 7 月，大学毕业的熊志建来到中科院山西煤炭化学研究所工作。在职期间他选择继续攻读研究生，方向是能源化工领域的战略研究和产业发展规划。2010 年年底，他又被任命为党政办公室副主任，着手管理工作。

从科研岗位转变为管理岗位并不容易。熊志建回忆："那个时候，我感觉很生涩、很茫然，不知道从哪个角度切入才能更好地完成工作，也不知道怎样才能不负领导厚望。"

尽管领导和同事们给予了很多建议和帮助，但由于缺乏系统的教育培训，他总有种"摸黑"上路的感觉。这种困惑一直持续到 2012 年。当时，一个崭新的契机出现了。

那一年，中科院北京分院领导研究决定，启动实施北京分院"启明星"优秀人才评选工作。

"'启明星'优秀人才评选工作是积极探索复合型人才培养的新理念和新模式，以培养高素质的管理领军人才为目标，努力培养一批具有良好政治素养、较强业务和管理能力，德才兼备的复合型人才。"中科院党组成员、副秘书长、中科院北京分院院长何岩说，这既是为了推进中科院"率先行动"计划、"创新 2020"和"一三五"规划的深入实施，"也是为了进一步加强青年人才队伍建设，培育优秀青年管理人才"。

经严格评选，熊志建等 43 名时年 35 岁以下的青年科技工作者脱颖而出，入围了第一届"启明星"优秀人才计划，其中科研人员 18 名、管理人员 16 名、支撑人员 9 名。这些年龄相近、背景相似的年轻人有了一个亲切的昵称："星星们"。

一场严格的比拼与评选

"启明星"优秀人才评选工作得到了研究所的积极响应和大力支持，各单位高度重视，从培养本单位未来管理领军人才的角度出发，严格按照规定的选拔条件，坚持德才兼备、以德为先的原则，在科研、管理和支撑一线的青年骨干中认真组织开展遴选工作，切实做到优中选优，把真正具有较好发展潜力、需要重点培养的优秀青年人才推荐出来。

"评选坚决杜绝搞个人圈定、弄虚作假等不正之风，推荐人选必须经党委会讨论研究、所务会审核同意后报北京分院。"北京分院分党组常务副书记、副院长马扬指出。北京分院邀请有关人员组成评选委员会，按照评选条件和相关要求进行严格的评选；评选结果提交北京分院分党组会研究审议，经公示后，最终确定"启明星"优秀人才最终名单。

"启明星"人才计划就是要将一些素质过硬、能力较强的科研管理工作者遴选出来，为他们的成长提供一个平台，这是一场实力和能力的比拼与评选。中科院各单位也积极采取各种有效形式，围绕"启明星"优秀人才评选工作和入选者的工作表现做好宣传，进一步塑造和提升了"启明星"优秀人才培养计划的影响力和品牌效应。

一群冉冉升起的星星

在已经评选的前两届"启明星"优秀人才计划中，已有 77 颗"星星"冉冉升起。在他们中，已有两人成长为所局级领导、5 人被列入研究所后备干部。这不禁让人期待，未来的"启明星"优秀人才计划还会培育多少人才，带来多少惊喜？

1978 年出生的陈雪峰，如今已任中科院心理研究所副所长。作为一位非常年轻的所局级干部，她相信自己取得的成绩与"启明星"优秀人才计划的培养是密不可分的。

陈雪峰回忆，当她得知自己入选首届"启明星"优秀人才计划时，内心非常激动。她意识到，这是中科院北京分院为培养青年科研和管理骨干人才而打造的一项创举，从而对此充满了期待。

"实践证明，'启明星'计划的整体设计和培训方式非常科学。"陈雪峰说，在首届"启明星"优秀人才集中培训中，何岩所做的报告全面梳理了中科院的历史、职能和组织架构。马扬与大家一起分享了在中科院开展管理工作的实践经验和心得。这些都让她印象深刻。除了政策宣讲、理论解读这样的"硬货"外，有关压力管理、心理调适等方面的培训也让人倍感贴心。

"这些课程既有高度，又有深度；既有理论，又有技巧。"陈雪峰总结称。

一片星星织就的光网

在采访中，每位"星星"都提到，他们在"启明星"计划中的最大收获，就是结识了一群好朋友。

第二届"启明星"成员徐颖是"北斗卫星导航系统"科学家，也是中科院光电研究院建院以来最年轻的研究员和博士生导师。她说："我是做科研工作的，在'启明星'这个团队里，我有了跟科技处、人事处等管理部门的伙伴充分交流的机会，这让我得以从全新的角度看待科研管理工作，也能够更好地与机关职能部门相互协作，共同做好科研工作。"

陈雪峰则告诉记者，当她在研究所的管理工作中遇到问题时，常会想到向"启明星"团队的伙伴求教，而且往往都能有所启发。在"启明星"们的微信群里，每当探讨问题时，大家总是知无不言、言无不尽。

"一个人有了问题，一群人帮助解决，最后所有人都能有所收获。"陈雪峰说，"我相信'启明星'计划对我的影响还将继续绵延下去。在我的生命历程和职业生涯里，都将是一份宝贵的经历。"

"这种感觉就像是把一颗颗单个的星星连成线，再把线织成面，最后形成一张大网。这是一份非常强大的助力！"熊志建说。

一场"及时雨"润绿一片林

——中科院北京分院"启明星"优秀人才计划纪实（下）

中国科学报社　李晨阳

《中国科学报》第 1 版

2017 年 2 月 8 日

中科院微电子研究所党委委员、党委办公室主任马强是第二届"启明星"优秀人才计划的成员，他早在"启明星"人才计划启动时，就非常关注这个计划。"过去，中科院没有针对我们管理人员的培养计划，而'启明星'恰恰给管理岗位上的青年工作者提供了一个很重要的平台。"他说。

在"启明星"这个平台上，他收获颇丰。在这里，他与"星星们"展开了跨学科、跨领域、跨专业的丰富交流与思想碰撞，也第一次跳出业务圈子，静下心来审视自己的工作思路和方法。

一场管理人才的及时雨

在中科院，不乏针对青年人才的团体组织和培养计划，如青年创新促进会（简称青促会）、青年联合会（简称院青联）等，但这些组织和计划大多是为科技人才服务的。相比之下，中科院的青年管理型人才在很长一段时间里都没有得到足够重视。

"在这种情况下，'启明星'优秀人才计划可以说是一场及时雨，非常及时又恰到好处，为处于成长期的科研管理人员提供了提升和进步的机会。"中科院光电研究院研究员徐颖说。

在第一届"启明星"中，管理人员占比37%，到了第二届，该比例已提高到47%。可以预见的是，未来会有越来越多像马强这样的青年管理人才得到进一步培养深造的机会。更具意味的是，尽管"启明星"优秀人才计划有着鲜明的定位，即强调和侧重管理，却依然坚持科研、管理、支撑三类人才并举的格局。因为只有这样才能实现交叉、学习与交流的目的。

中科院化学研究所研究员罗三中是以科研人员的身份入选第一届"启明星"优秀人才计划的。在以往的工作中，他深刻意识到"好的管理对工作的促进作用是显而易见的"。过去，尽管在同一个研究所里，科研人员和管理人员像两条平行线。而现在，"启明星"优秀人才计划为双方提供了交叉点。

"第二届'启明星'优秀人才计划评选时，我们化学研究所推选的人才就是科技成果转化办公室的张建伟。我们现在成了很好的朋友。"罗三中说，"我发现，在管理人员身上有很多值得我们科研人员学习的东西。"

一条不断延伸的纽带

罗三中不仅是"启明星"优秀人才计划的成员，也曾担任院青促会理事长。事实上，在这些"星星"中，有很多都是青促会的成员。"启明星"平台的搭建，无疑为青促会与分院之间的工作衔接提供了很多便利。

"如今，'启明星'已经成了一条纽带，将青促会、院青联、院团委等组织联系起来。"马强告诉记者，这条纽带的意义，不仅在于横向盘活，也在于纵向传承。

2015年11月底，在中科院高能物理研究所举行了一场"启明星"优秀人才交流研讨会。会上，陈雪峰、罗三中和熊志建作为第一届"启明星"优秀人才代表，分享了他们入选"启明星"计划以来的收获和感悟。

这场汇聚了两届"星星们"的座谈会，成为衔接、联系第一届和第二届成员的重要活动。

第一届"启明星"成员、中科院山西煤炭化学研究所所长助理、所党政办公室主任熊志建说："在这个团队里，我们对'启明星'三个字非常认可。我们也会非常关心未来'星星们'的成长，确保'启明星'一届比一届更出色。"

熊志建还提出，希望未来能进一步推动"启明星"优秀人才计划和中科院其他人才计划的结合，让纽带的力量越来越大。

一个创新不止的计划

"启明星"优秀人才计划的活动形式本身也在不断发展和创新。在2015年第二届"启明星"优秀人才计划评选中，启动了管理课题的研究，旨在以课题的形式维系组织"启明星"成员，抓住一些难点热点问题深入开展课题研究，通过调研走访、交流研讨、不断创新，探索新的思路、总结新的经验、提出新的举措，力求取得高质量的研究成果。

例如，由马强牵头承担的《中国科学院（京区）青年管理干部成长现状调研》是当下大家关注的重点和热点。"我觉得这是一个很好的革新。"马强说，"'星星们'来自不同研究所、不同岗位，有着不同的专业背景。当大家共同对一个课题感兴趣时，理应群策群力，拿出一个像样的报告，为院领导和决策层提供一点政策参考，贡献一点自己的力量。"

这些课题的实施和研究论文的出炉，将对进一步解决实际工作中的瓶颈问题、难点问题，坚持围绕科技创新、服务科技创新、促进科技创新发挥重要的作用。

今年，北京分院又出"重拳"强化"启明星"优秀人才的系统性培养，建立更加规范和多样的培养与交流机制，为"启明星"优秀人才开设为期一个月的脱产培训班。"脱产培训班通过系统的集中培训，促进综合管理能力的全面提高，促进交流和思考，拓宽视野和思路，提升政策水平，增强大局意识。"北京分院分党组常务副书记、副院长马扬指出。

分院推出的一系列举措目的就是不断夯实"启明星"优秀人才计划的培养基础，为京区乃至中科院探索一条成熟可行的管理型人才的培养模式，为中科院"率先行动"计划的全面实施提供坚强的人力和智力支持。

文匯報

中科院上海技物所风四团队攻坚 15 年啃下让欧美知难而退的硬骨头

"中华慧眼"实现代际跨越

上海文汇报社　许琦敏

《文汇报》第 3 版
2017 年 2 月 27 日

太空中，刚从太阳的炙烤中钻入地影，去年年底发射上天的风云四号静止轨道气象卫星上，两台完成代际技术跨越的仪器——新一代扫描成像辐射计、干涉式大气垂直探测仪，经受住了太空中巨大温差变化的残酷考验，源源不断地下传遥感数据。

地面上，他们的研制者——中科院上海技术物理研究所风四载荷团队的科学家们，长长松了口气。15 年的坚持与付出。首席科学家华建文说，这辈子能够啃下这块让美国、欧洲都知难而退的硬骨头，值了！

　　离地面 3.6 万公里的地球静止轨道上，这对崭新的"中华慧眼"正传回大量"中国数据"。其中部分数据是国际气象界迫切期望使用的，除了中国的风云四号气象卫星，目前没有任何一颗在轨卫星能够提供。

当别人放弃时，我们坚持

"没有辐射计，就不是风四；没有探测仪，就不是中国的风四。"中科院上海技术物理研究所副所长、探测仪主任设计师丁雷这句话所指的，是十几年前，中科院院士匡定波力排众议，支持研制干涉式大气垂直探测仪的魄力。

1997年风云二号卫星刚上天，下一代风云卫星就已开始规划。匡定波提出，应该发展干涉式大气垂直探测仪。这种利用傅立叶变换原理的探测仪，可以为大气做"超级CT"——把大气从地面开始"切片"，将100公里大气切成上千层，测出每层的温度、湿度等数值，为灾害性天气监视和大气化学成分探测服务。

"比如青藏高原的冷空气下沉，并流向东部，抬升那里的热空气。这个变化过程原来主要是理论推测，没有实际观测到过。"丁雷说，而探测仪获得的数据可能让人类首次真切"看"到这个过程。

这是遥感领域红外光谱技术的一场革命。早先，美国、欧洲都在朝这个方向努力，但到2006年，由于技术难度过大、所需经费太多，美国放弃了，欧洲也大幅调整了计划。

中国要不要继续？

2001年回国来到中科院上海技术物理研究所的华建文，在2005年年底已带领团队调出了红外干涉信号，原理样机初步成功。匡定波说："尽管这块骨头很难啃，但只要把仪器送上天，就是迈出成功的第一步。"

国际同行公认，探测仪"切片数"达到1000，是衡量探测质量的分水岭。"我们非但要做，而且把目标定在了1500层，这几乎是一个梦想数值。"丁雷说，既然要啃硬骨头，就挑最难的尝试。

如今，当中国的探测仪开始提供全球独家的数据时，美国的研发队伍尚未重新聚集，欧洲的仪器还要等到2022年才能发射升空。

"当别人放弃时，我们坚持；做成功了，就领先世界。"华建文说，过去中国向国外卫星要数据，现在是国际气象界迫切需要中国的卫星数据了。

为一颗星做一辈子，我愿意

光谱通道从 5 个拓展到 14 个；可见光空间分辨率从 1.25 千米提高到 500 米；地球全圆盘成像时间从 30 分钟提高到 15 分钟，未来还可继续提高到 5 分钟以内……随风云四号上天的扫描辐射计，与风云二号上的仪器相比，实现了技术的代际跨越。

成像辐射计的扫描机构瞄准拍摄点的精度有多高？主任设计师王淦泉说，相隔一个足球场的距离，在一边放上成排的 1 万枚针孔仅 0.04 平方毫米的细针，在另一边用扫描机构的镜子反射激光穿过小孔，可以准确穿过 9997 个。

为了精确评价扫描镜的这个精度指标，王淦泉整整想了 12 年。无法检测校准，又怎知仪器是否达标？2014 年的一天，他偶然看到资料，有一种设备可以达到在千分之一秒内测出 0.1 角秒的误差。可国内只有一两家单位可能具备这种技术，但精度能否满足扫描镜的测试需求，却是未知。

他花了一年多时间，往返于北京、西安等地，不断与相关科研人员沟通，促成对设备的改进，终于做出了可以检测扫描镜动态精度检测的仪器。

面对这么多从未挑战过的技术难关，漫长的研发周期考验着科研人员的定性。一般卫星的研发周期是 4～6 年，但具备高精度定量应用特征的气象卫星的研发周期却长达十几年。一代气象卫星往往要先后发射好几颗，从第一颗到最后一颗上天，又有好几年，再加上在轨运行的维护任务——这辈子真的就只够做这一批星了。

项目推进困难重重，团队里的年轻人来了又走了，却仍有不少人一直坚持着。探测仪团队的"元老"之一王占虎动过离开的念头，甚至还去应聘新工作，可想到做梦都想调出的第一束红外干涉信号，最后一刻还是留了下来。"去年探测仪随风四升空，从此感觉天空中多了一个亲戚。"他说，"为一颗星做一辈子，我愿意。"

卫星载荷带民企一起"上天"

航天器能做多好，取决于一个国家的工业基础。即使科学家能够设计出最新的载荷，如果关键器件没有厂家能够加工，仍旧是画饼。

项目开始之初，研发团队就饱尝此中艰辛。根据设计要求，载荷中需要一些激光器、分光计，当时国内找不到这些器件，他们发出 100 多封邮件，全球寻找这些产品。可是，当外方了解到具体参数后，就回绝了技术合作的要求，或者以没有"销售许可证"为由，不愿卖产品。

自己设计，自己研制，他们开始在国内寻找合作企业。有一种名叫铝基碳化硅的材料，跟铝一样轻，热胀冷缩形变又小，导热性能还特别好，但比铝硬 3 倍，非常适合做风云四号这种热环境复杂、轻量化程度要求高的卫星载荷的结构件。可由于加工困难，一直没用上。

2009 年，国内终于有企业能够加工这种材料。他们马上找到这家企业，和它一起改进技术，最终研制出了国内首套铝基碳化硅扫描机构框架，并成功应用在两台载荷中。现在，这个行业已面对国内广泛的应用。

感应同步器中的码盘是关键部件，扫描仪和探测仪能够实现高精度"指哪打哪"，它起着举足轻重的作用。达到航天要求的产品，国际上也只有一两家能做，一听说产品精度这么高，他们都一口回绝。

最后，科研人员辗转在常熟找到了一家民营企业。这家厂的主人，退休前是昆明机械厂的总工程师，曾参与过国家组织的相关产品的研发。不过，这家民企研制航天高可靠产品的经验不足。研制人员几乎手把手帮着解决可靠性问题，最终研制出了满足航天要求的国内最高精度的感应同步器。

碳纤维编织材料、特种检测设备、长寿命高性能润滑脂……15 年，风四团队通过项目，带动了多家民营企业技术升级。"尽管民企没有航天产品的管理体系，质量跟踪非常累。"华建文说，"但看到自己的技术和业务引导，让这些行业得到改变，这种成就与满足感，不亚于卫星上天。"

王爱勤的"点石成金"术

瞭望周刊社　扈永顺

被称为"千土之王、万用之土"的凹凸棒石，又名坡缕石，是一种在化工、医药、环境、农牧业、建材、石油、冶金、食品、化妆品等100多个领域有着广泛应用的黏土矿物资源。

在富产凹凸棒石的江苏省盱眙县，有一位专门研究凹凸棒石的专家，他能"点石成金"，将矿石变身成昂贵的纳米材料。

日前，《瞭望》新闻周刊记者在江苏省中科院盱眙凹土应用技术研发与产业化中心见到了这位专家——王爱勤。7年前他从中国科学院兰州化学物理研究所来到江苏，正式挂职盱眙县科技副县长。在此期间，他突破凹凸棒石利用的核心关键技术，将盱眙县凹凸棒石年产值从2010年的4亿元变成了2016年的20亿元。

2010年，王爱勤以第二排名获得国家科学技术进步奖二等奖。2015年以第一排名获得江苏省科学技术一等奖。2011年入选江苏省"双创人才"计划。今年3月，在印度举行的"2017纳米材料与纳米技术"国际会议

《瞭望》新闻周刊
2017 年 5 月 22 日

上，王爱勤获国际先进材料协会颁发的 2017 年国际先进材料奖（IAAM Medal），表彰他在先进材料科学与技术领域做出的贡献。

"我从 2000 年因研发凹凸棒石基保水剂与凹凸棒石结缘，到 2007 年出版《凹凸棒石黏土应用研究》专著与凹凸棒石结下不解之缘，再到 2010 年来盱眙寻凹凸棒石梦，至今已经过去了整整 17 年。"王爱勤说，自从踏上盱眙土地为凹凸棒石"献身"，就不会转变方向，更不会因拿不到项目就放弃。

结缘凹凸棒石

"凹凸棒石是一种具有棒状晶体形态结构的含水富镁铝硅酸盐黏土矿物，是一种天然的纳米材料，过去被当作普通的吸附材料使用。其实，在高分子材料中，凹凸棒石可起到类似混凝土里的钢筋一样的作用，是非常好的增韧补强剂。"王爱勤指着实验室内一堆其貌不扬的原矿石和半成品向《瞭望》新闻周刊记者介绍道。

王爱勤与凹凸棒石"相识"纯属偶然。

1986 年，王爱勤从兰州大学化学系毕业后进入了甘肃省膜科学技术研究院，研制国内刚起步的超滤膜、反渗透膜。从小就对化学情有独钟的他，后来进入中科院兰州化学物理研究所（下称兰州化物所），继续从事膜研究。

西北地区干旱缺水，研制节水保水、促根生长、固土固沙集成材料与技术成为一大任务。在西部大开发的背景下，2000 年，王爱勤先后主持了中科院"西部行动"计划项目"荒漠化治理技术与应用示范"和国家 863 计划子课题"新型多功能保水剂系列产品研制"等项目，开展有机无机复合保水剂的研发。

在试验了蒙脱石、高岭土、水滑石等黏土矿物后，王爱勤发现效果都不理想。直到采用了甘肃临泽产的凹凸棒石后，发现保水效果超出预期。

在通过一系列研究后，王爱勤得出结论：临泽凹凸棒石伴有的碳酸盐在有机无机复合保水剂制备中起到了发泡作用，因而吸水和耐盐碱性最好。

2004 年，王爱勤研发的凹凸棒石复合保水剂在胜利油田长安控股有限公司实现了产业化，并被列为"十五"期间 863 计划项目的标志性科技成果，为我国节水农业的发展和西部生态环境的恢复做出了重要贡献。凭借此项成果，2010 年，王爱勤获得国家科学技术进步奖二等奖，并入选"西部之光"人才计划。

在对凹凸棒石进行深入研究后，王爱勤发现，对凹凸棒石棒晶束的解离非常重要。"表面上看这种土与平常土没有区别，但在扫描电镜下放大后，能看到棒晶结构。棒晶长约 1～5 微米，直径约 20～50 纳米，但纳米级的棒晶团聚在一起，不能最大程度发挥凹凸棒石的优点。"王爱勤说，这成为制约凹凸棒石产业发展的关键瓶颈。

在同事眼中，与黏土矿物"杠上"的王爱勤似乎没有未来。但王爱勤偏要"一条道走到黑"。2008 年，王爱勤开始尝试各种工艺，以解决凹凸棒石棒晶束的高效无损解离这一世界性难题。

江苏盱眙凹凸棒石探明储量占全国的 74%，占全球的 48%。2010 年，王爱勤挂职盱眙县科技副县长，这让他的同事更不理解。"1999～2003 年，我曾担任兰州化物所科技处处长，之后让我去科学院另一个单位担任常务副所长，但我没有去。别人很不理解，为什么一个副县长就千里迢迢跑来干了。"王爱勤说，这主要是凹凸棒石对他的吸引力，因为他发现这个世界有太多奇妙之处。

寻梦凹凸棒石

"没有王爱勤，我们就没有平台、没有技术。"盱眙县人民政府副县长章文风告诉记者，2016 年盱眙凹凸棒石产业利税达 2 亿元，而在 2010 年之前，每吨矿石只卖 100 元的"白菜价"，原始技术粗加工的大豆油脱色剂、干燥剂等低端产品，每吨售价也在 2000 元以下。

在实验室里，王爱勤指着一种他研发的钴蓝颜料告诉《瞭望》新闻周刊记者，这就是 863 计划中凹凸棒石的创新成果。国外的钴蓝颜料，1 吨售价 25 万元，而加入凹凸棒石的钴蓝颜料 1 吨只需 10 万元。实现这一转变的，就是王爱勤历时 5 年研究解决的凹凸棒石关键共性技术——棒晶束解离。

正常火山喷发形成凹凸棒石，棒晶是聚集的。王爱勤采用对辊处理——制浆提纯——高压均质——乙醇交换一体化技术，实现了凹凸棒石晶束的解离，解决了制约产业发展的关键瓶颈问题。

"这一技术实现了凹凸棒石从矿石到纳米材料的华丽转身，它的后续产品开发就可以发挥无限想象力。"王爱勤以钴蓝为例向《瞭望》新闻周刊记者解释说，钴蓝里面主要成分是钴，钴元素昂贵。但经过凹凸棒石晶束的解离，每个晶束就像一个骨架，进行排列组合，上面可以搭载若干个钴蓝粒子。虽然减少了钴的使用量，但钴蓝作为染料的效果不变。

说起来似乎很简单，但谈起攻克这一技术的过程，却让这位西北汉子感慨颇深。在实现凹凸棒石晶束解离之前，盱眙县当地从事凹凸棒石初级开发的企业对王爱勤的研究不理解，认为棒晶束解不解离都一样。因为探索解离的过程极其繁复、工作量又大，王爱勤的学生也不理解。

"解离用了4个工艺组合在一起，不能损伤棒晶结构。比如对辊过程，控制多少含水量、力度才不会折断棒晶？高压均质的压力点和浓度都要进行分析测量。要想找到最佳参数，工作很琐碎。"王爱勤说。经过不断摸索，2011年7月，无损解离技术实验室成果开始在工厂进行中试。

"中试期间做了600多个样本，每个样本500公斤，总共做了300吨的凹凸棒石。"王爱勤的博士生王文波回忆说，工人做不了精确调控，团队成员就自己上，从早上6点忙到夜里12点，王爱勤大多数时间也是待在盱眙做试验。

"快点将技术推向产业化，必须做好中试。我们做了大量实验，影响解离的因素都搞清楚了，这期间也发表了大量论文。"王爱勤回忆。他在国内外重要学术刊物发表学术论文450余篇，是目前全世界发表凹凸棒石SCI论文最多的作者。

在王爱勤的带动下，曾经不理解他工作的学生也转变了思想。"中试时，早上5点多起床把机器开启，做完后测试，发现性能提高很多，就很有成就感，浑身都是力量。"王文波说。

王爱勤的另外一名学生田光燕负责利用凹凸棒石开发高效脱色剂，但大量繁复的工作让她感到厌倦。"这破土有什么好研究的？"2013年，田光燕硕士转博士，在解决脱色剂的难题后，还利用解离的凹凸棒石成功研发了新型无机颜料，并发表了多篇论文。论文答辩时，她向自己的导师王爱勤致歉，"研究了当年的'破土'，现在才明白了什么是真正的科研。"

"丑小鸭变白天鹅"

王文波2010年博士毕业后，一直跟随导师王爱勤做凹凸棒石研究开发工作。但他对老师把自己送到美国开展黏土矿物人工合成研究工作颇为不解，"凹凸棒石棒晶解离后，我们做的纳米凹凸棒石产品开发已经处于世界领先地位，为什么让我去学习黏土矿物的微观结构？当时不理解王老师下一步想做什么。"

王爱勤超前的学术思维在当时的确不能被常人所理解。因为在凹凸棒石棒晶束聚集体已经充分解离的条件下，王爱勤团队研发了矿物凝胶、高效棕榈油脱色剂、霉菌毒素吸附剂、玛雅蓝和三维网络吸附剂等高值化产品。近5年来，中国学者发表的凹凸棒石SCI论文占到一半以上，中国已经成为推动矿物材料发展的主力军，实现了从跟跑到领跑的转变。

但在王爱勤看来，国外黏土矿物产业发展较快的主要原因是重视应用基础研究。充分利用了黏土矿物天然的一维或二维纳米材料属性，实现了黏土矿物材料的"味精式"应用。"国外利用黏土矿物进行微观结构调控，构筑新型功能材料。"他认为，要保持学术领先，就要研究内部结构，从凹凸棒石的表面改性向微观结构调控入手。

凹凸棒石有吸附、催化、载体功能，想知道为什么有这些功能，就要对其内部结构进行研究。通过调控微观结构，进一步提升性能，可开发出更高档次的产品。例如想要吸附性强的凹凸棒石，就要控制棒晶的长短、表面电荷、孔径的大小，实现以应用需求为导向研发凹凸棒石产品。

"凹凸棒石做成纳米级，可以延伸做很多产品，但要以调控微观结构做基础。"王文波说，去美国学习后，他理解了王爱勤的用心，"王老师的思维领先好多年，也想让我们对研究方向有整体把握。"

王爱勤现在做的，就是通过改变凹凸棒石的微观结构，提升低品位凹凸棒石的性能。他说，低品位凹凸棒石颜色深、成分复杂，目前还没有工业利用价值，但在甘肃省储量巨大。随着优质矿源的不断减少，要实现凹凸棒石产业可持续发展，必须前瞻性开展研究工作。通过结构性调控，把低品位矿中伴生的石英、云母、方解石等其他矿物变成介孔材料或功能材料。

"争取在'十三五'末的时候，突破红色低品质凹凸棒石转变为白色高品质凹凸棒石的技术难题，实现丑小鸭变白天鹅。"王爱勤说。

"我现在一年在盱眙待3个月的时间，其余时间都在兰州化物所，每天早上基本是8点到办公室，晚上新闻联播看完再去办公室，一周只周日休息半天时间。"王爱勤说。在他的办公室里，悬挂着一幅"天道酬勤"的书法，就如他的名字，勤奋是他恪守的座右铭。

村民的朋友圈有了科学家

——走进中科院科技扶贫攻坚一线

中国科学报社　倪思洁

村民的朋友圈有了科学家
——走进中科院科技扶贫攻坚一线

■本报记者 倪思洁

科学家的"厉害"

又一次把住《妈妈罗的手

中科院带来的"特殊待遇"

《中国科学报》第1版
2017年6月1日

人们都说春天象征着希望，可2016年的春天，刘凯灰了心。

刘凯是贵州省六盘水市水城县青林乡田坝村村民。这片生养他的地方有山有水，四季常青，但刘凯从没感觉到幸运，因为这里美得让人心醉，也穷得让人心碎。那时候，和大多数村民不同，刘凯不种地，而是在一家煤矿做管理员。2016年春天，因为年龄原因，刘凯被煤矿辞退。

在心灰意冷的时候，刘凯去乡政府参加了一次动员会。在动员会上，他第一次知道这个穷得叮当响的地方还可以种人参果。更让他没想到的是，就在他种上人参果后不久，他的朋友圈里居然出现了科学家。

科学家的"厉害"

听到山头上村党支委主任刘军的呼喊，刘凯从梯田里直起身，疑惑地张望着。当得知等着他的是中科院的科学家，刘凯小跑着爬上山，摘下沾满红土的手套，和大家握了握手。

在刘凯种下人参果之前，他的人生发展轨迹与科学家毫无交集，"不认识，也不了解"。不过现在，他对科学家打心里生出一种特殊的好感。

刘凯知道科学家的"厉害"是在去年7月底。从科学家那里，他知道什么是"晚疫病"，人参果苗得了晚疫病之后该用什么配方药剂。今年，因为人参果种得好，刘凯脱了贫。

"中科院给了我们'特殊待遇'，你要好好干！"青林乡党委书记李伟笑着拍了拍刘凯的肩。距离青林乡90多公里远的地方，杨梅乡政府简陋的办公楼里，乡党委书记谭有燕拉着中科院微生物研究所高级工程师仲乃琴的手，红了眼眶。

杨梅乡位于水城县南部，是另一个贫困的地方。和青林乡聚焦人参果的策略不同，杨梅乡盯住了一种只有在这里才能孕育出的美味——凉都转心乌。这种在当地有着百年种植历史的土豆，水分含量少，瓤心因为富含花青素而发黑。

谭有燕是这里为数不多的大学毕业生，她知道这种特殊土豆的商业价值，但也困于品种退化产量低的苦恼。仲乃琴的课题组就像她的一个救星。

"你们能来，我们村就有希望了。"谭有燕又一次握住了仲乃琴的手。

中科院带来的"特殊待遇"

刘凯和科学家打交道已经快一年了，他现在盼望着自己有一天能像科学家一样写点东西。"我种人参果快一年了，我想把跟他们学到的经验写下来、出版。"刘凯咧开嘴呵呵笑着。

2016年7月，中科院微生物研究所的科研人员来到水城县青林乡。因为当地百姓有种植人参果的愿望，科研人员便立即开展产业扶贫攻坚探索，引进了3个人参果新品种。今年2月，仲乃琴的课题组还向人参果种植户发放了自编自印的《种植技术手册》，并做了技术培训，刘凯就是学员之一。

为了带动贫困户提高种植技术，中科院微生物研究所与乡政府启动田坝村"千亩绿色高效种植技术"示范工作，建了200亩人参果、400亩辣椒和350亩红薯示范基地。不仅如此，他们还在乡里建起了脱毒种苗繁育中心。

今年，科研人员又来到水城县杨梅乡。由于当地百姓希望发展马铃薯产业，"我们打算在这里的台沙村建设20亩'转心乌'种植示范基地。我们有信心把产量从亩产700斤提高到亩产1000斤，那样农户一亩地的收成就能卖3000块钱。"当仲乃琴算出这笔扶贫账时，谭有燕乐开了花。

中科院在水城县的扶贫布局远不止于此。中科院武汉植物园研究员钟彩虹等人利用自主培育的"东红"猕猴桃替换当地传统品种，提高了猕猴桃的抗病性，又通过引进新品种和规范生产，将水城县的猕猴桃种植范围从海拔1300米提高到1600米。在水城经济开发区，中科院布局了玄武岩纤维产业开发，计划通过院士工作站，提升技术水平、降低生产成本，并开发下游产品，带动更多贫困人口就业。

酝酿了30年的甜头

除了水城县外，在广西环江县、内蒙古库伦旗、贵州六枝特区，以及其他37个有中科院扶贫项目的贫困县、乡、村，不少贫困户像刘凯一样，尝到了科技的甜头。

这甜头的背后，是中科院人30年的心血。1987年，中科院就组织力量进行山区扶贫，成为科技扶贫事业的探索者。30年，他们总结出科技项目扶贫、产业发展挂钩扶贫、依托野外台站长期驻守扶贫的"扶贫经"。如今，中科院正在实施《中国科学院科技扶贫发展规划（2016—2020年）》，每年直接投入扶贫资金2000万元用于科技扶贫工作。

当下，精准扶贫和精准脱贫进入攻坚阶段，中科院人仍在科技扶贫道路中摸索创新。今年，中科院成立扶贫工作领导小组，为扶贫工作提供坚强的组织保证。

"我们的党委书记还要签'军令状'。"中科院科技促进发展局副局长段子渊告诉《中国科学报》记者。

为了发挥责任研究所党委的领导核心作用，完善科技扶贫的党委书记第一责任制，中科院扶贫领导工作小组要与定点帮扶责任研究所党委书记及承担中西部革命老区扶贫任务的分院党委书记签订《科技扶贫任务责任书》，保证责任到人、落实到位。

　　最近，越来越多的科技人员走进了"刘凯们"的朋友圈。中科院向 4 个定点扶贫县派出 164 名科技工作者，深入各乡镇进行调研，明确扶贫思路和方向，形成扶贫项目实施方案。"到今年 6 月底，我们将汇总形成扶贫项目实施方案。"段子渊说。

　　真扶贫，扶真贫。当科技力量走进贫困户的朋友圈时，科技的春天也终将成为"刘凯们"希望的春天。

新华社
XINHUA NEWS AGENCY

中国睁开“慧眼”洞见惊心动魄的宇宙

新华社　喻　菲　全晓书　屈　婷　白国龙

6月15日，中国首颗X射线天文卫星“慧眼”从酒泉卫星发射中心升空，它将揭示宇宙中惊心动魄的图景：黑洞吞噬被撕裂的星星、脉冲星疯狂旋转、宇宙深处猛烈的爆炸……

中国睁开“慧眼”洞见惊心动魄的宇宙

新华社甘肃酒泉6月15日电题：中国睁开“慧眼”洞见惊心动魄的宇宙

新华社记者

6月15日，中国首颗X射线天文卫星“慧眼”从酒泉卫星发射中心升空，它将揭示宇宙中惊心动魄的图景：黑洞吞噬被撕裂的星星、脉冲星疯狂旋转、宇宙深处猛烈的爆炸……

据国防科工局消息，这颗卫星全称为硬X射线调制望远镜，由长征四号乙运载火箭送入550公里近地圆轨道。它将巡视银河系中的X射线源，详细研究黑洞和脉冲星，并监测伽马射线暴，探索利用脉冲星为航天器导航。

新华社通稿
2017年6月15日

据国防科工局消息，这颗卫星全称为硬X射线调制望远镜，由长征四号乙运载火箭送入550公里近地圆轨道。它将巡视银河系中的X射线源，详细研究黑洞和脉冲星，并监测伽马射线暴，探索利用脉冲星为航天器导航。

它被命名为“慧眼”，寓意中国在太空“独具慧眼”，能穿过星际物质的遮挡“看”宇宙中的X射线，也为纪念推动中国高能天体物理发展的已故科学家何泽慧。

科学家希望通过“慧眼”解开黑洞演化、中子星强磁场等剧烈天文过程中的种种谜团，研究极端引力条件下的广义相对论和极端密度条件下的中子星物态，极端磁场条件下的物理规律等基础科学问题，这些是现代物理学有可能获得突破的重要方向。

空间科学之重器

"慧眼"重约 2.5 吨，载荷重量 981 公斤，其上同时安装了高、中、低能三组 X 射线望远镜，实际上是一座小型空间天文台。

据中科院高能物理研究所研究员、卫星有效载荷总设计师卢方军介绍，这颗卫星首次实现了 1～250keV 的能区全覆盖，有利于从不同能段来观测和研究 X 射线天体的辐射机制。

"慧眼"的探测面积很大，尤其是高能望远镜的探测面积超过了 5000 平方厘米，是国际上同能区探测器中面积最大的。"面积越大，探测到的信号就会越多，就越有可能发现其他望远镜看不到的现象。"参与卫星研制的科学家熊少林说。

"慧眼"的视场也很大，约两天即可完成对银道面的扫描，有利于监测暂现源。"对于一个已知源，当然也有可能取得新发现，但对于一个新的源，新发现的概率当然会更大。"熊少林说。

"慧眼"是建立在中国科学家李惕碚和吴枚提出的直接解调成像方法之上的准直型望远镜，因此它还具有观测亮源的优势。

据低能望远镜主任设计师陈勇介绍，X 射线能量越低，光子数量就越多。"在观测低能段亮源时，聚焦型望远镜会把所有 X 射线光子都聚到一点上，导致曝光过度，只能看到白茫茫一片；而我们的望远镜可以把光子分散开，看多亮的源，都不会晃瞎眼。"

特别值得一提的是，在"慧眼"首席科学家张双南的建议下，在不增加和更改软硬件的前提下，只要对探测器工作高压做适当调整，高能望远镜主探测器中原本用于屏蔽本底 X 射线光子的碘化铯晶体就可用来观测伽马射线暴了。这一创新设想将"慧眼"的观测能区进一步推高到 3 MeV。

来自中国航天科技集团公司五院的卫星副总设计师倪润立说，根据这颗卫星的科学目标，研制人员为它制定了巡天观测、小天区观测和定点观测等多种工作模式。

研制人员还为中、低能探测器设计了一把"遮阳伞"。"高能探测器的温度要在 18 摄氏度左右，而中、低能探测器的温度却可能低至 -80 摄氏度或 -40 摄氏度。这就好比一个人穿同一件衣服，却要在南极和赤道都能生存下来。'遮阳伞'就是为了实现低温工作环境。"卫星热控副主任设计师周宇鹏说。

活捉黑洞、脉冲星

由于"慧眼"有较大的视场，对银河系巡天是它最重要的使命。"我们预期会发现一些新的黑洞和中子星。"张双南说。

他说，尽管其他国家已发射的同类卫星开展过巡天观测，但绝大多数 X 射线源都是变源，会不定期发生剧烈的耀发，不是一两次巡天就能发现的，因此"慧眼"将反复开展巡天扫描，及时探测银河系内天体源的耀发。

"天上黑洞、中子星那么多，但是现在还没有一个被彻底搞明白，所以会不断有卫星来观测它们。"张双南说。

神秘莫测的黑洞还隐藏着很多秘密。"黑洞能产生 X 射线等各种辐射，还有可能产生高能宇宙线以及强烈的喷流。它们究竟在干什么？现在人类只有二三十个黑洞的样本，能发现更多当然好，对已发现的黑洞我们也希望研究得更清楚，找到黑洞只是开始。"张双南说。

据他描述，黑洞有时很"冷静"，有时很"暴躁"。当它"发脾气"时，产生的 X 射线流强特别高。国外的卫星适合看"安静"的黑洞，而"慧眼"特别适合看"暴躁"的黑洞和中子星。

"我们还不知道为什么有些黑洞'发脾气'，所以我们希望对银河系的黑洞和中子星做比较详细的普查。"张双南说。

此外，"慧眼"还要给宇宙中诡异的中子星（脉冲星）"把把脉"。"我们还不清楚中子星的内部是什么。它们具有超强的引力场、电磁场和核密度，可谓极端物理的天然实验室。通过研究中子星的 X 射线，我们可以测量其表面的磁场强度、研究高密度、强磁场下物质的性质。"张双南说。

期待意外发现

人类已探测到几次引力波，但科学家急切想找到与引力波相对应的电磁波信号，这也是"慧眼"的一项重要使命。

熊少林说，目前引力波事件的定位精度还很差，如果在其发生的同时或者相近时间，在其相同位置发现电磁信号，联合分析引力波信号和电磁信号会获得更多关于爆发天体的信息。一些科学家怀疑伽马射线暴很可能是引力波事件的电磁对应体。

张双南说："已经发现的引力波还没有一个找到电磁对应体。如果只在一个波段观测，往往信息是不完整的，所以我们非常希望看到引力波产生时也有 X 射线、伽马射线或其他波段的信号，这些熟识的电磁波信号能帮助我们更好地认识引力波。"

他认为，寻找引力波电磁对应体极为重要。"慧眼"有 200keV ～ 3MeV 能区面积最大的伽马暴探测器，是目前国际上最好设备的 10 倍，预计一年可观测到近 200 个伽马暴，在今后引力波电磁对应体的搜寻中有可能取得一锤定音的效果。

"如果能发现引力波的电磁对应体，这将成为'慧眼'最精彩的科学成果。"张双南说。

"我们的望远镜会发现很多我们以前不知道的现象，甚至是全新的天体，我们对此非常期待。但它最终有什么样的发现，现在谁也不知道，天文研究中最有趣的发现都是意外的。"张双南说。

推动中国空间科学发展

这枚来之不易的太空望远镜凝聚了几代科学家的智慧与心血，将带动中国天文学研究整体发展，实现空间科学重大突破。

中科院院士顾逸东认为，中国空间科学与国际先进水平相比还有较大差距，应争取经过 15 ～ 20 年的努力，使中国空间科学进入世界先进行列。

欧洲空间局科学理事会科学支持办公室主任阿温德·帕马说，"慧眼"要通过 X 射线研究黑洞、中子星等，这些是全世界科学家都感兴趣的题目。"慧眼"升空后，将有很多机会与欧洲空间局的几颗卫星开展联合观测，这比一颗卫星单独观测对科学研究更有好处。

"我对中国发展空间科学印象深刻，近两年发射的暗物质粒子探测卫星、量子卫星以及未来的发射计划都显示出中国有能力并致力于发展科学。"帕马说。

意大利航天局资深科学家保罗·焦米说，中国未来的空间科学卫星将更复杂，更具有竞争力，这些卫星与地面科学设施必定使中国成为空间科学知识的重要生产者。

经济日报

我国在国际上率先实现千公里级的星地
双向量子纠缠分发——

跨越千里的"心手相牵"

经济日报社　佘惠敏　沈　慧

　　这是一场跨越千里的"纠缠",一方来自青海德令哈站,另一方来自远在云南丽江站。尽管相距千里之遥,这对从未谋面的"陌生人"——粒子,却上演了一场举世震惊的"心心相印"大戏——

　　作为见证者,中国量子科学实验卫星首席科学家、中国科学技术大学副校长潘建伟院士6月16日对外宣布:中国率先实现了"千公里级"的星地双向量子纠缠分发,首次在太空中较严格地验证了量子力学非定域性。

　　"这是一个巨大的成就,他们很早就有了这个大胆超前的想法,并最终实现了。"加拿大滑铁卢大学物理学家延内魏因如是评价。

鬼魅般的超距作用

　　通过量子纠缠所建立起来的量子信道不可破译,将成为未来保密通信的"终极武器"

　　"处在特殊状态(纠缠态)的粒子,无论相隔多远,当对其中一个粒子进行操作或测量,身处远方的其他粒子会瞬时发生相应的改变。"

　　这种"心灵感应"似的神秘关联,便是神奇的"量子纠缠"现象,也称量子力学非定域性。简单来说,量子纠缠即两个(或多个)粒子共同组成的量子状态。何谓量子?它是构成物质的最基本单元,也是能量的基本携带者,人们所熟知的分子、原子、电子、光子等微观粒子,皆是其表现形态之一。

　　按我们以往的认识,一只猫非生即死,不能同时"又生又死"。根据潘建伟的解释，在量子世界中，当猫和我们没有相互作用的时候，它可以处于"生"和"死"同时叠加的状态，此时，我们再去测量两只分处异地的猫，当确定其中一只为生时另外一只也为生，反之则为死，哪怕这两只猫相隔甚远。

对于这种"鬼魅般的超距作用"，爱因斯坦深表怀疑。"对一个粒子的测量不会对另一个粒子产生影响。"他坚称。以玻尔为代表的哥本哈根学派则持反对意见，他们认为，对一个粒子的测量会瞬间改变另一个粒子的状态。

究竟孰是孰非？过去的大半个世纪里，物理学家们围绕这一话题争论不休。因为，量子的这一奇妙特性一旦得到验证，将有一个最直接的应用——通过量子纠缠所建立起来的量子信道不可破译，将成为未来保密通信的"终极武器"。

20世纪70年代，法国物理学家阿斯派克特的3个实验曾给出了量子非定域性的明确结论。但是，最初的这些实验验证存在种种漏洞。量子纠缠"鬼魅般的超距作用"在更远的距离上是否仍然存在？会不会受到引力等其他因素的影响？这些基本物理问题的验证有赖于上千公里甚至更远距离的量子纠缠分发。

如何把制备好的两个纠缠粒子分别发送到相距很远的两个点？中科院上海技术物理研究所研究员、量子科学实验卫星工程常务副总师、卫星系统总指挥王建宇介绍，"墨子号"卫星过境时，同时与青海德令哈站和云南丽江高美古站两个地面站建立光链路，卫星上的纠缠源载荷每秒产生800万个纠缠光子对，光链路以每秒1对的速度在地面超过1200公里的两个站之间建立量子纠缠。

"高精度的实验技术保证了两地的独立测量时间间隔足够小，结果以99.9%的置信度在千公里距离上验证了量子力学的正确性，实现了严格满足'爱因斯坦定域性条件'的量子力学非定域性检验。"潘建伟称。

这意味着什么？一句话，即便相距千里之遥，量子纠缠效应依然有效。

实用化进程再提速

13公里、16公里、百公里，"咬住青山不放松"，他们不断扩展量子纠缠分发的距离，并向新目标努力奔跑。

当然，除了验证量子力学非定域性的存在，此番量子纠缠成功跨越千里，更重要的意义在于将量子通信实用化进程又向前推进了一大步。

"利用量子纠缠所建立的量子信道，是构建量子信息处理网络的基本单元，而要构建广域的量子网络，第一步就是要实现远距离的量子纠缠分发。"潘建伟解释。

理想很丰满，现实很骨感。由于量子纠缠非常脆弱，其在远距离光纤传输中，一来损耗过大，二来与环境的耦合会使纠缠品质大大下降；在近地传输过程中，还会受到地面障碍物、地表曲率等影响。受种种因素限制，此前国内外地面实验的量子纠缠分发距离一直停留在百公里量级。

如何有效扩展量子纠缠分发的距离？理论上有两种途径。一种是利用量子中继，但目前由于受到量子存储寿命和读出效率等因素的严重制约，无法实际应用于远程量子纠缠分发。另一种则是利用卫星向地面分发。

"相比光纤，星地间的自由空间信道损耗小，结合卫星的帮助，可以在全球尺度上实现超远距离的量子纠缠分发。"2003年，潘建伟团队提出利用卫星实现远距离量子纠缠分发的方案。13公里、16公里、百公里，"咬住青山不放松"，他们不断扩展量子纠缠分发的距离，并向新目标努力奔跑。2016年8月16日，"墨子号"成功发射，卫星的科学任务之一即是双向星地量子纠缠分发。

"这是世界上第一次实现千公里量级的量子纠缠。"根据潘建伟的测算，实验中，量子纠缠的传输衰减仅仅是同样长度地面光纤最低损耗的一万亿分之一。而即便选用超低损耗光纤，将一对光子分发到千公里以外也得需要3万年的时间。"这就完全丧失了通信的意义。"潘建伟说。

向着终极目标努力奔跑

今后或将在地月拉格朗日点放上光源，向人造飞船和月球分发量子纠缠，朝着"30万公里"的终极目标继续努力

从百里到千里，量子纠缠分发距离的这一跨越，究竟有多难？王建宇打了个比方：如果把光量子看成一个个1元硬币，星地量子分发就相当于从万米高空飞行的飞机上，不断把上亿个硬币准确投入持续旋转的储蓄罐狭小的投币口中。

这种星地间"针尖对麦芒"的远距离量子纠缠分发对精度要求极高。"光子是光里最小的单位，要探测到每个光子，就像在地球上要看到月球

上划亮的一根火柴。"王建宇这样形容。

是挑战也是机遇——

"这是兼具潜在实际现实应用和基础科学研究重要性的重大技术突破。"《科学》期刊几位审稿人断言，"毫无疑问，这将在学术界和广大社会公众中产生非常巨大的影响"。

美国波士顿大学量子技术专家谢尔吉延科评价：这是一个英雄史诗般的实验，中国研究人员的技巧、坚持和对科学的奉献应该得到最高的赞美与承认。

赞誉纷至沓来，潘建伟没有刻意回避，他称"这是量子卫星上天以来，迄今发布的最大成果"，未来将为开展大尺度量子网络和量子通信实验研究，以及开展外太空广义相对论、量子引力等物理学基本原理的实验检验奠定可靠的技术基础。

运用所发展的量子纠缠分发技术，研究团队正在开展实验创建密钥，以实现天地间的信息传输。"目前，量子通信的一个主要挑战是：如何在白天有大量光量子的情况下，分辨并接收到量子卫星的信号，以实现量子通信。"根据潘建伟的设想，他们今后或将在地月拉格朗日点放上光源，向人造飞船和月球分发量子纠缠，朝着"30万公里"的终极目标继续努力。

前景依稀明朗，脚步渐渐加速。"'墨子号'卫星的其他重要科学实验任务，包括高速星地量子密钥分发、地星量子隐形传态等，也在紧张顺利地进行中，预计今年会有更多科学成果陆续发布。"潘建伟表示，目前量子通信技术已有很多突破，随着中国科技的迅猛发展，量子通信有望在"十三五"时期实现初步应用，但绝对安全的量子通信规模化应用可能还得需要10多年甚至更长时间。

按照计划，今后我国还将陆续发射多颗量子卫星，力争在2030年前后率先建成全球首个天地一体化的实用性广域量子通信网络。

中華兒女

我们的青春书写在雪域高原

——记中科院成都山地所的科技工作者

中华儿女报刊社　梁　伟

《中华儿女》名流版
2017 年 7 月 1 日

　　从成都到拉萨，横跨 14 条大江大河，穿越 21 座海拔 4000 米以上的雪山，道阻且长，落石、滑坡、洪水、泥石流——这条路是人类迄今面临挑战最大的铁路建设工程。但这里却是中科院成都山地灾害与环境研究所半个多世纪的"战场"。

　　1966 年成立的中科院成都山地灾害与环境研究所，是我国唯一的国立山地综合研究所。从那时起，唐邦兴、杜榕桓、李德基等一批山地所人便着眼于对 318 国道、317 国道山地灾害的调查和防治研究。从既有的川藏公路，到规划中的川藏铁路和川藏高速公路，山地所人对山地灾害研究的积淀，在川藏交通廊道的灾害调查、交通选线选址、灾害防治工程中都发挥了至关重要的作用。

这些年来，山地所的科技工作者们用脚步丈量祖国大好河山，他们不畏艰险，赴野外、上高原，勘察滑坡、泥石流、崩塌、冰湖溃决等各种地质灾害现场，解析大地深处的秘密，为我国各类山地灾害防治做出了突出贡献。

陈晓清：建成安全绿色的铁路

陈晓清是成都山地所副所长。1997 年，22 岁的他从浙江大学地球科学系本科毕业，同班同学大多去了勘察设计院，开始守钻机、打钻、写报告……出生于四川遂宁的陈晓清感觉这样干一辈子挺无聊的，他喜欢具有挑战性、创新性的工作，于是就来到了成都山地所，一直从事山地灾害形成机理研究和工程防治技术研发工作。

"山地所的精神是有传承的，我刚进所的时候，所里的第一代科学家，每个人在办公室都有一个大木箱子，里面一半是书，一半是衣服和生活用品，常常是拎着箱子野外考察，一待就是数月"，陈晓清感慨地说，"唐邦兴先生和我说过，他们跑川藏线，都是 3 月份出去，11 月份大雪封山的时候再回成都，基本是工作一段时间，再休整几天整理资料，最后在成都把这些资料做好总结，形成报告。当时全是手写，整理成正式稿再通过油印，交给相关单位，可以说特别辛苦！"

2000 年，陈晓清第一次踏上川藏线，带上驾驶员，五个人坐在一辆老式的越野车上，颠簸的路途，全是石子路、碎石路，再加上路上随时都有可能出现车祸，一天能够跑上一百四五十公里就算谢天谢地了。他们从成都出来，第一天住在雅安，第二天才到康定，第三天到雅江，第四天到巴塘，第五天跑到左贡，第六天才能到八宿，如果遇上滑坡泥石流，第七天也到不了波密。

那时候，25 岁的陈晓清背着大背包，背着睡袋一路前行，虽然不像老一辈的科研工作者那样住在养路队，他们可以住宾馆，但是这些宾馆的条件也很艰苦，不少房间的被子都有浓浓的酥油茶的味道，一般人确实无法入眠。当然，这些对于陈晓清和他的同事来说，显然都不是问题。

陈晓清的第一次川藏之行走了 20 多天，这在他的内心深处，记忆极为深刻，他说，"感觉很危险，也很辛苦，比如米堆冰川考察，现在路好了，我第一次来的时候，车只能到沟口，然后过一个独木桥，过去之后都是走路，并且没有一条完整的路，科研工作就是这么艰辛。"

的确，对于陈晓清来说，他的科研之路和危险从未分开过。

2001 年，他和两个师兄考察古乡沟，分为两组，师兄的组上山，他在下面测堆积扇，观察泥石流在活动之后的变化，然后开始测量。第二天早上 10 点钟，陈晓清还在测量，突然看见古乡沟发生了很大的雪崩，整个沟里边雪雾弥漫，所有人的心里都开始忐忑，担心山上的考察人员是否有生命危险。老乡们都说生存的希望很小，陈晓清和同事想上山搜寻，却被当地人严厉阻止，那时候的他彻底绝望了，直到快天黑的时候，师兄们从山上下来了，他才哭出声来，原来雪崩的时候，他们正好是从沟里面爬上一个小山头，幸免于难。

2002 年，陈晓清和同事考察西藏林芝地区的易贡藏布河扎木弄巴沟，要知道这个地方在两年前发生过特大泥石流山体滑坡，该次滑坡是近百年来国内发生的最大规模的山体崩塌灾害，世界罕见。同时，体积近 3 亿立方米的滑坡堆积体形成"大堤"，堵塞了易贡藏布河，导致上游易贡湖水位持续上涨。

"当时的考察重点就在易贡，那里受灾之后一片荒凉，很多废弃的房子，也没有旅馆，我们在易贡茶场找了间空旷的屋子，没有窗户，简单打扫了一下，就在里面搭起了帐篷。"陈晓清说，"因为山体滑坡，我们当时要考察，穿过那个滑坡，因为没有路，只能通过那个溜索滑过去，易贡江水流湍急，我们最初不会滑，一溜就溜到了中间过不去了，同行的人只得找来当地老乡，他们用手拉着溜索，脑袋顶在我们腰上，把我们顶过去。后来我们有了经验，都是一溜溜一大半，然后戴着手套，抓着缆绳，拔两步就拔过去了。"

正是因为有了这些艰辛的考察经历和工作实践，让陈晓清对各个大型灾害点的特点都烂熟于心，如数家珍。他认为科学防灾减灾，是他们的责任。以前川藏线 318 国道没实行科技减灾时，平均每次断路修通时间是一个月，科技减灾后，断路修通时间一般控制在 7 天以内。这就是他的骄傲。

对于川藏铁路，陈晓清说："我希望建成一条安全的、绿色的路，尽早建，我们在安全绿色方面已经有很多考虑。"

游勇：修出风景优美的铁路

　　为了川藏铁路和公路，中科院成都山地灾害与环境研究所总工程师游勇勘察评估过 100 多条泥石流沟，绘制了近千张灾害治理规划图纸。

　　1989 年，研究生毕业的游勇进入成都山地所工作，或许连他自己也没有想到，在这里，他一干就是 28 年。在进入所里的第二年 6 月，游勇第一次踏上了川藏线，因为当时的 318 国道改造升级，沿线有很多山地灾害问题，他们要和公路设计院对这些灾害问题开展考察研究。

　　"当时所里的条件挺艰苦的，只有两辆巡洋舰的小车和一辆东风卡车。我们年轻的同志都在东风车上，车后面装着整个考察队的生活起居用品，锅碗瓢盆和煤气灶一应俱全。当然我们会带一些储存时间较长的食品，像土豆、木耳、黄瓜、粉条……我们就插空坐在这些物品中间"，遥想过往，游勇的脑海中都是美好的回忆，"我们跟着大车，有时候坐在驾驶室里，因为位置很高，视野更开阔，所以看得也比小车上更清楚一些"。

　　当年交通条件很差，从成都出发到雅安，就开了整整一天时间，再到泸定县城，又足足开了两天。因为路况很差，每天开车的时间很长，但跑的公里数却很少。早上正常时间 8 点钟出发，有时候怕堵车，4 点钟出发也是有的，至于晚上几点到那就没准了，通常是晚上 8 点钟，但也不乏凌晨三四点的时候。他们基本住在养路段的休息点上。

　　那时候，在游勇的眼中，除了山体滑坡，除了泥石流，还有祖国的大好河山，他会啃着馒头看着路两边的风景，也会时有感叹，这么美丽的风景线，一个滑坡就会车毁人亡，阴阳相隔。这一路上，考察队遇到的艰险也很多，有时候车辆冲过去的时候，后面的路已经坍塌，有时候他们经历的滑坡，在川藏线的记录中还是一个盲点，这个地方经常断道，他们要通过的时候，这里已经断道好几天了。这样他们只能现场办公，搭一个临时据点，以这个据点作为他们那一小段时间内的工作基地，对附近的灾害进行普查。普查完之后会对详细的灾害进行考察。

　　当然，这样的考察并不是都在平地、都在相对安全的地方，也有很危险的时候。米堆冰川的考察就是艰险而刺激的。1988 年 7 月 15 日 23 时 30 分，米堆冰湖发生溃决。短短 10 分钟内，洪流沿着米堆沟而下，卷走了米堆村，波及 94 公里以外的波密县城，冲毁下游的 318 国道 40 多公里长，导致国道断道长达一年多。

　　所以在考察过程中，米堆冰川就是重中之重，当地老乡介绍说，米堆冰川有两个海子，1988 年溃决的叫光谢错，上面还有个海拔更高的海子。"我们当时就想看看这个冰川怎么样，它的终碛堤的形状。我们想要测量这个湖水深度、面积。当时我们由李德基老师带队，我们一共 5 个人组成一个小分队，加上当地老乡，一起往上爬，走到一大半左右的时候，其他 3 位同志就走不动了，他们留在原地等我们。后来在海拔 5000 多米的地方，要通过一个山脊，这个山脊弯弯曲曲，只有一米多宽，两边都是悬崖，李老师的意志特别坚定，就是一定要过去，我那时候也年轻，想都没想就跟着往上走，其实现在想想真的挺危险的，那个年代不像现在有很多现代化的装备，我们那时候每个人手上只有一个冰镐。"游勇说。

在看到冰湖之后，游勇颇为兴奋，他们用绳子把冰湖的尺寸测量了出来，又把绳子拴上石头，丢在湖里面，测出了水的深度。李德基先生认为这个海子比较稳定，短期不会溃决。事实也证明，从 1990 年到现在，27 年了，这里没有发生溃决。

第一次川藏线走了近四个月，游勇表示："因为刚刚毕业，年纪比较小，可能没有深刻的感受，就感觉我们国家的大好河山非常美好。也感觉到灾害的可怕，以前可能没有真实地感受过这种灾害对我们的影响。"

从这之后，游勇和这条路就结上了不解之缘，因为种种工作的开展，这条道成为他最熟悉的路，游勇也会感叹，经过 20 多年的建设，318 国道成为中国最长的国道，也成为世界上最美的公路。

2015 年年初，中科院科技网络服务计划（STS 计划）项目"川藏铁路山地灾害分布规律、风险分析与防治试验示范"正式启动，牵头人就是游勇，要完成的目标也清楚地写着："为川藏铁路选线提供技术支撑"、"提出川藏铁路山地灾害系统解决方案"……

作为川藏铁路 STS 项目负责人的游勇带着一帮年轻人在这条道上继续科考着。川藏铁路沿线可能会遭遇到的山地灾害包括滑坡、泥石流、山洪、溜砂坡等灾害。这其中，滑坡灾害又包括高陡边坡灾害、坍塌灾害，泥石流灾害则包括暴雨泥石流、冰川泥石流、混合型泥石流、冰湖溃决泥石流。

他们针对"频发的山地灾害是川藏铁路建设面临的四大挑战之一，是决定川藏铁路建设成功与否的关键影响因素"这一关键科学问题，通过野外调查、现场勘测、遥感解译、室内实验、时空对比分析、数值模拟等技术手段从不同尺度开展了全面系统的分析和研究。

对于川藏铁路，游勇和他的团队任重而道远，但是对于未来，他颇有信心，"国家的强大让我们有理由自信，将近两年半的工作，我们对这条路的灾害有了充分的了解，这么多经验丰富的技术人员，意味着川藏铁路在技术上是有保障的，我们会修出一条在技术上非常可靠、非常安全的铁路，它会是一条风景非常优美的川藏铁路。"

李秀珍：造世界上最有特点的铁路

1975 年出生的李秀珍毕业于成都理工大学地质工程专业，现在是成都山地所副研究员。已经工作 13 年的她，山地滑坡已经成为她最浓厚的研究兴趣，以至于碰到任何一个对滑坡有疑问的人，她都可以把山地滑坡的特征说上一遍。

2015 年，李秀珍成为川藏铁路 STS 项目其中一个课题组的副组长。对于川藏交通廊道的滑坡，她格外熟悉。"这一路上仅康定到林芝段就有近 500 处滑坡、崩塌灾害，我们就像查户口一样要查明拟建铁路沿线山地灾害的分布情况，并给每个灾害建立一个信息表。对于每一处灾害我们要尽可能搜集全面的信息，包括灾害类型、特征、稳定性、危害方式及其对拟建铁路的潜在危害和影响等，这些信息对于川藏铁路的选定线有着重要的指导作用。"

这一次"走进中科院·记者行——科技支撑川藏交通廊道建设野外考察"显然不是李秀珍第一次川藏行，但却是她第一次有心思去欣赏一路来的美景，"以前出来考察的时候，只想着赶快把工作做完。工作做完了，一般都已经出来半个月、二十多天了。想到家里的孩子，又急着要早点回家。"李秀珍说。虽是如此，但是即使在李秀珍拍照的时候，她说得最多的还是"帮我把身后的那个滑坡拍下来"。

2015 年 3 月 31 日，项目组第一次联合考察，李秀珍因为身体原因缺席了。一个月之后，课题组集体考察，她虽然身体未愈，状态不佳，还是硬着头皮，带着中药、安眠药上路了。野外考察工作极其辛苦，对于一个滑坡灾害点，不光要查明它的位置，还要查清楚它的基本特征。这就需要科研人员爬到滑坡体上，近距离地观察和分析坡体的特征。这一爬，有时候就是大半天。

白天考察，晚上整理资料，团队还要开碰头会。李秀珍当时每天一袋中药，睡觉的时间很少，但是特别奇怪，那段时间她居然扛过来了，而且白天的精力还很旺盛。或许在那一刻，支撑她的就是对新事物的探索。"川藏线地貌类型多样，地质条件十分复杂，孕育的山地灾害类型、特征也是各不相同。有地震诱发的滑坡，有降雨诱发的滑坡，有构造和侵蚀作用综合形成的滑坡，还有冻融作用形成的滑坡等等。我们在调查川藏线的时候，第一次发现了冻融滑坡。这是我第一次看到这类型的滑坡。这种滑坡一般在高程 3800 米以上的地方才能遇到，主要是由于岩土体内水分的冻结和融化，降低了岩土体的强度而发生的。这些和书本里的还是有些许不同的，想着自己一个一个地要把滑坡识别出来，还是很激动的。"

李秀珍说："川藏铁路应该是自然、地质条件最复杂、施工技术难度最大的铁路工程，能参与到这样的一个项目当中，为这样一条铁路工程尽自己的微薄之力，我感觉非常荣幸，也非常幸运。我期待川藏铁路能成为全世界最有特点、最漂亮、最安全的一条铁路。"

人民日报

为了使"中国天眼"的"眼球"获取信号能力达到最佳，潘高峰带领团队日夜调试

我为"天眼"调焦距

人民日报社　吴月辉

《人民日报》第 4 版
2017 年 8 月 4 日

作为世界最大单口径射电望远镜，FAST（500 米口径球面射电望远镜）的建成将中国天文学研究推向了一个更深入的世界：它开创了建造巨型射电望远镜的新模式，具有独立自主知识产权，被认为将在未来 10 ～ 20 年内保持世界一流地位。

这一"中国天眼"背后的设计者和建设者们，大多鲜为人知。对他们而言，竣工启用的短暂欢愉过后，是一段更漫长的坚守。日前，记者采访了 FAST 工程的一位科技人员——国家天文台 FAST 工程高级工程师潘高峰，听他来聊聊和 FAST 的故事。

现 场
40 多天没离开工地现场

2015 年，是潘高峰最忙的一年。他估算了一下，这一年里自己在贵州省黔南布依族苗族自治州平塘县克度镇大窝凼里大概"窝"了 240 多天。而在这 240 多天里，他又有一多半的时间都耗费在一件事情上，那就是对 FAST 工程索驱动系统进行调试。

索驱动系统全称六索并联驱动控制系统，通过控制六索同步收放，来拖动馈源舱到达望远镜需要的位置。

"如果说 FAST 是一只巨大的天眼，那么馈源舱就是这只天眼的眼球。光把眼球装上去还不够，要看得准看得清楚才行。"潘高峰说，调试索驱动系统就可以达到这个目的。通过对它的调试，可以控制馈源舱进行位置姿态的一级调整，从而精确地到达反射面的焦点位置，使馈源舱获取信号能力达到最佳。就像人的睫状体一样，能够调节眼球的焦距使眼球能清晰地看清远近物体。

调试期间，每天早上 8 点，潘高峰和同事们都会准时到达距离住处 800 多米远的临时控制室。一番简短的讨论分工之后，便开启了一天的紧张调试工作。

潘高峰是索驱动系统的负责人，他一开始会在主控制室里待一会儿。主控制室是一间砖瓦盖成的平房，面积大概只有六七平方米，里面摆放着四五张桌子，桌子上放的是台式电脑，这些控制计算机就是索驱动系统的"大脑"。除此之外还有一个紧急控制箱，用于紧急情况的处理。

等到主控制室里的调试工作步入正轨后，潘高峰就会依次到各个机房去巡视。

"除了观察电脑上显示的数据外，我还要通过听机器的声音来判断它们是否运转正常。比如，如果机器运转正常的话，它的声音听起来是比较平稳的。如果听到减速机发出很大振动声响，那就一定有异常。"潘高峰说。

潘高峰告诉记者，中午大家都是轮流吃饭，因为控制室时刻都得有人值班。"我们每次测试都要走完一条完整的轨迹，一条轨迹的运行时间大概需要 2 个小时，中间不能停，否则前面的测试就等于白做了。"

每天的现场调试工作一般都会持续到下午 6 点左右，结束后大家把这一天获得的数据带回宿舍进行处理。然后，晚上 7 点半再聚到一起开会，讨论当天做了哪些工作，数据处理的结果如何，发现了什么问题，哪里要做修整，以及第二天该如何调试。

"这种讨论总结会在调试期每天都有，并且在整个项目组里都小有名气。"潘高峰说。

潘高峰说，索驱动系统调试期是他感觉压力最大的一段时期。"特别是在代舱调试期间，一连40多天，我都没离开工地现场。"

好在一切辛苦都没有白费，馈源舱索驱动工程顺利通过了验收。

"位置误差均在规定的48毫米以内，6根钢索控制馈源舱的姿态误差都在1度以内，调试的结果优于规定指标。"潘高峰说。

讲　述
他的执着和坚韧鼓舞着我们

讲述人：李铭哲（潘高峰同事）

我还在上研究生期间，就进入到FAST的索驱动系统组。虽然后来与潘高峰成了同事，但还是习惯称呼他潘老师。

潘老师对工作一向认真负责，并且特别有担当。

在索驱动系统代舱调试阶段，我们当时被要求达到的技术目标是：6根钢索控制馈源舱的姿态误差必须在1度以内，位置误差在48毫米以内。那段时间，为了达到这个目标，潘老师带领大家连轴干了一个多月。白天干活，晚上开会，开到几点算几点。会议的内容主要是讨论白天为什么没能到达调试指标，有可能是哪方面原因导致的，如果讨论出思路，第二天立马就按这个思路进行调试。如果测试结果没有什么改善，就说明这个方案不对，晚上接着研究讨论。就这样循环往复，直到最终把问题解决，达到技术目标。在这个过程中，潘老师的执着和坚韧一直感染和鼓舞着我们每个人。

认识潘老师的人，都觉得他脾气好，好说话。但当遇到原则性问题时，其实他很坚持，绝不会让步。

有一次我们发现电缆滑车上接地用的编织铜线采购错了，施工单位采购成了编织导线。编织导线虽然也能起到接地防雷的作用，但它的质地比较硬，会随着电缆收放发生旋转，导致螺丝松动。可能短时间内用没啥问题，可是时间长了，松动的螺丝钉就容易掉下去。大家知道，螺丝钉从高空掉下去，力量会很大，相当于一颗小子弹。当时有人认为这个问题不会太大，就这样用吧。但是潘老师考虑到安全问题，不同意用编织导线，一定要让他们换成编织铜线。后来在潘老师的坚持下，施工单位连夜购买了编织铜线，第二天就给更换掉了，同时又用螺丝胶进行了进一步防护，保证了工程安全。

后来，我慢慢理解他了

讲述人：王伟丽（潘高峰妻子）

自从高峰加入 FAST 工程后，我最大的感受就是他比往常更忙了。加班成了家常便饭，有时节假日都无法休息。即使平时在家，他也总是不停地接打电话，协调处理各种工作上的问题。

出差也越来越多，经常大半个月都在外面，在家的日子屈指可数。最夸张的一次，是在我们大儿子出生时。那是 2012 年 4 月底，当时我已属于高龄产妇，加上临产时状态也不太好，最后只能由顺产转剖腹产。产后我的身体十分虚弱，本以为这次高峰可以借机在家多陪陪我们母子了，却没想到在孩子出生的第五天，他又急匆匆地出差走了，一走就是很长时间。

坦白讲，对他如此忙碌的状态，我刚开始是很难接受的，心里有些怨气。特别是每当孩子生病时，他不在身边，我一个人忙前忙后觉得格外艰难，因此也没少跟他发火。每次面对我的指责，他都是默默地不吭声。然后，只要回到家，就尽量弥补，要么做家务，要么看孩子，尽量让我能多休息。

后来通过两件事情，我开始慢慢理解他了。

有一次，高峰给我发了一张照片。照片里，他站在一个很高很高的塔上，后面的风景很美。我问他："这是在哪里？"他回答说是在 FAST 项目的工地现场，脚下的塔高 100 多米，并且登塔的梯子很陡。他告诉我，每天他都要来回爬几趟高塔。我一听就觉得好危险，又立刻追问他："下雨时会不会很滑？"他说："会的，要非常小心。"虽然只是轻描淡写的几句话，但我听后还是觉得格外揪心。

还有一次，我跟他说想带孩子一起去 FAST 项目工地看一看。在此之前，我和儿子只是经常在媒体上看到 FAST 的相关新闻，从没有机会到现场去亲眼见识一下。一听我有这个想法，高峰立即劝我不要来。我感到很不解，就问他："为什么不让去？我们就是去看一下，又不会影响你工作。"他说因为他们一直住的是临时搭建的钢板房，冬天没暖气，特别潮湿阴冷；夏天墙上、地上到处爬满虫子；厕所离房间又很远，用起来也很不方便，来了大人孩子都得受罪。

这么久以来，这是我第一次听高峰描述自己在工地的住宿环境，原来条件这么艰苦！以前，他从未跟我们提起过这些。我开始心疼高峰了。其实他在外面工作是非常辛苦的，我觉得我以后应该更多地去体谅他，照顾好家里，让他能更安心地工作。

对　话
大家和小家之间该有个取舍

记者： 第一次知道自己要参与 FAST 项目是什么时候？当时怎么想？

潘高峰： 第一次知道要参与 FAST 项目，是在 2008 年，那会儿我博士刚毕业，正在找工作。当时，我面临几个选择，一个是中科院国家天文台，一个是中科院的空间中心，还有一个是航天院所。

其中，国家天文台提出让我一去就参与 FAST 项目的建设工作。一毕业就能参与重要的国家大科学工程项目，这对于刚出校门的我确实有很大的吸引力。思考比较之后，觉得这个机会实在难得。于是，最后我选择了去中科院国家天文台工作。也就是从那时起，我与 FAST 结缘，一干就是9 年。

记者： 在 FAST 工程中负责如此重要的分系统，对自己有信心吗？

潘高峰： 我来到国家天文台工作不到半年，就被任命为索驱动子系统的负责人以及馈源支撑系统的总工助理。当时心里非常忐忑，很有压力。因为毕竟这是一个全新的东西，大家都是没有任何先例可以参考学习。并且，我们自身对它的认识也不够。不过，还是有决心最后能把它干好。

记者： 听您妻子说您在大儿子出生 5 天时就出差走了，当时是怎样一个情况？心里有过犹豫和纠结吗？

潘高峰： 我们老大出生的那一天正好是我负责的索驱动系统发布招标公告的一天，也可以说是非常有缘分吧。发布招标公告之后，接下来就需要我们去现场组织投标预备会，所以没办法，必须要出差。

说实话，当时我心里确实有纠结和不舍，因为毕竟我爱人刚刚生完孩子，需要更多陪伴和照顾。但当时的这个招标也是非常特殊和重要的，整个团队都非常重视，光前期标书的制作我们就花了 5 个月的时间。在这个过程中我是负责人，也是具体做事的人，所以对它最了解。经过慎重考虑，我还是觉得大家和小家之间应该有个取舍。

记者： 大家都说您很乐观，您自己觉得呢？

潘高峰： 我也觉得自己是一个比较乐观的人，但我的乐观不是盲目的。其实在我看来，做这项工作应该说压力还是很大的，因为接口非常多，技术难度也非常高。

我之所以能在绝大多数时候保持乐观，一是因为我认为不论遇到什么困难，这都是我们的工作，就应该想办法来解决和克服它，只能迎难而上，不能逃避和放弃；二是因为我知道我们在前期已经做了非常充分的准备工作，基础打得很牢，有这个底气。

记者： 参与 FAST 项目，有什么收获？有遗憾吗？

潘高峰： FAST 这项大科学工程特别能锻炼人，虽然有很大压力，但能接触和学习到很多知识，提升自己各方面的能力。能参与这样一个大科学工程并跟着它一起成长，是我最大的荣幸和骄傲，也很有成就感。当然，任何事肯定是有得必有失。我的遗憾主要是对家庭觉得亏欠。因为加班出差多，平时对妻儿和父母照顾很少，陪孩子的时间很少，很多家长会都不能参加。

中国成功从太空发送不可破解的密码

"墨子号"量子密钥分发示意图（中科院供图）

新华社北京8月10日电（记者 喻菲）中国"墨子号"量子科学实验卫星在国际上首次成功实现从卫星到地面的高速量子密钥分发，为建立最安全保密的全球量子通信网络奠定可靠基础。

"墨子号"的这一成果发表在10日出版的国际权威学术刊物《自然》杂志上。《自然》杂志的审稿人称赞星地量子密钥分发成果是"令人钦佩的成就"和"本领域的一个里程碑"。

量子卫星首席科学家、中国科学院院士潘建伟说，"墨子号"量子密钥分发实验采用卫星发射量子信号，河北兴隆与新疆南山地面站分别接收的方式，在北京和乌鲁木齐之间建立了量子密钥。

新华社通稿

2017 年 8 月 11 日

【新华社北京 8 月 10 日电】中国"墨子号"量子科学实验卫星在国际上首次成功实现从卫星到地面的高速量子密钥分发，为建立最安全保密的全球量子通信网络奠定可靠基础。

"墨子号"的这一成果发表在 10 日出版的国际权威学术刊物《自然》上。《自然》期刊的审稿人称赞星地量子密钥分发成果是"令人钦佩的成就"和"本领域的一个里程碑"。

量子卫星首席科学家、中科院院士潘建伟说,"墨子号"量子密钥分发实验采用卫星发射量子信号,河北兴隆与新疆南山地面站分别接收的方式,在北京和乌鲁木齐之间建立了量子密钥。

据介绍,"墨子号"过境时与地面光学站建立光链路,通信距离从645公里到1200公里。在1200公里通信距离上,星地量子密钥的传输效率比同等距离地面光纤信道高20个数量级(万亿亿倍)。卫星上量子诱骗态光源平均每秒发送4000万个信号光子,一次过轨对接实验约10分钟可生成300千比特(kbit)的安全密钥,平均成码率可达1.1千比特/秒。

"这样的密钥发送效率可以满足绝对安全的打电话或银行传输大量数据的需求。"潘建伟说。

他说,这一重要成果为构建覆盖全球的量子保密通信网络奠定了可靠的技术基础。以星地量子密钥分发为基础,将卫星作为可信中继,可以实现地球上任意两点的密钥共享,将量子密钥分发范围扩展到覆盖全球。此外,将量子通信地面站与城际光纤量子保密通信网(如合肥量子通信网、济南量子通信网、京沪干线)互联,可以构建覆盖全球的天地一体化保密通信网络。

绝对安全的保密通信

通信安全是国家信息安全和人类经济社会生活的基本需求,也是当代世界的难题。窃听、反窃听;加密、解密……这些密码学中的矛与盾处于恒久的博弈之中。

保密通信的原理在于,唯有掌握密钥,才能轻易重现传递的信息。信息的安全性主要依赖于密钥的秘密性。然而,传统加密技术在原理上存在着被破译的可能性。随着数学和计算能力的不断提升,经典密码被破译的可能性与日俱增。20世纪90年代,美国数学家肖尔证明量子计算可以攻破目前广泛使用的公钥体系。2015年11月,美国科技公司谷歌推出的D-Wave量子计算机,宣称其在解决问题时能够比其他任何计算机都快一亿倍,并能破解任何现有密钥体系。

有没有绝对安全的保密通信,让窃听、破译者无计可施?所幸的是,量子物理提供了解决这一问题的办法。如果量子计算机是针对传统密码的"利剑长矛",那么量子密码技术就是抵御它的"坚固盾牌"。量子密码提供了一种不可窃听、不可破译的新一代密码技术。

专家介绍，与经典通信不同，量子密钥分发通过量子态的传输，在遥远两地的用户共享无条件安全的密钥，利用该密钥对信息进行一次一密的严格加密，这是目前人类唯一已知的不可窃听、不可破译的无条件安全的通信方式。

潘建伟说，量子密钥就是在 A 和 B 之间共同生成一串只有他们两边知道的随机数，然后用这个随机数来加密。量子密钥一旦被截获或者被测量，其自身状态就会立刻发生改变。截获量子密钥的人只能得到无效信息，而信息的合法接收者则可以从量子态的改变中得知量子密钥曾被截取过。将量子密钥应用于量子通信中，就是量子保密通信。与传统通话方式相比，量子保密通信采用的是"一次一密"的工作机制，通话期间，密码机每分每秒都在产生密码，一旦通话结束，这串密码就会立即失效，且下次通话不会重复使用。

潘建伟打了个比方，古人在信封上用火漆封口，一旦信件被中途拆开，就会留下泄密的痕迹。量子密钥在量子通信中的作用比火漆更彻底，因为一旦有人试图打开"信件"，量子密钥会让"信件"自毁，并让使用者知晓。

从太空突破极限

他说，量子通信通常采用单光子作为物理载体，最直接的方式是通过光纤或近地面自由空间信道传输。但是，这两种信道的损耗都随着距离的增加而指数增加。由于量子不可克隆原理，单光子量子信息不能像经典通信那样被放大，这使得之前的量子通信的局限在百公里量级。

"根据数据测算，通过 1200 公里的光纤，即使有每秒百亿发射率的单光子源和完美的探测器，也需要数百万年才能建立一个比特的密钥。因此，如何实现安全、长距离、可实用化的量子通信是该领域的最大挑战和国际学术界几十年来奋斗的共同目标。"潘建伟说。

他说，利用外太空几乎真空因而光信号损耗非常小的特点，通过卫星的辅助可以大大扩展量子通信距离。同时，由于卫星具有方便覆盖整个地球的独特优势，是在全球尺度上实现超远距离实用化量子密码和量子隐形传态最有希望的途径。从 21 世纪初以来，该方向已成为国际学术界激烈角逐的焦点。

潘建伟团队为实现星地量子通信开展了一系列先驱性的实验研究。2003年，潘建伟团队提出利用卫星实现星地间量子通信、构建覆盖全球量子保密通信网的方案，随后于2004年在国际上首次实现了水平距离13公里（大于大气层垂直厚度）的自由空间双向量子纠缠分发，验证了穿过大气层进行量子通信的可行性。

2011年年底，中科院战略性先导科技专项"量子科学实验卫星"正式立项。2012年，潘建伟领衔的中科院联合研究团队在青海湖实现了首个百公里的双向量子纠缠分发和量子隐形传态，充分验证了利用卫星实现量子通信的可行性。2013年，中科院联合研究团队在青海湖实现了模拟星地相对运动和星地链路大损耗的量子密钥分发实验，全方位验证了卫星到地面的量子密钥分发的可行性。

随后，该团队经过艰苦攻关，克服种种困难，最终成功研制了"墨子号"量子科学实验卫星。"墨子号"于2016年8月16日在酒泉卫星发射中心发射升空，经过四个月的在轨测试，2017年1月18日正式交付开展科学实验。

量子通信在国防、军事、金融等领域应用前景广阔。有专家预测，量子通信技术可能在20～30年后对人类社会发展产生难以估量的影响。量子通信因其传输高效和绝对安全等特点，被认为是下一代通信和计算机技术的支撑性研究，也已成为全球物理学研究的前沿与焦点领域。

进入无垠广袤的人生

——追忆"天眼"之父南仁东

新华社　董瑞丰

新华社通稿

2017 年 9 月 24 日

最懂"天眼"的人，走了。

24 载，8000 多个日夜，为了追逐梦想，500 米口径球面射电望远镜首席科学家、总工程师南仁东心无旁骛，在世界天文史上镌刻下新的高度。

9 月 25 日，"天眼"落成启用一周年。可在 10 天前，他却永远地闭上了眼睛。

"天眼"所在的大窝凼，星空似乎为之黯淡。

一个人的梦想能有多大？大到可以直抵苍穹。一个人的梦想能有多久？久到能够穿越一生。

"痴"：为"天眼"穿越一生

"'天眼'项目就像为南仁东而生，也燃烧了他最后 20 多年的人生。"

许多个万籁寂静的夜晚，南仁东曾仰望星空：我们是谁？我们从哪里来？茫茫宇宙中我们真是孤独的吗？

探索未知的宇宙——这个藏在无数人心底的梦，他用一生去追寻。

八字胡、牛仔裤、个子不高、嗓音浑厚。手往裤兜里一插，精神头十足的南仁东总是"特别有气场"。

寻找外星生命，在别人眼中"当不得真"，这位世界知名的天文学家，电脑里却存了好几个G的资料，能把专业人士说得着了迷。

2 年前，已经 70 岁的南仁东查出肺癌，动了第一次手术。家人让他住到郊区一个小院，养花遛狗，静养身体。

他的学生、国家天文台研究员苏彦去看他。一个秋日里，阳光很好，院子里花正盛开，苏彦宽慰他，终于可以过清闲日子了。往日里健谈的南仁东却呆坐着不吱声，过了半晌，才说了一句："像坐牢一样。"

自从建中国"天眼"的念头从心里长出来，南仁东就像上了弦一样。

24 年前，日本东京，国际无线电科学联盟大会。科学家们提出，在全球电波环境继续恶化之前，建造新一代射电望远镜，接收更多来自外太空的讯息。

南仁东坐不住了，一把推开同事房间的门：我们也建一个吧！

他如饥似渴地了解国际上的研究动态。

南仁东曾在日本国立天文台担任客座教授，享受世界级别的科研条件和薪水。

可他说：我得回国。

选址、论证、立项、建设。哪一步都不易。

有人告诉他，贵州的喀斯特洼地多，能选出性价比最高的"天眼"台址，南仁东跳上了从北京到贵州的火车。绿皮火车咣当咣当开了近 50 个小时，一趟一趟坐着，车轮不觉间滚过了 10 年。

1994 ~ 2005 年，南仁东走遍了贵州大山里的上百个窝凼。乱石密布的喀斯特石山里，不少地方连路都没有，只能从石头缝间的灌木丛中深一脚、浅一脚地挪过去。

时任贵州平塘县副县长的王佐培，负责联络望远镜选址，第一次见到这个"天文学家"，诧异他太能吃苦。

七八十度的陡坡，人就像挂在山腰间，要是抓不住石头和树枝，一不留神就摔下去了。王佐培说："他的眼睛里充满兴奋，像发现了新大陆。"

1998 年夏天，南仁东下窝凼时，偏偏怕什么来什么，瓢泼大雨从天而降。因为亲眼见过窝凼里的泥石流，山洪裹着砂石，连人带树都能一起冲走。南仁东往嘴里塞了救心丸，连滚带爬回到垭口。

"天眼"之艰，不只有选址。

这是一个涉及领域极其宽泛的大科学工程，天文学、力学、机械、结构、电子学、测量与控制、岩土……从纸面设计到建造运行，有着十万八千里的距离。

"天眼"之难，还有工程预算。

有那么几年时间，南仁东成了一名"推销员"，大会小会、中国外国，逢人就推销"天眼"项目。

"天眼"成了南仁东倾注心血的孩子。

他不再有时间打牌、唱歌，甚至东北人的"唠嗑"也扔了。他说话越来越开门见山，没事找他"唠嗑"的人，片刻就会被打发走。

审核"天眼"方案时，不懂岩土工程的南仁东，用了 1 个月时间埋头学习，对每一张图纸都仔细审核、反复计算。

即使到了 70 岁，他还在往工地上跑。中国电子科技集团公司第五十四研究所的邢成辉，曾在一个闷热的夏日午后撞见南仁东。为了一个地铆项目的误差，南仁东放下筷子就跑去工地，生怕技术人员的测量出了问题。

一个当初没有多少人看好的梦想，最终成为一个国家的骄傲。

"天眼"，看似一口"大锅"，却是世界上最大、最灵敏的单口径射电望远镜，可以接收到百亿光年外的电磁信号。

"20 多年来他只做这一件事。"南仁东病逝的消息传来，国家天文台台长严俊把自己关在屋里哭了一场："天眼"项目就像为南仁东而生，也燃烧了他最后 20 多年的人生。

"狂"：做世界独一无二的项目

"对他而言，中国需要这样一个望远镜，他扛起这个责任，就有了一种使命感。"

狂者进取。

"天眼"曾是一个大胆到有些突兀的计划。20 世纪 90 年代初，中国最大的射电望远镜口径不到 30 米。

与美国寻找地外文明研究所的"凤凰"计划相比，口径 500 米的中国"天眼"，可将类太阳星巡视目标扩大至少 5 倍。

世界独一无二的项目，不仅是研究天文学，还将叩问人类、自然和宇宙亘古之谜。在不少人看来，这难道不是"空中楼阁"吗？

中国为什么不能做？南仁东放出"狂"言。

他骨子里不服输。20世纪八九十年代出国开会时，他就会拿着一口不算地道的英语跟欧美同行争辩，从天文专业到国际形势，有时候争得面红耳赤，完了又搂着肩膀一块儿去喝啤酒。

多年以后，他还经常用他那富有磁性的男中音说一个比喻：当年哥伦布建造巨大船队，得到的回报是满船金银香料和新大陆；但哥伦布计划出海的时候，伊莎贝拉女王不知道，哥伦布也不知道，未来会发现一片新大陆。

这是他念兹在兹的星空梦——中国"天眼"，FAST，这个缩写也正是"快"的意思。

"一个野心勃勃的计划。"国际同行这样评价。

"对他而言，中国需要这样一个望远镜，他扛起这个责任，就有了一种使命感。""天眼"工程副经理张蜀新与南仁东的接触越多，就越理解他。

"天眼"是一个庞大系统工程，每个领域，专家都会提各种意见，南仁东必须做出决策。

没有哪个环节能"忽悠"他。这位"首席科学家""总工程师"，同样也是一个"战术型的老工人"。每个细节，南仁东都要百分百肯定的结果，如果没有解决，就一直盯着，任何瑕疵在他那里都过不了关。

工程伊始，要建一个水窖。施工方送来设计图纸，他迅速标出几处错误打了回去。施工方惊讶极了：这个搞天文的科学家怎么还懂土建？

一位外国天文杂志的记者采访他，他竟然给对方讲起了美学。

"天眼"总工艺师王启明说，科学要求精度，精度越高性能越好；可对工程建设来说，精度提高一点，施工难度可能成倍增加。南仁东要在两者之间求得平衡，不是一件容易的事。

外人送他的天才"帽子"，南仁东敬谢不敏。他有一次跟张蜀新说："你以为我是天生什么都懂吗？其实我每天都在学。"的确，在张蜀新记忆里，南仁东没有节假日的概念，每天都在琢磨各种事情。

2010年，因为索网的疲劳问题，"天眼"经历了一场灾难性的风险。65岁的南仁东寝食不安，天天在现场与技术人员沟通。工艺、材料，"天眼"的要求是现有国家标准的20倍以上，哪有现成技术可以依赖。南仁东亲自上阵，日夜奋战，700多天，经历近百次失败，方才化险为夷。

因为这个"世界独一无二的项目"，他一直在跟自己较劲。

"野"：永远保持对未知世界的求知欲望

"科学探索不能太功利，只要去干，就会有意想不到的收获。"

南仁东的性格里有股子"野劲"，想干的事一定要干成。

2014 年，"天眼"反射面单元即将吊装，年近七旬的南仁东坚持自己第一个上，亲自进行"小飞人"载人试验。

这个试验需要用简易装置把人吊起来，送到 6 米高的试验节点盘。在高空中无落脚之地，全程需手动操作，稍有不慎，就有可能摔下来。

从高空下来，南仁东的衣服被汗水浸透了，但他发现试验中的几个问题。

"他喜欢冒险。没有这种敢为人先的劲头，是不可能干成'天眼'项目的。"严俊说。

"天眼"现场有 6 个支撑铁塔，每个建好时，南仁东总是"第一个爬上去的人"。几十米高的圈梁建好了，他也要第一个走上去，甚至在圈梁上奔跑，开心得像个孩子。

如果把创造的冲动和探索的欲望比作"野"，南仁东无疑是"野"的。

在他看来，"天眼"建设不是由经济利益驱动，而是"来自人类的创造冲动和探索欲望"。他也时常告诉学生，科学探索不能太功利，只要去干，就会有意想不到的收获。

南仁东其实打小就"野"。他是学霸，当年吉林省的高考理科状元，考入清华大学无线电系。工作 10 年后，因为喜欢仰望苍穹，就"率性"报考了中科院读研究生，从此在天文领域"一发不可收拾"。

他的涉猎之广泛，学识之渊博，在单位是出了名的。曾有一个年轻人来参加人才招聘会，一进来就说自己外语学的是俄语。南仁东就用俄语问了他几个问题，小伙子愣住了，改口说自己还会日语。南仁东又用日语问了一个问题，让小伙子目瞪口呆了半天。

即使是年轻时代在吉林通化无线电厂的那段艰苦岁月，南仁东也能苦中作乐，"野"出一番风采。

工厂开模具，他学会了冲压、钣金、热处理、电镀等"粗活"。土建、水利，他也样样都学。他甚至带领这个国企工厂的技术员与吉林大学合作，生产出我国第一代电子计算器。

20 多年前，南仁东去荷兰访问，坐火车横穿西伯利亚，经苏联、东欧等国家。没想到，路途遥远，旅途还未过半，盘缠就不够了。

绘画达到专业水准的南仁东，用最后剩的一点钱到当地商店买了纸、笔，在路边摆摊给人家画素描人像，居然挣了一笔盘缠，顺利到达荷兰。

"真"：他仿佛是大山里的"村民"

这位外貌粗犷的科学家，对待世界却有着一颗柔软的心。

面容沧桑、皮肤黝黑，夏天穿着 T 恤、大裤衩。这位外貌粗犷的科学家，对待世界却有着一颗柔软的心。

大窝凼附近所有的山头，南仁东都爬过。在工地现场，他经常饶有兴致地跟学生们介绍，这里原来是什么样，哪里有水井、哪里种着什么树，凼底原来住着哪几户人家。仿佛他自己曾是这里的"村民"。

"天眼"馈源支撑塔施工期间，南仁东得知施工工人都来自云南的贫困山区，家里都非常艰难，便悄悄打电话给"天眼"工程现场工程师雷政，请他了解工人们的身高、腰围等情况。

当南仁东第二次来到工地时，随身带了一个大箱子。当晚他叫上雷政提着箱子一起去了工人的宿舍，打开箱子，都是为工人们量身买的 T 恤、休闲裤和鞋子。

南仁东说："这是我跟老伴去市场挑的，很便宜，大伙别嫌弃……"回来路上，南仁东对雷政说，"他们都太不容易了。"

第一次去大窝凼，爬到垭口的时候，南仁东遇到了放学的孩子们。单薄的衣衫、可爱的笑容，触动了南仁东的心。

回到北京，南仁东就给县上干部张智勇寄来一封信。"打开信封，里面装着 500 元，南老师嘱托我，把钱给卡罗小学最贫困的孩子。他连着寄了四五年，资助了七八个学生。"张智勇说。

在学生们的眼中，南仁东就像是一个既严厉又和蔼的父亲。

2013 年，南仁东和他的助理姜鹏经常从北京跑到柳州做实验，有时几个月一连跑五六趟，目的是解决一个十年都未解决的难题。后来，这个问题终于解决了。

"我太高兴了，以致有些得意忘形了，当我第三次说'我太高兴了'时，他猛浇了我一盆冷水：高兴什么？你什么时候看到我开心过？我评上研究员也才高兴了两分钟。实际上，他是告诉我，作为科学工作者，一定要保持冷静。"姜鹏说。

即使在"天眼"工程竣工时，大家纷纷向南仁东表示祝贺，他依然很平静地说，大望远镜十分复杂，调试要达到最好的成效还有很长一段路。

2017年4月底，南仁东的病情加重，进入人生倒计时阶段。

正在医院做一个脚部小手术的甘恒谦，突然在病房见到了拎着慰问品来看望自己的老师南仁东夫妇，这让他既惊讶又感动。

"我这个小病从来没有告诉南老师，他来医院前也没有打电话给我。他自己都病重成那样了，却还来看望我这个受小伤的学生。"甘恒谦内疚地说，医院的这次见面，竟成为师生两人的永别。

知识渊博、勇于发表观点的南仁东在国际上有许多"铁哥们"。每次见面，都是紧紧握手拥抱。有一个老科学家，在去世之前，还专门坐着轮椅飞到中国来看望南仁东。

不是院士，也没拿过什么大奖，但南仁东把一切看淡。一如病逝后，他的家属给国家天文台转达的他的遗愿：丧事从简，不举行追悼仪式。

"天眼"，就是他留下的遗产。

还有几句诗，他写给自己，和这个世界：

美丽的宇宙太空以它的神秘和绚丽，

召唤我们踏过平庸，

进入它无垠的广袤。

中国科学报 CHINA SCIENCE DAILY

睁开了"天眼"记住了"老南"

中国科学报社　丁　佳

"如果有一天我真的不行了，我就躲得远远的，不让你们看见我。"

自古以来有一种传说，大象在生命的最后时光，会悄悄离开象群，独自在某个地方等待那个时刻的降临。

这也是南仁东选择的方式。100多天前，他远赴美国，一去，就再也没有回来。

人们将南仁东尊称为"中国天眼"之父。他在贵州大窝凼里留下的500米口径球面射电望远镜（FAST）成为他人生最后的绝唱。

南仁东把科学家这个职业做到了极致。但在科学之外，在曾经生活、工作在他周围的人心中，南仁东绝非一两个形容词可以简单概括。也许在1000个人心中，就有1000个南仁东。

《中国科学报》第1版
2017年9月28日

没有回复的邮件

2017年5月，南仁东去美国前，正在贵州调试望远镜的中科院国家天文台研究员、FAST 工程调试组组长姜鹏给他去了一通电话。

汇报工作后，姜鹏问："老爷子，听说你要去美国？"

"是的。"南仁东用低沉的声音回答。

然后，在片刻的沉默后，南仁东突然一反常态地问："你有时间回来吗？"

姜鹏有点意外，因为南仁东从不会这样问他。两人平时直来直去惯了，从 2009 年到南仁东那里面试开始，两人之间从来就是这样"肆无忌惮"的。

所以他只是直率地回答："FAST 这边事儿太多了，我可能回不去。"

没想到，这句话成了扎在姜鹏心上的一根刺。

他没能在南仁东出国之前见上他一面。这样的结局是姜鹏不曾料到的，这样的结局也唤起了他记忆的潮水。

几年前，FAST 项目组遇到一次比较大的变动。南仁东把他叫到办公室，问道："姜鹏，你说你一个刚毕业两年的小屁孩，我能完全相信你吗？"

姜鹏思考了半晌，非常认真地说："南老师，我觉得你可以信任我。"

这个回答让南仁东有些措手不及，但眼前这个不按套路出牌的年轻人，还是成了他的助理。

也因为这样，姜鹏慢慢接触到了南仁东的内心："他的人生充斥的是调皮、义气，甚至有些捣蛋。我太喜欢了，我甚至嫉妒他具有传奇色彩的人生经历。"

南仁东离世之后，姜鹏打开了南仁东给他的最后一封邮件。他回信写道："老爷子，咱们还能聊聊吗？怎么感觉我的心情糟透了呢？"

姜鹏不知道南仁东在"那边"是否收到这封信。他只知道，他再也不可能收到任何回复了。

没能说出的谢谢

FAST 工程接收机与终端系统高工甘恒谦还在北京大学天文系读硕士期间，南仁东去给他们讲《射电天文方法》一课。课堂上的南仁东，经常穿着一件小碎花的衬衫和牛仔裤，课间总要走到走廊的一头，点着一支"中南海"，抽上几口，过过烟瘾。

这样一个老头儿，学生们自然是要议论的。几个较活跃的学生把南仁东抽烟的习惯编成段子。有些话难免传到南仁东耳朵里，可他对这些玩笑一点也不在意，根本不生气，反倒还添油加醋地再渲染一番。

从硕士，到博士，再到正式加入 FAST 工程组，跟随南仁东的 15 个年头里，甘恒谦得到了快速成长。"对于南老师来说，有没有我这么一个学生，好像不会有什么不同；但对于我来说，没有南老师的帮助，将会是一个不一样的我。"

今年 4 月，甘恒谦跟腱受伤。南仁东知道后亲自到医院探望，悉心安慰了他一个小时。"那时南老师也是重病在身，却还能想着我，给我宽心，让我很感动。"他说，"南老师就是一个关心别人比关心自己还要多得多的人。"

然而那次探病，是甘恒谦与老师的最后一面。让他心碎的是，这么多年来，在繁重工程任务中疾行，他不曾来得及对老师亲口说一声"谢谢"。

无法忘记的"老南"

许多学生和后辈，都是这样在潜移默化里中了南仁东的"毒"的。

南仁东经常让大家喊他"老南"。大家虽然谁也没有当面喊过，但私下常喊他老爷子。平时他非常注意穿着，也爱喝可乐，用 FAST 工程馈源支撑系统副总工潘高峰的话说，他是一个"经常往西装口袋里装饼干，而又忘记拿出来的随性老头儿"。

2015 年，南仁东查出了肺癌，术后他说话的声音沙哑了。但他看得开，也很从容，经常拿着登山杖走路锻炼，对工作依然热情如故。

"他没有用语言教导过我要正直、善良、面对疾病要乐观，也没有用语言教导过我工作要执着、兢兢业业、精益求精，更没有用语言教导过我要无私奉献、淡泊名利。"FAST 工程馈源支撑系统高工杨清阁说，"但他，行胜于言。"

对自己的很多爱徒，南仁东没有当面说过表扬的话。但对 FAST 施工现场的工人，他却有着天生的偏爱。有一次，他让人打听了现场工人的尺码，跟老伴一起给每个工人买了一身衣服。每次晚饭后，他都会到工人的工棚坐坐。他的记忆力极好，几乎知道每个工人的名字、工种、收入情况，还知道一些他们家里的琐事。

第一次去大窝凼，爬到垭口的时候，南仁东遇到了放学的孩子们。单薄的衣衫、可爱的笑容，触动了他的心。回到北京，南仁东就给县干部寄去一封信，里面装着 500 元，嘱咐他把钱给卡罗小学最贫困的孩子。此后数年间，他又资助了十余名儿童上学。

南仁东曾经对他的孩子说："我特别不希望别人记住我。"但是，那个翻遍了贵州的山窝、把空中楼阁亲手变成现实的南仁东，那个爱穿碎花衬衫牛仔裤、嘴硬心软的南老师，那个戴着蓝色安全帽、手里夹着"中南海"的"老南"，人们怎么会轻易忘记？

对南仁东，人们有欣慰，也有遗憾。倘若时光倒流 100 天，你会对他说什么？

科技日报

中国科技创新的今天与明天

——解读十九大报告中的创新型国家建设

科技日报社　刘　莉　操秀英

这些天，国内外的目光都关注着党的十九大，人们希望通过十九大解码中国的未来走向。从 18 日习近平总书记长达 3 个半小时的报告中，我们看到了一个拥有绵长历史的大国建设创新型国家的巨大决心。

"创新是引领发展的第一动力""创新驱动发展战略大力实施""推动互联网、大数据、人工智能和实体经济深度融合""培养造就一大批具有国际水平的战略科技人才"……长达 3 万多字的报告中有大量篇幅涉及创新，从这里我们能够看到中国创新的今天和明天。

创新成果，将中国推向世界前台

在总结 5 年成就时，总书记提到"供给侧结构性改革深入推进，经济结构不断优化，数字经济等新兴产业蓬勃发展，高铁、公路、桥梁、港口、机场等基础设施建设快速推进""创新驱动发展战略大力实施，创新型国家建设成果丰硕，天宫、蛟龙、天

《科技日报》头版
2017 年 10 月 20 日

眼、悟空、墨子、大飞机等重大科技成果相继问世"。十九大代表、中科院院长白春礼说："科研成果涌现，是多年来在科技创新重点领域长期坚持研发取得成果的集中体现；也是深化改革激发活力、加强政策引导激励，以及科技创新投入、金融等协同推进的结果。"

有人把刚刚过去的 5 年称为中国创新的"黄金五年"，创新引领着中国经济行稳致远。一个个闪耀着中国人智慧的大工程出现在世人面前：国产大飞机 C919 下线、全球最长桥隧结构跨海大桥——港珠澳大桥即将通车、实现中国人百年梦想的兰渝铁路建成、350 公里时速的"复兴号"高铁全速运行……这些创新成果给中国人带来自豪的同时，也改变着世界看待我们的目光。

上个月传来消息，欧美高铁三强"抱团"应对中国企业挑战。几年前，法国阿尔斯通、德国西门子、加拿大庞巴迪在全球铁路车辆制造市场上三足鼎立。而今天，他们必须选择合并铁路装备制造业务以应对中国企业的挑战。十九大代表、中车长客股份公司高级技师李万君深刻体会到这种变化："以前，我们学外国的技术，现在我们在华盛顿外建起了自己的生产基地，招收当地美国工人，前一阵子，30 多位美国技术人员刚刚来我们公司接受培训。"2016 年中国中车海外订单额同比增长 40%，达到 81 亿美元。

创新技术也给中国百姓的生活带来更多便利：支付宝、微信、共享单车……"移动互联网上"的生活似乎只有想不到，没有做不到。阿里巴巴集团副总裁、阿里研究院院长高红冰说："5 年前，中国云计算刚刚起步，我们的角色是技术应用者。今天，中国公有云服务市场前四位都是中国的企业，我们成为技术原创者。"

创新实践，让改变成为可能

"加快建设创新型国家。创新是引领发展的第一动力，是建设现代化经济体系的战略支撑。"当创新已成为全社会的共识，十九大报告把"加快建设创新型国家"纳入"建设现代化经济体系"的组成部分。

19 日，十九大贵州省代表团讨论中，常务副省长秦如培给在场记者们讲起这个西部省份打造大数据中心新名片的努力。这几年贵州把大数据作为当地发展的重要选项，出台政策筑巢引凤。如今，华为、苹果、美国高通都在贵州建起了大数据中心。当地从事大数据的企业从 2015 年的 1400

多家，发展到今年的 8900 多家，大数据成为贵州引领经济转型的新引擎。

不失时机宣传自己"创新名片"的还有十九大代表、西安市委书记王永康。18 日陕西省代表团的讨论会上，他向在场记者发出邀请，欢迎大家参加即将在 11 月举行的"2017 西安全球硬科技创新大会"。今天的华夏大地，处处涌动着创新的活力。

为给创新营造更好的环境，一系列科技体制改革政策出台。报告中说，5 年来"改革全面发力、多点突破、纵深推进……"

"这其中很多科技体制改革政策让我们科技人员受益。"十九大代表、中国计量科学研究院科技管理部主任戴新华告诉《科技日报》记者，科研经费"打酱油的钱也可以买醋了"，这得益于 2016 年科研经费管理政策的改革，科研院所在项目预算调剂上有了更大自主权。

《国家创新驱动发展战略纲要》、科技成果转化"三部曲"、《关于实行以增加知识价值为导向分配政策的若干意见》《关于加强和改进教学科研人员因公临时出国管理工作的指导意见》……一项项创新政策打破束缚科技人员施展才华的条条框框，把鼓励创新的国家战略落到实处。

创新目标，让努力明确方向

报告提出，"到二○三五年……我国经济实力、科技实力将大幅跃升，跻身创新型国家前列"，清晰的目标给中国的创新发展指明了前进的方向。

"科技是国之利器，国家赖之以强，人民生活赖之以好。"中科院院士、中科院上海生命科学研究院院长李林认为，进入新阶段、面对新使命、实现新目标，科技界的"奋发有为"也需要注入时代新内涵。他表示，要坚定创新自信，瞄准世界科技前沿，加强原始创新，在从"跟踪并行"向"领跑转变"的过程中不断提升科技创新能力，把握战略机遇，充分发挥科技创新主力军作用。

"十九大报告将创新驱动发展战略确定为我国未来发展的七大战略之一。这对宁夏有很强的针对性和指导性。"十九大代表、宁夏回族自治区党委书记石泰峰说，宁夏是西部地区，创新水平比较低，与东部地区还有不小差距，继续走拼资源的老路肯定不行，必须走一条创新之路。"我们贯彻落实十九大精神，实施创新驱动发展战略，就是要把发展的基点放在创新上，以科技创新带动全面创新，以全面创新引领全面发展，让创新成为宁夏大地最鲜明的时代特征。"

报告提到，要建设科技强国、质量强国、航天强国、网络强国、交通强国、数字中国等，要加快建设制造强国，加快发展先进制造业，推动互联网、大数据、人工智能和实体经济深度融合等。十九大代表、国家电网公司董事长舒印彪很有感触："前几年我们常说国家电网是世界第二大企业、全球最大的能源企业。我们以后还要在'强'上下功夫，成为科技创新能力强、国际竞争力强的国际能源企业。"他表示，国家电网将瞄准科技前沿，勇当自主创新的领头雁，发展中国战略科技力量，增强国际竞争力，集中力量攻克一批能源领域的重大核心技术，支撑新一代电力系统和能源互联网建设，抢占电力科技的制高点，以推动中国从电力大国到电力强国的转变。

十九大代表、"天河一号"研发部部长孟祥飞说，总书记在报告里强调"加快建设制造强国，加快发展先进制造业，推动互联网、大数据、人工智能和实体经济深度融合"，这表明国家对信息技术推动新一轮产业变革的认识。在此过程中，超级计算机的平台作用将更加凸显。大数据和人工智能的发展都离不开超级计算机的支撑。"我们正在积极探索构建超级计算与人工智能、大数据融合的平台，同时开拓更多与产业结合的项目，如构建钢铁冶炼高炉大数据平台、数字矿山和无人开采信息化系统，带动传统产业升级和新兴产业的培育。"他说。

中国航天科技集团公司九院289厂副总工程师、首席专家邓建华认为，对于航天科技工作者而言，要有牢固的使命意识和责任意识。"我们一代又一代的航天人要继续传承航天精神，扎实走技术创新发展之路，开展前沿性技术的预先研究工作。只有这样，才能实现从航天大国到航天强国的跨越。"

中国青年报

中国科学家在暗物质研究上逐渐走到了舞台中央

悟空号"取经"记

中国青年报社　邱晨辉

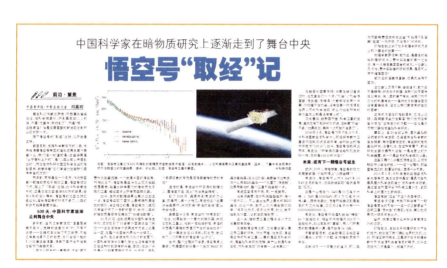

《中国青年报》第 12 版

2017 年 12 月 4 日

著名科幻作家艾萨克·阿西莫夫曾经说过：在科学探索中，听到最激动人心的话，不是"尤里卡，我找到了"，而是"嗯……这挺奇怪！"恰是在最重要的新发现之前所出现的那一句。

眼下"悟空号"的"取经"之旅，似乎就是这样。

截至目前，包括科学家在内的人类，尚未搞清楚"悟空号"带回的首批成果究竟代表着什么，我们唯一知道的是：这些结果是"出乎意料的"，是"人类此前从未看到过的"。而在《自然》期刊中国区科学总监印格致看来，就意味着"它们有潜力改变我们看待宇宙的方式！"

两年前，同样是在一个冬天，作为我国第一颗暗物质粒子探测卫星，"悟空号"成功飞天，踏上了"取经"之路。如今科学家发布的，正是它在太空遨游530天的结果，按照3年的设计寿命，"悟空号"的太空之旅已经过半。留给"悟空号"的时间不多了，人类的脚步可能需要更快些。

530天：中国科学家逐渐走到舞台中央

多年前，当天文学家发现"恒星围绕银河系中心旋转的速度太快"时，不得不设想——在银河系中除了可见物质，可能还有其他看不见的物质，它们合在一起的引力拉着这些恒星，使其不至于由于速度过快而飞离银河系。

人类为此所做的计算表明，这些"看不见的物质"总量远远超过"看得见的物质"。于是，前者就被暂时称为暗物质。

用空间科学卫星工程常务副总指挥、中科院国家空间科学中心主任吴季的话说，暗物质之所以被称为"暗"，是因为人类对它——这个比我们肉眼能够看见的物质还要多4倍的神秘物质知之甚少，目前还只能通过引力作用进行推算。

因此，揭开暗物质之谜被认为是继日心说、万有引力定律、相对论及量子力学之后，基础科学领域的又一次重大飞跃——其重要性以及难度之大可见一斑。

目前，人类"捕捉"暗物质主要有3种方法，可以形象地称之为"上天、入地、对撞机"。这其中"上天"是间接探测方法，即"捕捉"暗物质互相湮灭时产生的痕迹。

暗物质卫星首席科学家、中科院紫金山天文台副台长常进说，尽管暗物质不会发光、也不与光作用，普通光学观测也无法发现，不过当一对暗物质粒子偶然正碰的时候，会同时湮灭，可能会放出质子、电子及它们的反粒子、中微子和伽马射线。

换言之，如果能够精确测量到这些粒子的能谱，就可能发现暗物质存在的蛛丝马迹。

目前，"上天"的暗物质猎手中有3个较为知名，一个是安装在国际空间站上的阿尔法磁谱仪2号，一个是美国国家航空航天的费米太空望远镜，一个就是中国的"悟空号"，而相比之下，"悟空号"是迄今观测能段范围最宽、能量分辨率最优的暗物质粒子探测卫星，超过国际上所有同类探测器。

如今，发布的数据结果也再次证实这一点："悟空号"实现了国际上最精确和最高效的探测，与之相应的是，"悟空号"为人类观测宇宙打开了一扇新的窗户，并为人类判断暗物质是否存在提供了"关键性数据"。

11月27日，这批成果在中科院发布时，成功吸引了10多家外国媒体登门采访——这在中科院学术成果发布历史上还是头一回，在整个中国学术界也十分罕见。

当天，在众多媒体和闪光灯的包围下，中科院院长白春礼院士也没有掩饰自己在这种时刻该有的兴奋、激动，他说："今天是一个非常重要的日子，也许在人类科学发展的历史上，大家会记住今天。"

"因为中国科学家已经从自然科学前沿重大发现和理论的学习者、继承者、围观者，逐渐走到了舞台中央。中国科学院、中国科学家长期以来在基础科学前沿的投入和付出终于有了突破。"白春礼说。

当然，"悟空号"用其前半生所带来的突破，可能还需要人类再"消化"一阵子——28亿高能宇宙射线，150万25GeV能量以上的电子宇宙射线，国际上精度最高的电子能谱，以及人类第一次直接"看到"电子宇宙射线能谱在1TeV处的"拐折"，等等——国际天文学界、物理学界已经"炸开了锅"，夜以继日地计算、分析。

12年："更大的探测器"从无到有

从某种意义上说，这530天就像一场惊心动魄的"猎捕"行动，而在"悟空号"登入太空猎场之前，则是漫长的等待和验证。

这一切，还要从常进多年前的一次气球实验说起。

那是一次中美联合实验，地点在南极。在当时的实验中，常进所使用的探测器已经能够测量非常高的能量，他发现了一个奇怪的现象：有一个能量段，大家都认为其计数率应该"下降"，但测量的结果却显示为"超出"，也就是不降反增了。

一石激起千层浪，科学家反复讨论：这个奇异现象的背后是否隐藏着暗物质的存在？

遗憾的是，常进当时所获得的数据太少，置信度不高，因此"无法完全确定"。

到了 2005 年，吴季来到常进的办公室，那是两人第一次相见。常进把这个故事讲给吴季听，并把那条"奇怪的曲线"翻出来给他看。

吴季至今记得，常进当时"非常激动"，"他说，如果能做一个更大的探测器，并把它放到卫星上，他就一定能够断定奇怪的东西是不是暗物质湮灭产生的高能粒子？"

这一幕发生在 12 年前。那之后，就迎来了人们所熟知的"悟空号""出炉记"。

当然，整个过程并不容易。"悟空号"身上最核心和最重的部分是一个名为"BGO"的晶体量能器。在论证阶段，吴季曾问过常进，为什么用 BGO 晶体——"太重了，很烧钱"，如果用其他的，整个卫星可能会轻一点。

常进回答得很干脆，用，一定要用。

他告诉吴季，在中科院硅酸盐研究所有一个技术工人可以造出世界上最长的 BGO 晶体，如此一来，就可以大大提高探测效率，"将年化为月，将月化为周，如此，就可能赶在外国人之前发现暗物质"。

这一点，暗物质卫星工程总设计师艾长春颇有体会。

在接触"悟空号"之前，艾长春主要从事应用卫星的研制，对比两者，他发现，"悟空号"这样的科学卫星，从事的是空间科学研究，属于基础科学研究范畴，其产出就是科学发现，而科学发现"只有第一，没有第二！"

在接受中国青年报·中青在线记者采访时，他反复念叨一个词"机会"。"机会很重要，很关键，很难得！大家都在做同一件事，你把握不住机会，没有在第一时间得到世界认可的科学发现，那么你过去所有的努力基本上都是没有意义的"。

艾长春说，就我国而言，科学卫星的发展，虽然已有了较好的大环境，但毕竟"机会"不多，"如果失败，再来一次可就不容易了"。

2016 年 3 月，"悟空号"飞天不到 3 个月，中科院国家空间科学中心即组织专家对卫星进行在轨测试总结评审，当时给出的指标评定为"100分"。如今，"悟空号"在轨将近两年，常进说，"所有探测器性能和刚发射时一样，依然是 100 分的状态！"

未来：或有下一颗"悟空号"诞生

或许，外行人很难想象，"悟空号"的视力究竟要多强，才能称得上"火眼金睛"？

常进说，"悟空号"可以对 5 GeV～10 TeV 之间的电子、伽马射线实现"经济适用型"观测。

这是什么概念？ 1 GeV 是 10 亿电子伏特，1 TeV 是 1000GeV，即 1 万亿电子伏特。拿人眼来做类比，后者所能接收到最敏感的可见光能量，仅仅为 2 电子伏特——10 000 000 000 000：2。

常进说，"悟空号"平均每秒就能"捕捉"60 个高能粒子，相当于平均每天 500 万个高能粒子。如此取到的"真经"，用人们所熟悉的数据量来计算，每天就有 16GB。

尽管截至目前，这些数据还没能回答人们最关心的那个问题：到底暗物质存不存在。

这就涉及一个深层次的追问，即人类为何要耗费巨资来做这些"可能得不到答案"甚至"一无所获、风险很大"的研究。

印格致就此讲了粒子物理学研究历史上那个著名的故事——

物理学家罗伯特·威尔逊是著名的高能物理研究中心费米实验室的第一位主任。有一次接受美国国会的询问。一位参议员问他：费米实验室的研究成果是否可以用于增强国防？

威尔逊的答案很直接：成果无法用于国防。

这位参议员很不解，继续追问，于是威尔逊解释：研究粒子物理，与我们如何看待彼此有关，与人类的尊严有关，与我们对于文化的热爱有关——虽然粒子物理与国防没有直接关系，但它让我们更想保护自己的国家！

这样的问答在印格致看来，已足以证明人类需要尽全力去解答"我们为何在宇宙中存在"这样宏大的问题——这也是为何我们要投资基础科学研究。

事实上，自 20 世纪以来，重大基础前沿领域的科学发现，已经逐渐由科学家的自由探索，转为国家资助的、有组织的定向基础研究。白春礼说，在这种背景下，前沿研究主要依靠两大设施，一是地面上的大科学装置，另一个是空间的科学探测仪器。

这些仅靠个人兴趣已很难企及，必须依赖政府公益性的投入——这个过程中，那些富有远见的、敢冒险的投入显得十分可贵。

2011年1月，中科院启动实施空间科学先导专项，其总体目标是在"最具优势和最具重大科学发现潜力"的科学热点领域，通过自主和国际合作科学卫星计划，实现科学上的重大创新突破。

"悟空号"就"诞生"于这个先导专项。

常进告诉记者，未来不排除有下一颗"悟空号"面世的可能——这一切还要看当下这颗卫星"后半生"的表现。他说，第二批成果预计明年年底出炉。

当然，探索过程中也并非没有意想之外的收获。

印格致说，高能粒子物理研究中产生的技术，就改变了我们操纵世界的方式。比如，所谓互联网概念，正是源于粒子物理学家对于快速便利共享信息的需求，如今这项技术几乎是每个人都离不开的。

中国新时代开启新的"科学春天"

中国新闻社　孙自法

中新社电讯通稿
2018 年 3 月 22 日

"新的时代呼唤新的'科学春天'"、"非常幸运，我们遇上了当今这一新的'科学的春天'"、"我们一定会用饱满的热情拥抱新一轮'科学的春天'"……

中科院 22 日在北京举行座谈会，纪念被誉为给中国带来了"科学的春天"的 1978 年全国科学大会召开 40 周年，中科院老中青科学家代表和青年学生代表共聚一堂，回顾 40 年来中国科技事业翻天覆地的变化，展望中国新时代开启新的"科学春天"的美好前景。

中科院院士、国家最高科学技术奖获得者赵忠贤亲历了 40 年前的全国科学大会，他说，"科学的春天"开始了中国科学技术稳步进步和发展的40年，自己非常幸运地赶上了"科学的春天"。

"目前，建成世界科技强国的宏伟目标，正在召唤着我们。"赵忠贤表示，中国已经有良好的基础，人才辈出，国家也加大投入，相信实现目标的这一天一定会早日到来。

中科院院士、植物表观遗传学家曹晓风认为，纪念"科学的春天"40周年，是要继往开来、开拓创新。她说，新的时代呼唤新的"科学春天"，新的时代要求科技工作者提升科技自信，把攻克具有国家重大需求的前沿科学和颠覆性技术难题作为自己的使命。同时，面对多元化社会的种种干扰和利益诱惑，科技工作者也要不忘初心，把对科学的兴趣融入国家的需要当中，将个人命运与国家前途紧密联系在一起。

中科院理化技术研究所所长张丽萍表示，新时代，又一个"科学的春天"开启。中科院拥有良好的科研条件与设施，有很好的舞台，作为"科技国家队"，当勇挑重担、勇攀高峰。"我们一定会用饱满的热情拥抱新一轮'科学的春天'，努力做出无愧于时代的重大贡献。"

中科院计算技术研究所研究员陈云霁说，中国已提出建设世界科技强国的目标，"在我们看来，这是一次新的'科学的春天'"。这位"80后"科学家表示，非常幸运自己出生在"科学的春天"，又在年轻有干劲之时，遇上了当今这一新的"科学的春天"，未来将致力于推动人工智能计算能力的提高，支撑国民经济主战场和国家重大需求。

中国科学院大学副校长徐涛院士表示，回顾"科学的春天"这40年，是国家改革开放和科学迅速发展的40年，也是其个人成长的40年。他说："今天，我们有世界一流的研究团队和平台，从事着伟大而崇高的事业"，既然生逢其时，就不要辜负自己的理想，为建设创新型国家和世界科技强国贡献力量。

与"科学的春天"同龄的中科院化学研究所研究员罗三中认为，中国现在正处于科学技术发展的最好时期，并已成为做科学研究最好的地方，同时中国也是对科技创新需求最紧迫的国家。他说，作为新时代的青年科技工作者，"我们要勇做时代弄潮儿，也要做科学精神的引领者"，求真务实、淡泊名利、潜心致研，为实现中华民族伟大复兴的中国梦贡献力量。

中科院院士、数学家杨乐也是1978年全国科学大会的亲历者，见证了"科学的春天"40年发展。他提醒说，中国科技目前尚未达到最高峰，还需进一步努力，吸引更多优秀青年人才加入科技队伍。

张弥曼：寻找鱼"爬上陆地"证据的女人

新华社　屈　婷　全晓书

新华社通稿
2018 年 3 月 26 日

　　82 岁的中科院古脊椎动物与古人类研究所研究员张弥曼，不久前在巴黎摘取了"世界杰出女科学家奖"。

　　这一奖项由联合国教科文组织与欧莱雅基金会于 1998 年设立，每年授予全球五位为科学进步做出卓越贡献的女性。颁奖词如此评价张弥曼的贡献："她开创性的工作为水生脊椎动物向陆地演化提供了化石证据。"

去巴黎领奖前，鲜有出现在公众视野的张弥曼接受了新华社记者专访。

眼前的张弥曼看起来像一位慈祥的祖母，轻声细语，一身蓝色的套头毛衣、布裤和披肩，衬得她皮肤白皙，几乎看不到长期野外工作的沧桑。

提到获奖，这位当今世界备受推崇的古鱼类学家说："获奖当然高兴，是巨大的鼓励，但觉得自己还够不上。"

与古鱼类研究结缘

在颁奖致辞中，张弥曼风趣地形容自己和古鱼类研究是"包办婚姻"，也就是中国俗话说的"先结婚、后恋爱"。

1936 年，张弥曼出生于南京。17 岁时，张弥曼响应新中国"地质报国"的号召，考入北京地质学院。大二的时候，她被送到莫斯科大学学习古生物学。但是，她对于学哪类古生物无所适从。

"学鱼！"当时在苏联访问的鱼类学家伍献文先生建议。在伍先生的建议下，张弥曼开始了对鱼化石的研究。

1960 年，张弥曼回国，进入中科院古脊椎动物与古人类研究所工作，开始了她的寻"鱼"生涯。年轻的张弥曼，每年约有三个月都随地质勘探队在荒野采集化石。

那时，野外勘探基本靠腿，一天步行 20 公里是家常便饭，很多时候只能投宿老乡家，或在村里祠堂的戏台上过夜。忍饥挨饿对地质队员们来说也是常有的事。有一次，队里发了一斤米饭、一斤烙饼，张弥曼竟就着酱豆腐一扫而光，创下"个人纪录"。

回想起这些，张弥曼眼中绽放快乐的光彩，"野外勘探是基本功，再远我也能走下来，而且不比任何人慢。"

为纪念"媒人"伍献文先生，2008 年，张弥曼将在柴达木盆地发现的一种奇特鱼化石命名为"伍氏献文鱼"。

"不睡觉"的中国女人

大约在 3.8 亿年前，肉鳍鱼类登上陆地，演化出包括人类在内的四足动物。但哪一种肉鳍鱼类才是人和鱼的最近共同祖先呢？数百年间，这个"谜"在古生物学界悬而未决。

1980年张弥曼访学瑞典自然历史博物馆时，学会一种技术——在没有CT扫描技术的当时，也能把鱼化石还原成等比例放大的标本，看清楚它内部的结构、神经和血管路线。

张弥曼还原的是云南曲靖的杨氏鱼。它的颅骨化石只有2.8厘米长，张弥曼需要先磨掉极微小的一块，在显微镜下画出切面图，直到整块化石完全磨完为止。这项工作极为精密、耗时，但她决心用最短的时间完成。

渐渐地，博物馆里的人都知道这个中国女人"不睡觉"。于是，有人给她搬来躺椅；有人在她桌上放一束鲜花，以表敬意。就这样，她仅用两年完成了这项研究。

内鼻孔是鱼类"登陆"时学会呼吸的关键构造。按瑞典学派的观点，杨氏鱼应有一对内鼻孔，头颅分成前后两半，由一个颅中关节连接。张弥曼做这个鱼标本时，既没找到内鼻孔，也没找到颅中关节。由于她的工作无可挑剔，人们开始对内鼻孔的起源乃至四足动物的起源有了各种新的认识。

后来，她用更多证据动摇了瑞典学派的权威，认为杨氏鱼和奇异鱼都是一种原始的肺鱼，在国际古生物界激起轩然大波。但张弥曼说："真理不辩不明，从不后悔这么做。"

抽掉"踏脚板"

张弥曼的丈夫是她莫斯科大学的同学，学物理，回国后去了戈壁滩，进行原子弹和氢弹研究。女儿出生一个月，张弥曼就送她去了上海外婆家。从此，一家三口分隔三地多年。女儿十岁时，才回到她的身边。

"我们这一代人，自己的事情都是可以牺牲的。"她说，不管是科学研究，还是工作都抱着一颗"公心"。

张弥曼在科研中是有勇气抽掉自己"踏脚板"的人。20世纪90年代初，她把炙手可热的"金矿"——泥盆纪鱼类研究，移交给了年轻人，转而研究很多人不屑的新生代鲤科鱼类化石。她说："年轻人做得比我好。"

而鲤科鱼类化石分布广、比较常见，短时间内很难发表高质量论文。张弥曼坦言："我不是没有思想斗争。但是没有寂寞、枯燥的基础工作，怎么会有真正的大发现？！这一块再不做，中国就赶不上了。"

　　鱼类分布严格受水系格局的限制，因此新生代鱼化石研究可揭示诸如古气候、古水系格局、古高度等古环境因素，协助重建地球变化的历史。近年，张弥曼和同事们在青藏高原上发现了丰富、保存精良的新生代鱼化石，将有助于揭开这一地区"演化进行时"的历史。比如伍氏献文鱼，其全身极度增粗的骨骼，可能是随着水中钙盐浓度升高而逐渐变化的。

　　"今天我们说高原干旱化的故事，还有什么比它更生动呢？"82岁的张弥曼说着，目光炯炯。

文字作品三等奖

文字作品三等奖获奖作品

这一次，中国站在世界最前沿	中国青年报社	邱晨辉
昨天的少年班神童 今天的"创客"	中国青年报社	王 磊
科技创新彰显中国综合国力	人民日报社	潘旭涛
让"风吹草低见牛羊"美景重现	科技日报社	李大庆
墨子号升空（系列报道）	香港大公文汇传媒集团	刘凝哲
潘建伟的量子梦与"墨子"情	中华儿女报刊社	梁 伟
"神农架"：野外台站的新长征	中国科学报社	陆 琦
各国是否履行碳减排承诺？中国向太空派了名"监督员"	新华社	喻 菲
"神威"应用首摘"戈登贝尔奖"（系列报道）	香港大公文汇传媒集团	周 琳
十年坚守 以科学的名义	中国科学报社	唐 琳
科学态度，是"判断"争议的基本原则	中国科学报社	陈欢欢
科学进展"半壁江山"从何而来	解放日报社	黄海华
——三个正在建设中的"卓越中心"旨在实现从跟踪模仿向原始创新的战略性转变，力争成为国际领跑者		
"嫦娥之父"的科普缘	上海文汇报社	郭超豪
用最亮光源"照"出"世界第一"显示度	解放日报社	俞陶然
——上海超强超短激光实验装置正调试设备，确保今年底实现10拍瓦激光脉冲输出		
50年，青藏科考再出发	中国科学报社	倪思洁
——中科院青藏高原第二次科学考察项目启动侧记		
"超级显微镜"正式投入试运行	光明日报社	杨 舒
——可为多个领域提供研究支撑		
总书记考察后，国科大鸣响"三重奏"	半月谈杂志社	范钟秀
为了唤回那一方绿水青山	人民日报社	付 文
在蔚蓝星空编制"中国坐标"	新民晚报社	郈阳 等
"悟空"发现疑似暗物质踪迹	新华社	陈 芳
中国探问宇宙之谜迈出重要一步		
再生医学：重新定义生命	经济日报社	常 理
从"孙大圣拔毫毛"到世界首个体细胞克隆猴	中国新闻社	张 素
"中中"和"华华"来了！	中国科学报社	丁 佳
——世界首例体细胞克隆猴诞生记		
一生为国铸核盾	解放军报社	邹维荣
——记"两弹一星功勋奖章""八一勋章"获得者程开甲院士		
春天该很好，你若尚在场！这个四月，药学泰斗嵇汝运诞辰100周年了	新民晚报社	董纯蕾
要做出全球医生首选的处方药	上海文汇报社	许琦敏
王逸平研究员优秀事迹（系列报道）	中国科学报社	黄 辛
中科院井盖上的这些经典公式，你能认出几个？	新华社	董瑞丰
人工智能是天使还是魔鬼？谭铁牛院士指取决人类自身	中国新闻社	孙自法
向世界科技强国进军	瞭望周刊社	孙英兰
欢迎来到量子世界	经济日报社	佘惠敏 等
"国科大味道"的本科生熟了！	中国科学报社	肖洁 等
"我从来都认为自己是中国人"	解放日报社	黄海华 等
我国科学家发现锂元素丰度最高的巨星	人民日报社	吴月辉

（以上获奖作品按照作品发表时间顺序排列）

中国青年报

中国量子卫星回答爱因斯坦"百年之问"，
登上美国《科学》杂志封面——

这一次，中国站在世界最前沿

中国青年报社　邱晨辉

《中国青年报》第1版
2017年6月19日

就像是一个隐喻，来自中国的"墨子号"量子卫星从太空发出两道红色的光，看上去像极了汉字里大写的"人"字，这幅景象被当作"封面"，刊印在6月16日的美国知名学术期刊《科学》上。这一次，中国科学站到了世界面前，而且是挺直腰杆，站在了最前沿。

6月16日，中国量子科学实验卫星首席科学家、中国科学技术大学副校长潘建伟院士在媒体的闪光灯下宣布：中国率先实现了"千公里级"的星地双向量子纠缠分发，打破了此前国际上保持多年的"百公里级"纪录，回答了爱因斯坦关于量子力学的"百年之问"。

赞誉、解读、报道纷至沓来——

《科学》期刊审稿人称该成果是"兼具潜在实际现实应用和基础科学研究重要性的重大技术突破"，并断言"毫无疑问将在学术界和广大的社会公众中产生非常巨大的影响"。

美国波士顿大学量子技术专家谢尔吉延科评价：这是一个英雄史诗般的实验，中国研究人员的技巧、坚持和对科学的奉献应该得到最高的赞美与承认。

在中科院新闻发布当天，潘建伟没有刻意掩饰自己的激动，他说："这是我这辈子目前为止，做过的最好的科学成果。"

尽管对他和他的团队来说，所谓领跑，或是创造世界纪录，早已是家常便饭——

就在一个月前，潘建伟团队研发的世界上第一台超越早期经典计算机的光量子计算机问世。再往前，2003 年，潘建伟团队实现了四光子纠缠态——一个量子纠缠研究领域的基础性工作。此后多年，该团队又先后实现五光子、六光子、八光子、十光子纠缠，一直保持着多光子纠缠的世界纪录，并频频引来学界和媒体的关注。

英国《自然》期刊在报道潘建伟团队量子通信研究成果时就提到：这标志着中国在量子通信领域的崛起，从 10 年前不起眼的国家发展为现在的世界劲旅，将领先于欧洲和北美。

如今，以量子卫星最新实验为代表的成果，让中国再次挺进量子研究世界版图的中心。属于中国的量子时间似乎正在到来。

"世纪之问"：全球大国新博弈

人类之所以爱上科学，很大程度上在于它能够探索未知，满足我们的好奇心。如今，一个不难描述的未知问题摆在人类面前——

在人类肉眼看不到的微观世界中，事物究竟是以"概率"而存在的，还是"确定"存在的？举个关于足球的例子，在宏观世界，我们可以确定地知道它究竟在哪个点，但在微观世界，一个足球就相当于一个粒子，人们似乎只能判断它出现在足球场某个点的概率，却无法确切地知道它究竟在哪里。

量子力学正是微观世界"概率论"的最大支持者。量子论里有一种特性，即量子纠缠。简单来说，两个处于纠缠状态的量子，就像有"心灵感应"，无论这些粒子之间相隔多远，只要一个粒子发生变化，另外的粒子也会即刻"感知",随之发生变化。

不过,爱因斯坦并不买账,并讥讽这个现象为"幽灵般的超距作用"。也因此,他和波尔等科学巨擘为此展开激烈争论,并留下一个"世纪年之问":上帝掷骰子吗?换言之,微观世界都是由"概率"决定存在的吗?

全球相关领域的科学家,甚至是一些执政者,都为这个问题着迷。因为,一旦这种特性得到最终验证,就有一个最直接的应用,即通过量子纠缠所建立起来的量子信道不可破译,成为未来保密通信的"终极武器"。

按照潘建伟的说法,要让量子通信实用化,需要实现量子纠缠的"远距离"分发。一代又一代学者接力走下来,人类似乎遭遇了"瓶颈":由于量子纠缠"太脆弱",会随着光子在光纤内或地表大气中的传输距离而衰减,以往的实验只停留在"百公里"量级的距离。

潘建伟粗略地测算过,使用光纤进行量子分发,传输"百公里"距离,损耗已达 99%;传输"千公里"的距离,每送 1 个光子大约需要 3 万年,"这就完全丧失了通信的意义"。

于是,一场大国间的"量子通信"竞赛就此出现,谁先冲到"千公里"的距离,似乎就能在这场赛跑中领先。潘建伟说:"大家不断地去'拉长'这个距离,以此来验证量子纠缠的原理,步步逼近量子通信的实用目标。"

"弯道超车":中国在太空领跑

事实上,在量子物理学诞生的 100 多年里,有关研究始终长盛不衰。但是,在只争朝夕的国际科研竞争前几十年,一直难见到中国人的身影。起步晚,是中国人甩不掉的标签,但这并不妨碍我们"弯道超车"。

2003 年,潘建伟团队开始实验"长距离"量子纠缠,从 13 公里到 100 公里,从追赶走向超越。2012 年 8 月 9 日,国际学术期刊《自然》以封面标题形式发表了潘建伟团队的研究成果:他们在国际上首次成功实现了"百公里"量级的自由空间量子隐形传态和纠缠分发。

这一成果不仅刷新世界纪录,有望成为远距离量子通信的里程碑,而且为发射全球首颗量子科学实验卫星(即如今的"墨子号")奠定了技术基础。同年 12 月 6 日,《自然》期刊为该成果专门撰写了长篇新闻特稿《数据隐形传输:量子太空竞赛》,详细报道了这场激烈的量子太空竞赛。

又过了 4 年,潘建伟团队通过发射"墨子号"卫星,将"量子纠缠"

的实验距离拉到"1200公里"，把科学家一直假想的实验变成了现实，也让中国量子在太空中领跑全球。

加拿大滑铁卢大学量子技术专家延内魏因说，国际上确实存在量子科研竞赛。"中国团队已克服了好几个重大技术与科学挑战，清楚地表明了他们在量子通信领域处于世界领先地位。"

相应地，类似的实验，欧盟、加拿大、日本都有科学家在呼吁和推进。但或因技术积累不够，或因资金支持不够，目前进展缓慢。

以美国为例，2015年美国国家航空航天局宣布了一项计划：在其总部与喷气推进实验室之间建立一个直线距离600千米、光纤皮长1000千米左右、10个中转基站的远距离光纤量子通信干线，并计划拓展到星地量子通信。不过，目前该计划尚未有实际进展的最新消息。

2015年年末，英国政府发布的《量子时代的技术机遇》报告显示，中国在量子科技的论文发表上排名全球第一、专利应用排名全球第二。在"第二次量子革命"的起步阶段，中国异军突起进入"领跑阵营"。

如今，在最新的量子太空竞赛中，中国"墨子号"再次独占鳌头，第一个冲过"千公里"量级的跑线。参与这次实验的两个地面站分别是青海德令哈站和云南丽江高美古站，两站距离1203公里。有评论称，发射后仅仅数月，世界上首颗量子通信卫星就已经达到了它最具雄心的目标之一，量子通信向实用迈出一大步。

异军突起：体制机制做后盾

潘建伟不止一次地被问到：中国这一次为何得以领先欧美国家？

而他的回答，往往是"集中力量办大事"，有赖于中国"大科学"项目建设的高效性。

潘建伟说，这项成果是由一个"大团队"做出的。在中科院空间科学战略性先导科技专项的支持下，他和他的同事彭承志等组成的研究团队，联合中科院上海技术物理研究所王建宇研究组、微小卫星创新研究院、光电技术研究所、国家天文台、紫金山天文台、国家空间科学中心等单位合作完成。

如此列举，并非只是在"功劳簿"上写上一笔。

潘建伟说，一切进展顺利时，大家也许意识不到，但一旦遇到磕磕碰碰，就能深切地意识到"某些环节或某个机构的不可或缺性"。他的一些欧洲、美国、加拿大同行也曾有过类似的科学设想，但没有类似团队的全力支持，只能作罢。

比如，量子信息实验研究的先驱者、著名物理学家 Anton Zeilinger 研究组以及欧洲众多的优秀研究团队一直在与欧洲空间局商讨建立以国际空间站为平台的星地量子通信计划。然而，欧洲空间局缓慢的决策机制使得这一计划一再拖延。

而在我国，早在 2003 年，潘建伟就向中科院提出利用卫星实现远距离量子纠缠分发的方案。在当时的中科院内部，这个"闻所未闻的想法"并非没有收到质疑的声音，甚至有人说，"潘建伟疯了"！

不过，中科院最终咬牙批给了潘建伟团队 100 多万元——这在 14 年前可是一笔"相当大"的科研经费。

那时，有一个叫彭承志的，还是一头黑发的年轻小伙，如今却已是头发花白的量子卫星科学应用系统总师、中国科学技术大学的教授，也是这次"千公里"量级重要成果的主要完成人之一。

据他回忆，2003 年，潘建伟找到还是博士生的他，向他描述量子通信的前景。他问潘建伟："这个事，是不是挺牛的？"

潘建伟说："是世界上最牛的，至少是之一"。

"作为一个年轻人能够做这样一件事情，我没有理由拒绝。"彭承志说。

按照潘建伟的说法，他从中国科大的研究起步，把人才布局辐射奥地利因斯布鲁克、英国剑桥、德国马普量子光学所……2008 年，他带领在德国的团队整体回归中国科大，分布在世界各地的年轻学者也陆续回国，一支由他领衔、以陈宇翱、陆朝阳、张强、赵博等为代表的世界级研究团队"横空出世"。

如今，14 年过去，"千公里"量级的关卡闯了过去，这支团队正朝着"30 万公里"的终极距离去努力，继续检验量子力学。未来，还有可能和探月工程结合，到月球上做实验。

不过，潘建伟这位年仅 47 的院士仍有着"严重的危机感"。他说，没做成的时候有很多怀疑，现在花了这么多时间做成了，国际上都纷纷表示要"尽可能赶上"。

正如一位美国同行所说，虽然第一艘宇航飞船和第一个人造卫星都是苏联做出来的，但登月，美国却是第一个。他们觉得只要努力，就可以在量子领域赶超中国。

"所以，我们不敢懈怠。"潘建伟说。

中科大师徒 10 年打造"材料基因大数据库"，并将科研成果转化

昨天的少年班神童　今天的"创客"

中国青年报社　王　磊

《中国青年报》第 11 版

2016 年 12 月 6 日

在中国科学技术大学，有这样一个团队，用了不到两年时间开发出"材料基因创新研究平台"，被称为智能的材料大脑。该平台从 2016 年年初上线开始，就为数家科研机构和企业提供了材料定制服务，同时也吸引了众多投资公司的目光。

有投资人这样评价：这个项目在优秀科研团队和10多年成果积累的基础上，创新性地与高性能计算、大数据、人工智能相结合，具有非常广阔的产业前景。

团队成员构成也很抢眼：指导教师罗毅为世界知名材料学家、中国科大微尺度物质科学国家实验室教授、入选国家首批"千人计划"，江俊为中国科大微尺度物质科学国家实验室教授、入选国家首批"青年千人计划"，另外7名主力成员中，6名来自中国科大少年班学院。

创造会思考的"材料大脑"

"材料基因创新研究平台"到底是什么？简单一句话，就是一个会思考的材料大脑。

打开"材料基因大数据库"，是一个设计简洁却内容丰富的页面。在首页介绍中，有这样一段话："项目组用多年来在科学计算、材料表征、大数据挖掘与清洗工作中所获得的近千万功能分子、晶体和器件的材料特征数据为基础，构造完成了实用的材料基因大数据库，集成了大量的科学计算和材料设计工具，打造了一个材料设计性能数据库和信息平台系统。"

江俊介绍，"我们通过计算机＋人工智能的方法，建立材料信息的大数据库、实现材料数据的信息化处理，并通过计算机实现检索算法。更重要的是，我们利用数据挖掘技术对大数据进行分析，寻找海量材料信息数据中隐藏的规律，建立预测模型，从而可以针对需求给出智能的推荐或建议方案。"

目前，团队已为多家科研机构和公司提供材料基因检索和定制服务。比如，有家公司需要研发一种极端条件下的记忆金属特殊材料，团队给出实验范围、结构、温度、压力等数据建议，大大缩减了对方实验所需的空间、时间和金钱，为这家公司节省了4300余万元研发费用；另一家公司5年里在研发"纳米银粉"材料时屡遭波折，采纳该团队提出的建议后，短短两周就成功研发出产品。

新材料作为目前世界上极有前景的朝阳产业之一，是影响经济发展和国家安全的关键技术。美国早在2011年就启动了第一轮"材料基因组计划"，并于2014年启动了第二轮，希望解决日益重要的"新材料"问题。目前国内也有为数不多的高校和科研院所开启了类似的项目。中国科大的项目又有什么不同呢？

"研究目标是一致的"，江俊介绍说，"我们的特点在于以理论为先导，建立基础数据库和方法，协同多个学科的工具来解决实际问题，这也是中国科大交叉创新研究的特色"。

师徒联手促进科研成果转化

为什么要做这个项目？

人类社会的发展和材料的发展密切相关，从石器时代一路走到信息时代，材料科学的作用不容小觑。然而，传统的材料科学研究最大的痛点仍然是材料科学的"试错"研发模式：在面临一种材料的研发需求的时候，科研人员必须反复进行试验，以找到所需要的材料，而这个过程使得开发周期变长，成本居高不下。

江俊列举了爱迪生发明白炽灯的例子：爱迪生做了1500多次实验才找到适合做灯丝的钨丝材料，而在此之前他试了金属丝、植物丝，用了3年多时间。

"无论在科学界还是企业界，都面临材料试错的问题"，江俊说，"试错模式在爱迪生的时代适用于小作坊工业，到当今这个高速发展的大工业化时代，试错就要付出巨大的时间成本和金钱代价，我们的工作就是要将试错的过程缩短"。

早在2006年，还在瑞典皇家工学院攻读博士学位的江俊，师从罗毅教授。罗教授的夫人长期在工业界工作，她对学术界的科研产出有不同的理解："学术界很多高层次的科研文章在实际应用方面用处不大，一方面前沿的科研成果与社会和市场有距离，另一方面适应现实的科研成果无法直接呈现给市场。"这让罗教授深受触动，"大量的科研数据和论文，如果不进行系统性的总结，是很难转化成实用成果的"。

罗毅的思考影响了弟子江俊，从那时起，师徒两人就开始酝酿"如何将高大上的科学研究成果与接地气的实际应用联系起来"。2011年，江俊入选首批"青年千人计划"进入中国科大工作，与作为国家首批"千人计划"入选者的恩师罗毅在中国科大聚合，再次展开合作。

随后，江俊主动担任了中国科大少年班2012级的本科生班主任。少年班注重交叉学科培养，在汇聚少年班各学科"极客"人才后，"创造会思考的材料大脑"的创新故事正式拉开了序幕。

创新和团队的力量超乎想象

在一次少年班的班会上，江俊提出了自己的初步想法，建立"才酷（材库）极客中心"，没有犹豫，霍姚远、冯超、肖恒宇立刻报名。学数学的霍姚远是个计算机极客，因为相同的兴趣，他结识了被他称为"计算高手"的李任之学长。

合作由此展开。有一次，一个关于机器学习算法方面的问题，江俊不是很明白，于是他找来李任之和霍姚远，让他俩对这个问题进行攻关。一周后，已将知识点学透彻的两人主动来找江俊。"他们给我讲了1个小时的课，让我脑洞大开"，江俊感慨，"年轻人对于新知识的汲取和延伸能力是无限的，我们这个项目得益于这些年轻的同学，他们具有超越学科极限的热情和想象力，团队的力量有时候强大得超乎你的想象。"

团队不断壮大，学计算机的李博杰、学化学的冯超、学物理的肖恒宇和徐弈、学信息科学的黄远钧，陆续加入了这个团队。"少年班的学生可以自由选择不同的专业，所以一个班级里会有很多学不同专业的学生，其实就是一个大的学科交叉实验场"。正是由于这种学科交叉的背景优势，项目顺利推进。

分工明确，组织有序。如今已在中国科大化学与材料科学学院读研的李任之，作为团队领队和产品经理，负责项目的主要策划和技术架构，并承担材料描述因子的提取与数字化研究；保送到微尺度物质科学国家实验室读研究生的3位同班同学肖恒宇、霍姚远和冯超，分别负责量子化学计算与材料仿真设计、数据库的开发与网络服务和材料大数据的机器学习研发；大二学生徐弈负责前端部分的开发，黄远钧负责团队运营及推广；远在北京、作为中国科学技术大学－微软亚洲研究院联合培养研究生的李博杰，依旧参与团队网络平台与数据服务项目。

在项目推进过程中，难题不断出现。有一次，在实现搜索引擎功能时，反复实验的代码都不成功，霍姚远熬了几个晚上，硬是将代码写了出来。而在李任之那里，最大的困难是硬件服务器的更新速度跟不上层出不穷的新想法。"不是没有困难，是他们的极客精神，把困难变成了超越极限的有趣挑战"，江俊说，"在这群年轻的学生身上，有着融入中国科大人骨髓的创新血液"。

中国科学院第十五届科星奖获奖作品选

"极客"变"创客"

原本没有创业计划的材料基因研究团队，在学校的鼓励下，开始着手成果转化，并与主动找上门的投资公司接洽。对于项目未来的发展和创业前景，他们充满信心。然而，在项目商业化的过程中，这群专注于研发的极客也发现了团队的短板，这一点在比赛中已经初现端倪。

在今年的"互联网＋大学生创新创业大赛"中，团队不负众望，获得了安徽省冠军。然而在全国赛中，团队屈居银奖。"最终未能角逐全国赛金奖的很大一部分原因是商业计划书的不完善"，江俊说，"在比赛和前期的准备过程中，学校给了我们很大的支持，也帮助我们努力找差距。近期，项目准备进驻中国科大先进技术研究院，我们想通过专业的项目孵化平台弥补商业化上的短板。"

为此，中国科大团委分管创新创业工作的负责人给出了自己的思考：创新创业的基础是创新，目的是创业。中国科大的传统和优势是注重原始创新，并且有着一批以江俊师生团队为代表的、充满激情与活力的技术团队。但核心技术只是第一步，以创新创业人才培养为出发点，用创新、开放、共享的方式去探索，帮助和服务实验室跨越产业化的鸿沟，并引导产业反哺原始创新，形成创新创业良性发展闭环。

科技创新彰显中国综合国力

人民日报社　潘旭涛

6月12日，第23颗北斗导航卫星成功发射；7月7日，"鲲鹏"运-20大型运输机列装首飞；9月中旬，"天宫二号"空间实验室将发射升空……近期，中国科技"大动作"频出，引发国际社会关注。

"中国可能成为在太空开发领域的世界主角"；"中国占据运算顶级殿堂领头羊地位"……海外媒体惊叹于中国科技成就的同时，也在讨论背后的原因。

科技捷报频传

梳理近期科技"大动作"可以发现，主要集中在航空航天、海洋安全等领域。

在航空航天方面，北斗导航系统、载人航天、射电望远镜等相继取得突破，显现了自主创新的巨大潜力。

6月12日，第23颗北斗导航卫星成功发射，进一步加强了北斗导航区域系统可靠性与连续稳定提供服务的能力。韩国媒体称，"中国之所以推动自主开发卫星导航系统，是因为它与追踪位置信息以及军事、安全方

《人民日报（海外版）》第9版
2016 年 7 月 19 日

面的需求存在直接关联。"

6月25日，中国载人航天工程全新研制的"长征七号"火箭首次发射成功。据日本媒体报道，在新型火箭发射试验成功的基础上，中国可能将代替日本参加国际空间站（ISS），成为在太空开发领域的世界主角。

7月3日，位于贵州黔南州平塘县大窝凼的世界上最大射电望远镜（FAST）的主体工程顺利完工。中科院国家天文台副台长郑晓年说，"未来20年里，新型射电望远镜将引领太空探索。"国外媒体也表示，"在全球寻找外星人的竞赛中，中国正逐渐迎头赶超。"

7月7日，中国自主研发的"鲲鹏"运-20大型运输机入列空军后成功首飞。"运-20是世界上第一个由发展中国家自主研制的大型、多用途运输机，中国已正式迈入拥有大型运输机的国家之列。"空军军事专家王明亮如是说。

近期，载人深潜、航天远洋测控等领域同样取得了重大进展。

7月17日，中国万米级载人深潜器科考母船"张謇"号抵达南海目标海域。据专家介绍，"张謇"号科考船长97米、宽17.8米，设计排水量约4800吨，配备多种实验室和先进的科考设备。"'张謇'号首航，标志着中国在万米级深渊科学领域迈出了重要一步。"

就在"张謇"号首航当天，中国新一代航天远洋测量船"远望7号"也正式加入远望号测量船队。中国卫星海上测控部称，"远望7号"入列，将进一步提高中国航天远洋测控能力，对中国航天测控网建设具有重大意义。

而在高新技术应用研究方面，高性能计算机、云计算服务器、石墨烯锂电池等领域，一大批关键核心技术实现突破，带动产业技术水平快速提升。

6月20日，"神威·太湖之光"在全球超级计算机500强排行榜中荣登榜首。美国媒体称，凭借一台用国产处理器芯片建造出来的设备击败了全世界对手，中国占据运算顶级殿堂领头羊地位的说法得到佐证。

7月4日，中科曙光宣布启动E级高性能计算机（简称"E级超算"）原型系统研制项目。据有关负责人介绍，这个超算界公认的"下一顶皇冠"，可对大数据、深度学习、云计算等领域的重大应用实现良好支撑。

同样在数据处理和应用领域，7月7日，中国首款面向云计算的新一代服务器——星河SDC 1000问世。中科曙光公司副总裁沙超群形象地说，"如果说传统服务器是服务器界的普通汽车，'星河'就像服务器界的'概念车'，豪华、定制，实现高性能。"

7月8日，世界首款石墨烯基锂离子电池产品——"烯王"在北京发布。这标志着中国在石墨烯基锂离子电池方面已取得了突破性进展，率先进入了石墨烯应用领域。

"近期涌现的科研创新成果，会在国家安全、民生、经济发展等方面起着积极的推动作用。"北京航空航天大学副校长黄海军在接受本报采访时表示，"科技进步，综合国力增强，在提升中华民族的自信心和凝聚力上起到的作用也是不言而喻的。"

体制优势凸显

赞叹之后，国际社会也在思考：中国科学重器集中出炉，背后的原因是什么？

在中科院计算研究所研究员胡伟武看来，一个重要原因是，中国集中力量办大事的体制优势。

新一代北斗卫星上装备的是中国制造的"龙芯"中央处理器（CPU），这是中国卫星导航系统突破外国技术封锁、在自主创新上迈出的关键一步。

为了让"龙芯"顺利上天，曾有近一年的时间，负责做龙芯1F外围接口研制的中科院国家空间科学中心研究人员周莉，几乎把办公室搬到了计算所里。"那段时间，我每天都待在计算所做仿真调试、验证工作等实验，基本上是'5+2''白＋黑'的节奏。"周莉说。

"在中科院重大科技任务局的统筹下，为了一个共同的目标，中科院研究所之间的合作越发紧密起来。"在胡伟武看来，"龙芯"上天充分体现了中国的综合实力和集中力量办大事的优势。

对于未来，胡伟武表示，中科院计算研究所、自动化研究所、微电子研究所、上海微小卫星工程中心、国家空间科学中心等机构可在中科院的统一规划和领导下共同构建星上计算机的体系架构。

事实上，针对战略性科学研究，中国一直在进行体制、项目上的优化更新。

2月16日，国家正式启动了重点研发计划，开启了中国科技计划新的历史时期。国家重点研发计划包括59个重点专项的总体布局和优先启动36个重点专项的相关建议。

据了解，国家重点研发计划整合了原有的"973 计划"、"863 计划"、国家科技支撑计划等内容。计划主要针对事关国计民生的能源资源、生态环境等领域的重大社会公益性研究，以及事关自主创新能力和国家安全的战略性、前瞻性重大科学问题等。

除了体制优势外，"近期科技成就频繁出现，与改革开放之后经济实力提升以及科教兴国政策培养了大量世界尖端人才有直接关系。"黄海军说，"特别是随着改革开放的深入，国家通过'千人计划''万人计划''111计划''长江学者奖励计划'等吸纳了大批量海内外尖端人才，为科技创新提供了智力支持。"

2015 年年底，联合国教科文组织发布的《联合国教科文组织科学报告：面向 2030 年》显示，中国用于研发的投资占全球总数的 20%，仅次于美国的 28%。中国的科学家人数占全球科学家总数的 19%，仅次于欧盟。

对于资金投入的变化，黄海军有着切身的体会。1998 年，黄海军获得国家杰出青年科学基金的资助，资助额度是 30 万元，当时他感觉是很大一笔钱。如今他的团队有一个项目马上要结项，科研经费是 3200 万元。"这在年轻时是不敢想的。"黄海军说。

据世界经济合作与发展组织预测，中国的研发支出将在 2019 年前后超过欧盟和美国，跃居世界首位。

民间力量助阵

7 月 12 日，中国万米级载人深潜器科考母船"张謇"号启航。从去年 4 月 18 日开建到首航，仅花了一年多的时间。浙江天时造船有限公司的有关负责人坦言，为了建造"张謇号"，天时公司 300 多名员工日夜加班加点忙碌近 1 年，才成就了如此惊人的造船速度。

投资打造"张謇"号的彩虹鱼公司董事长卢云军表示，"张謇"号是公司目前投资最大的一艘科考船，无论是技术还是配置，都与全球领先技术保持同步水准。

负责提供技术支持的上海海洋大学深渊科学与技术研究中心主任崔维成说，"张謇"号能取得如此大的进展，离不开科研体制的创新探索，更得益于民间和政府、科研与市场之间的良好合作与相互促进。

"如今，民间力量不断崛起，助阵国家重大科技创新。"东北大学计算机系统研究所副所长高福祥在接受采访时表示，"走好自主创新之路，是把握历史发展机遇，抢占未来科技发展的战略制高点的重要课题。"

6月25日，长征七号发射成功，举世瞩目。但是，很多人不知道，长征七号的升空，离不开江苏南京一家企业生产的"小部件"。

在管道上加装一种"弹簧"，无论是1000摄氏度以上的高温，还是零下250多摄氏度的低温，管道都能伸缩自如。这种"弹簧"的学名为"膨胀节"，成功应用于海南大运载基地，为长征七号成功发射提供动力运输。

据该公司总工程师介绍，膨胀节可以在热胀或冷缩时吸收管道变形，避免管道因为温度变化发脆而开裂。膨胀节实现"中国制造"，打破了国外进口产品一统天下的局面。

民间之所以在重大科技项目中参与度越来越高，与企业家们的眼光与思路密不可分。

曾兼任过长春一家上市公司副总经理的张万喜坦言自己的"生意经"：项目立项时考虑该项目是不是国家的战略性需求。用战略性眼光选择具有市场前景的项目，并且专注于此。张万喜认为，基础研究、应用研究和产业化这三者是完全可以连接在一起的。

科技部部长万钢表示，已经有很多民营企业参与国防装备的研究和采购。他建议，强化企业的创新主体地位，产业化目标明确的技术创新活动更多由企业牵头。政府部门进一步丰富和完善普惠性创新政策，营造良好的创新环境。

科技日报

中科院 200 位科研人员助力呼伦贝尔草原建设

让"风吹草低见牛羊"美景重现

科技日报社　李大庆

《科技日报》第 3 版
2016 年 8 月 7 日

　　"天苍苍，野茫茫，风吹草低见牛羊，这是草原曾经带给我们的美好记忆。"中科院植物所的潘庆民博士之所以这样说，是因为他在呼伦贝尔大草原上见到的牧草都是稀稀松松的，高的也只是到膝盖。由于过度放牧和连年刈割，加之干旱等自然因素的影响，我国草原已严重退化。这位中科院内蒙古草原站的副站长不无忧虑地说："我国有 60 亿亩草原，其中 90% 处于不同程度的退化之中。"

草原生态在退化，科学家们很着急。从事植被生态学研究的中科院院士方精云就设想，把10%的水热条件较好的土地用来人工种草，同时对剩下的90%的草原予以保护和恢复。"人工种草的产量可达天然草场的10～15倍，并且可以种出优质饲草，完全能够满足牛羊的饲草需求。"

这幅美好的图画能够实现吗？

"十二连增"背后的隐忧

方精云院士的蓝图是根据我国农业、草业和生态发展的现实需求描绘的。

我国的粮食总产量从2003年以来已实现"十二连增"，但其背后的隐忧却长期存在。方精云告诉记者，现在国产粮的成本居高不下，进口粮不断增加；国内粮食库存超负荷，粮价下跌，种粮户的收入减少；粮食虽然增产，但饲料用粮却缺口巨大，国内已出现用粮食作物当饲料的情况。这样粮食生产的高成本又推动了饲料价格的提升，养殖企业更愿意从国外进口饲料，这又进一步抑制了库存粮食的消化。

在农业结构方面我们也存在诸多问题。粮食产量虽在攀升，但居民膳食结构却发生了显著变化，口粮消费逐渐减少（2014年仅占31%），动物性食品总消费量急剧增加。与这种变化不相适应的是，我国当前的农业生产还主要集中于种植业，畜牧业仅占到农业总产值的30%，而西方发达国家的畜牧业产值均占50%以上。方精云认为当前我国还没有形成草产业体系。发达国家的集约化人工草地和饲料地占耕地总面积的20%～40%，而我国不足5%，导致我们只能依赖农区的粮食发展畜牧业。"我们必须改变农业种植结构，建设集约化人工草地，增加饲草在种植业中的比重。"方精云说。

提出"草牧业"概念

2011年，方精云牵头向国务院提出草业和畜牧业统筹发展的"草牧业"概念。经过理论的不断完善和丰富，2015年，"草牧业"终于写进了中央一号文件，在各级政府、学术界和产业界广泛传播开来。

方精云特别告诉记者，"草牧业"可以粗略地理解成是"草业"和"畜牧业"的合成词。"草"是"牧"的物质基础，"牧"是"草"的出口，单独强调哪一方面都不可持续发展。正是在这样的指导思想下，方精云提出了草原"90%和10%"的发展思路：在牧区，利用不到10%的水热条件适宜的耕地，建立集约化的人工草地，使优质饲草产量提高10倍以上，而对其他的90%以上的天然草地则进行保护、恢复和适度利用，提升草原的生态屏障和旅游功能。

草场试验

为了实现草牧业发展的设想，中科院与呼伦贝尔农垦集团合作在呼伦贝尔垦区开辟了"生态草牧业试验区"，从2005年开始，中科院先后有22个研究所的近200位科研人员在此试验。

7月底，记者到呼伦贝尔农垦集团采访人工草场与天然草场的试验情况。在特泥河牧场的天然草场，稀稀松松的草大多也就20厘米高，并且杂草丛生，牛羊爱吃的羊草不多。而对照组，经过科研人员修复的草地里已有成片的羊草绿油油地随风飘动。中科院植物所副研究员陈全胜告诉记者，连年放牧，使草地的营养殆尽，"牧民们说草场的草长得越来越低，牛羊吃了不长膘，羊草也越来越少，杂草越来越多。我们在这里的工作就是用营养回补草原，一方面把连年打草变为每年打2/3的草或隔年打一次草；另一方面在草地施用尿素、磷酸二胺、微肥等。我们做过试验，每亩只施5～10元的肥，能增产50%以上，产草量由150斤增加到220斤。"

修复的天然草场有明显改观，而人工草场也收获喜人。在谢尔塔拉第一农场，一片草地里种着密密麻麻的燕麦草，其高度有1米多。参加试验区项目的西南民族大学周青平研究员对记者说，人工草地的草产量能达到天然草地的15倍，其经济效益比种粮食还要高。

数据显示，生态草牧业试验区建设项目开始到现在，已有6400亩天然草场采取了季节性休牧、牧刈轮替、肥水耦合措施；在人工草地建设上，谢尔塔拉农牧场、巴彦和欧肯河农场引进了12个燕麦品种，示范种植1350亩；谢尔塔拉农牧场还引进了8个苜蓿品种，示范种植1100亩。

试验初步表明，以10%的土地人工种草，能够换取90%的草地休养生息，恢复生态。

"墨子"升空　筑保密通信天网

香港大公文汇传媒集团　刘凝哲

【大公报记者刘凝哲酒泉报道】全球首颗量子科学实验卫星（以下简称量子卫星）"墨子号"16日1时40分在酒泉卫星发射升空。"墨子号"的升空，将使中国在世界上首次实现卫星和地面之间的量子通信，构建起天地一体化的量子保密通信与科学实验体系。量子卫星项目首席科学家潘建伟院士在接受《大公报》采访时表示，量子通信是迄今唯一被严格证明为无条件安全的通信方式。他希望在未来5年内突破量子卫星组成星座的科技，10年内实现多颗量子卫星组网运行，这将极大改变当前信息安全的被动局面。

量子卫星项目从2003年开始预研，2011年正式立项，是中科院空间科学先导专项首

《香港大公报》第A10版
2016年8月17日

批科学实验卫星之一。16 日凌晨，在长征二号丁运载火箭的"托举"下，"墨子号"顺利发射入轨，它将在距离地面 500 公里的太空向地面发送不可破解的密码以建立最安全保密的量子通信，并将对微观量子世界最离奇诡异的现象开展科学研究。

解决军政经信息安全问题

为什么要研究量子通信？专家表示，光纤通信是目前被认为最安全的信息传递方式，但随着科技发展，只需让光缆泄露哪怕很少一部分能量，外人就能够窃听光缆传递的信号。潘建伟院士说，建立在量子物理基础原理上的量子保密通讯，是目前人类唯一已知的无条件安全的通信方式，可以从根本上解决国防、金融、政务等多领域的信息安全问题。事实上，在中国科学家们的努力下，量子通信技术已开始走向应用，曾保障过抗日战争胜利 70 周年阅兵等大型活动。

量子卫星的升空，将中国的量子通信试验从地面搬上太空。此外，工程还建设了包括南山、德令哈、兴隆、丽江 4 个量子通信地面站和阿里量子隐形传态实验站在内的地面科学应用系统，与量子卫星共同构成天地一体化量子科学实验系统。"卫星距离地面 500 公里，地面两个实验站相距 1200 公里，意味着量子卫星科学实验将在 60 万平方公里的范围内进行"，潘建伟说，这也将会是人类有史以来最大的一个由卫星与地面站构成的实验室。

量子卫星升空后，后续试验将陆续展开。在首席科学家潘建伟看来，这只是量子研究的新起点。他表示，"墨子号"是单颗低轨卫星无法覆盖全球，同时由于强烈的太阳光背景，目前的星地量子通信只能在地影区进行。中国未来要实现高效的全球化量子通信，还需形成一个卫星的网络。

卫星组网 2030 年可民用

经过 10 年左右的努力，发射多颗量子卫星组网，是潘建伟未来的目标之一。他表示，如果进展顺利，国家也支持发射多颗量子通信卫星，那么中国有希望到 2030 年左右，建成全球化的量子通信网络。届时，量子通信将真正走入民众的生活，人们使用植入量子加密芯片的手机，就能够实现保密通信，网上银行、手机支付等信息将不怕会被泄露。

专家解读：难如万米投币进地面钱罂

香港大公文汇传媒集团　刘凝哲

量子卫星虽是重量仅 600 多公斤的小卫星，但其研究、研制难度极大，突破诸多自主创新的关键科技。潘建伟院士表示，量子卫星的成功研制，不仅是中国量子保密通信领域"杀手锏"科技研发的重大突破，实现了从跟随创新到引领创新、从集成创新到原始创新的跨越，同时也是世界量子通信技术的重要创新。

自主研发突破关键科技

潘建伟表示，量子卫星是中国自主研发的星地量子通信设备，突破了一系列高精尖科技，包括"针尖对麦芒"的星地光路对准，偏振态保持与星地基矢校正，量子光源载荷等关键科技。

"我们的工作，就是要把科学家的设想变成现实，难度非常大"。量子卫星工程常务副总设计师、卫星总指挥王建宇向记者介绍量子星地实验时形容，如果把光量子看成一个个 1 元硬币，星地实验就相当于要从在万米高空飞行的飞机上，不断地把上亿个硬币发射到地面上一个不断旋转的储蓄罐上，我们不但要求这个硬币击中这个储蓄罐，而且要使得硬币能够准确地射入储蓄罐细长的投币口，并且硬币要源源不断地进入储蓄罐内。

记者手记：不一样的科研酒泉

香港大公文汇传媒集团　刘凝哲

对于笔者来说，戈壁深处的酒泉卫星发射中心并不陌生。曾在这里见证翟志刚等神舟七号航天员"太空漫步"，也曾目睹第一位女航天员刘洋的首次亮相，但亲历科学卫星的发射还是第一次。

坦白讲，量子卫星是一个不大的卫星，运载火箭长征二号丁在长征火箭家族也不算"魁梧"，但这却是一对充满魅力的组合。曾经发现粒子学说的中国古代科学家墨子，奠定了光学研究的基础；而今天的"墨子号"则将量子通信的试验转移到太空中，并将验证爱因斯坦著名的量子纠缠理论——处于纠缠态的一对粒子，无论相距多远，都能互相感知和影响。在这些"烧脑"的科学理论背后，却令人感觉到一丝科学的浪漫，实在令人着迷。

小小的量子卫星，承载着大大的期待。这是中国发射的第三颗科学卫星，被认为是中国空间科技从工程应用走向科学研究的重要标志。当科学卫星成为酒泉的一个元素，并受到国人乃至全球舆论的关注，量子卫星开启着一个新的时代，不仅是因为它可能为量子通信、量子理论上的突破，更因为它承载着中国人越来越多的科学梦想。

美欧日早布局　中国卫星领跑

香港大公文汇传媒集团　刘凝哲

　　量子通信是事关国家信息和国防安全的战略性领域，且有可能改变未来信息产业的发展格局，是美国、欧盟、日本等发达国家和地区优先发展的信息科技和产业高地。在美欧日等地科研人员还在进行地面量子试验时，中国已将成为首个将量子科学实验送入太空的国家。国际学术界著名的《自然》网站相关报道说，在这场"特殊的太空竞赛"中，中国"迈出了一大步"。这证明了中国在这一新兴科技领域实现"弯道超车"，已从跟跑逐渐转变为领跑，同时亦势必引发国际新一轮科技竞赛。

　　美国是对量子通信研究布局最早的国家，也是最注重量子科技在军事领域运用的国家。20 世纪末，美国政府便将量子信息列为"保持国家竞争力"计划的重点课题。在美国国防部 2013 ～ 2017 年科技发展"五年计划"中，将"量子信息与控制科技"列为未来重点关注的六大颠覆性研究领域，认为量子科技对未来美军的战略需求和军事任务行动能产生长远、广泛、重大的影响。

美注重量子科技军事运用

　　当前，以美国为代表的世界主要军事强国关注的量子科技发展动向主要涉及量子通信、量子计算及量子密钥等领域。

　　欧盟为确保欧洲在量子通信技术处于领先地位，以政策法规护航，并贯穿到与国家利益、国家安全以及国家对内对外战略影响相关的环节。

欧盟构建量子通信产业链

　　目前，欧盟在量子通信领域已经掌握了相当一部分产业核心科技，凭借新兴产业的支配地位，以新技术研发和新产品营销为发展重点，力争获得在科技创新方面的竞争优势。欧盟各国政府都将量子通信纳入其国防科技发展战略，以量子计算机科技研究为靶点，以量子通信开发在信息科学领域的推广为突破口，积极构建和壮大产业链及产业群，以形成一定的创新体系与规模优势，同时延伸到物质科学、生命科学、能源科学领域。

日本紧跟美欧 重专利保护

美国和欧盟在量子通信领域的研究，令日本备感形势紧迫。日本目前每年投入 2 亿美元，规划在 5 ～ 10 年内建成全国性的高速量子通信网。在长期计划方面，日本国立信息通信研究院也计划在 2020 年实现量子中继，到 2040 年建成极限容量、无条件安全的广域光纤与自由空间量子通信网络。

就目前而言，在量子通信领域的研究优势上，日本主要集中在延长量子通信传输距离、提高信息传输速度和改进量子通信的加密协议等方面。

此外，日本格外注重采用积极的专利保护策略，通过全面申请 PCT 专利对其持有的量子通信核心科技进行保护。

促使他国团队更易获资助

中国量子科学实验卫星升空，将首次在太空开展与量子通信和量子计算相关的诸多实验，特别是将打造一张天地一体化的量子通信网。在激烈的全球量子竞争中能够突围而出，"第一颗量子卫星"的头衔来之不易。

《自然》期刊相关报道说，中国在这场"特殊的太空竞赛"中走在了前面。量子科学领域权威专家蔡林格教授也表示，中国卫星的成功，也将促使其他国家的量子卫星团队更容易获得资助和支持。

潘建伟的量子梦与"墨子"情

中华儿女报刊社　梁　伟

在全球的量子通信竞赛中，中国虽然并不是起步最早的，但是在中科院院士潘建伟等众多人的不懈努力下，中国在量子通信领域已经实现"弯道超车"，并成为首个将量子科学实验卫星送入太空的国家。

早在数年前，星地量子通信的中国梦已引发了世界的关注。

2012年8月9日，国际权威学术期刊《自然》以封面标题形式发表了中国科学技术大学合肥微尺度物质科

《中华儿女》解读版
2016年9月1日

学国家实验室潘建伟团队的研究成果：他们在国际上首次成功实现了百公里量级的自由空间量子隐形传态和纠缠分发。

这一成果不仅刷新了世界纪录，有望成为远距离量子通信的"里程碑"，而且为发射全球首颗"量子科学实验卫星"奠定了技术基础。该成果入选《自然》期刊公布的"2012年度全球十大新闻亮点"。

同年12月6日，《自然》期刊为该成果专门撰写了长篇新闻特稿《数据隐形传输：量子太空竞赛》，详细报道了这场激烈的量子太空竞赛。

建立"量子互联网"

2009 年，潘建伟和他的中国科学技术大学物理学家团队从位于北京北部丘陵的长城附近的实验点，将激光瞄准了 16 公里之外的屋顶上的探测器，然后利用激光光子的量子特性将信息"瞬移"过去。

这个距离刷新了当时量子隐形传态的世界纪录，他们朝着团队的终极目标——将光子信息隐形传送到卫星上——迈进了重要的一步。

如果这一目标实现，将会建立起"量子互联网"的第一个链接，这个网络将是运用亚原子尺度物理规律创建的一个超级安全的全球通信网络。这也证实了中国在量子领域的不断崛起，从十几年前并不起眼的角色发展为现在的世界劲旅。

2016 年，中国领先欧洲和北美，发射了一颗致力于量子科学实验的卫星。

这为物理学家提供了一个测试量子理论基础，探索如何融合量子理论与广义相对论（是爱因斯坦关于空间、时间和引力所提出的截然不同的理论）的全新平台。

这也标志着潘建伟与维也纳大学物理学家 Anton Zeilinger 之间的友谊（虽然存在激烈竞争）达到高峰。

Zeilinger 曾是潘建伟的博士生导师；之后的 7 年，两人在远距离量子隐形传态研究的赛跑中棋逢对手；此后他们又建立了合作关系。卫星发射成功之后，两位物理学家将创建第一个洲际量子加密网络，通过卫星连接亚洲和欧洲。

"我们有句老话'一日为师终身为父'"，潘建伟说，"科研上，Zeilinger 和我平等合作，但在情感上，我一直把他当作我尊敬的长辈。"

"因为物理相对简单"

2001 年，潘建伟建立了中国第一个光量子操纵实验室；2003 年，他提出了量子卫星计划。那时的他才 30 岁出头。2011 年，41 岁的潘建伟成为当时最年轻的中科院院士。

潘建伟小组的成员陈宇翱说："他几乎单枪匹马地把这个项目推进下去，并使中国在量子领域有了立足之地。"

其实，最早发现潘建伟适合学物理的是他的中学老师韦国清。当时，潘建伟正在数学专业和物理专业之间犹疑。老师说，数学完全靠自由思想的创造，在很大程度像智力游戏。而你是一个感受鲜活，对事物敏感，善于发现规律的孩子，还是更适合学物理。

而追问潘建伟本人为什么选择物理的话，他的答案竟是："因为物理相对简单。"

于是乎，潘建伟走进了中国科大近代物理系，和全国 7 个高考状元在一个班。他入学成绩中等，但攀升很快。在学他现在所从事的量子力学的时候，潘建伟惊诧于充满矛盾和诡异的量子世界，不能自拔，以至于差点因疏于做习题而挂科。

在科大理论物理专业读研时，潘建伟的导师对他说，既然很多量子理论马上突破很困难，那就不妨先做实验。老师的话，如同峭壁上一个脚掌大小的凸起，让潘建伟有了攀登的支点。从那以后，实验成了潘建伟生命中的一部分。

在准备攻读博士学位的时候，潘建伟得到了老师的鼎力支持，为他推荐了几个在量子物理实验研究领域领先的大学，还有数位导师。最后，潘建伟选择了在奥地利维也纳大学的 Zeilinger 门下攻读博士学位。潘建伟的理由是"我当时发现塞林格教授在学术上非常活跃"。事实证明，潘建伟对导师的选择是他事业中最成功的一次选择。很多人都有跃起摘下苹果的能力，关键是你是否站在有苹果的树枝下。Zeilinger 把潘建伟引到了一个有很多苹果的树枝下。

在 Zeilinger 在的实验室，最初，由于没有任何经验，潘建伟先花了两周的时间和一个本科生做一个关于光的干涉的实验；随后，他又和一个女生做了一个相对简单的实验。他在摸索，体会一种世界级实验室的工作节奏。

终于有一天，他有了自己的量子隐形传输的实验设想，潘建伟兴冲冲地向导师和实验室的同事们讲了自己的想法。然而，同事们听了他的设想之后，反应却让潘建伟非常诧异，大家鸦雀无声。半晌，Zeilinger 问："潘，你不知道这就是量子态隐形传输的理论方案吗？你不知道我们另外一个组正在做这个实验吗？"

潘建伟确实不知道。

随后，被探究精神燃烧着的潘建伟向导师提出加入到量子隐形传输的实验组中，导师考虑再三接受了他的请求。这一请一允，悄然改变了潘建伟的命运。

当潘建伟在 Zeilinger 实验室施展他的专业才华时，世界各地的物理学家开始慢慢认识到，曾令潘建伟着迷的、深奥难懂的量子特性可以被用来创造比如量子计算机。

由于一个量子比特可以同时存在于 0 和 1 的叠加，它可能会建立起更快、更强大、能够将多个量子比特纠缠起来的量子计算机，并能以惊人的速度并行执行某些运算。

另一个新兴的概念是极度安全的量子加密，可应用在比如银行交易等方面。其中的关键是测量一个量子系统会不可避免地破坏这个系统。因此，发报方（通常称为"Alice"）和信息的接收方（通常称为"Bob"）两个人能够产生并共享一套量子密钥，其安全性在于来自窃听者的任何干扰都会留下痕迹。

2001 年，潘建伟回到中国的时候，量子技术的潜力已经得到公认，并吸引了中国科学院和中国国家自然科学基金委员会的财政支持。

"幸运的是，2000 年中国的经济开始增长，因此当时立即迎来了从事科研工作的好时机。"潘建伟说。他全身心投入到了梦想中的实验室的建设当中。与此同时，在奥地利，Zeilinger 转到维也纳大学。在那里，因为他的远见卓识，Zeilinger 继续创造着量子纪录。他最著名的实验之一表明，巴基球（含有 60 个碳原子的富勒烯分子）可以表现出波粒二象性，这是一个奇特的量子效应，很多人曾认为在如此大的分子中不可能存在这种效应。

"每个人都在谈论可以用小的双原子分子来尝试一下这个实验。"Zeilinger 回忆说，"我说，'不，伙伴们，不要只是思考前面的一两步，请思考一下我们如何能实现一个超出所有人想象的大跳跃。'"

这使潘建伟深受教益。世界各地的物理学家们开始构思，如何利用尚未实现的量子计算机来连接未来的量子互联网。当大多数人仍满足于在实验台上安全地得到量子信息时，潘建伟已经开始思考如何能够在太空中实现信息的隐形传送。

"潘建伟起到了决定性的推进作用"

对处于纠缠态的其中一个粒子的操作会影响到另一个粒子。不管两个粒子距离多远，它们可以像一条量子电话线两端的电话机那样被操控，在两个相距甚远的地点之间传送量子信息。当同时产生的纠缠粒子被发送到电话线连接的两端时，问题就出现了。传递过程中充满着噪音、散射相互作用和各种形式的其他干扰，任何一种干扰都会破坏隐形传态所必需的精巧的量子关联。例如，目前纠缠光子是通过光纤传输，但是光纤会吸收光，这使得光子的传输距离仅限于几百公里。标准的放大器起不到作用，因为放大过程会破坏量子信息。陈宇翔说："要在城域距离之外实现隐形传态，我们需要卫星的帮助。"

但是当光子通过地球湍流的大气层一直向上，到达几百公里的卫星时，纠缠会不会继续保持？为了回答这个问题，潘建伟的研究团队于 2005 年开展了晴空下传输距离不断扩大的地基可行性实验，探究光子与空气分子发生碰撞后能否继续维持纠缠性质。但他们还需要建立一个靶标探测器，这个探测器必须小到能够装配到卫星上，并且灵敏度必须足以从背景光中筛选出被传送的光子，而且还得保证，他们可以将光子束足够聚焦，让其能够打到探测器。

这个工作激起了 Zeilinger 的竞争意识。"中国人在做了，因此我们想，为什么我们不试试呢？一些友好的竞争总是好的。"

竞争促使光子传输距离的世界纪录不断被刷新。在接下来的七年中，中国的研究团队通过在合肥、北京长城以及在青海开展的一系列实验，将隐形传态的距离越推越远，直到它超过 97 公里。

2012 年 5 月，他们将成果张贴在物理预印本服务器 ArXiv 上。这让奥地利团队十分懊恼，因为他们正在撰写在加那利群岛之间隐形传态光子的实验论文。

8 天后，他们在 ArXiv 上贴出了论文，报道他们的隐形传态取得了 143 公里的新纪录。两篇文章最终先后发表在《自然》期刊上。

"我认为这可以表明一个事实，即每个实验都有不同以及互补的价值。"维也纳大学物理学家、奥地利团队成员马晓松说。

在自由空间量子通信领域，中国团队和奥地利团队之间不断竞争，从纠缠光子的分发到量子隐形传态，创造了一个又一个的里程碑。

两支团队都认为，向卫星进行隐形传态在科学原理上已不存在问题。他们亟须的是一颗卫星来装载功能齐备的有效载荷设备，开展相关的量子实验检验。Zeilinger 的研究组一直在与欧洲空间局（ESA）商讨建立量子卫星计划，但这些努力因拖延而渐渐告吹。

Zeilinger 说："它的运行机制太慢了，以至于没有做出任何决策。"一方面是欧空局的犹豫，另一方面中国国家航天局紧抓机会，得以扩大领先优势。在此当中，潘建伟起到了决定性的推进作用。

"把量子信息做到极致"

如果没有通信对象，开发全球首个量子通信网络就失去了意义。因此，潘建伟邀请他从前的竞争对手加入这个项目。他们的第一个共同目标是在北京和维也纳之间生成和共享一个安全的量子密钥。

"总之，任何一个小组都无法独立完成向卫星隐形传态这一极其艰巨的任务。"马晓松说。尽管政府的主要兴趣在于它可以推进技术前沿，但许多物理学家对这个卫星项目如此着迷却是因为其他原因。"作为一名科学家，驱使我不断前行的动力在于进一步探寻物理学的基础。"陈宇翱表示。

迄今，量子理论的奇妙之处在实验室里被不断重复检验，但这些检验却从未在太空尺度中进行过。而且有理论认为，如果量子理论可能会在某处遭遇挑战，那必然是太空。大尺度是由另一个基本物理理论所掌控：广义相对论。相对论将时间作为另一种维度与三维空间交织，从而创造一个四维时空结构，包括宇宙。在巨大的物体如太阳周围，这种可塑结构将发生弯曲，表现为引力，引力将较小质量的物体如行星拉向巨大物体。

目前的挑战是，量子理论和广义相对论对时空概念有着完全不同的理解，物理学家们一直致力于将它们融入一个统一的量子引力理论框架。在爱因斯坦的绘景里，即使在无穷小尺度上，时空都是完全光滑的。然而，量子不确定性却意味着不可能在如此小的距离上测量空间性质。目前尚不清楚是量子理论还是广义相对论需要进行修正，抑或二者都要进行修正。

而卫星实验可以帮助测试量子理论的规则在引力牵引不能被忽略的尺度上是否仍然适用。

一个明显的问题是，量子纠缠是否可以延伸到地球和卫星之间。为了回答这个问题，研究组计划在卫星上制备一系列纠缠粒子对，将每对中的两个粒子分别发送到两个地面站，然后测量两个粒子的性质以验证它们是否仍然存在关联——而且设备运转良好。

该卫星还可更进一步，检验一些候选的量子引力理论对时空结构的预言。比如，所有这些理论都预测，如果科学家能以某种方式在 10~35 米（即普朗克长度）这一尺度观测，空间、时间将呈现为颗粒状。如果事实确实如此，那么光子从卫星沿着这条颗粒感的道路的穿梭将会轻微减速，而且偏振方向将有一个微小、随机的偏转——这些效应应该足以被地面站记录下来。

"卫星将开启一个真正全新的窗口，通往一个实验物理学家此前从未涉足过的领域，这非常神奇。"来自意大利罗马萨皮恩扎大学的物理学家 Giovanni Amelino-Camelia 说。

2016 年 8 月 16 日凌晨，被命名为"墨子号"的量子科学实验卫星开启星际之旅。它承载着率先探索星地量子通信可能性的使命，并将首次在空间尺度验证量子理论的真实性。

"什么是我的梦想？我认为，梦想不是你想要得到什么，而是你发现一个很美妙的事情，你想去做。"潘建伟说，"我的梦想就是沿着这条路走下去，尽力把量子信息做到极致。"

"神农架"：野外台站的新长征

中国科学报社　陆琦

《中国科学报》第 1 版
2016 年 10 月 27 日

　　从宜昌机场经高速公路、国道、盘山道，辗转到达位于湖北省西部边陲的中科院神农架生物多样性定位研究站（以下简称神农架站），一路山高路险，还时不时遇到山体落石。中科院植物研究所研究员、神农架站站长谢宗强告诉《中国科学报》记者，过去这里跟外界通信只能靠电报，而收个电报就要 3 天。

　　在这样一种艰苦条件下，神农架站的科研人员 20 年如一日，不畏艰难，围绕生态系统结构功能和生物多样性保育领域，开展了三峡库区植被动态及消落带治理、中国灌丛生态系统固碳特征以及湖北神农架世界自然遗产申报等方面的研究与示范工作。

　　如中科院京区党委副书记房自正所说："野外台站精神与长征精神是相契合的。"他们继承和发扬了红军"前赴后继、坚忍不拔、众志成城、百折不挠"的长征精神和中科院"科学、民主、爱国、奉献"的优良传统，为国内外学者和重大科技项目提供了重要的科研平台。

从拆院墙到挂门牌

神农架站地属秦巴山地常绿－落叶阔叶林生态区，是中国和世界生物多样性保护关键地区，同时也是中国两大水利工程（三峡工程和南水北调中线工程）集水区的关键地段，关系着国家的生态安全，在森林水文的研究和监测中具有不可替代的重要地位。

"建站的过程非常曲折。"谢宗强记得，最初的站址选在神农架自然保护区内，可没协调下来，后来就建在了与神农架保护区边界直线距离不足1公里的兴山县龙门河村。

1994年，神农架站建成。该站主要依托于中科院植物研究所，中科院动物研究所、武汉植物园参与共建。

谢宗强是看着神农架站一块砖一块瓦建起来的。"博士论文答辩完的第三天，老站长陈伟烈研究员就把我'发配'到这儿来，让我负责建院墙。当时有些村民反对，几次三番地来拆院墙。"谢宗强回忆说。

20多年来，神农架站在能力建设、科学研究、试验示范、科普教育、公众服务等方面均取得了优异成绩，2005年晋升为国家站（CNERN），2008年成为中国生态系统研究网络（CERN）成员，并在2013年、2014年连续两年的国家站绩效评估中获得优秀。

神农架国家级自然保护区管理局党委书记李立焱不无遗憾地说："当初我们太保守了，把这么大一块'牌子'给弄丢了，让兴山县占了大便宜。盼望能把这个站搬到我们神农架保护区去。"

随着站上科研人员为当地政府、学校和科研机构提供越来越多的科技服务，村民们也日益认识到了这支来自中科院的力量，主动给神农架站挂上了"村民门牌"：龙门河村2组54号，让神农架站享受到村民待遇。

痛并快乐着

跟在实验室做科研不同，野外台站工作需要面对恶劣天气、高原反应、蚊虫叮咬、野兽袭击等多种困难。

"由于海拔高差大，神农架地区的环境变异非常大，山下晴朗，山上可能大雨滂沱，去样地调查经常会被淋成'落汤鸡'。"谢宗强说。

中科院植物研究所研一学生王冰鑫今年是第二次来神农架站。她告诉《中国科学报》记者，上一次上山就要住 20 天左右，每天爬山拉样方，还经常下雨，女生走不稳，就砍根竹子当拐杖。

他们住的是山上废弃的农民房，没有电，没有水，补给也不方便。于是，他们自己背着锅碗瓢盆，带着菜、抱着鸡上山。对于如此艰苦的条件，这位"90 后"小姑娘只是微微一笑："出野外都是这样吧，学生态就是要辛苦地去野外搜集数据。"

中科院植物研究所高工徐文婷负责神农架站的气象和土壤监测。在设备运行正常的情况下，她每年春、夏、秋各来一次，每次至少两周。她每次从野外回来，不管在机场还是火车站，都要给孩子买个礼物。

"小时候拿玩具还哄得住，长大一些，女儿就直接跟我说，'我其实不喜欢玩具，我喜欢妈妈'。"说到这儿，徐文婷的眼里闪着泪光。

"跟长征相比，我们做野外台站工作还是幸福的，虽然有困难，但还是可以克服的。"谢宗强说，从事野外台站工作必须要有坚定的信念，像当年红军长征那样，选定了野外工作就要一直坚持下去。不管多大的困难，长期坚持总会有收获。

基于目前的评价体系，从事野外台站工作的技术人员晋升空间有限。不过，这并没有影响徐文婷的工作热情，"没想太多，就踏踏实实做好本职工作"。

20 年磨一剑

神农架站现有研究与监测人员 20 人，其中研究员 4 人、副研究员 7 人、技术支撑人员 2 人。大家普遍觉得："这几年很辛苦，但确实见到了一些成效。"

在谢宗强的带领下，全站人员紧密围绕"服务于国家、服务于社会"的宗旨，将学科优势和国际影响力纳入到具体的院地合作工作当中，取得了较大的社会影响。

在为期两年的神农架申遗过程中，谢宗强领导的科研团队不仅提炼出神农架的全球突出普遍价值，而且编写了大量的申遗材料，并陪同国内和国际评审专家深入神农架腹地考察和解说，最终促使申遗成功，为地区生态文明建设、生态资源开发与保护做出了突出贡献。

其实，申遗并不是在大会上作一个报告这么简单。对申遗项目的评审分为两部分：材料评审和实地考察，如果材料准备不充分，实地考察就不会进行。作为技术带头人，谢宗强要做的最重要的事情就是带领团队把申遗材料写完美。

"工程浩瀚，仅财产清单就是一大本，列出了神农架拥有的所有植物、昆虫、鸟类、鱼类、哺乳动物等近万种，附件还包括地图、图片集、幻灯片、相关法律法规摘录等，所有材料都是中英文双份，仅提交世界遗产中心的英文资料就达 8 公斤重。"谢宗强说。

徐文婷坦言，申遗成功跟他们这么多年的长期积累是有关系的。"评审不能用一次调查说话，必须有多年的数据，这就需要历史积累。"

今年 7 月 17 日，在第 40 届世界遗产大会上，神农架获得全票通过，正式列入《世界遗产名录》。这个结果无疑也是对神农架站的最高肯定。

中科院植物研究所党委副书记曹爱民希望，神农架站的科研人员能够把长征精神永远记在心里、攻坚克难、继续前行。

各国是否履行碳减排承诺？
中国向太空派了名"监督员"

新华社 喻 菲

【新华社酒泉 12 月 22 日电】22 日凌晨，中国在酒泉卫星发射中心用"长征二号丁"火箭成功发射一颗卫星，它将从太空监测全球各国二氧化碳排放，为中国节能减排等宏观决策提供数据支撑。

这一卫星的成功发射使中国继日本和美国后，成为世界上第三个能从太空监测温室气体排放的国家。

在未来 3 年中，这颗 620 公斤重的全球二氧化碳监测科学实验卫星（简称碳卫星），将在 700 公里太阳同步轨道上，每 16 天对地球进行一次全面"体检"，最终形成不同季节、不同地区二氧化碳排放情况的"体检报告"。

中科院微小卫星创新研究院碳卫星工程卫星系统总设计师尹增山说，科学家可以通过碳卫星了解大气二氧化碳的分布，而大气二氧化碳浓度是监测气候变化的一个重要指标。中国碳卫星的探测精度有望优于 4ppm（百万分之四），可比肩国际最高水平。

碳卫星由科技部立项，由中科院国家空间科学中心负责工程总体，中科院微小卫星创新研究院负责卫星系统，中科院长春光学精密机械与物理研究所研制有效载荷，中国气象局国家卫星气象中心负责地面数据接收处理与二氧化碳反演验证系统的研制、建设和运行。用于发射任务的"长征二号丁"运载火箭由中国航天科技集团公司所属上海航天技术研究院研制。这次发射是长征系列运载火箭的第 243 次飞行。此次任务，还搭载发射了 1 颗高分微纳卫星和 2 颗光谱微纳卫星。

掌握二氧化碳排放第一手数据

"从人类有限的对大气二氧化碳的地面直观观测史来看，150年来，大气中的二氧化碳的浓度已经从280ppm上升到400ppm。这导致过去100年全球平均气温上升了约0.7摄氏度，由此导致灾害性天气频发、强度加大。"碳卫星首席应用科学家卢乃锰说。

全球二氧化碳的排放到底增加了多少？二氧化碳含量是否还存在上升的趋势？科学家们迫切地想要寻找到答案。

科技部国家遥感中心总工程师李加洪说，碳卫星的发射将填补中国在温室气体监测方面的技术空白，使中国掌握第一手的二氧化碳监测数据，监测到的数据还可分享给全球的研究者。

专家说，碳卫星不仅可以给各国碳排放的收支情况算一笔账，评估各个国家是否履行减排承诺，还有助于更快、更高效地发现温室气体排放源。这将有利于提升中国应对全球气候变化的国际话语权，也将对当前进入活跃期的世界碳排放交易市场产生影响。

科学家还希望通过碳卫星发现全球的碳分布情况，找到二氧化碳的流动规律，提高对全球碳循环机制的认识，从而改进气候变化预测结果的可信度和稳定性。

联合国气候变化《巴黎协定》11月4日正式生效。中国政府把应对气候变化视作实现自身可持续发展的内在要求和构建人类命运共同体的责任担当。中国提出的目标是，使二氧化碳排放于2030年左右达到峰值并争取尽早实现，到2030年单位国内生产总值二氧化碳排放比2005年下降60%～65%，非化石能源占一次能源消费比重达到20%左右。2017年中国还将启动全国碳排放权交易市场。

可以说此时发射的碳卫星，"是一颗担当之星。"中科院副院长相里斌说。

为何要在太空监测？

卢乃锰介绍，虽然各国近年来纷纷做出二氧化碳减排承诺，但到底每个国家每年有多少碳排放还是一笔糊涂账。

尹增山说，利用卫星进行全球二氧化碳监测已经成为一种重要手段，日本与美国分别于2009年、2014年各发射了一颗碳卫星。不过，监测全球二氧化碳的变化情况仅靠这两颗卫星是远远不够的。

碳卫星工程地面应用系统总指挥、国家卫星气象中心副主任张鹏说："在使用卫星监测二氧化碳之前，我们只能通过地面站点观测大气中的二氧化碳含量。而地面站点的观测具有区域性、局地性的缺陷；对于占地球表面积71%的海洋，地面站点是无法监测到的，而碳卫星能够监测到海洋上空的二氧化碳含量。"

"目前，世界上只有美国和日本拥有碳监测卫星，我们很难获得第一手观测资料。利用卫星监测大气当中的二氧化碳，是非常前沿的技术，需要高光谱分辨率、高灵敏度的先进遥感仪器，所以中国研发碳卫星也是非常重大的技术革新。"张鹏说。

李加洪说："我们希望通过这颗卫星和美国、日本等其他国家合作形成碳卫星'虚拟星座'，联合观测大气二氧化碳，为全球气候变化提供更加丰富的监测数据。"

在与国外同类卫星探测结果的比对中，如何确保中国的数据是准确的？碳卫星地面应用系统总设计师杨忠东介绍，中国建设了6个地基观测站来标定卫星的探测数据，并验证卫星的探测精度。

他说，为了满足社会经济需要，中国未来需要研制更多的二氧化碳监测卫星，并将在风云系列未来两个卫星上携带二氧化碳观测仪器。

它视力好，会跳太空华尔兹

据介绍，科研人员经过近6年研制出的碳卫星，由模块化卫星平台、高精度二氧化碳探测仪与云和气溶胶探测仪载荷组成。

专家解释说，当太阳光照射在大气上，二氧化碳分子会产生特有的光谱吸收线，碳卫星就靠探测这种特征谱线来监测它的变化。研制人员采用了大面积光栅分光技术，为碳卫星赋予了超凡的"视力"。在大气中，二氧化碳的浓度只有万分之四左右，如此低浓度的二氧化碳只要有1%的浓度变化，就会被碳卫星发现。

李加洪说，卫星的云和气溶胶探测仪可以排除云、空气中气溶胶的影响，二氧化碳监测数据更加准确，这一探测仪器还可用于监测雾霾。

尹增山介绍，碳卫星有好几种观测模式。一种是"斜着看"，即"耀斑观测模式"，利用太阳在海面的镜面反射提高信噪比，获取海面上空的二氧化碳数据。一种是"竖着看"，即"天底探测模式"，利用地面的漫反射特性开展地面二氧化碳的观测。

为了实现多种模式的观测，科研人员还为卫星配备了复杂姿态控制系统，使它可以在太空中不断调整姿态，被戏称为"太空中的华尔兹舞步"。

"从碳卫星的短期目标来看，发射成功后，我们完全可以给出全世界全年碳分布数据，也可以解释发达国家、不发达国家各自的碳贡献。特别是对中国来说，我们可以对全国各个省份、各个城市的碳排放量有详细的监测和分析，能够清楚知道哪个省份哪个区域有更多碳排放。"来自中科院长春光机所的卫星载荷研制人员蔺超说。

大公報

"神威"应用首摘"戈登贝尔奖"（系列报道）

"神威"应用首摘"戈登贝尔奖"

中国超算人　追梦三十年

香港大公文汇传媒集团　周　琳

《香港大公报》第 A08 版
2017 年 1 月 3 日

　　"在我上学的时候，它曾经遥远得就像一个梦。"想起上月在美国盐湖城举行的国际超算大会（SC16）上，自己上台领取被认为是超算应用领域诺贝尔奖的"戈登贝尔奖"，中科院软件研究所研究员杨超笑称自己当时"傻里傻气"的。当天，他与清华大学副教授薛巍等人的联合团队凭藉在"神威·太湖之光"上运行的"千万核可扩展大气动力学全隐式模拟"应用折桂，实现了我国高性能计算应用成果在最高奖项上零的突破！有人说 2016 年是中国的"超算年"，但鲜少有人知道中国超算人这 30 年背后的付出

　　八月的无锡，酷暑难耐，国家超级计算无锡中心的机房温度高达 38 摄氏度。从 2011 年确立冲奖以来，杨超已经把这里当成了自己的家。和他一

起工作的，还有团队成员薛巍以及另两个项目负责人——北大教授陈一峰、海洋局赵伟。

这不是杨超第一次冲奖，中国超算的应用战一打就是九年。2007年，杨超在国外访问时初次开展面向大气模拟的高性能算法和软件研究，从那时开始他就确认以此作为重要研究方向。2011年，他先后遇到了薛巍等人，几人一拍即合结成合作小组，决定于2012年全力冲奖。

可惜的是，那次杨超并没有入围。彼时中国的超级计算机硬件技术第一次取得突破——天河一号登榜世界速度第一。"一方面我们准备得不充分，另一方面，中国超算的硬件水平刚在国际上获得承认，应用上的认可可能需要时间。"

有赖超算硬件不断提升

据了解，这次得奖的难度之大超乎想像。大气模拟应用的未知数有7000亿个而且时刻在变化。求解出的点越多就越精密，分辨率就越高，也就可以预测更为精准的天气变化趋势。

中国超算后发制人

在杨超眼中，这次获奖与超算硬件不断佔领高地密切相关。"硬件搭好台，软件才能唱出戏。从曙光系列、联想深腾系列、天河一号、天河二号再到神威·太湖之光，我们这些人是跟着中国超级计算机一起成长的。正是因为中国超算硬件的不断提升，我们才能磨炼出这样的技术。"

近30年来，"戈登贝尔奖"一直被美国和日本垄断。杨超坦言，我们不得不承认国际上的大型计算机研製已经发展很多年了，他们有历史积累，但是中国也有后发优势。

至于中国超算在国际的水平到底如何？杨超认为，从硬件水平上，中国超算质量和数量上已经是世界前列和美国并驾齐驱。但超算是一个综合的考察，在应用上仍需要时间。下一步他们要把大气模拟等应用继续推进下去，让"应用"跟上甚至影响硬件"速度"的发展。

求解器大突破　加速模拟过程

香港大公文汇传媒集团　周　琳

杨超介绍，此次获奖是团队在 1000 万核的层面上从算法和软件有技术上的创新和突破，可以理解为一个算法和软件集合成的突破性"求解器"。

"求解器"就像汽车的发动机一样，能够加速求解和模拟的过程，不仅能应用于大气模拟，也适用于能源、材料制造等很多领域。

以空气动力学为例。杨超介绍，大飞机的设计制造需要进行风洞等试验，这个求解器就可以通过模拟大量的实验在保证精度的情况下，大幅提高时间减少成本。还可在地学、工程学等领域的挑战性计算问题中有广阔的应用前景。

杨超团队首次在大规模异构系统上实现了高效和千万核可扩展的全隐式求解，将模拟分辨率提升至 500 米以内，模拟速度较美国下一代大气模拟系统的计算效率提升近 1 个数量级。

"你们的隐式求解器的模拟能力是显式求解器的 89.5 倍，令人印象深刻！""戈登贝尔奖"评奖委员会主席苏博哈什·塞尼评价道。

为国产高性能计算机正名

香港大公文汇传媒集团　周　琳

　　实验、理论和计算被认为是认识世界的三个方法。杨超介绍，在很多科学问题上，诸如全球气候变暖趋势、宇宙起源等都无法通过前两者解决，只有通过超级计算去认识。"大机器就是用来算大问题"。

　　在杨超的导师、中科院软件研究所研究员孙家昶看来，这次的获奖是对中国高性能计算机的正名。"以前各方都有意见，大机器这么烧钱，光电费就不少，到底有什么用？这次是为了告诉大家，中国超算很厉害，我们锻炼出的队伍学会了如何应用它，让它的翅膀腾飞。"

　　"技术跟上速度是需要时间的，我眼看着从没人使用计算机到需要占座，这说明我们在进步，我们要有信心也有耐心。"在杨超看来，"戈登贝尔奖"零的突破，向世界证明了中国超算有了速度和应用的双重优势。

　　孙家昶指出，中国超算不但有用，深潜、航空等很多国之重器都可以运用。"让不同学科的人都能够在短时间内做出高水平的工作。"

"看着中国机器一步步强大"

香港大公文汇传媒集团　周　琳

"我们是前人栽树后人乘凉，几代人的积累最后到我们这里有了成果。"在谈论得奖时，杨超一直说要感谢自己的导师、第一代超算科学家孙家昶先生。

20世纪90年代，孙家昶被委派出国学习并行计算技术，传回来知识的火种，于1996年成立了中科院软件研究所的并行计算实验室。"当时日本的超算国际第一，我们就给日本研发计算机配套软件，积累了很多经验。"

在实验室后续的发展中，孙家昶、李玉成、张云泉、杨超四代人伴随中国超算成长。历经蓝色基因L、曙光5000A、深腾7000、天河一号、天河二号等国内外多代系统考验，最终在国产神威·太湖之光这一配备了国产众核处理器的世界顶级超算系统上取得突破。"我是看着中国的机器一步步强大。"孙家昶说。

孙家昶说，"96年成立至今正好二十年，本来我们想搞一个庆祝活动，但后来一想，这个奖是给中国超算人最好的庆祝。"

十年坚守　以科学的名义

中国科学报社　唐　琳

以科学的名义，促科学的前行！

科学需要科学网，继续下去，越办越好！

科学网，我们的科学精神家园。每天都要来逛逛，希望大家爱惜，希望越办越好！

科学网是我每天必上的网站，也是我每天上的网站中上的时间最长的一个网站，上科学网看博客已成为我科研生活的一部分，并给了我很大的帮助。

不知不觉已经相伴十年，感谢科学网提供的平台，让天涯海角的博友们能够打破时空的局限、充分交流、发表观点、自由争辩，期待下一个十年会更好！

……

2017年1月18日，科学网十岁了！网友们通过各种渠道和形式，表达自己的感想与祝福。

短短十年，280多万名科学家、科技人才、知识精英在这里风雨同舟、畅所欲言；12万实名博主围绕她争鸣交锋、笔耕不辍。她不仅稳居科学类中文网站最前列，更成为全球华人科学家的精神家园。

"古之立大事者，不惟有超世之才，亦必有坚忍不拔之志"。从吐绿萌芽到枝繁叶茂，科学网的发展壮大离不开"坚守"二字。正是对科学、理想、道德良知、朴素初心的坚守，才让科学网在中国科技体制深刻变革的大潮里中流击水、踏浪而行；在信息技术新旧交替的大时代中昂首阔步、独树一帜。

与理想同行　坚守创办初心

回望11年前，那是一个各种新技术、新思想深层涌动、积蓄能量的岁月。因其海量信息、多媒体表现形式、跨越时空限制和即时互动的特色，网络媒体开始引领世界媒体发展的未来。而 2006 年也被称作"中国新媒体的起飞年"。

那一年，国内各门户网站开始加入博客阵营，进入博客的"春秋战国"时代。彼时，博客、社会化网络服务（SNS）型社区等新媒体形式，激发了科教界精英群体对基于网络平台交流互动的强烈需求。

当时，在科技传播领域耕耘近 50 年的中国科学报人敏锐地意识到，打造一个服务广大科技工作者的新媒体平台已是当务之急。2006 年，中国科学报社将网站建设确立为新的战略发展方向，同时组建了科学网创业团队。

在不到一年的时间里，这支全新的团队密集调研了科学网的定位和架构，集中进行系统开发和早期的内容建设。2007 年 1 月 18 日，怀抱着服务科学、服务科技工作者、构建全球华人科学社区的理想，科学网应运而生正式上线。

一经上线，科学网便崭露锋芒，跻身当年我国科技类网站前十名之列。此后，科学网陆续经过多次改版，在原有频道不断优化、完善的基础上推陈出新，先后推出会议、人才、组群、院士以及科普等深受用户喜爱的频道。与此同时，科学网手机版、科学网微博和微信公众号、科学网电子杂志等也相继上线。

经过十年的不懈积累和壮大，科学网充分发挥互联网优势，坚持精英化、实名制、分众传播的发展模式，不断完善频道结构，优化人机界面，服务用户需求，革新技术架构，现已成为具有垂直化、专业化特点的中等规模网站，在国内外科教类网络平台中独树一帜。

但无论如何改版，无论外界环境如何变化，无论经历多少困境，科学网始终坚守初心，十年专注科学界、专注科学家，从未偏离构建全球华人科学社区的正道。

守得云开见月明，坚守带来成长和收获。2014 年，科学网注册用户突破 100 万大关；2017 年，注册用户达 280 多万，涵盖国内外各知名高校、研究院所科研人群。科学网人用执着和付出一步步迈向自己的初心。

服务科学家　坚守科教精英

5 年前的美国硅谷，当科普作家张天蓉想在国内找个"地方"发表自己的科普文章时，有朋友质疑道，"国内现在有人看科普吗？"

反驳声来得极快："不是完全如此，不少人还是很关心科学的，你们不知道吗？国内有个颇负盛名、读者很多的科学网。"

于是，张天蓉便在科学网安了家，"并且走上去便下不来"了。这一坚持就是 5 年。

谈及科学网让自己"欲罢不能"的原因，张天蓉坦言，"科学网堪称全球华人的科学家园，其涉及的科研人员数量之多，素质之高，研究领域之广，涉及部门之宽，都是别的网站不能比拟的。"

这种"不可比拟"，首先来源于科学网为"全球最大华人科学社区"定位服务的独特管理运行模式。

在大部分网站还只是网友们匿名狂欢的场所时，科学网早已开展实名制。设立之初，科学网便明确规定，所有博主必须实名注册，经审核后方能开通博客。

"审核与实名制不仅可以提供良好的交流环境，增加分享内容的可信度，科研人员的专业形象也有利于学术内容的传播，帮助读者从科学的角度理解公共事件。"科学网互动部主编方芳解释说。

此外，科学网将所有用户按照三级学科分类体系对应到每一级子学科，垂直化与专业化管理使得用户可以在科学网社区中寻找到与自己具有相同专业方向的用户，扩大人际交往和科研合作范围。

"苛刻"的管理运行模式换来了高素质的用户群体。调查显示，科学网 50.6% 的用户为研究员/教授职称，30.1% 的用户为副研究员/副教授职称；50.4% 的用户为博士学历，27.33% 的用户有博士后工作经历，大多数用户有海外学习或工作经历。知名博主包括美国工程院院士、两院外籍院士何毓琦、中科院院士施一公、郝柏林、知名科学家饶毅、鲁白等，发表博文总量超过 100 万篇。

除了高水平、高学历的用户所带来的潜在公信力，科学网众多"王牌"频道坚守专业性、权威性，在提升科学网的行业及社会影响力方面同样功不可没。

在科技新闻获取方面，科学网新闻频道自上线以来，多次对国内外重大科研成果及重大事件进行了全面、及时的报道，并与人民网、腾讯网等网络媒体保持良好的新闻协作关系，使之成为海内外科教界新闻、资讯、论文重要的传播平台。

"与同类网站相比，科学网同时兼具权威和全面，我们尽可能不漏掉一条相关信息。"科学网新闻部主编郭晓表示。正是对于权威和全面近乎严苛的要求，使得科学网铸就了科教界的良好口碑，深受广大用户的好评。

2013年12月18日，第二届中国品牌年会在京举行。科学网以"构建全球华人科学社区、促进科技创新和学术交流、兼具专业性与公共性的科学传播、良好的行业口碑和社会形象"等优质品牌形象，荣获"年度影响力行业网站"称号。

建交流平台　坚守开放自由

"科学网的十年所带来的最大意义在于，它为科技界构建了一个基于共享、交流与反馈的平台，在这个平台上，所有的科技工作者都可以自由地发表自己的观点。"科学网博主、上海交通大学教授李侠这样定义自己眼中的科学网。

12万名博主，100万篇博文，十年来，海内外科技工作者将这里作为言论阵地，立足科学，畅所欲言，各抒己见。他们发出的科学声音，经由科学网放大、发酵，继而响彻海内外，振聋发聩。

这样的例子不胜枚举。2012年，科学网博主、中科院数学与系统科学研究院研究员程代展发表了关于自己的学生、"科研苗子"逃离科研的博文。经科学网头条推荐后，一周内该博文科学网点击量达13万，使得"逃离科研"成为2012年年底全国热议的新闻话题，并引发了2013年两会代表们的热烈讨论。

时至今日，可以毫不夸张地说，任何科技界的重要话题都在这个平台上得到高度的关注与争鸣，任何科技政策的出台都无法绕过科学网众多独立博主的评判。这无形中促使决策者审慎决策，并尽量吸收来自这个科教界不可或缺并受到全社会广泛关注的重要平台上所发出的声音。

2016年4月，以陈学雷等科学网知名博主为代表的8位学者，在科学网上联名首发了题为"对《中国公民科学素质基准》中一些问题的意见"的博文，指出最新公布的《中国公民科学素质基准》所存在的问题。该文章在科研圈和社会上迅速传播，进而掀起一场极深入的广泛讨论。

今天的科学网，不仅成为华人科学界讨论热点话题、进行学术交流和社交活动的重要场所，也成为科学界思想火花碰撞的舞台、争鸣创新的原创发源地，更成为凝聚共识、影响中国科技体制变革的助推剂。

2013 年 8 月 1 日，科学网 4 位知名博主——曹聪、李宁、李侠、刘立在《科学》上撰写题为"改革中国科技体制"的文章，把脉中国科技体制存在的问题并提出改革思路，继而引起了国内外媒体对于中国科技体制改革的广泛关注和热烈讨论。

"所有这一切都源于科学网把自己定位为一个开放的公共领域，只有公共领域存在，科技共同体才能从虚拟变为现实。"李侠一语中的。

作为一个知识高度密集的平台，科学网拥有众多的人才与知识优势，这使其理所当然地走到了时代与公众的前面。而科学网人长期坚守开放的言论阵地，以海纳百川的胸怀，见贤思齐的境界，努力维护每一位科技工作者在这一平台发言的权利，这一坚守得到了海内外科教界广大"草根"的拥趸。

"科学网博客是科学家们的'茶馆'。和英国球迷们聚集的'酒吧'不同，茶馆里高谈阔论的人们是清醒的醉汉，谈论的不是赛场风波而是科技场的风雨。能以茶代酒，也只有科学网了。"科学网博主、美国哈森阿尔法生物技术研究院研究员韩健在科学网十年的感言中这样写道。

线上＋线下　坚守服务科学

2017 年年初，一年一度的"中国科学年度新闻人物"评选如约而至。

经过科学网博主推荐、科学网注册用户投票、院士专家评委严格评审，2016 年度人们心目中的"科学明星"隆重揭晓，10 位获奖者既包括推动中国科学研究和技术进步、具有优秀创新能力与重大影响力的科学家，也囊括了科技传播者（含科普工作者）和科技企业领军人物。

自 2010 年中国科学报社发起"科学网年度人物"评选活动以来，以科学网为平台，这一评选至今已经成功举办了七届。其不仅是对当年科技进展、科学发展的系统梳理，更是对优秀科技人才的鼓励和支持，在科技界建立了良好的口碑和影响力。

十年来，科学网坚守为科学服务、为科学界服务的初衷，在为广大科教群体提供快捷、权威的科学新闻报道和丰富的实用资讯，打造学术交流和社交活动的重要平台的"本分"之外，还充分发挥"媒体＋互动"的平台优势，策划、举办了一系列具有巨大行业乃至社会影响力的大型科教文化活动，引发了广泛关注度与参与度。

2008 年、2010 年、2012 年，科学网分别以"创新先锋·科学精英""科技闪耀·青春之光""青春畅想·魅力科学"为主题，举办了三届"全国青年科学博客大赛"，累计吸引参赛选手超过 2000 名，参赛博文突破 2 万篇。这一赛事受到了广大青年科研人员的赞誉和欢迎，甚至发出"博客当若科学网"的由衷感叹。

2011 年，由中科院主办的"我心中的中国科学院"征文活动面向社会广泛征集投稿。作为承办单位，科学网承担了重要的网络征文任务，并成为高质量稿件的来源地。最终，100 多名博主通过科学网发布并投递了 139 篇有深度、有思想的征文。

2012 年 1 月 18 日，适逢科学网成立五周年之际，科学网顺势推出"科学网五周年网络晚会"，晚会面向科学网博主和广大注册用户征集到包括自制视频、相声、小品、乐器演奏、舞蹈、书画、摄影、诗词等形式在内的节目 92 个，并收获了 50 多位博主撰写的贺文。

与这些高影响力活动遥相呼应的，是十年来科学网博主分享的大量精彩博文。这些文章或阐述严肃严谨的科学实验，或激辩科教界内的是非黑白，或分享为人师表的点点滴滴，或抒发笑泪交加的人生感悟，可谓精品荟萃。在科学网的"牵线搭桥"之下，目前已有多部博主精华博文集萃作品出版面世，以飨读者。

其中，《大师小文》与《大家博友》带我们走近"平民院士"李小文的科学网世界；《科学人生纵横》展现了何毓琦院士多姿多彩的科学家生涯；《世纪幽灵：走近量子纠缠》以讲故事的方式，带领读者一步步走近神秘的量子世界；《智者不惑：科学网博文集萃》和《流动的科学：科学网 2008 博文集萃》则通过博主们笔下别样的风采，展示了科学的原生态。

弘扬正能量　坚守科学良知

多年来，科学网在坚持自身媒体属性的同时，更加注重打造一个活跃、开放的交流平台，进一步促进科教界群体在学术讨论及社会热点问题上的参与程度，并使这一群体所发出的有益于科学研究及社会发展的声音产生更大的影响力。

科学网人将这一理念解读为"社会企业"所应当扛鼎的社会责任，即不以利润最大化为终极目标，而是以解决重要社会问题为己任。

"以此通过'传播科学知识，弘扬科学文化'这一主旨，向社会传播更多带有科学理性的'正能量'。"科学网总编辑张明伟表示。

20 天，30 名两院院士牵头，3000 名网友签名支持，2012 年 4 月，以科学网为平台，一场声势浩大的抵制烟草获奖的签名征集活动落下帷幕。在科学网以及 3000 名网友的大声疾呼之下，"中式卷烟"项目最终止步于国家科学技术进步奖公示名单。

科学网发起的这一事件引发的震荡并不仅限于公共卫生和科技领域，更深深触动了整个社会。对此，科学网网友将其评价为"正义的胜利，科学的胜利，科学网的胜利"。

2009 年起，一场以科学网博客为"阵地"打击学术造假的"战役"被国内外主流媒体广泛关注并报道。6 名西安交通大学的老教授，用时近 2 年，坚持不懈地在科学网博客实名举报学术造假行为。随着科技部发布公告撤销原西安交通大学教授李连生所获科学技术进步奖，这一造假案最终得以水落石出。

"这是中国政府首次因为获奖项目存在虚假问题而决定撤销重要技术奖项。来自中国受欢迎的科学网站——科学网的众多博主们纷纷对此决定表示欢迎，认为这是一种积极的信号，表明政府开始严肃对待中国的学术不端现象。"《科学》网站对这场由科学网"辐射"至全中国的学术不端大讨论予以高度评价。

无论是进行学术讨论，还是对学术不端等有损于科教界乃至社会公众利益的行为发起挑战，科学网一直坚守科学的良知，并通过这一由广大科教界群体聚集的交流平台将正能量扩散到全社会。在这个思想多元化的时代，科学网的这一坚守不但有助于中国科技创新的可持续发展，也助推了社会正义、社会公平。

"科学网的眼光是世界的，目标是明确的，立场是鲜明的。科学网反映的是学术界的声音，展现的是学术人的生活、智慧和风采，书写的是学界的历史、现状和未来。"科学网博主、中科院动物研究所研究员王德华如是说。

十年来，科学网坚守初心，始终铭记并践行着肩上的这份社会责任，也因此收获了广大网友的感动与信任。

十年来，科学网坚守科学，用键盘和屏幕传递新知和温度，推动科学普及、科技创新与科技体制改革和社会进步。

玉经琢磨多成器，剑拔沉埋便倚天。在坚守中成长，在坚守中期待，下一个十年，科学网仍然是最美的精神家园。

中国科学报社　陈欢欢

科学态度，是"判断"争议的基本原则

3月7日，水利部部长陈雷在十二届全国人大五次会议江西代表团全体会议上表示，鄱阳湖水利枢纽建设利大于弊，会尽早协调批复，使工程早日开工。这一表态似乎为鄱阳湖水利工程十余年的争论画上了句号。而全国人大代表、清华大学水利系教授周建军对此则持有异议，他坚持认为"对认识不统一的事情，要慢慢来"。

无独有偶，全国两会前夕，由全国人大代表、中国工程院院士王梦恕联合25位院士联名建议推进的渤海海峡跨海隧道工程，同样是一个争议不绝的问题。一方面是院士力推项目上马，另一方面则是记者在采访过程中听到的种种反对的声音，甚至一些当初的联名者对此采访的回应也付诸阙如。

对于涉及国计民生的重大工程项目、涉及国家发展的重大议程，启动还是不启动，上马还是不上马，总会出现持续性的各种声音，这时候，该听谁的，又应该相信谁，往往并不容易理出头绪；让决策者做出非此即彼的判断，与让普通公众选择相信谁，事实上面临的是同样的挑战。

一般而言，重大工程既然决定上马，必然要经过严格的科学论证，以安全稳妥为前提，是综合考虑了效益与风险、当下与长远等因素而做出的最优判断。这一基于科学态度采用科学方法而得出的结论，也必然会成为某项工程是否上马的最主要的决策依据。

全国两会期间，全国人大代表、中科院院士叶培建向媒体透露，在"嫦娥一号"卫星上天前，他思考了100多个可能的问题，好在最后都没有发生。叶培建希望，经过专家论证之后，如果国家已经批准，就不要再反复追问为什么了。

现实中，确实有许多经过专家充分论证却依然无法被公众接受的案例——转基因、PX、垃圾焚烧、核电……可以说，这些问题历经多年讨论，有的至今仍然在社会层面存在较大分歧。

虽然如此，我们对这些争议问题的持续讨论并不是没有成效的，随着全社会的持续关注和探讨，公众对这些问题的认知和接受程度已经不断得到提高。这从近两年转基因科普的"逆转"可见一斑。

真理最终会越辩越明，但探求真理的道路必然迂回曲折。记者曾听到不少科学家向媒体提建议：要多做科普，让更多的老百姓拥抱科学，接受科学。习近平总书记在去年召开的"科技三会"上也明确提出，要"把抓科普放在与抓创新同等重要位置"。以国家目前对于科技创新的支持程度，把科普等同于创新的位置，可见科学普及的重要性和科普工作的任重道远。

3月8日召开的中核集团两会代表委员记者见面会，几乎囊括了来自核工业领域的所有两会代表委员。他们对福岛核事故、乏燃料处理、内陆核电站等热点问题一一进行了回应。然而从会议透露出的信息看，仍然有许多问题的解答让公众感到不解渴。不少上会记者反映，代表委员们的答复有点欲言又止，有些回答则模棱两可，令人无法信服。

1970年，一名赞比亚修女致信NASA航行中心：有这么多人吃不上饭，为什么还要探索宇宙？NASA科学副总监史都林格博士的回信《为什么要探索宇宙》最终成为科学史上的一篇"杰作"。他在信里说：太空探索不仅仅给人类提供一面审视自己的镜子，还能带给我们全新的技术、挑战和进取精神，以及面对严峻现实问题时依然乐观自信的态度。这样的回答，与叶培建院士"月亮就是钓鱼岛，火星就是黄岩岛"的回答异曲同工。

今天，在面对争议时，我们仍然需要这样的耐心和情怀，越是有争议，越要用科学的态度面对。在减少分歧、走向共识的道路上，科学家由于掌握了更多的科学信息，毫无疑问站在了科学普及的最前哨；而媒体作为科学传播的关键一环，更应在传播科学时做到准确、及时、权威、通俗；而普通公众在选择接收信息并做出判断时，更应该相信科学，相信基于科学研究、调查分析做出的准确判断。

在这一过程中，我们既要努力使科学得到理性、通透的传播，进而获得应有的理解与支持，也要警惕以科学的名义将科学"神化"，摒弃"不能容忍没有结果的科学"的观念。

面对重大事项，决策者的选择必须严谨而慎重，必然要以充分的科学研究论证为主要依据；而社会大众的选择则可能"多元"甚至"任性"，既可以选择"依据科学做出的结论"，也可以"发自内心地予以排斥"。但无论出于何种意愿、做出何种判断，科学的精神与态度始终都应该是推动现代社会构建与发展的基本特征之一。科学技术是生产力，亦是现代社会前行的主要动力，因此，除了科学，还会有更好的选择吗？！

2016 年度中国科学十大进展一半来自上海，且集中在生命科学领域

科学进展"半壁江山"从何而来

——三个正在建设中的"卓越中心"旨在实现从跟踪模仿向原始创新的战略性转变，力争成为国际领跑者

解放日报社　黄海华

《解放日报》第 1 版
2017 年 3 月 17 日

　　日前，科技部发布 2016 年度中国科学十大进展。其中，中科院上海分院研究院所 5 项成果榜上有名，且都来自生命科学领域，分别是揭示水稻产量性状杂种优势的分子遗传机制；提出基于胆固醇代谢调控的肿瘤免疫治疗新方法；发现精子 RNA 可作为记忆载体将获得性性状跨代遗传；

构建出世界上首个非人灵长类自闭症模型；揭示胚胎发育过程中关键信号通路的表观遗传调控机理。

与往年通常仅入选一两项成果相比，2016 年度上海入选中国科学十大进展的成果占到"半壁江山"，数量大幅增长的背后，有什么奥秘？记者专访了中科院上海生命科学研究院院长李林院士。

生命科学成为最受关注学科

"生命科学是这个世纪最受关注的学科。"李林介绍，《科学》期刊曾经公布了今后 25 年里 125 个最具挑战性的科学问题，其中 46% 涉及生命科学，比如"意识的生物学基础是什么""为什么人类基因会如此之少""遗传变异与人类健康的相关程度如何""人类寿命到底可以延长多久""是什么控制着器官再生""皮肤细胞如何成为神经细胞""单个体细胞怎样成为整株植物"，这些问题占了前 10 个"最重要问题"的 7 个。

人类越来越关注自己，期望能健康长寿，少生病甚至不生病。生命科学方兴未艾，产生了许多激动人心的发现。过去如果出现烈性传染病，人们可能会在很长一段时间内束手无策，但现在科学家很快就能知道这是一种什么病毒，并在较短时间里研发疫苗。即使对于一些复杂疾病，科学家也可以从免疫角度带来一些解决方案。

最近 10 多年，国内的生命科学研究发展较快。这和科学发展的规律有关，知识积累到了一定程度，能力也得到了提升，科学产出自然就多了。不过，生命系统非常复杂，并不是一个简单的一元一次方程。囿于研究的手段和能力，我国的生命科学研究还处于收集信息和观察阶段。相对来说，定性化研究多，定量化研究少；静态研究多，动态研究少。

"卓越中心"力争国际领跑者

从上海这次入选十大进展的成果来看，主要来自三个正在建设中的"卓越中心"，即"脑科学与智能技术卓越创新中心""分子细胞科学卓越创新中心""分子植物科学卓越创新中心"。作为中科院体制与机制改革的试点，"卓越中心"旨在以科学问题为导向，实现从跟踪模仿向原始创新的战略性转变，其目标是达到国内同领域领先地位，并力争成为国际领跑者。

　　任何一项科研成果的产出都不是偶然的，而是有着长期的积累和工作基础。

　　这次，中科院分子细胞科学卓越创新中心徐国良院士领衔合作团队，从长期困扰发育生物学领域的基本重大问题出发，着眼于人类新生儿出生缺陷的可能机理和防治，第一次系统地揭示了胚胎发育过程中关键信号通路的表观遗传调控机理，为发育生物学的基本原理提供了崭新的认识。

　　之前，徐国良因"揭示 Tet 双加氧酶在哺乳动物表观遗传调控中的作用"，在高等动物 DNA 修饰领域获得重要发现，入选 2011 年度中国科学十大进展。这次入选的科研成果，正是把这项研究不断深入推进的结果。

更大程度解放科研生产力

　　1965 年，世界上第一个人工全合成的蛋白质——结晶牛胰岛素，就诞生于现在的中科院上海生命科学研究院。

　　"这个大院有着良好的科研文化，后来者也继承了这种科研基因。"在李林看来，这种科研文化，首先是在科学上追求卓越。当年合成牛胰岛素实验所需的材料非常紧缺，就连某些氨基酸都无法正常进口。就是在这样艰苦简陋的条件下，中科院上海生化所、上海有机所和北京大学的科研人员解决了世界级科学难题。其次是团结合作的精神。此次上海入选的 5 项成果多为合作项目，既有不同城市科研院所的合作，也有科研院所与高校之间的合作。这种资源共享、技术互通的工作方式，能更加有效、持续地产生重大科研成果。第三是浓郁的科研氛围，吸引了一大批年轻科学家纷至沓来。尽管在工资待遇上，上海生命科学研究院能提供的并不算高，但这里聚集了两院院士 25 人；千人计划入选者 71 人（含青年千人计划）；万人计划中青年领军人才 10 人，青年拔尖人才 5 人，杰青 65 人，百人计划入选者 147 人。众多优秀人才选择在这里潜心做学问，涌现了不少科研成果。

　　眼下，上海生命科学研究院正在进行机制改革。以往，科研人员为了申请科研基金，在事务性工作上要耗费不少精力。李林透露："接下来，我们将建立更加符合生命科学研究规律的机制，以更大程度解放科研生产力，同时也增加管理效能。"

文匯報

中科院院士欧阳自远跑遍全国做了 474 场讲座

"嫦娥之父"的科普缘

上海文汇报社 郭超豪

中科院院士欧阳自远跑遍全国做了474场讲座

"嫦娥之父"的科普缘

京华 风景线

■ 本报驻京记者 **郭超豪**

辈，也是唯一的中科院院士。

不能在象牙塔里自我欣赏

国家天文台七楼走廊的尽头，是欧阳自远院士的办公室。窗台上的藤蔓，掩映着大大小小的月球仪、地球仪、天球仪，它们跟着主人"走南闯北"，见证着这位八旬老人的科普之路。

"科学家不能在象牙塔里自我欣赏，我们重要的使命是推动科学技术的进步，让公众理解、热爱科学。"从2008年到2016年，欧阳自远跑遍了全国各地，做了474场科普讲座，听众大约27万人次。

每次做科普讲座，欧阳自远都背着

提到中国探月"嫦娥工程"，国人无不为之自豪。"嫦娥工程"的首席科学家，被誉为"嫦娥之父"的，是年过八旬的欧阳自远院士。

近日，欧阳自远收获了一个有趣的奖项——由北京各大媒体近百名科技记者、编辑评出的"最受媒体欢迎科学家"奖。其中，欧阳自远既是年龄最大的长

十几斤重的电脑、投影设备，提前半小时到报告会现场，将一切准备妥当，等待听众。欧阳自远身上，体现着老科学家的谦谦风骨。在国科大为本科生讲授《发现宇宙》时，他会因为需要坐着讲课而道歉，也会在课前课后向学生鞠躬表示感谢。

"我们国家对科普很重视。习近平总书记强调，科技创新、科学普及是实现创新发展的两翼，要把科学普及放在与科技创新同等重要的位置。"欧阳自远说。他最高兴的事情，是每次做完科普报告，都能收到一些观众来信，"他们会告诉我，将来要做一个科学家，去揭开宇宙的奥秘！"

▼ 下转第五版

《文汇报》第 1 版
2017 年 6 月 24 日

提到中国探月"嫦娥工程"，国人无不为之自豪。"嫦娥工程"的首席科学家，被誉为"嫦娥之父"的，是年过八旬的欧阳自远院士。

近日，欧阳自远收获了一个有趣的奖项——由北京各大媒体近百名科技记者、编辑评出的"最受媒体欢迎科学家"奖。其中，欧阳自远既是年龄最大的长辈，也是唯一的中科院院士。

不能在象牙塔里自我欣赏

国家天文台七楼走廊的尽头，是欧阳自远院士的办公室。窗台上的藤

蔓，掩映着大大小小的月球仪、地球仪、天球仪，它们跟着主人"走南闯北"，见证着这位八旬老人的科普之路。

"科学家不能在象牙塔里自我欣赏，我们重要的使命是推动科学技术的进步，让公众理解、热爱科学。"从 2008 年到 2016 年，欧阳自远跑遍了全国各地，做了 474 场科普讲座，听众大约 27 万人次。

每次做科普讲座，欧阳自远都背着十几斤重的电脑、投影设备，提前半小时到报告会现场，将一切准备妥当，等待听众。欧阳自远身上，体现着老科学家的谦谦风骨。在国科大为本科生讲授《发现宇宙》时，他会因为需要坐着讲课而道歉，也会在课前课后向学生鞠躬表示感谢。

"我们国家对科普很重视。习近平总书记强调，科技创新、科学普及是实现创新发展的两翼，要把科学普及放在与科技创新同等重要的位置。"欧阳自远说。他最高兴的事情，是每次做完科普报告，都能收到一些观众来信，"他们会告诉我，将来要做一个科学家，去揭开宇宙的奥秘！"

让人们理解为什么要去月球

追根溯源，欧阳自远与科普结缘已近 50 年。早在 20 世纪 60 年代，他就开始为公众做讲解。"不过那时候是零星的科普，并没有很强的科普意识，只是觉得很多所谓的科普读物内容并不正确，宣传的甚至是伪科学，应该去纠正。"欧阳自远说。

真正让欧阳自远下定决心做好科普的，是他提出探月设想后。"以前我埋头搞自己的研究，自从提出探月后，我深感存在一个最大的问题——广大公众不理解，一些领导、院士也不理解，为什么中国要干这样一件事情，为什么要花那么多钱？"他说。欧阳自远决定真诚和实事求是地给这些不理解的人介绍中国探测月球的必要性与可行性。每次报告，欧阳自远都要根据对象调整内容，关于月球和探月的就有 30 多种版本，每张 PPT 都要经过反复思考和推敲。

做好科普报告并不是一件容易的事情。"首先要调整心态，这种态度不是居高临下地讲解知识，而是和朋友平等交谈，和大家交流理解和认识。宣讲式的科普是失败的，只传播知识的科普是低档的，最好是要思想交流，蕴含科学精神和思想方法，融合人文精神。"欧阳自远说。

223

改变科普现状须先扭转观念

　　"做科普的时间越长，科普做得越多，越发觉得科普在中国还远远不够。"多年来，欧阳自远一步步探索更有效的科普方式。有一次，他在做科普报告时有网络媒体进行现场直播，最多时有 8 万多人在线观看，这给了老人极大的触动。

　　"一次互联网推广的受众能抵得上我 3 年做科普讲座的受众，我觉得不能只用自己老套笨拙的传播方式了，要和媒体结合。"从此，欧阳院士一次次和媒体"联手"，成了媒体人心目中"最受欢迎的科学家"。

　　在欧阳自远看来，要改变国内科普的现状，首先要从观念上扭转。他说："我们所做的科研工程到底有什么意义，在科学技术上能带来什么进步，必须向公众交代清楚，而不只是公布结果圆满成功就结束了。因为，我们做科研工程花的钱是老百姓的，研究成果也必须要让公众知道，也只有这样他们才会继续支持。"此外，科普的内容也应该有针对性。比如京津冀协同发展、长江经济带这样的大战略，科学家有责任去诠释、丰满。又如转基因、雾霾等问题，科学家应该组织起来把问题弄清楚，向公众解释明白，这样才能正确地引导公众，体现科学家的社会责任。

张江综合性国家科学中心：
全球最大光子领域大科学设施群已雄姿初现

用最亮光源"照"出"世界第一"显示度

——上海超强超短激光实验装置正调试设备，确保今年底实现 10 拍瓦激光脉冲输出

解放日报社　俞陶然

《解放日报》第 1 版

2017 年 8 月 4 日

　　"要打好第一枪！"这几天，中科院上海光学精密机械研究所的沈百飞团队放弃高温假，在上海超强超短激光实验装置试用 5 拍瓦级（1 拍瓦=1000 万亿瓦）激光脉冲，这是科研团队首次用这么大功率的激光进行实

验。为此，他们日夜奋战，力争下周让这个装置加速产生高能质子束，并"打"在肿瘤细胞切片等样品上。

与此同时，上海超强超短激光实验装置大楼内，还忙碌着其他许多科研人员。他们在安装调试设备，确保今年底实现 10 拍瓦激光脉冲输出，成为"世界第一"。

建设张江综合性国家科学中心，是上海建设具有全球影响力的科技创新中心的核心任务。在这块科研高地上，超强超短激光、上海光源、软 X 射线自由电子激光等多个装置正在建设或运行，全球最大的光子领域大科学设施群已雄姿初现，集中度和显示度不断提升。

激光"质子刀"有望治疗癌症

超强超短激光是人类已知的最亮光源，相当于把地球接收到的太阳总辐射聚焦到头发丝粗细的尺度。所谓"超强"，是激光脉冲峰值功率达到拍瓦级；所谓"超短"，是脉冲宽度达到数十飞秒级（1 飞秒 =1000 万亿分之一秒）。能量如此之高的激光，能在实验室里创出类似于恒星内部、黑洞边缘的极端条件，在许多科技领域有重要价值。

正因为此，欧盟的"极端光结构超高场设施"（ELI）计划已启动，在东欧三国建造 3 个 10 拍瓦级激光装置。去年 8 月，中科院上海光学精密机械研究所研制的上海超强超短激光实验装置，在国际上率先实现了 5 拍瓦激光脉冲输出。

这一世界最亮光源，到底有多强悍？沈百飞研究员领导的课题组成为"尝鲜者"。从上周起，他们开始为首次实验做现场准备，计划利用 5 拍瓦激光装置，在飞秒至皮秒（1 皮秒 =1 万亿分之一秒）时间内将质子束加速到几十兆电子伏特，并打到实验样品上。"质子比电子重 1837 倍，用激光加速质子，就需要'大马力推动'，5 拍瓦激光才能做到。"沈百飞解释说。

当然，传统粒子加速器也能加速质子等微观粒子，但通常要建公里级隧道，成本很高。超强超短激光装置的造价则低得多，它产生的质子束、伽马射线等各种高能射线束，其参数可以与粒子加速器的束线形成互补。

即将被质子束射击的实验样品中，肿瘤细胞切片与百姓健康息息相关。目前，质子、重离子治疗癌症取得了很好的临床效果，但由于要建粒子加速器，成本颇高。超强超短激光装置打造的"质子刀"，应该也能达到杀灭肿瘤细胞的效果，并有望大幅降低治疗成本，这对老百姓来说无疑是巨大的福音。"希望我们打的第一枪，今后会催生激光'质子刀'。"沈百飞说。

高能 X 光看清发动机部件结构

与超强超短激光实验装置一样，上海光源二期工程、与之毗邻的软 X 射线自由电子激光试验装置和用户装置建造工程，也在酷暑中进行。"现在，'鹦鹉螺'这片区域可是大变样了。"中科院上海应用物理研究所所长、上海光源中心主任赵振堂说。

作为最早建成的张江大科学装置，上海光源已累计为 1.6 万名用户提供实验机时和相应服务，在支撑我国基础科学研究、关键技术研发、卫生事件应对等方面发挥了积极作用。仅从论文这一指标看，上海光源用户在《科学》《自然》《细胞》三大国际顶级期刊上发表论文近 70 篇，在其他高端学术期刊上发表论文约 900 篇。

"上海光源二期建成后，我们就可以研究发动机喷油嘴里的燃油流动机理，预计能为汽车发动机节省能耗 10%。"同济大学汽车学院教授吴志军充满期待。据介绍，发动机燃油喷嘴的内部结构和机理决定了其性能。过去，技术研发人员通常凭经验优化其结构；而今，借助上海光源发出的高能 X 射线，他们能把金属部件的微米级结构看得一清二楚，从而设计出"最优"结构。

作为上海光源首批用户之一，吴志军团队经过多年研究，发明了一系列可控喷雾技术，已申请 10 余件专利。他们正与上汽、一汽等企业合作，推进科技成果产业化，这些技术还将应用于航空发动机。令吴志军欣喜的是，他提议建造的快速 X 射线成像线站获得批准，成为上海光源二期 16 条光束线之一。2019 年建成开放后，它发出的 X 射线不但亮度比一期线站更高，而且在时间分辨率上能做到百皮秒级"瞬间冻结"，让科研人员得以研究喷油嘴里的燃油流动机理。

新一代大科学装置能探知真空

酷热的 8 月，不但多项大科学装置工程在张江热火朝天地进行，新一代大科学装置的前期研究工作也在紧锣密鼓地展开。据透露，新一代大科学装置建成后，发出的激光兼具纳米级高空间分辨率、飞秒级高时间分辨率、高能量与动量分辨率，对材料、能源、环境、物理与化学、生命及医药等领域的研究具有强大支撑能力。

"我们有一个雄心：未来，在世界上率先实现100拍瓦激光脉冲输出，把它与新一代大科学装置结合，建一条极端光物理线站。"沈百飞透露。这条线站有多"极端"呢？它能够把似乎空空如也的真空极化，变成一种介质，有朝一日为人类所用。理论物理学家预言，强场中的真空具有量子电动力学（QED）效应。迄今，还没有一个实验能验证这一预言。极端光物理线站建成后，科学家就能检验强场真空 QED 理论的真伪，探知真空的本质。

在美国国家实验室，流传着一句话："我们的科学家是在耀眼的'阳光'下工作，其他许多国家的科学家则是在微弱的'月光'下工作。"光的强度，对前沿科技探索确实是太重要了。如今，张江综合性国家科学中心的大科学设施群也发出了一道道耀眼的"阳光"，而且将变得更为耀眼。它们正在汇集培育国际一流研发团队，为前沿科技和经济社会重大需求问题提供长期、关键的支撑，让创新成果不断涌现。

50 年，青藏科考再出发

——中科院青藏高原第二次科学考察项目启动侧记

中国科学报社　倪思洁

50 年, 青藏科考再出发

——中科院青藏高原第二次科学考察项目启动侧记

■本报记者 倪思洁

"世界屋脊""亚洲水塔""地球第三极"，这些形容的就是青藏高原。

这里，是我国重要的生态安全屏障、战略资源储备基地和中华民族特色文化的重要保护地，也是全人类文明生存和发展的重要基础。

变化，是青藏高原不变的特征。

"2600 万年前，青藏高原曾是热带生态体系，这里特有的生物经过迁徙，逐渐变成现在亚热带动物的始祖。"启动仪式后的座谈会上，生态科考队队长、中科院古脊椎动物与古人类研究所研究员邓涛说，"青藏高原的生态体系是生物多样性的基础，我们可

以在科考研究中探究更多奥秘，获得更多科学背景知识。"

这种变化仍在继续。"近 50 年来，人类经历了前所未有的全球变暖，青藏高原更是全球气候变暖最剧烈的地区之一，其变暖幅度是全球平均值的 2 倍。这些变化，需要我们去探索、去研究、去找解决方案，为"亚洲水塔"和"世界第三极"提供科技支撑。"科考项目首席科学家姚檀栋说。

与此同时，对于构建生态安全屏障、服务绿色"一带一路"，国家提出了更高的需求。"我们需要理解生态安全屏障功能以及服务反馈的地及过程变化的响应机制，阐明关键过程对生态安全屏障功能具有重要影响，这些都是有效保障国家生态安

全屏障的科学基础。"姚檀栋说。

青藏高原一直都是科学研究与国家战略的焦点。自中华人民共和国成立以来，来自全国各地的科研机构和高等院校的专家学者拉动推动了青藏高原科学考察事业的发展。

20 世纪 70 年代，中科院组织国内相关部门对 50 多个专业 2000 多名科技人员，历经 20 余年，开展了第一次青藏高原综合科学考察研究，完成了面积达 250 万平方公里的青藏高原综合科学考察研究，获得了数以百万字计的原始资料，取得了一系列重大发现和丰硕的研究成果，为青藏高原经济社会发展提供了有力支撑。

根据第一次青藏高原综合科学考察研究的总体规划部署，结合西藏社会发展的

实际需求和"一带一路"倡议，由中科院牵头，联合相关研究单位和高等院校，西藏自治区相关单位和相关部委，基于科学发展和国家需求的举措之出，进行国家需求和科学前沿重要取向的研究。

"第二次科考以"发现"为总目标；第二次科考以"变化"为总目标。我们将借鉴以往科考经验，提出应对策略，揭示青藏高原环境变化机理，优化生态安全屏障体系。"姚檀栋说。

着看到日书记的殷切期盼，接过东副总理珍贵的蓝色丝绸，中科院青藏高原综合科学考察再度要起用科技力量守护"世界上最后一方净土"上。

《中国科学报》第 1 版

2017 年 8 月 21 日

"世界屋脊""亚洲水塔""地球第三极"，这些形容的就是青藏高原。

这里，是我国重要的生态安全屏障、战略资源储备基地和中华民族特色文化的重要保护地，也是全人类文明生存和发展的重要基础。

变化，是青藏高原不变的特征。

"2600 万年前，青藏高原曾是热带生态体系，这里特有的生物经过迁徙，逐渐变成现在亚热带动物的始祖。"启动仪式后的座谈会上，生态科考队队长、中科院古脊椎动物与古人类研究所研究员邓涛说，"青藏高原的生态体系是生物多样性的基础，我们可以在科考研究中探究更多奥秘，获得更多科学背景知识。"

这种变化仍在继续。"近 50 年来，人类经历了前所未有的全球变暖，

青藏高原更是全球气候变暖最强烈的地区之一，其变暖幅度是全球平均值的 2 倍。这些变化，需要我们去探索、去研究，去寻找解决方案，为'守护好世界上最后一方净土'提供科技支撑。"科考项目首席科学家姚檀栋说。

与此同时，对于构建生态安全屏障，服务绿色"一带一路"建设，国家提出了更高的需求。"我们需要理解生态安全屏障功能对复杂多因素的地表过程变化的响应机制，并明确哪些关键过程对生态安全屏障功能具有重要影响，这些都是有效保障国家生态安全屏障的科学基础。"姚檀栋说。

青藏高原一直都是科学研究与国家战略的聚焦点。自中华人民共和国成立以来，来自全国各地的科研机构和高等院校的专家学者共同推动了青藏高原科学考察事业的发展。

20 世纪 70 年代，中科院组织国内相关部门 50 多个专业 2000 多名科技人员，历经 20 余年，开展了第一次青藏高原综合科学考察研究，完成了面积达 250 万平方公里的青藏高原综合科学考察研究，获得了数以百万字计的原始性的第一手科学考察资料，取得了一系列重大发现和丰硕的研究成果，为青藏高原经济社会发展提供了有力支撑。

根据第二次青藏高原综合科学考察研究的总体规划部署，并结合西藏社会发展的实际需求和"一带一路"倡议，由中科院牵头，联合相关研究单位和高等院校、西藏自治区相关单位和相关部委，基于科学发展和国家需求的牵引，进行了国家需求和科学前沿双重驱动的科考。

"第一次科考以'发现'为总目标；第二次科考以'变化'为总目标。我们将借鉴过去、立足现在、着眼将来，探索变化规律、预估变化情景、提出应对策略，揭示青藏高原环境变化机理、优化生态安全屏障体系。"姚檀栋说。

带着总书记的殷切期盼，接过刘延东副总理授予的蓝色队旗，中科院青藏高原综合科学考察队再度出发，用科技力量守护"世界上最后一方净土"。

光明日报

中国散裂中子源首次打靶成功获得中子束流

"超级显微镜"正式投入试运行

——可为多个领域提供研究支撑

光明日报社　杨　舒

中国散裂中子源首次打靶成功获得中子束流

"超级显微镜"正式投入试运行

可为多个领域提供研究支撑

本刊记者　杨　舒

看穿物质微观结构的利器

将成为国际上最先进的多学科交叉研究平台

"十年磨一剑"建立中国人自己的散裂中子源

《光明日报》第 8 版

2017 年 9 月 4 日

1998 年 6 月，德国一辆城际快车意外出轨，导致 101 名乘客死亡。调查发现，悲剧的元凶竟然是老化的车轮内部形成的裂纹。其实，无论是高铁的轮轨，还是飞机的涡轮、机翼，都存在着应力——它看不见摸不着，却决定着飞机、高铁等大型装备的安全和寿命。把它研究清楚，成为从根本上避免类似灾难发生的关键。

科学家们发现，一种先进的大科学装置可以帮助他们"捕捉"到大型部件中的应力，这就是散裂中子源。目前，中国散裂中子源首次打靶成功，获得了中子束流，标志着这一大科学装置正式进入试运行阶段。中国科学家再也无须借助美国、英国和日本的散裂中子源装置进行研究，我国成为世界上第四个拥有散裂中子源这一"超级显微镜"的国家。在9月1日召开的新闻发布会上，中科院院士陈和生仍难掩激动："首次获得中子束流的目标原定于今年秋天，如今提前实现，且调试进度大大超过国际上其他散裂中子源调试过程，这样的结果令人振奋。"

看穿物质微观结构的利器

8月28日上午10点，在位于广东省东莞市大朗镇的中国散裂中子源靶站谱仪控制室里，工程总指挥陈和生一声令下，从加速器引出的质子束流首次打向金属钨靶。科研人员们紧张地凝视着控制系统的屏幕，期待见证工程历史性的一刻。10点56分，科研人员在靶站6号和20号中子束线中分别测量到中子能谱，散裂中子源顺利获得中子束流。

"完全符合计算，试验一次成功，比预想的还要顺利！"陈和生说。

理解散裂中子源，要从中子开始。中学物理课本中讲过，世界上的物质由分子和原子组成，而原子内部有原子核。原子核中就包含了中子。中子不带电且对某些原子核非常敏感的特性，使得它能够"拍摄"到材料的微观结构和内部运动规律，因此可以成为科学家们探测各种物质分子内部结构的"探针"，散裂中子源也被科学家们形容为"超级显微镜"。

"假如将一个物质的分子比喻成一张大网，那原子核就是网中的节点，我们可以对这个大网抛出许多中子'弹珠'，有的'弹珠'会穿过这个网的孔，有的'弹珠'则和网中节点、线发生碰撞，飞向不同方向。如果能够把所有'弹珠'的轨迹都测量清楚，通过计算，便可以反推出网的结构，'球'扔得越多，网的结构描绘越精准。"陈和生对散裂中子源原理给出了通俗的解释。

用于探测物质结构的中子需要被大量制造，但中子十分不稳定，平均寿命不到 15 分钟，无法被直接用于科学研究。因此，一种能获得高性能中子的大科学装置——中子源应运而生。过去，科学家曾使用核反应堆制造中子源，随着近年来技术进步和安全评估的要求，散裂中子源成为更优质的选择。

将成为国际上最先进的多学科交叉研究平台

虽然中子是如此微小，但产生强中子束的散裂中子源却是异常庞大的大科学装置，是各种高、精、尖设备组成的整体。

目前世界上正在运行的三大散裂中子源分布在英国、美国和日本。为此，美国投资 14 亿美元，日本投资 18 亿美元，而我国预计总投入达到 23 亿元人民币。整个装置建在大朗镇工程区 13 ～ 18 米的地下，一期工程占地 400 亩。"作为发展中国家的第一台散裂中子源，我们的性能和精度将相当于美国散裂中子源，设计思路却更加优化。"陈和生说。

如此巨额的投入能为科技发展带来怎样的回报？

据陈和生介绍，英美和日本此前曾用各自的散裂中子源进行锂电池、离子导电体、石化材料、飞机高铁材料等相关产业前沿技术的研究，中国散裂中子源也将成为国际上最先进的多学科交叉研究平台，除了本文开头提到的应力研究等中国相关产业发展的瓶颈问题，散裂中子源还可为我国材料科学、新能源、化学化工、电子器件等多个领域提供有力研究支撑，将大大加速我国相关领域的研究进程。

如果应用于在深海高压环境下安全开采可燃冰，科学家可以在散裂中子源处模拟深海环境，研究可燃冰内部物质在压力释放的过程中取向和多重结构，由此找到合适的释放条件。

如果应用于制药行业，由于一些药物成分主要从某些易挥发、易燃的有机溶剂中提取，制药化学废弃物的处理成本很高。研究人员可通过散裂中子源寻找到新手段，减少废弃物的产生，从而大大降低制药废弃物处理成本。

散裂中子源也将成为科研成果转化的平台。8 月 11 日上午，中科院院士王贻芳签署了中国散裂中子源首个产业化项目——硼中子俘获治疗（BNCT）项目。BNCT 是一种利用中子射线照射进行肿瘤治疗的技术，能够有效杀死癌细胞而不损伤周边组织，具有安全性高、定位精确、价格相对低廉等特点，该项目有望在未来 5 年内成为全国治疗肿瘤疾病的一种新手段。

"十年磨一剑"建立中国人自己的散裂中子源

2001 年 2 月，在由当时的国家科委发起的香山科学会议上，专家们提出在中国建设散裂中子源的设想。为优化大科学装置在全国的布局，带动地区发展，2006 年，散裂中子源选址东莞大朗。"为了如今历史性的一刻，我们期盼了 10 年。"陈和生说。

据了解，中国散裂中子源是国家"十一五"期间立项、"十二五"期间重点建设的重大科技基础设施，由中科院和广东省共同建设，法人单位为中科院高能物理研究所，共建单位为中科院物理研究所。中科院从 2006 年起支持了相关关键技术的预研，攻克了诸多技术难题。加速器、靶站和谱仪工艺设备的批量生产在全国近百家合作单位完成，许多设备的研制达到国内外先进水平，设备国产化率达到 96% 以上，同时带动了相关企业的技术革新。

散裂中子源原理涉及核物理，对于这样的大科学装置的安全性，许多人抱有疑虑。陈和生表示，与核反应堆不同，散裂中子源不是核装置，没有核燃料，动力来自电能。而对于电磁辐射等辐照影响，整个工程的辐照量低于国家标准的 1/10，一个人在散裂中子源附近待一年，所得到的辐照量仅相当于坐一次飞机，因此安全环保性很高。

目前，世界上的另外三台散裂中子源都是开放的实验平台，全球的用户可以向散裂中子源装置提出需求，经过用户科学委员会对项目的筛选后，进行顺次排队实验。

中科院高能物理研究所党委书记潘卫民表示，本次中国散裂中子源成功获得中子束流，标志着散裂中子源主体工程顺利完工，进入试运行阶段，预计 2018 年春天将作为公益性的大科学装置正式向国内外科研单位和企业用户开放，未来，散裂中子源还将向国家申请二期工程建设，包括新建谱仪等。

总书记考察后，国科大鸣响"三重奏"

半月谈杂志社　范钟秀

殷切的期待，沉甸甸的嘱托

2013年7月17日，中科院北京玉泉路科教园区迎来一位特殊的客人——习近平总书记。此次考察行程中，有一个特别的目的地：刚更名不久的中国科学院大学（简称国科大）。

在国科大礼堂会议室，习近平总书记同中科院负责同志和科技人员代表座谈。中科院院长白春礼汇报了中科院工作。李振声院士、潘建伟院士、国科大博士毕业生冯端分别就盐碱地治理、量子信息领域科研等先后发言。

在听取大家意见和建议后，习近平总书记发表了重要讲话。他指出，党中央对科技界寄予厚望。中科院要牢记责任，率先实现科学技术跨越发展，率先建成国家创新人才高地，率先建成国家高水平科技智库，率先建设国际一流科研机构。

——— 喜迎十九大 ———

为了总书记的嘱托

总书记考察后，国科大鸣响"三重奏"

半月谈记者 范钟秀

殷切的期待，沉甸甸的嘱托

2013年7月17日，中国科学院北京玉泉路科教园区迎来一位特殊的客人——习近平总书记。此次考察行程中，有一个特别的目的地：刚更名不久的中国科学院大学（简称国科大）。

在国科大礼堂会议室，习近平总书记同中国科学院负责同志和科技人员代表座谈。中国科学院院长白春礼汇报了中国科学院工作。李振声院士、潘建伟院士、国科大博士毕业生冯端分别就盐碱地治理、量子信息领域科研等先后发言。

在听取大家意见和建议后，习近平总书记发表了重要讲话。他指出，党中央对科技界寄予厚望。中国科学院要牢记责任，率先实现科学技术跨越发展，率先建成国家创新人才高地，率先建成国家高水平科技智库，率先建设国际一流科研机构。

临别时，一群国科大的研究生围拢过来，习近平总书记同他们一一握手，询问他们的学习生活情况。他对同学们说，我们处于一个伟大的时代，有着伟大的目标，可谓生逢其时，责任重大。希望同学们珍惜宝贵的青春年华，坚持理想，脚踏实地，既勤于学习，善于学习，打牢知识功底，积蓄前进能量，又勇于探索，勇于突破，不断认识科技世界新领地，立志报效祖国，服务人民。

最近，半月谈记者在国科大采访，师生们对4年前总书记考察的一幕幕仍记忆犹新，对"四个率先"的要求反响热烈，尤其是"率先建成国家创新人才高地"，令国科大人备感振奋，深觉责任重大。

国科大，这所中国科学院创办的高等学府，正以"科教融合"的办学理念，围绕"科教融合，育人为本，协同创新，服务国家"十六字方针，牢记总书记嘱托，演绎出"让大师时学生身边来，让未来到学生身边来，让前沿到学生身边来"的创新人才培养三重奏，让"国科大模式"成为中国高等教育，尤其是本科生教育改革创新的一张动人名片。

《半月谈》

2017年10月10日

　　临别时，一群国科大的研究生围拢过来，习近平总书记同他们一一握手，询问他们学习生活情况。他对同学们说，我们处于一个伟大的时代，有着伟大的目标，可谓生逢其时、责任重大。希望同学们珍惜宝贵的青春年华，坚持理想、脚踏实地，既勤于学习、善于学习，打牢知识功底、积蓄前进能量，又勇于探索、勇于突破，不断认识科技世界新领地，立志报效祖国、服务人民。

　　最近，《半月谈》记者在国科大采访，师生们对4年前总书记考察的一幕幕仍记忆犹新，对"四个率先"的要求反响热烈。尤其是"率先建成国家创新人才高地"，令国科大人备感振奋，深觉责任重大。

　　国科大，这所中科院创办的高等学府，正以"科教融合"的办学理念，围绕"科教融合、育人为本、协同创新、服务国家"十六字方针，牢记总书记嘱托，演绎出"让大师到学生身边来，让未来到学生身边来，让前沿到学生身边来"的创新人才培养三重奏，让"国科大模式"成为中国高等教育，尤其是本科生教育改革创新的一张动人名片。

让大师到学生身边来

　　国科大前身是成立于1978年的新中国第一所研究生院——中国科学院研究生院，如今每年授予的理学博士学位占全国比例超过30%。这样一所体量庞大、育才无数的研究生院，为何决定开始招收本科生？

　　校长丁仲礼院士的回答很朴素：我们觉得，中国科学界目前还缺少顶尖人才，而这样的人才必须从本科开始培养。

　　一年招300多人，国科大的本科生教育似乎雄心不大。但是，国科大真正的雄心在于，让这300多人中涌现出未来中国科技的领军者、中国创新事业的接班人。用丁仲礼院士的话说，学生不但要对科学有好奇与热爱，更重要的是要有报国情怀。

　　大学教育，课程是重要环节。在国科大，知识的创造者要成为知识的传播者。中科院系统享誉海内的高水平科研人才队伍，为国科大提供了3000余名专任教师。在此基础上，国科大搭起了导师制精英培养的四梁八柱。由院士、杰青、千人计划学者、长江学者等科学家组成的本科生学业导师队伍，成为国科大学子学业擘画与志业奠基的领路人。

　　上一个学年，在雁栖湖校区为研究生授课的两院院士有44位，既有从教40年、年近八旬的丁一汇院士，也有70后院士周琪。为本科生授课的院士 11 位，累计授课九门、授课 410 学时，其中本科生数学课就有席南华、袁亚湘、周向宇三位院士授课。

老师们纷纷把自己的看家本领带进本科生的课堂，让学生得以接触最鲜活的科学创造力；除了以学期为单位立足基础性、系统性的骨干课程，国科大还有大量主题灵活、知识密集的短课程，让学生快速把握某一领域的最新进展。很多课程"史无前例"，让学生备感解渴。

国科大电子电气与通信工程学院院长吴一戎院士 2017 年春季开设了一门小班课程"电子学的历史与创新案例"，坦言讲得非常过瘾。他向《半月谈》记者介绍，这门课的意义在于，让学生真正弄清楚电子学这门学科"到底有些什么"，自己进入这个领域学习"到底为了什么"，"只有弄清楚这些，才谈得到创新"。

让未来到学生身边来

2016 年 8 月 31 日，国科大又一个新学院宣布成立。成立大会有 5 位中科院院士，6 位中科院相关研究所负责人出席。为何这个学院让国科大校方如此重视？只因它是一所面向"未来"，"无中生有"的学院：未来技术学院。

什么是未来技术？根据国科大的界定，它指的是人类能够预期或尚未预见到的，至今仍未实现应用的，将来某一时期才可被人类所掌握和使用的科学技术，一般具有"原创性、交叉性、颠覆性"的基本特征。

为什么要关注未来技术？丁仲礼院士说，未来技术学院是为至少 15 年以后的中国培养人才的，现在黑暗中的摸索，是要为未来中国的"硬实力"占得先机。

正如习近平总书记在中科院考察时指出，我们要引进和学习世界先进科技成果，更要走前人没有走过的路。科技界要共同努力，树立强烈的创新自信，敢于质疑现有理论，勇于开拓新的方向，不断在攻坚克难中追求卓越。

跳出常规高等教育的格局，直接与未来对话，"想象不可能"，国科大的想法不可谓没有魄力。接下来，他们又一次迎来了教育模式"无中生有"的挑战。幸好，江雷院士和以中科院理化技术研究所为牵头单位的多家研究所决心做吃螃蟹的人。面向未来能源、面向未来材料、面向未来健康……经过反复论证，"七个面向"绘就了未来技术学院的发展蓝图，7 个教研室很快建立起来。

既然是未来技术，就很可能找不到传统意义上具有权威性的老师，而是需要有兴趣、有激情，能和学生共同研究、共同成长的老师。用未来技术学院院长江雷院士的话说就是，"提供一个环境，创造一种风气，让厉害的和不厉害的合作成为最厉害的"。

未来科技的希望要从哪里孕育出来？国科大的答案是，在现有知识分工"之间"，在既有思考模式"之外"。让学生掌握各学科的公共语言进行讨论，在有趣的实验中引导学生的兴趣和创造力，培养学生的逆向思维能力，使其具有挑战传统权威的勇气和自信，是未来技术学院教育理念的重心。老师们期待的，是学生实现从传统教育的"填鸭"到自觉参与"玩"科学的境界之变。

积极迎接未来挑战，主动想象未来可能。其实在国科大的校园里，有这样抱负的学院还不止未来技术学院一家。人工智能技术学院、纳米科学与技术学院、网络空间安全学院等同样如此。丁仲礼院士说，20年前以为是科幻的东西，现在很多都已经成真了，时代到来得远比我们想象的更快。

让前沿到学生身边来

在国际科学界，卡弗里基金会捐资设立的一系列研究所，向来被视为高水平科学研究的最前哨。2006年，中科院因其在物理学界的突出成绩，获支持建立卡弗里理论物理研究所。十年后，这个研究所整体重组，更名为卡弗里理论科学研究所，成为国科大直属科研机构的一员。

习近平总书记在中科院考察时指出："科学技术是世界性的、时代性的，发展科学技术必须具有全球视野、把握时代脉搏。"而一次更名重组，不仅让卡弗里研究所的交叉研究有了更宽广的空间，更给国科大学子提供了瞭望国际基础科学前沿创新动向的窗口。

目前，研究所的量子计算卓越创新中心已在学界崭露头角，"机器学习与多体物理"等诸多新兴方向的学术活动办得风生水起。国科大本科生的身影不时出现在卡弗里研究所顶尖学者切磋争鸣的会场，海外名师传道授业的讲堂。

为培育中国为主导的战略性新兴产业，卡弗里研究所还着力与谷歌、微软等科技企业巨头展开合作，共商新科技蕴藏的产业变革先机。今年

7月，谷歌公司工程总监 Hartmut Neven 应研究所之邀在国科大开讲人工智能新突破，在青年学生中反响极为热烈。

国际知名研究机构的引入，为国科大学子打开了一览科学潮流的眼界；众多国家科学大装置向国科大学子开放，则在动手实践的层面为他们提供了宝贵而丰富的机会。

中科院拥有全国超过一半的先进大科学装置和国家实验室，超导托卡马克、暗物质粒子探测卫星……这些国之重器，如今都能成为国科大学子施展身手的舞台，更不必说与国科大雁栖湖校区比邻的北京怀柔综合性国家科学中心，规划之初即为国科大的深度参与做出了制度性安排。正如国科大核科学与技术学院院长王贻芳院士所言，只有在高水平科研环境中给学生"压担子"，他们的创新意识、学术水平和实践能力才能得到快速提升。

"我愿意坚信，我有生之年可以看到，中国科技在这一代人手里由'并跑'迈入到'领跑'阶段。"这是丁仲礼院士的心声，也是世人对国科大"科教融合"模式的期待。

![人民日报]

中国科学院西北生态环境资源研究院研究员何志斌

为了唤回那一方绿水青山

人民日报社　付　文

　　26 岁硕士毕业后，何志斌第一次爬上了祁连山，从此与这座山有了不解之缘。如今，他差不多每年都有 4 个多月时间守在祁连山观测研究基地。

　　他是中科院西北生态环境资源研究院研究员、博士生导师。他的前半生，将近一半都在和祁连山打交道。如今，何志斌和他带领的科研团队，针对祁连山区生态、水文以及气候变化影响等开展深入研究，研究成果为祁连山生态建设和流域水资源管理提供了有力支撑。

家乡生态破坏，让他心底萌发一颗唤回绿水青山的种子

　　1977 年，何志斌出生在宁夏彭阳、六盘山下的一个小山村。"小时候，听我爷爷讲，说我们村很早以前山清水秀、绿树成荫。后来可能是从清朝末年开始，随着人口慢慢增多，出现了毁林开荒、向山要地的情形。"何志斌回忆。

　　"等我上大学时，山上的树已经所剩无几，大部分开发成了梯田。"何志斌说，老家的雨水还算充足，接近 600 毫米，但集中在夏季；树木锐减加上短时强降雨，导致水土流失问题越来越严重。

　　自幼目睹家乡山破河碎的何志斌，心底萌发了一颗唤回绿水青山的种子。1996 年，何志斌参加高考。填报志愿时，班主任递给他一本厚厚的报考指南。"我们那会儿，是估分填志愿。"何志斌说，当时信息不发达，对县城以外的世界几乎一无所知。"哪个学校好、报哪个专业，当时都没啥特别清晰的概念。"

　　"咱是黄土高原上出生的农村娃，能有个大学上就不错了。"何志斌至

今仍然记得，报志愿时班主任给的建议：去大城市开阔眼界，学农林专业不愁找工作。最终，何志斌报考了西北林学院（西北农林科技大学前身）水土保持系沙漠治理专业，并成功被录取。

2000 年，何志斌考入中科院沙漠所攻读硕士研究生；2007 年，他又在中科院寒区旱区环境与工程研究所获得博士学位。2008 年，何志斌到美国加州大学伯克利分校做访问学者。在美期间，何志斌也曾和国外好友谈起职业规划。"当时，许多人的想法就是如果回国的话，都想去东部沿海城市，最西也是在西安，不能再往西了。"

临近访学结束时，何志斌的美国合作导师建议他转成博士后，继续留美做科研。"当时如果留美的话，一年大概有 4 万美元左右收入，比在国内多多了。"何志斌笑着说。但最终，他仍然回到了兰州。"我还是感觉国内的舞台更大一些，毕竟这方面的人才比较紧缺，回来之后更有利于自身发展。"

从美国归来不久，何志斌就入选了中科院 A 类"百人计划"，继续带领自己的学生和团队开展祁连山生态水文试验研究。

科研数据来不得半点虚假，野外工作就需要下笨功夫

2003 年硕士毕业后，何志斌进入中科院寒区旱区环境与工程研究所临泽内陆河流域研究站工作。从那时起，何志斌与以前只从文献资料中感知的祁连山结缘。

"最开始，工作地点在祁连山上的一个观测点。"何志斌说，这个观测点于 2002 年建成，海拔 2750 米。他到达时，有 2 名工作人员和 2 名临时工，但搞科研的就他一个。"当时工作的主要内容，就是负责记录气象数据。"

那时的观测点条件极为艰苦。"住的是大帐篷，帐篷里放了 5 张床，平时睡觉一人一张，人多了就把床拼起来睡大通铺。最多的时候睡过 11 个人。"何志斌说。"更让人难以忍受的是观测点无法洗澡。每次上去都要呆 20 多天，很难熬。"

直到 2008 年，在研究所和临泽站的支持下，观测点申请到经费，建起了 5 间平房，面积 160 多平方米。相比生活条件，何志斌面临的工作环境更艰险。

祁连山基础研究比较薄弱，科研条件非常差，尤其是高海拔区域的数

据采集和试验观测存在很大难度。"根据流域观测网络的布局，我们要在海拔 2700 米、3000 米、3200 米、3500 米和 3700 米进行试验观测。"何志斌说，每天清晨，他都要背着 40 多斤的双肩包上山。双肩包里有蓄电池、电脑、便携式仪器和食物，手上还要拿着铁锹。"山上路况很差，只能走牧民砍出来的小路。穿森林、过灌木丛，都是家常便饭。早晨 8 点出发，到达最高点就差不多中午了。"

即便是最顺利的情形，最快也要下午 5 点才能返回。"山上的天说变就变，这会儿艳阳高照，下一刻说不定就暴雨倾盆。"何志斌说，有时山坡上花三四个小时好不容易爬到高海拔区的试验地，却突然下雨了，我们只能在雨中等待，但是遇上强降雨，就会导致落石甚至泥石流发生，非常危险，不得不放弃试验尽快返回基地。

最吃力的是取原状土样标本。一个原状"土柱"长、宽各 50 厘米，高 30 厘米，一块就七八十斤，有些更重的需要两个人抬。"脚下是苔藓层，踩上去高低不平，空着手走都特别容易摔跤，更别提背着将近 100 斤的土样了。"

有一次，在海拔 3300 米的草地上，挖出土方后，何志斌雇佣的工人都"罢了工"，连称背不动。见状，何志斌毫不犹豫地背起一块儿最大的土方就往回走。在他的带动下，工人们也咬牙干了起来。"说实话，那次土方确实很沉，路上我趁他们看不见的时候，休息了好几次。"何志斌笑着说，科研数据来不得半点虚假，野外工作就需要下笨功夫，老老实实出力。

野外观测试验不仅仅是脑力工作，对人的体力和毅力都是相当大的考验。虽然山区科研工作难度很大，但何志斌已经在祁连山坚守了整整 15 年。何志斌说，每年 4～10 月份，他和他的科研团队都会到祁连山进行观测研究，"一年当中，差不多有 4 个月的时间在山上度过。"

砥砺科研，为祁连山生态恢复提供强力科学支持

近年来，何志斌带领团队坚守祁连山区，开展了大量的野外观测研究，目前已建立了森林生态水文观测试验平台，开展了典型森林——青海云杉林格局、动态及水文过程研究，提升了干旱区山地森林生态水文功能的认识水平，为山地植被建设和水资源调控管理提供了科学依据。

何志斌告诉记者，其团队近期完成的中科院"百人计划"项目"祁连

山森林水文过程对气候变化响应的研究"，对比分析了 2 万多组数据，撰写学术论文 26 篇，积累了超过 10G 的基础观测数据。

"我们团队针对祁连山存在的生态环境问题，尤其是人工植被恢复、水资源不确定性等问题开展了深入研究。揭示了干旱区山地森林与水的关系，提出了山区植被建设的理论阈值和模式，并在祁连山生态恢复的科技支撑项目中得到了应用。"他说。

何志斌的研究成果，在国际上也取得了一定影响。他多次受邀参加国际生态水文学大会，并在大会上做了"干旱区山地森林对气候变化的响应""干旱区山地森林与水的关系"等相关学术报告，引起同行热议。

截至目前，何志斌已在国际生态水文领域顶级刊物上发表学术论文 70 余篇，其中 SCI 收录 30 余篇，并先后获得甘肃省杰出青年基金、国家自然科学优秀青年基金资助，2017 年他成功申请到国家重点研发计划"西北荒漠—绿洲区稳定性维持与生态系统综合管理技术研发与示范"项目，作为项目首席科学家，何志斌联合了科研院所、高校和企业等 10 家单位，超过 100 名科研人员，助力"丝绸之路经济带"建设和"一带一路"国家重大战略部署。

自 2012 年开始，何志斌开始担任中科院临泽内陆河流域研究站副站长，带领其他科研人员，为地方农业发展、水资源调配、生态建设等提供科技服务。同时，他还为临泽县农业局、水务局等多个部门举办技能培训班，培养了 50 多名地方青年科技人才，得到了地方政府和当地群众的支持和认可。

祁连山是我国西北地区的重要生态屏障，但是近些年在气候变化和人为干扰的双重影响下，山区的生态、水文过程发生明显变化，这不仅仅对山区环境，甚至对整个区域的生态安全构成了威胁。"如何应对这些变化是至关重要的，而开展生态水文试验研究是制定科学应对策略的基础。"何志斌说，今后他将立足本职工作，继续扎根祁连山区，取得更多科研成果。

新民晚报

在蔚蓝星空编制"中国坐标"

新民晚报社　郜　阳　董纯蕾

《新民晚报》第 7 版
2017 年 11 月 6 日

上海张江海科路。中科院微小卫星创新研究院 9 月底刚挂牌，便被很多人称为"金字招牌"。这是中科院第一个创新研究院，也是中国卫星的一张"创新名片"——

走进中科院微小卫星创新研究院的大门，便是一整墙的蔚蓝星空：栩栩如生地绘上了 19 颗使命各异的小卫星，再加上一个多月前刚刚发射、还没来得及"入画"的遥感三十号 01 组三颗卫星，从 2003 年 12 月上海微小卫星工程中心挂牌之日起，不到 14 载光景，这里研制出品的微小卫星已有 22 颗成功升空，目前还有 30 颗在研。"我们现在一年可以发射 15 颗到 20 颗卫星。"中科院微小卫星创新研究院副院长、北斗导航卫星总设计师林宝军自信地说。

一次又一次地惊艳世界，领先全球。在这里，创新的不仅仅是科技，还有科研文化、管理效率与设计理念……"当卫星的集成度越来越高，个头越来越小，二三十年后，每个人都能拥有一颗自己的卫星，不再是梦。"微纳所副所长、天宫二号伴随卫星主任设计师曹金如是展望。

世界期待"中国坐标"

两年前，中国新一代北斗导航卫星首发星在西昌发射升空，标志着我国北斗卫星导航系统从区域走向了全球。去年9月，我国启动实施北斗三号组网卫星工程，中科院微小卫星创新研究院承担首批多颗MEO卫星的研制。一张提供更高精度定位和更佳导航服务的卫星大网开始编织。"北斗三号实施一箭双星发射，到明年底将为'一带一路'沿线国家提供基本服务，到2020年形成全球服务能力。"林宝军告诉记者。

如今，越来越多的北斗卫星闪耀在浩瀚宇宙中，"中国坐标"的用户越来越多。据林宝军介绍，北斗三号在性能和系统的可靠性上有了大幅提升，定位精度达到厘米级，时间精确度每日误差小于2纳秒。

中国卫星的创新故事，也吸引了国际科技界的热切目光。"捕捉"巨能伽马暴来龙去脉的中法天文卫星（SVOM），围绕爱因斯坦广义相对论两个预言——黑洞和引力波探秘的爱因斯坦探针卫星（EP），中欧联合空间科学卫星（SMILE），都将在2020年前后发射，启程追寻科学家们最关心的宇宙问题的答案。继暗物质卫星"悟空"和量子科学卫星"墨子"领跑全球之后，微小卫星创新院决心在更多空间科学领域取得世界领先地位。

捷报频传任务不断

卫星发射成功率100%，卫星研制周期缩短60%，批产卫星平台成本减低80%……"我们矢志成为中国科学卫星的主力军。"微小卫星创新人们说。总装车间里，陈列着历年来成功发射卫星的初样星，每颗都有说不完的故事。

2015年12月17日，暗物质粒子探测卫星"悟空"发射升空，成为国内载荷平台比最大的一颗卫星。暗物质卫星总师李华旺告诉记者，"悟空"目前已探测到20亿个高能粒子事例，获取大量有价值的科学数据。这颗和美猴王有相同名字的卫星将用自己的"火眼金睛"，为人类打开发现宇宙核心秘密的新窗口。

家喻户晓的量子科学卫星"墨子"，完成了量子密钥分发、隐形传输等一系列令全世界叹为观止的高难度"动作"。事实上，"墨子"号卫星的不少表现比科学家最初预期的还要棒。据量子卫星总体主任设计师邓雷透露，实际跟瞄精度比设计目标提高了1.0个量级，令量子在传输中的衰减锐减，效率大增。

还有，被称作"会跳舞的卫星"的全球二氧化碳监测卫星，去年 12 月 22 日也在酒泉顺利发射，目前已获得 0.04 纳米光谱分辨率谱线，前几天刚宣布其数据产品对全球用户免费开放。新技术中心主任、碳卫星副总师张永合说："这颗卫星对于增强国际气候谈判中的话语权，为全球气候研究提供依据有重要意义。"

永不懈怠的创新先锋

在近 2000 平方米的卫星总装车间里，模拟火箭起飞时候全方位剧烈摇晃的三轴振动台，模拟太空中从 -180 摄氏度到 100 摄氏度热真空环境的大圆舱……卫星踏上太空之旅前，正是在此朝夕"生活"，精进"武艺"。

这似乎是一个有魔力的地方。"在这里上班的人是从来不下班的吗？"这句出租车司机的发问，是微小卫星创新人的真实写照。这支平均年龄仅 31 岁的团队，党员比例高达 63%，他们有独特的创新哲学。林宝军解释说："理念创新让我们做到了从无到有的突破，观念创新让我们从'跟跑'走向'领跑'，技术创新让卫星的性能不断优化，而管理创新降低了卫星研制的成本，也缩短了研制周期。"

"承国家之志，铸时代新星。"刻在研究院厅墙上的十个大字鞭策着这支年轻的队伍不断自我锤炼，打磨中国卫星技术的先锋队。他们坚信："只要坚持，梦想总是可以实现的。只有为祖国奋斗，才有真正的激情。"

"悟空"发现疑似暗物质踪迹
中国探问宇宙之谜迈出重要一步

新华社　陈　芳

新华社通稿
2017 年 11 月 30 日

　　暗物质，一个人类追寻多年的宇宙魅影，最近被中国"悟空"发现了疑似踪迹。

　　国际权威学术期刊《自然》于北京时间 30 日在线发布，暗物质粒子探测卫星"悟空"在太空中测量到电子宇宙射线的一处异常波动。这一神秘信号首次为人类所观测，意味着中国科学家取得了一项开创性发现。

“‘悟空’的最新发现，是引领性原创成果的重大突破。”中科院院长白春礼说，如果后续研究证实这一发现与暗物质相关，将是一项具有划时代意义的科学成果，即便与暗物质无关，也可能带来对现有科学理论的突破。

探问宇宙之谜的火炬，传承到新时代的中国人手中。从“东方红一号”到“悟空”，从茫茫深海到浩渺太空，“中国梦”正承载起更多为全人类探寻未知、解答未知的使命。

打开“新窗口”：疑似暗物质踪迹初现？

经过两年持续观测，“悟空”在1.4万亿电子伏特（TeV）的超高能谱段，“定位”了一束明显异于常态的电子宇宙射线。

“之前没有人发现过。”“悟空”首席科学家、中科院紫金山天文台副台长常进解释，正常的能谱变化应该是一条平滑的曲线，但根据“悟空”的观测数据，这里突然出现了一处剧烈波动，划出一个“尖峰”，意味着此处必有“古怪”。

“现有的物理模型无法解释‘悟空’的最新发现。”《自然》审稿人、一位国际知名的理论物理学家这样评价。

新发现是否就是科学家苦苦追寻的暗物质踪迹？中科院理论物理研究所所长吴岳良说，根据现有数据和理论模型无法做出断定，但这是“暗示了暗物质粒子存在的可能的新证据”。

暗物质是什么？发现暗物质的意义究竟有多重大？

当前主流科学界认为，人类已经发现的物质只占宇宙总物质量不足5%，剩余部分由暗物质和暗能量等构成。由于暗物质无法被直接观测，与物质相互作用也很弱，人类至今对它知之甚少。

暗物质的“真相”因此位列21世纪最重要的科学谜团之一。揭开暗物质之谜，被认为是继哥白尼的日心说、牛顿的万有引力定律、爱因斯坦的相对论、量子力学之后，人类认识自然规律的又一次重大飞跃。

面对诱人前景，科学家在全球展开竞争，试图第一个找到暗物质的踪迹。天上，把强磁场设备送进太空；地下，深入几千米的大山建造实验室……科学家使出浑身解数，用上了多种探测手段，国际上的相关实验和设备多达数十个。

“‘悟空’用的是探测高能宇宙射线的方式，寻找暗物质粒子湮灭的间

248

接证据。"常进说，根据理论模型，暗物质湮灭会产生高能伽马射线、高能电子等宇宙射线，一旦找到特定的高能宇宙射线，有望推断出暗物质的"庐山真面目"。

"悟空"得出数据后，研究人员为了排除分析方法可能产生的干扰，将初始数据分别交由 4 个中外团队独立分析计算，最后得出一致结论：在 1.4 万亿电子伏特处确实出现了异常现象。

这是近年来科学家离暗物质最近的一次发现。常进说，如果进一步研究确认与暗物质相关，人类就可以沿着"悟空"的脚步去找寻宇宙中 5% 以外的广袤未知，这将是一个超出想象的成就。

"即便无法证明是暗物质的踪迹，'悟空'也为全人类打开了观测宇宙的一扇新窗口。"常进说。

宇宙捞"针"："悟空"有哪些绝技

《自然》期刊中国区科学总监印格致（Ed Gerstner）对常进的话深以为然。"科学就是在一个接一个的'可能'中不断接近真理，"他说，"对科学家来说，发现异常未知的那一刻最兴奋。"

不过，寻找"异常"与"可能"绝非易事。自 2015 年年底发射升空，"悟空"探测了 35 亿多个高能宇宙射线，从中总共搜寻出 10 多个异常电子，难度不亚于大海捞针。

"天上的辐射背景太复杂，需要做出区分。""悟空"科学应用系统总设计师伍健说，与国际同类探测设备相比，"悟空"在"高能电子、伽马射线的能量测量准确度"和"区分不同种类宇宙射线的本领"这两项关键技术指标方面世界领先，尤其适合寻找暗物质粒子湮灭过程中产生的一些非常尖锐的信号。

"就好比在有上千万人口的城市里找到特定的一个人，既要快，又要准。"常进说。

目前国际上知名的相关研究项目有美国费米卫星、日本量能器型电子望远镜以及著名物理学家丁肇中主持的阿尔法磁谱仪等。"悟空"科学应用系统副总师范一中说，相比同类设备，"悟空"显著提高了电子能量观测的上限，得到的电子样本"纯净"程度也最高，这是中国科研人员自主提出的新探测技术，实现了对高能电子、伽马射线的"经济实用型"观测。

香港大学物理系副教授苏萌说，关键性的"拐折"由"悟空"首次测量出来，说明中国的暗物质卫星测量水平具有非常独到的优势。

"悟空"研究团队也坦承，目前数据统计量还不够，存在一定的统计误差。"我们是'靠天吃饭'，天上有多少宇宙射线，我们才能测到多少事例。"常进说，要降低统计误差，唯一办法是积累大量数据，这需要更多时间。

好消息是，"悟空"在轨运行状况很好，预计卫星在天工作时间会大大超过设计寿命。"悟空"研究团队透露，今后两三年是卫星数据分析的关键时期，收集到目标事例越来越多，绘制的能谱越来越精确，还将有系列重大成果发布。

探索"无人区"：中国瞄准人类科学前沿

不久前，伍健到欧洲的合作伙伴总部访问，会议室陈列了三个科学实验装置的标志，按时间顺序分别是费米卫星、阿尔法磁谱仪和"悟空"。"这是他们从数十个合作项目中选出的、有代表性的实验，在相关领域最有希望取得成就。"伍健说。

"悟空"对暗物质的探寻，已经逐渐进入科学的"无人区"。但在"无人区"做一个"领跑者"不是一件容易的事。原创思想、技术实力，这些年来"悟空"研究团队没少被质疑。

20世纪90年代末，由于资金短缺，常进加入美国一个高能宇宙射线研究项目。起初，他的观测方法得不到美方同行的认同，经过反复模拟和实验验证，美方的南极气球项目终于采纳了他的方法，并在高能电子观测方面取得重要进展。

时隔多年，美国团队中一位教授在国际学术会议上提到此事，还连连感慨："中国的常教授当年给我们带来一个疯狂的想法，结果一举成功！"

"悟空"用的一个探测器关键芯片需要进口，但当时国外对中国禁运这类芯片。"悟空"研究团队从零开始，研究芯片、改装芯片，最终用自己的技术解决了这一问题。

"整天跟着别人屁股后面搞研究，谈何自主创新？"常进说，"中国的科研人员一定要有自信，外国的技术路线不见得比我们强，关键在于我们找到了正确方法后自己能否守得住。"

站在科学的最前沿，也让中国科学家赢得更多荣誉。"我们主导的研究发现，就能把自己的名字署在上面。"范一中说。

　　从卫星设计、测试起，以常进为首的"悟空"研究团队不断吸引国内外科研人员加入，目前已经形成了来自中国、瑞士、意大利等国，人数超过100名的多学科顶尖人才团队。

　　从深海载人技术到量子保密通信，从"天眼"到"悟空"，中国对科学和技术"无人区"的探索日渐成为常态。"聚沙成塔，国家实力不断增强，对基础研究不断重视，让以前不可能的事情成为现实，也让科学家有机会实现更伟大的梦想。"常进说。

经济日报

世界首项干细胞治疗卵巢早衰临床研究
诞生首位健康婴儿——

再生医学：重新定义生命

经济日报社　常　理

《经济日报》第 12 版
2018 年 1 月 22 日

很多科幻电影里都有这样的情节：主角身体受到严重创伤，在先进医疗技术帮助下，患者的创处很快痊愈，伤口也恢复如初……在医学科技高速发展的今天，这种美好遐想正在逐步照进现实，这一切都源于一项可以改变人类命运和未来的学科——再生医学。

美国生物学家、诺贝尔奖得主吉尔伯特曾预言："用不了 50 年，人类将能够培育出人体所有器官。"随着干细胞、组织工程等研究的不断深入，"再生医学"这门新型学科开始引领一场影响深远的医学革命。

自 2001 年回国以来，中科院遗传与发育生物学研究所再生医学研究团队负责人戴建武研究员一直致力于再生医学研究，取得了一系列具有重要意义的技术成果，使我国再生医学技术达到世界先进水平。

干细胞——器官"重生"的秘密所在

干细胞能分泌多种细胞因子，可修复早衰的卵巢

2018 年 1 月 12 日上午九点半，随着一声啼哭，在南京鼓楼医院，患有卵巢早衰多年的方女士在康复后成功诞下一名男婴。这标志着我国在卵巢再生临床研究中取得了突破性进展，也宣告再生医学技术在攻克生殖系统"不治之症"方面取得了阶段性胜利。

卵巢早衰（POF）是指女性 40 岁之前由于多种病因出现的卵巢功能衰竭，导致发生促卵泡激素水平升高和雌激素水平降低等症状。卵巢早衰的女性很难实现受孕，因为这类患者在月经周期中没有优势卵泡活动，无法取得卵子。因此，卵巢早衰也被业内公认为无法治愈的顽疾。

"我国约有 4 亿育龄女性，其中卵巢早衰发病率超过 1%。而且，我国卵巢早衰患者由于卵巢功能评估意识较弱，疾病普遍发现晚，自然妊娠概率极小。"南京鼓楼医院生殖医学中心主任孙海翔告诉经济日报记者，通俗点说，卵巢早衰就像一株鲜花从根茎枯萎（卵巢早衰），没有好种子（卵子），如何能结出甜美的果实（胎儿）？因此，解决这部分患者不孕的关键就在于如何挽救卵巢功能，获得优质卵子配成胚胎。

为解决这一世界性难题，中科院遗传发育所再生医学研究团队负责人戴建武与南京鼓楼医院生殖医学中心合作，于 2015 年在国际上率先开展脐带间充质干细胞干预卵巢早衰合并不孕症临床研究。该临床研究在通过医院伦理审查、国家卫计委备案后，成为我国实行干细胞临床研究备案制度后，首批备案的 8 个干细胞临床研究项目之一。

科学家们之所以看上了干细胞，是因其属于细胞中原始的、未（完全）分化的一类。干细胞既可以自我更新，也可以在适当条件下分化为特定的功能细胞，也就是说具有再生的"本领"。

据戴建武介绍，干细胞能分泌多种细胞因子，如 VEGF、HGF、IGF-I 等，通过一定途径参与调节颗粒细胞生长、凋亡，以达到修复早衰卵巢的目的。

2015 年 12 月，孙海翔临床团队为方女士实施了干细胞卵巢内移植术，该脐带间充质干细胞由鼓楼医院 GMP 级临床干细胞室制备，并经中国食品药品检定研究院第三方检验。经术后复查，孙海翔发现患者卵巢内血流有明显改善，但未曾怀孕。2016 年，方女士又进行了两次移植。2017 年

5月，方女士经检查确认大卵泡活动，实现自然受孕。如今，宝宝健康出生，悬在方女士一家人心上的石头终于落地了。

在中国食品药品检定研究院细胞资源储藏及研究中心主任袁宝珠看来，卵巢再生临床研究的突破性进展，为高龄妇女卵巢功能低下及卵巢抗衰老提供了新的技术手段，在严格监管的基础上，干细胞技术将带来更多福祉。

生物材料——给干细胞"安家"

智能型胶原支架犹如一个供干细胞生长发育的"温床"

干细胞和生长因子具有修复功能，但因其体积仅为微米级，在丰富血流的作用下，很难作用于受损部位。因此，如何将注入体内的干细胞固定在需要它们的地方，成为一大难题。

最终，戴建武团队研制出一种可以注射的智能型胶原支架材料，以水凝胶形式存在，在与干细胞充分混合后注入患者卵巢内，形成一个供干细胞生长发育的"温床"，以保证其仅限于卵巢内"活动"，解决了这一难题。

同时，脐带间充质干细胞附着在胶原支架材料上，通过支架帮助干细胞定植、分化，修复早衰的卵巢，使患者能够重获生育能力。并且，胶原支架在完成"任务"之后，通常持续数月左右就会自然降解，对人体无伤害。

据戴建武介绍，胶原蛋白属于生物材料的一种，具备四大特性：生物功能性、生物相容性、可加工性及化学稳定性。所谓生物功能性，指生物材料需具有器官组织所需的功能性，如人造关节需具有自体骨骼相应的强度；生物相容性，指可以与自体组织和血液和平共处，无毒不致癌、不排斥；可加工性，指可以按照要求成型、可以消毒；化学稳定性，指可以耐老化或被降解。

"生物材料作为支架，可以促进干细胞的定植以及微环境的重建，为缺损的组织器官如脊髓、心肌等再生修复提供可能的治疗策略。"戴建武说。

实际上，这种神奇的生物支架已经多次应用到临床试验当中，为解决人类的疑难杂症立下了汗马功劳。

2015 年 4 月，一名 28 岁因高空坠落受伤的男性接受了神经再生胶原支架治疗脊髓损伤手术，取得成功。目前，这位急性胸段完全性脊髓损伤受试者经过康复，运动能力已取得显著改善，生活自理能力显著提高。

戴建武向记者展示，这种白色的生物支架长约 10 厘米，每根直径不足 1 毫米。在使用时，医生将数根丝状支架归拢成直径 2 ~ 4 毫米的束状，然后根据病人的脊髓空洞大小填入。神经可以在胶原支架这个"管道"的支撑和引导下有序生长，瘢痕中再生抑制因子的沉积也会被抑制。

"相当于先搭个桥，然后把间充质干细胞'种'在这个胶原支架材料上，以便让两侧的神经长过去。"戴建武打了个比方说。

器官——或将实现体外"制造"

3D 生物打印为科学家们带来希望

"未来人类将培育出所有人体器官。"吉尔伯特所的预言能否成为现实？

戴建武认为，这一切并不遥远。"几千年来，中枢神经系统一直被认为不能再生，而再生医学带来了再生的希望，使我们有理由相信，人体所有的器官组织都可以再生。"戴建武说，再生医学有利于引导组织再生，以修复因老化、生病、受损造成的不健康组织或器官。如今，再生医学正在为其他组织器官，如心脏、肝脏等提供损伤修复方面的可行性治疗策略。不久的将来，人们或许可以在体外完成器官"制造"，用以替代人体缺损的组织器官。

对此，国际上目前认为可行的途径有两条：通过生物反应器进行器官组织的体外培养，以及通过 3D 生物打印来制造功能器官及组织。

2008 年 6 月，一名 30 岁的西班牙患者在相关医疗管理部门许可下，接受了世界首例自体干细胞培育的人工气管移植手术，短期内恢复状况良好。目前，这项研究仍在进行中，虽然存在很多质疑，但很多科学家认可和采用了这一思路——利用干细胞及支架材料在生物反应器中进行器官组织构建。然而，要让体外制造的组织器官具有功能，需要解决使干细胞在支架上定植并定向分化为适合的功能细胞等一系列非常棘手的问题。

随着 3D 打印技术不断发展普及，科学家开拓出了另一条更有希望进行体外器官构建的途径——3D 生物打印。

　　3D 生物打印的基本思路是：将器官进行全细胞分析后建模，通过将合适的生物功能性材料与细胞混合，进行 3D 逐层打印，使细胞精确定位，最终打印出具有功能的组织器官，再进行移植。目前，这项研究刚刚起步，如何找到既可以快速固化成型，又能符合组织器官相应的力学强度，还能与细胞良好相容的生物材料等，都是科学家亟待解决的问题。

　　戴建武说，随着多学科技术领域的突破与生物技术不断交叉融合，以干细胞和生物材料为主的再生医学将成为未来人类生命科学及医学诊疗新的突破口。再生医学技术在医学领域的科研、转化与应用将越来越向纵深方向发展，为目前尚无有效治疗手段的组织器官缺损提供可能的治疗策略，不断造福患者。

从"孙大圣拔毫毛"到世界首个
体细胞克隆猴

中国新闻社　张　素

"孙悟空拔一把毫毛，丢在口中嚼碎，望空喷去，叫一声：'变！'即变做三二百个小猴"。这一场景出自中国古典名著《西游记》，并通过影视作品深入人心。

同样姓"孙"，时隔千年，中科院神经科学研究所非人灵长类研究平台主任孙强及其团队的最新成果实现了这个场景。1 月 25 日，顶尖学术期刊《细胞》以封面文章在线发表了他们的成果：成功培育全球首个体细胞克隆猴。

体细胞与胚胎细胞相比，后者虽然具有发育全能性即"一个受精卵可以变成一个个体"，但数量有限。而体细胞可以在体外培养增值，一旦技术成熟，"可以生出无限个克隆猴"。

"另一方面，在胚胎细胞做编辑，还有许多问题尚未解决。"中科院院士、中科院神经科学研究所所长蒲慕明对中国新闻社记者说。科学家们在 2000 年虽然已经实现胚胎细胞克隆猕猴，但体细胞克隆猕猴迟迟未被攻克。2014 年中科院脑科学与智能技术卓越中心成立，中国科学家立下目标：到 2020 年时培育出首个体细胞克隆猴。

他们提前完成这一目标，先后于 2017 年 11 月 27 日、2017 年 12 月 5 日培育两个体细胞克隆猴，分别命名为"中中"和"华华"。孙强透露，顺利的话，第三个体细胞克隆猴"梦梦"将在本月底出生。

孙强向记者简要介绍了培育体细胞克隆猴的步骤。首先是"胚胎构建"，即通过核移植获取早期发育胚胎。由于猴卵母细胞不透光，且核移植过程对胚胎损伤较大，对科学家取核水平提出极高要求。

《细胞》刊发文章第一作者、中科院神经科学研究所非人灵长类研究平台博士后刘真告诉中国新闻社记者，通过"千锤百炼"，他能够在10秒以内从卵母细胞中取出细胞核，然后将体细胞注入去核卵母细胞。

第二步是"外加刺激"，也就是模拟受精过程；第三步是启动核基因组。"既要让克隆胚胎被顺利激活，还能让其正常发育。"孙强通俗解释说。

然而他们发现，克隆胚胎发育较差，两个关键数字"囊胚发育率"和"囊胚优质率"均较低。这也是包括美国俄勒冈灵长类研究中心、新加坡国立大学、日本志贺医科大学等科研团队在培育体细胞克隆猴时未能翻过的"坎"。

"我们经历的各种失败就不讲了。"孙强苦笑着说，幸运的是他们最终选定了两个激活条件，特别是在阅读大量文献以后把一种酶注入克隆胚胎。2016年，"奇迹"出现了，囊胚发育率从13%提升到45%，囊胚优质率从0跃升到29%。

研究团队由此马不停蹄地工作。一组数据显示，他们用127个卵母细胞获得了109个重构胚胎，胚胎移植79个，移植到21个受体里，有6个受体怀孕，最终出生2个且全部存活。"关键是要看到我们的供体猴数是6只，也就是说成功率超过30%，并且我们还有提升空间。"孙强兴奋地说。

从拍摄于1月23日的视频来看，"中中"和"华华"表现得很活泼，特别是较早出生的"中中"已经开始磨牙。不过，科学家提醒仅从个例还难以判断这种体细胞克隆的方法对健康产生何种影响。

无论如何，中国科学家率先攻克与人类相近的非人灵长类动物的体细胞克隆难题。研究团队绘制了一幅图案，画面右上方是"美猴王"孙悟空拔毫毛，轻轻一吹，数只"一模一样"的小猴跃然纸上。

这些克隆猴到底有什么用？莫非是效仿孙悟空变出的小猴"喊打喊杀"？打破非人灵长类动物克隆障碍，下一步会否触及克隆人的敏感地带？

面对记者提出的一连串问题，蒲慕明强调，体细胞克隆猴的主要目标也是唯一目标"就是为人类健康医疗服务"。他举例说，中国可以成为世界非人灵长类动物模型的主要研发基地和产业链，大力推进脑科学前沿基础研究。

中科院院长白春礼指出，当前很多神经精神疾病不能得到有效治疗的一个重要原因是，药物研发通常使用的小鼠模型和人类相差甚远，在小鼠模型上花费巨大资源筛选到的候选药物用在病人身上大多无效或有不可接受的副作用。

成功实现体细胞克隆猴及未来创建基于体细胞克隆猴的疾病模型，就将有效缩短药物研发周期，提高药物研发成功率，向阿尔茨海默症、自闭症、免疫缺陷、肿瘤等疾病发起强有力的冲击。

如今，这支不到20人的科学家团队依然坚守在一个偏僻小岛，尝试用更尖端的方法提高囊胚发育率和优质率。灵长类全脑介观神经联接图谱国际大科学计划即将启动，他们已迫不及待。

"中中"和"华华"来了！

——世界首例体细胞克隆猴诞生记

《中国科学报》第 1 版
2018 年 1 月 25 日

拔根汗毛，吹口气，就能变出一大堆小猴子。如今，"齐天大圣"孙悟空的这项绝活真的成了现实。

最近，在中科院神经科学研究所非人灵长类研究平台出生的两个猕猴宝宝"萌"化了所有人，它们时而一起嬉笑打闹，时而依偎着自己心爱的"Hello Kitty"毛绒玩具，时而瞪着大大的眼睛，好奇地望着这个世界。

这两只小猴子的"父母"是中科院神经科学研究所、脑科学与智能技术卓越创新中心研究团队。经过 5 年不懈努力，他们在国际上首次实现了非人灵长类动物的体细胞克隆。1 月 25 日在线出版的《细胞》期刊以封面文章形式发表了这项成果。

这两只名叫"中中"和"华华"的小家伙，也在一夜之间成为世界上最珍贵的一对小猕猴。

克隆猴为何这么难?

自从 1997 年"多莉羊"体细胞克隆成功后,人类就打开了一扇新的窗户。

20 年间,许多哺乳类动物的体细胞克隆相继获得成功,不仅诞生出马、牛、羊、猪和骆驼等大型家畜,还诞生了小鼠、大鼠、兔、猫等多种实验动物。

然而,与人类最相近的非人灵长类动物的体细胞克隆,却一直没有得到解决,成为世界性难题。美国、中国、德国、日本、新加坡和韩国等多家科研机构在此方面进行不断探索和尝试,但始终未能成功。

"一个主要的限制因素,是供体细胞核在受体卵母细胞中的不完全重编程,导致胚胎发育率低。"文章通讯作者、中科院神经科学研究所非人灵长类研究平台主任孙强说,"另外,非人灵长类动物胚胎的操作技术不完善,这些都影响了实验的成功。"

胚胎操作的一个必要步骤是给卵母细胞去核。但与其他动物不同的是,猴子的卵母细胞不透明,因此去核操作非常困难。

科研人员考虑了使用偏振光的方式来给细胞"打光",但为了尽可能减少对细胞的影响,操作必须在极短时间内完成。

为此,文章第一作者、中科院神经科学研究所非人灵长类研究平台博士后刘真花了大量的时间去训练这项技术,最终实现了在 10 秒内精准完成体细胞核移植的显微操作。

同时,科研人员不断尝试各种实验方法,通过表观遗传修饰促进体细胞核重编程,显著提高了体细胞克隆胚胎的囊胚质量和代孕猴的怀孕率。

2017 年 11 月 27 日,世界上首个体细胞克隆猴"中中"在中科院神经科学研究所、脑科学与智能技术卓越创新中心非人灵长类平台诞生;12 月 5 日,"中中"的妹妹"华华"也顺利诞生。

真正有用的动物模型

体细胞克隆猴是在中科院战略性先导科技专项"脑功能联结图谱与类脑智能研究"的支持下,完全由中科院团队独立完成的国际重大突破。

"这个成果真正实现了生命科学领域的弯道超车,意义重大。"中科院院长白春礼评价称,该成果标志着中国率先开启了以体细胞克隆猴作为实验动物模型的新时代，实现了我国在非人灵长类研究领域由国际"并跑"到"领跑"的转变。

体细胞克隆猴的成功，为动物模型家族再添"新丁"。

当前，药物研发通用的动物模型是小鼠。但小鼠与人类相差甚远，药物研发人员在小鼠模型上花费了巨大资源，但筛选到的候选药物用在病人身上却大多无效或有严重副作用，这使得阿尔茨海默病、自闭症等脑疾病以及免疫缺陷、肿瘤、代谢性疾病等不能得到有效治疗。

这让非人灵长类动物模型成为生命科学研究和人类疾病研究的急需。

因此，除了基础研究上的重大意义外，利用体细胞克隆技术制作脑疾病模型猴，为人类社会面临的重大脑疾病的机理研究、干预、诊治带来了前所未有的光明前景。

"这项成果使猕猴有望成为真正有用的动物模型。"中科院院士、美国科学院院士、中科院神经科学研究所所长和脑智卓越中心主任蒲慕明说。

白春礼也相信，体细胞克隆猴的成功以及未来基于体细胞克隆猴的疾病模型的创建，将有效缩短药物研发周期，提高药物研发成功率，使我国率先发展出基于非人灵长类疾病动物模型的全新医药研发产业链，有力推动我国新药创制与研发，助力"健康中国2030"目标实现。

伦理问题？不存在的！

两只小猴子目前正在实验室里健康活泼地生活着，但人们的疑问也随之而来：克隆猴出来了，克隆人还会远吗？

对于这个公众高度关切的问题，蒲慕明明确表示，中科院做这项工作的目的不是为了克隆人，而是为提高人类健康、研究脑科学基本问题服务的。

相反，这项工作还可能使一些伦理争议得到化解。

目前，中国每年出口数万只猕猴，这些猕猴主要用于药物筛选。在蒲慕明看来，这么大批量的动物实验在伦理方面是有问题的。"我们做这项工作，就是要解决这一伦理问题。"

有了体细胞克隆猴技术，人们就能使用体细胞在体外有效地做基因编辑，准确地筛选基因型相同的体细胞，产生基因型完全相同的大批胚胎，用母猴载体怀孕出生一批基因编辑和遗传背景相同的猴群。

也就是说，中科院神经科学研究所的这项技术让人们在一年内就能制备大批遗传背景相同的模型猴，大大减少了个体差异对实验的干扰。这样，只要使用很少数量的克隆猴就能完成很有效的筛选。

"任何科学发现都是双刃剑，既有可能带来巨大的进步，也有可能造成一系列危机，核能、基因编辑都是典型的例子。"在蒲慕明看来，生命科学的伦理问题不仅仅是科学家需要注意的，更需要政府部门以及整个社会大众共同参与，通过立规、立法等方式来约束人们的行为，做出正确的决策。

"对新技术，我们要重视，但不要害怕。"他最后说。

一生为国铸核盾

——记"两弹一星功勋奖章""八一勋章"获得者程开甲院士

解放军报社　邹维荣

《解放军报》第 1 版

2018 年 4 月 9 日

"我为中国人民迸发出来的创造伟力喝彩！" 2018 年新年前夕，听到习主席发表的新年贺词，院士程开甲备受鼓舞。

对于他所参与的事业来说，世界对中国的喝彩声，是从一声巨响开始的。1964 年 10 月 16 日，中国自主研制的第一颗原子弹爆炸成功。

半个多世纪过去了，2017 年 7 月 28 日，在人民军队迎来 90 岁生日之际，习主席亲自将"八一勋章"颁授给为那声东方巨响呕心沥血的杰出科学家、中国核武器事业的开拓者——程开甲院士。

几天后，这位被誉为"中国核司令"的老院士迎来了自己的百岁生日。回望百年人生，他说："我这辈子最大的幸福，就是自己所做的一切，都和祖国紧紧地联系在一起。"

一句肺腑之言，一生为国铸盾，映照百年风云。

在中华民族积贫积弱的苦难岁月，程开甲边流亡边完成了大学学业。

在浙江大学就读的四年中，为了躲避日本侵略者的炮火，学校搬了 7 个地方，被称为"流亡中的大学"。

中华之大，竟然没有一个求知青年安放课桌的地方。多年以后回忆起往日的一幕幕，那份悲愤和苦楚，程开甲仍刻骨铭心。

1946 年，程开甲来到英国求学，尝尽了被人瞧不起的滋味。有一次去海滩游泳，几个中国留学生刚下水，英国人就立即上岸，还指着他们说："有一群人把这里的水弄脏了。"

"看不到中华民族的出头之日，海外的华人心中都很闷、很苦。"他说。

1949 年发生的一件事，让程开甲看到了民族的希望。即使已经过去60 多年，程开甲仍然能够清晰记起当年的每一个细节。

"那是 4 月的一天晚上，我正在苏格兰出差，看电影新闻片时，看到关于'紫石英'号事件的报道。看到中国人毅然向入侵的英国军舰开炮，并将其击伤，我第一次有'出了口气'的感觉。看完电影走在大街上，腰杆也挺得直直的。中国过去是一个没有希望的国家，但现在开始变了。就是从那一天起，我看到了中华民族的希望。"

"紫石英"号事件，让程开甲开始了解中国共产党和中国人民解放军。他给家人、同学写信，询问国内情况。先他回国的同学胡济民告诉他："国家有希望了。"那一刻，程开甲决定回国。

1950 年，程开甲婉拒导师玻恩的挽留，放弃英国皇家化工研究所研究员的优厚待遇和研究条件，回到了一穷二白的中国，开启了报效祖国的人生之旅。

回国的行囊中，除了给夫人买的一件皮大衣外，全是固体物理、金属物理方面的书籍和资料。

1952 年，程开甲向组织递交了入党申请书，1956 年正式加入中国共产党。程开甲用自己的一生兑现了在入党申请书上写下的誓言："一辈子跟着党，个人一切交给党。"

回国后，程开甲被安排在南京大学工作。当时，南京大学的教授很少，学校把他当作归国高级知识分子，给他定为二级教授。但他在填表时，执意不要二级，只肯领三级的薪金，他说："国家还在进行抗美援朝战争，我这份薪金够用了。"

中华人民共和国成立初期，国家优先发展重工业。南京大学物理系决定开展金属物理研究，学校把初创任务交给程开甲。为了国家建设的需要，程开甲毫不犹豫地将自己的研究方向由理论研究转入应用研究，率先在国内开展了系统的热力学内耗理论研究。

1958年，根据国家发展原子能事业的需要，南京大学物理系决定成立核物理教研室，学校还是把创建任务交给程开甲。程开甲再次服从组织安排，开始探索新的领域。

1960年，一纸命令，把程开甲调入中国核武器研究所。从此，"程开甲"这个名字走入国家的绝密档案。

1961年，正当程开甲在原子弹理论攻关上取得重大成绩之时，组织上又一次安排程开甲转入一个全新的研究领域——核试验技术。从此，程开甲进入人生旅途中的20年"罗布泊时间"。

在罗布泊，程开甲参与组织指挥了包括我国首次原子弹、首次氢弹、首次两弹结合试验和首次地下核试验在内的各种类型核试验30多次；20年中，他带领团队解决了包括核试验场地选址、方案制定、场区内外安全以及工程施工等方面的一系列理论和技术难题；20年中，他带领团队利用历次核试验积累的数据，对核爆炸现象、核爆炸规律、核武器效应与防护等，进行了深入理论研究，为建立中国特色的核试验科学技术体系做出了杰出贡献。

面对一次次组织安排、一次次调整研究领域，程开甲在一篇文章中写道："回国后，我一次又一次地改变我的工作，一再从零开始创业，但我一直很愉快，因为这是祖国的需要。"

程开甲院士曾写下这样五句话："科学技术研究，创新探索未知，坚忍不拔耕耘，勇于攀登高峰，无私奉献精神。"

这五句话，既是他一生创新攻关的座右铭，也是他一生淡泊名利的自画像。

走进程开甲院士的家，你很难把这里的主人，与"两弹一星功勋奖章"和"八一勋章"获得者联系起来。

这里没有宽敞的客厅，没有豪华的家具，甚至没有一件能够吸引你眼球的饰物。离开戈壁滩后的程开甲，一直保持着那个年代的生活方式，过着与书香为伴、简单、俭朴的生活。

伟大的科学家是不求名利的。但真正为祖国做出了重大贡献的科学家，祖国和人民不会忘记。

程开甲是全国人民代表大会第三届、第四届、第五届代表，中国人民政治协商会议第六届、第七届委员，中科院院士。他的研究成果，荣获国家科学技术进步奖特等奖、一等奖，国家发明奖二等奖和全国科学大会奖、何梁何利科技进步奖等多项奖励。1999 年，被党中央、国务院、中央军委授予"两弹一星功勋奖章"。2014 年，党中央、国务院为他颁发了国家最高科学技术奖。2017 年，中央军委隆重举行颁授"八一勋章"和授予荣誉称号仪式，习主席亲自将"八一勋章"颁授给这位杰出科学家……

　　"我只是代表，功劳是大家的。"对于这些崇高的荣誉，程开甲有他自己的诠释："功勋奖章是对'两弹一星'精神的肯定，我们的成就是所有参加者，有名的、无名的英雄们在弯弯曲曲的道路上一步一个脚印去完成的。"

新民晚報

春天该很好，你若尚在场！
这个四月，药学泰斗嵇汝运
诞辰 100 周年了

新民晚报社　董纯蕾

春天该很好，你若尚在场！这个四月，药学泰斗嵇汝运诞辰100周年了

来源：新民晚报　作者：董纯蕾　🕐 2018-04-13 12:54

图说：嵇汝运在论文写作（1995年）来源/中科院
上海药物所（下同）

春天该很好，你若尚在场。

再过十来天，便是科学大家、药学泰斗嵇汝运院士百岁诞辰的日子。先生驾鹤西去已近八年，然而人们仍是如此怀念他，敬仰他，仍是常常想起他说过的话、做过的事、治过的学、走过的路……仿佛先生从未离开。

"他一辈子客客气气，我想不出，世界上有什么人对他有意见，与他为敌的。"

"老嵇是个学问人，大家都知道他几乎成天泡在图书馆里，但他不是死读书的书呆子。"

《新民晚报》客户端
2018 年 4 月 13 日

春天该很好，你若尚在场。

再过十来天，便是科学大家、药学泰斗嵇汝运院士百岁诞辰的日子。先生驾鹤西去已近八年，然而人们仍是如此怀念他，敬仰他，仍是常常想起他说过的话、做过的事、治过的学、走过的路……仿佛先生从未离开。

"他一辈子客客气气，我想不出，世界上有什么人对他有意见，与他为敌的。"

"老嵇是个学问人，大家都知道他几乎成天泡在图书馆里，但他不是死读书的书呆子。"

"自孩提时代起，他便是那么热切地希望能创造出普治国人顽疾的良药。长大后，他研制了那么多新药，其中，抗疟药物蒿甲醚曾作为国礼赠予巴西，二巯基丁二酸是我国唯一被外国制药企业仿制的药。"

"他始终站在科研第一线，名副其实的桃李满天下。他是我国新药创制领域的主要领导者之一，是著名的药物化学家和有机化学家，也是卓越的药物科学教育家。"

今年4月24日，是嵇汝运先生100周年诞辰日。昨天，人们自全国各地而来，相聚于中科院上海药物研究所，在嵇汝运先生诞辰100周年暨上海药物研究所计算机辅助药物设计研究40周年学术研讨会上忆往昔，话将来。其中，有他的家人、他的老同事、他的嫡系学生，更有自称嵇先生"门外弟子"和"徒子徒孙"的晚辈后生，哪怕打着"飞的"而来，匆匆几小时又要赶赴下一程，也一定要来。

这位一辈子客客气气、儒雅谦逊的大科学家、大教育家，活在太多人的记忆里。这个春天，中国的科技创新环境与他学成归来那年已今非昔比，在药物科学领域前沿探索的脚步已举世公认；在他的家乡——上海，他工作了大半辈子的中科院上海药物研究所迎来历史上最好的发展期，其所在的张江正着力打造世界一流科学城。这个春天，我们再度缅怀先生时，有了更多可以告慰先生的好消息。这个春天，有句歌词大概可以送给远去的嵇汝运先生：春天该很好，你若尚在场。

回祖国去，用良药为国人普治顽疾

1918年4月24日，嵇汝运出生于江苏省松江县（现属上海市）。那是一个国民平均寿命只有30来岁的旧时代。嵇先生的祖父生有五个儿子，除了他父亲外，其余四位叔伯父均未永年，特别是大伯和小叔，皆被肺结核夺去了年轻的生命。小学尚未毕业时，母亲又染伤寒撒手人寰。纵然百般不舍尚未成年的四个儿女，却无力回天，母亲是流着泪走的。这些在嵇汝运幼小的心灵中留下了难以磨灭的创伤。自那时起，他便热切地盼望着，盼望自己长大后能创造出治病救人的良药。

机缘巧合，在松江中学（现松江二中）初中毕业升入高中之际，高中普通科忽然改为化工专科，化学课程成了他的主修课，他就这样走进了并爱上了化学王国，也从此确定了这一生的求索方向——药物化学。

1937年，他考入了中央大学（现南京大学）化学系。不想，就在入学前的那个暑假，由于抗日战争，中央大学被迫从南京迁往重庆。在竹篱黄泥的简易房和人心惶惶的防空洞中，在空袭警报和日寇炸弹的周而复始中，他依旧忘我地刻苦学习。纷乱战火中，老师们以"认真学习，成绩超过东京大学，也是抗日"来激励青年学子。

1943 年，嵇先生参加了"庚子赔款"奖学金全国公费生统考，考取后却被人调了包，未能如愿出国留学。统考三年一度，1946 年，嵇先生再次赴试，再次榜上有名，被录取为生物化学专业的留英公费生。出于对前一次错误的弥补，当时的国民政府教育部"额外赠送"了一次美国实习机会。于是，1947 年，嵇汝运先前往美国新泽西州的油脂产品厂实习半年，而后直奔英国伯明翰大学化学系攻读博士学位。

远渡重洋的日子里，青年嵇汝运留下了不少意气风发的影像，相片里的他笑容灿烂，目光清澈。事实上，那并不是一段岁月静好的时光。多少个凛冽的冬夜，当外国同学们都已进入温暖的被窝与甜美的梦乡，他还在挑灯苦读，何以取暖，唯有不断揉搓一双早已冻得麻木发僵的手。多少个迷人的夏日，同学们度假去了，他不是在实验室里便是在图书馆里，不到管理员催着要关门了决计不走。三年后，他拿着博士论文《氨基葡萄糖化学的研究》和《Mannich 反应》交给导师时，着实震惊了全系。嵇汝运被校方聘任为医学院药理系博士后研究员，并担任部分教学工作。

就在事业渐入佳境时，中国社会主义建设欣欣向荣，第一个五年计划开始实施的消息漂到了英吉利海峡的彼端。母亲离世前绝望的眼泪，反复浮现在嵇汝运眼前，挥之不去。"应该回到祖国去，为祖国创制新药。"

归意已决的嵇汝运，做足了万全准备。当时的英国，虽不似美国那般公开阻挠中国留学生归国，但其实也在暗中设障。1952 年暑期，他向学校告假，在欧洲大陆"游历"了很长一段时间。实际是购买了大量的专业书和工具书，预先寄到香港。1953 年暑期，他又向系里请了长假，提出前往时属英国殖民地的香港度假。乘坐货轮漫漫航行了一个月，他终于抵达香港。直到万事俱备，只待罗湖口岸入境时，他才提笔写信，告诉导师他选择回国与妻儿团聚，请求辞去下学期的教职和博士后研究工作。1953 年夏，香港—深圳—广州，他终于回到阔别六年的上海。从此，便在中科院上海药物研究所扎了根。

创造新药，更要创造更多新药的"超级设计师"

嵇先生领衔创制过很多药，就像他年幼时希冀的那样。这是一张长长的"作品单"——

抗血吸虫病新药——巯锑钠，可肌肉注射，便于在疫区推广使用。制备巯锑钠的化学原料——二巯基丁二酸钠，又被发展成金属解毒药物，被广泛应用于救治锑、铅和砷等多种金属中毒的病人，并载入了中国药典，这方面领先了国外好几年。治疗家畜肝片吸虫病的新药——硫溴酚，作用明显优于国外同类药物。抗疟疾新药——蒿甲醚，对青蒿素展开了精妙的结构改造，活性提高了几十倍，这个药不仅荣获国家发明三等奖，被我国作为国礼赠予巴西。新型抗心律失常药物——常咯啉的数十个类似物，麻醉剂洋金花主要有效成分——东莨菪碱的几十个衍生物，民间草药野花椒的成分——加锡果宁的一系列类似物，四氢原小檗碱的众多新结构化合物……

不仅如此。

嵇先生更将很多人领进了新药设计的"快速路"，开拓了未曾想过的科学领域。传统的新药研发，绝大部分都是依赖于盲目随机的实验筛选或偶然发现，周期长、花钱多、风险高、效率低。于是，科学家们很早就开始梦想，能否通过理性的设计来发现新药？从20世纪六七十年代开始，随着分子生物学、理论化学、计算机和信息科学的发展，药物构效关系和药物设计的理论研究成为国际上十分活跃的领域。"文化大革命"甫告结束，嵇汝运就在我国率先倡导开展这方面的研究，并身体力行，花甲之年始学量子力学，边学边干，揭开了我国药物设计领域发展的序幕。他创建的课题组，培养的研究生，在量子药理学、分子模拟和计算机辅助药物设计研究中，均建树颇丰。上海药物研究所的药物发现与设计中心，已经成长为我国药物设计和新药发现领域的重镇，在国际上也具有重要影响力。

名师出高徒，高徒出名师

人说"名师出高徒"，嵇汝运却常说"高徒出名师"。"文化大革命"时期后他招收的第一个研究生——陈凯先，1999年当选为中科院院士。他与陈凯先联合招收的博士研究生——蒋华良，2017年当选为中科院院士。"一门三院士"，传为佳话。而在我国新药创制的各个领域，活跃着更多嵇先生的弟子。

他对谁都客客气气，带教学生也都是不急不躁的"散养"，可就是有办法发挥学生的主观能动性，让教学双方都常保持"兴奋态"。

说起来，就在年初，我们还曾和嵇先生有过一次跨越时空的"不期而遇"。抗菌新药盐酸安妥沙星项目荣获2017年度国家技术发明奖二等奖。

在第一完成人杨玉社研究员的汇报 PPT 中，恩师嵇汝运的名字被列在最前面。事实上，嵇先生素来不在指导学生完成的论文中署名。然而，这些出色的科研成果，往往深得先生的言传身教。杨玉社至今仍珍藏着嵇先生为盐酸安妥沙星指点方向的手稿。"那是 1993 年，我到实验室的第一天，嵇先生就把我叫到办公室布置博士研究课题。"该从哪里入手？哪些前人的研究可资参考？从哪些文献查起？"我拿着这张纸，在他的指导下，历时16 年，研发出了我国自 1993 年实施药品专利法以来的第一个 1.1 类化学创新药物。"

会生活的读书人，健康生活的好榜样

"老嵇 2007 年 1 月突发脑出血，直到 2010 年 5 月 15 日辞世，在华东医院住了 40 个月又 4 天。这段日子，他有时清醒有时昏迷。但凡清醒的时候，他几次三番同我讲，想回到药物研究所的办公室，在那里支一张小床就好。那样，他就可以边治病边看书了。"嵇先生的夫人、免疫药理学家李晓玉研究员如是回忆。

很多人都深知，嵇先生有多么爱在图书馆里度过最踏实的时光。在还没有互联网的年代，当时的中科院文献情报中心每隔几星期就要运入一批外文原版期刊，编好号码，堆在桌上高高的，暂不上架——嵇先生是第一个读者，这大概是他在所里唯一的"特权"，他总要花好几天时间浏览这些新期刊，将有参考价值的文献记录在卡片上，每期不误。遇上出差出访了，回来的头等大事，就是到图书馆补课。药物研究所搬去张江后，他每周都要从浦西的家中跑去浦东，因为所里图书馆的药物科学文献最齐全。这个习惯一直保持到他生病住院前。

嵇先生的文献卡片，是出了名的工整精细，他留下的 3 万多张文献卡片，如今依然如艺术品般保存在过去办公室的抽屉柜里。

"老嵇就是这样一个学问人，但他绝不是死读书的书呆子。"夫人和子女都说，嵇汝运爱生活，会生活。无论工作有多忙，惜时如金的他，每天都不忘锻炼身体，喜欢运动，喜欢走路，喜欢旅行。

在家人眼里，他是那个每天 7 点不到拉着夫人一起步行上班、每个周末陪夫人去菜场的好好先生，买好一周要吃的菜，每天烧哪几样，安排得井井有条；他是那个酒酿做得非常好吃、每个周末去一个公园、会手绘每月星座图对着天空教识星、能亲手把家里每个房间刷成不同颜色、还善于讲花花草草故事的父亲；他是那个不仅喜欢拍照还喜欢自己冲洗胶卷放印照片的摄影师，不仅会选用不同的药水和相纸达到最佳摄影效果，而且将几千张照片分门别类整理得和文献卡一样一丝不苟。

早上五点半起床，晚上九点半睡觉，嵇汝运的生活充实而富有规律。他曾这样总结自己的养生秘诀："上班全靠走路，吃饭基本吃素，不要轻易发怒，晚上早点打呼。"

他的爱徒、中科院上海药物研究所所长蒋华良院士，最近又在为纪念先生百年诞辰收集史料的过程中"挖到了宝"。嵇先生早年曾用毛笔在信笺上记下了自己从诗经、尚书中习得的修身十六字箴：静、淡、远、藏、忍、乐、默、谦、重、审、勤、俭、宽、安、蜕、归。难怪乎嵇先生这一生，始终能与人为善，与科学为善，与健康为善。

杰出药理学家王逸平倒在了岗位上，他未竟的梦想是——

要做出全球医生首选的处方药

上海文汇报社　许琦敏

《文汇报》第 9 版

2018 年 4 月 26 日

这个春天，一位新药研发的奇才离我们而去，带着他"做出全球医生首选的处方药"的未竟梦想。

一辈子能做成一个新药，是新药研发者一生的荣耀。而他却早在40岁刚出头时，就做成丹参多酚酸盐粉针剂，如今每天都有近10万患者因此受益。

"再有10年时间，我还想做出两个新药！"他对新药研发的判断，有着异乎常人的敏锐直觉。可他也知道天不假年——与不治之症克罗恩病抗争25年，他争分夺秒想跑赢病魔。

就在正当盛年的55岁，就在人间四月天的一个晚上，他被发现倒在了办公室的沙发上。"我有点不舒服，在沙发上靠一靠就好"是同事、家人常听到的一句话。然而这一次，他没有再好起来。

他的离开，使许多同行合作者顿感"失去了方向"。他就是著名药理学家、全国劳动模范、中科院上海药物研究所研究员王逸平。日前，有700多人从全国各地赶来，悼念这位才华横溢又无私助人的良师益友。

地中海边的约定

"如果一个药，全球医生在开处方时都会第一想到它，那就是我理想中最成功的药。希望此生能做成这样一个药。"

8年前的一个傍晚，在法国尼斯地中海边一家酒店房间的阳台上，王逸平这样对同行的药物所研究员沈建华说。当时，王逸平领衔药理研究的创新中药丹参多酚酸盐已经在2006年上市，当时，王逸平43岁，这一药品销售量连年以100%的速度增长，迄今已在全国5000多家医院临床应用，1500多万患者受益，累计销售额突破200亿元，成为我国中药现代化研究的典范。

王逸平一直说，新药研发从来没有"孤胆英雄"。他就是其中最关键的一环。新药研发，从发现"新药苗子"化合物开始，他所从事的药理研究就是搞清药物的作用机理，这在药物后续升级中，也是指路明灯。

然而，做成一个每天惠及近10万病人的好药，在王逸平看来也已属过去，那些随之而来的各级奖项证书，他也随手塞进书柜的最底层。他要追求的是"全球医生首选的处方药"。

怎样的药配得起这样的称呼？用途不断有新发现的阿司匹林、治疗糖尿病的二甲双胍、抗疟神药青蒿素——自现代药物出现，这样的药物不过几十种。

"这样的话，别人说出来，我会认为是夸海口，但王逸平这样说，我相信！"药物研究所研究员宣利江说，王逸平对药物分子有特别的敏锐，如果他说放弃那几乎一定没戏。

"他离开了，我的科研也失去了'另一半'"

王逸平笃信："做新药，只要有一丝希望，就要坚持下去""做新药，放弃比坚持更难"。这两句话，完整体现了他对做新药的辩证而深刻的理解。

他长期从事心血管药物的药理作用机制研究以及心血管药物研发，先后承担了国家"重大新药创制"科技重大专项、科技部"创新药物和中药现代化"专项、科技部863项目、国家自然科学基金项目等科研项目的研究任务。

不仅如此，王逸平还领导团队构建了包括心血管疾病治疗药物先导化合物筛选、候选新药临床前药效学评价、药物作用机制研究等完整的心血管药物研发平台体系，为全国药物研发企业完成了50多个新药项目的临床前药效学评价，为企业的科技创新提供了强有力的技术支撑。

他和82岁的老所长白东鲁一起研发抗心律失常新药硫酸舒欣啶，一做就是20年。这是一种复合型的离子通道阻滞剂，可使药物发挥更安全、高效的抗心律失常作用，并已获中国、美国、英国、法国、德国等国家的发明专利授权。"月底就要去北京国家新药评审中心做汇报，可他却走了！"白东鲁说，20年努力已曙光在望，王逸平却见不到成功的一刻了。"他离开了，我的科研也失去了'另一半'，心里空落落的。"宣利江说。

40多岁便获"王逸老"尊称

"王逸老"是王逸平在所里独有的尊称。在药物研究所，能够被尊称"某老"的，都是在新药研发上硕果累累又德高望重的耆宿。王逸平曾因出色工作，以硕士学位晋升副研究员，31岁就成为所里最年轻的课题组长，做成新药时才42岁，于是药物研究所原所长、中科院院士陈凯先就送了他"王逸老"的称呼。

身为药物研究所党委委员、药理党总支书记，王逸平在人前永远笑声爽朗，是聚会聊天时最受欢迎的人之一。可很少有人知道，瘦削的他常年体重只有百斤左右，而且时常拉肚子、便血——从30岁查出肠道不治之症克罗恩病，他与病魔争斗了整整 25 年。

在王逸平的遗物中，有一本工作手册，上面详细记录了多年的病情发展。"2009 年，对我是个特殊年份。今年年初，我的克罗恩病又严重起来，开始影响工作和生活。"头晕气急、腹泻、肉眼血尿、便血等字眼比比皆是。

可是，就连女儿王禹辰也从来不知道爸爸承受了那么多病痛，因为王逸平总是说"靠一靠就好""躺一天就好了"。

"他总是自己给自己看病，连针也自己打。"他的妻子方洁最后悔的，就是没有坚持阻止他给自己看病。

药物研究所党委副书记厉骏告诉记者，今年年初，王逸平感觉自己的病情持续加重，激素治疗已经失效，但他还不想换用生物制剂，因为那是最后一道屏障，"他是想再多争取一些时间，能把手头的两个新药做完。"

心愿未竟，可同事、朋友们却不愿说"在天堂里继续出新药"，因为他已经太辛苦。这一次，希望他好好休息。

以身许家国　毕生新药梦

——追记优秀共产党员、中科院上海药物所研究员王逸平

中国科学报社　黄　辛

他领衔研发的创新中药——丹参多酚酸盐粉针剂，造福 1500 多万病患。做出"临床医生首选的新药"是他孜孜以求的梦想。

然而，在与疾病抗争 25 年之后，在女儿毕业典礼前夕，他却倒在了自己热爱的科研岗位上，时年 55 岁。

他就是中科院上海药物研究所研究员王逸平，一名中药现代化的拓荒者，一个希望"再给我十年，再做出两个新药"的追梦人。

执着追求，新药研发的开拓者

丹参入药，在中国有着千百年历史，在《本草纲目》等医药文献中都有记载。然而丹参的有效成分到底是什么，一直是个谜。直到有一天，王逸平揭开了谜底。

30 年前，王逸平毕业进入中科院上海药物研究所工作。这个勤勉好学的小伙子凭借出色的科研工作，很快成为所里最年轻的课题组长。

1992 年，丹参多酚酸盐项目立项，1994 年开始进入药理学研究。

"一个药把我们两个实验室紧紧绑在一起，就像父母一起培养孩子的成长。"王逸平的合作伙伴、上海药物研究所研究员宣利江说。

1994 年，还是博士生的宣利江，由于博士论文中丹参水溶性成分的活性筛选需要，找到了王逸平，他俩的合作大门就此打开。

在早期研究中，课题组面临经费短缺、设备陈旧等困难，王逸平带领团队成员，借来仪器利用晚上进行检测，夜以继日地在实验室忙碌着。体重减轻了，他就自我调侃为"免费减肥"。

机缘巧合的一天，王逸平正在为同事送来的 100 多种丹参水溶性组分和化合物做测试，丹参乙酸镁的实验数据令他眼前一亮：它的生物活性特别强。"这可能就是丹参中最主要的药用成分。"

基于这个重要发现，王逸平带领团队刻苦钻研，提出了以丹参乙酸镁为质量控制标准来研制丹参多酚酸盐粉针剂的方向。

最终的临床使用证明，丹参多酚酸盐粉针剂可治疗冠心病、心绞痛等疾病，临床疗效显著。

迄今，该药已用于全国 5000 多家医院、受益患者达 1500 多万人，累计销售额突破 200 亿元，成为我国中药现代化研究的典范。

"我俩有一种默契，双方都明白想要的是什么。"宣利江回忆，每当聊起受益的病患，王逸平脸上总会浮现他特有的笑容，那是一种稳稳的踏实感和幸福感。

如今，宣利江常常一个人坐在办公室发呆，"他走了，我的科研也失去了'另一半'，心里空落落的"。

创新为民，团队攻关的带路人

从 30 岁到 55 岁，人生的最好时光，王逸平是在与疾病漫长的斗争中度过的，也是在为解除人民疾病研发新药的艰难探索中度过的。临终前不久，他的病情只能依靠激素治疗，但效果已经不佳。他一再表示要争取时间，把在研的几个新药做完，还有很多想法要去探索。

王逸平先后承担了国家重大新药创制科技重大专项、科技部创新药物和中药现代化专项等科研项目。长期的一线科研让他形成了对新药研发的独特思路。"做新药，最难的不在于坚持，而在于知道何时应该放弃。"他说。

中科院院士、中科院上海药物研究所所长蒋华良告诉记者，王逸平研发一个新药已经十几年了，连专利都申请了，可药效评价不理想。为了新药安全，视时间如生命的他不得不选择放弃。"只有严苛，才能换来每一种新药的安全。"

王逸平主持抗心律失常一类新药"硫酸舒欣啶"的药理学研究，一做就是 20 年。目前，该药物获得多国发明专利授权，已完成 II 期临床试验。

他领导团队构建的心血管药物研发平台体系，为全国药物研发企业完成了 50 多个新药项目的临床前药效学评价，为企业的科技创新提供了强有力的技术支撑。

三十年如一日，硕果累累。面对荣誉，他一直淡然处之，"新药研发领域，没有单打独斗的孤胆英雄"。

岳建民院士是王逸平多年的同事，不久前王逸平特地告诉他，已经建立一种新模型，邀请他去筛选化合物。这项工作还没开始，王逸平就不辞而别，这令岳建民痛惜不已。

无私奉献，心系学生的好师长

桃李不言，下自成蹊。身为导师，王逸平用自己的方式传道、授业、解惑。

学生李惠惠，至今还记得第一次与导师在办公室的谈话。王逸平说："培养一个研究生不容易，我们要想想，5 年里应该做点什么，才能对得起国家的投入。"

丁光生是我国第一代临床药理学家，是王逸平崇敬的科研前辈。当年，王逸平向丁光生主编的期刊投了自己的第一篇研究论文。文章几经修改，丁光生一直摇头。直到王逸平发现参考文献中的一个作者英文名少了个字母，补上后，丁光生才终于点头了。这种严谨的治学风范对他影响很深。后来，他给学生修改论文，也常常用这种办法。

"他是一个有耐心又好脾气的老师。""生活上王老师很细心，大家的口味，他都记在心里。""他从来不给我们很大的压力，但他自己却始终很勤奋。"在学生眼中，他们的"王老师"亦师亦友。

一辈子能做成一个新药，是很多新药研发者的梦想。王逸平 42 岁就做成了丹参新药，老所长陈凯先院士送给这名学生一个雅号——"王逸老"。

1993 年，30 岁的王逸平被确诊患有克罗恩病，切除了 1 米多小肠。克罗恩病目前无法治愈，只能靠药物控制。他的体重常年只有百斤左右，时常拉肚子、便血。学医出身的王逸平很清楚，从此健康只会恶化。

要跑赢病魔，要和时间赛跑。王逸平的办公室冰箱里常备注射针剂。"为了节约时间，总是自己给自己看病，连针也自己打。"妻子方洁说。

他的同事沈建华记得，王逸平每个周末几乎都在办公室加班，过年过节也不例外。

为了工作方便，王逸平在单位附近买了房子，他托人找装修公司时提的第一个要求就是"装修时间要快"。

"今年年初，王逸平已感觉自己的病情持续加重。"该所党委副书记厉骏回忆说，但他还想再多争取一些时间，把手上的几个新药做完。

党员本色，崇高誓言的践行者

鞠躬尽瘁为民做药，是王逸平用自己的一生对党员科学家做出的诠释，但这还不是全部。从 1998 年担任药理一室党支部组织委员开始，他又与党的工作结下了不解之缘。他先后担任党支部书记、党总支书记和所党委委员，20 年来，他始终坚持把做出更多更好的新药作为自己做党的工作的重点。

该所药理二党支部副书记周宇一直记着"老支书"王逸平的"3 万天"理论："人一生大约有 3 万天，能用来工作的有效时间只有 1 万天。要在有限的时间里做些有意义的事情。"

"党建工作要围绕科研工作。"这是王逸平常挂在嘴边的一句话。周宇记得，王逸平很关注研究所公用设备的运维情况，他曾多次组织支部成员协调公用科研设备使用，强调要高效使用、避免浪费。而多年前，王逸平曾把荣获"上海市优秀共产党员"称号的奖金全部捐出。

今年 2 月 27 日，王逸平最后一次参加党委会，在谈起在研究所如何坚持和加强党的全面领导时，他准确地把握到人才对科技创新的重要性，提出"要把年轻队伍培养起来，后继有人非常重要"。

王逸平同时是一个看重文化传承的人。2016 年，王逸平在所里做一个"科学家谈新药研发"的报告。报告当天，现场座无虚席。王逸平以"路漫漫其修远兮"自勉，更以一名科学家、共产党人的心怀高远、不轻言放弃的坚定与执着，让全场人员在了解新药研究规律的同时，对传承药物研究所优秀文化有了更深的理解，收获了满满的正能量。

在中科院上海药物研究所副所长李佳印象中，王逸平是所里担任党支部书记时间最长的科学家。他对科研工作一丝不苟，虽然身体不好，但是很乐观，常常拿自己的窘事逗大家，是一个"能化腐朽为神奇的人"。

有人说，他虽然输给了病魔，却跑赢了人生。王逸平正是用自己的一生，坚守着共产党员的高尚情怀，践行了共产党员的崇高誓言：执着科学、创新为民。

晚霞，请你捎去一首思念的歌

——追思中科院上海药物研究所研究员王逸平

中国科学报社 黄 辛

丹参多酚酸盐粉针剂，这个如今应用于全国 5000 多家医院，让 1500 万患者受益的良药，领衔的开拓者是中科院上海药物研究所研究员、药理学家王逸平。

与不治之症"赛跑"了 25 年的王逸平，在 4 月 11 日那天，永远倒在办公室的沙发上，倒在自己燃烧一生的药物研发路上。沙发前的茶几上，还留着他给自己"治病"的止痛针。

"再有十年时间，我还想再做出两个新药！"从 30 岁查出患有克罗恩病起，25 年来，他的每一天都在和时间赛跑……

建党 97 周年前夕，上海药物研究所于 6 月 28 日召开追思会，共忆昔日的同事、老师、朋友，并学习王逸平"干惊天动地事，做隐姓埋名人"的精神。

中科院院长、党组书记白春礼同志专门做出重要批示，号召全院广大科研人员以王逸平同志为学习榜样，学习他的创新精神，积极投身中科院新时代创新改革事业，为早日实现"四个率先"的奋斗目标做出新的贡献。

"假如有来生，我们还一起做同事，但希望你没有病痛的折磨；假如有来生，我们还一起做新药，让更多的病患解除病痛。"王逸平生前的合作伙伴上海药物研究所研究员宣利江，在追思会上引用上海药物研究所所长、中科院院士蒋华良的这段话表达哀思，几近哽咽。他俩合作的丹参多酚酸盐粉针剂实现了多个第一：第一次以能够全面、充分反映药品疗效和安全性的丹参乙酸镁为质量标准核心来研制丹参新药；第一个中药开展多成分的动物和人体药物代谢研究；第一个中药开展大规模的运动平板试验验证疗效；第一个中药注射剂完成Ⅳ期临床试验；第一个中药注射剂开展 3 万例的真实世界安全性和有效性研究等。最终这些第一次为该药的大规模临床应用提供了充实的科学依据。

在王逸平的学生、上海药物研究所博士生李惠惠的记忆里，患者是让原本学医的王逸平走上新药研发路的关键。"一次医院查房的过程中，一个病危的老大爷紧紧抓着他的手，让王老师救救他。"但由于当时没有有效的治疗药物，望着老大爷渴求的眼神，王逸平感到心酸和无力。"当时王老师就想，只要能研制出好药，就能救全世界患这种疾病的病人。"

新药研发充满险阻，从数万个化合物中筛选出候选，在优化过程中又要合成成百上千种化合物，能够推向临床的，不足一成。十种新药进入临床，也往往"九死一生"。"如果一个药，全球的医生在开处方时，都会首先想到它，那才是我理想中成功的药。希望此生可以做成这样一个药。"上海药物研究所研究员沈建华回忆起两人在晚霞下的一次对话。他俩曾一起出差，住在地中海边上的一个旅馆里。一个傍晚，他们在阳台上，面向大海和美丽的晚霞，王逸平谈到了他对成功的理解：只有做出临床医生首选的药，才算真正成功。

中科院院士陈凯先说，王逸平"似乎是一位不起眼的普通人。他为人处事实事求是，从不夸夸其谈"。"他用自己朴实无私的行动诠释了一个共产党员、一个新时代科技工作者的赤诚之心。"

"我们国家现在要大健康，没有全民的健康，就没有全民的小康。我觉得他毕生追求的就是希望能够多研制几个新药，多为老百姓带来一些疗效好、用得起的药。"中国工程院院士丁健说。

上海药物研究所党委书记耿美玉研究员在追思会上表示，王逸平研究员是好同事、好老师、好朋友，更是不忘初心的榜样，"我们要学习他的精神，继承他的遗志，更好地完成国家战略需要和人民健康需求赋予我们的'出新药'的使命。"

为了梦想，他以极其坚强的意志与疾病抗争，和时间赛跑。提及往事，王逸平的妻子方洁泪流不止。今年 5 月 9 日是王逸平女儿大学毕业的日子。方洁早早订好了去美国参加毕业典礼的机票。"女儿在国外读书四年，很多孩子父母都去探望过。就因为他忙，我们没有去过。"然而，万万没想到，离全家"春天的约会"还差不到 1 个月，他却"失约"了。

"逸平，假如有来生，我们还一起做同事，但希望你没有病痛的折磨；假如有来生，我们还一起做新药，让更多的病患解除病痛。"蒋华良道出了同仁们的心声。"习总书记说，做科研就是要做惊天动地事，做隐姓埋名人，我想什么事也没有比治病救人更惊天动地的了。"

上海药物研究所党委副书记厉骏无法忘却两个月前和王逸平最后告别的日子。4月21日告别仪式后，他带着沉痛的心情来到黄浦江边，让他意外的是，那天他也看到了晚霞。当天他的微信里留下了这样一段话："那天黄昏，我看到了壮丽的晚霞，我在心中告慰逝者：你为苍生谋福，历尽艰辛，又将彩霞般的灿烂笑容，留下来陪伴我们，我们会在有晚霞的时候来看你。"

白春礼在沪看望王逸平同志家属

　　7月17日，中科院院长、党组书记白春礼在上海调研期间特意看望了英年早逝的中科院上海药物研究所研究员、心血管药理学家王逸平同志的妻子方洁。

　　白春礼首先向方洁转达了中央领导同志以及科技部、上海市有关领导的哀思和问候。白春礼亲切询问了方洁的工作、生活、身体以及孩子的情况，代表院党组向她表示诚挚的慰问并送上了慰问金。白春礼说："王逸平同志的事迹让我深受感动，我为我院失去这样一位杰出的科技工作者感到非常疼惜，对你们承受的至亲离去的悲痛感同身受。"方洁对白春礼院长、院党组的关心表示衷心感谢，并感谢药物研究所和分院给予的照顾和帮助。她表示，王逸平对研制新药的追求是深入骨髓的，"再给我十年，再做出两个新药"是他最真实的人生追求。

　　白春礼强调，王逸平同志25年来以顽强的意志品质与疾病抗争、与时间赛跑，做出了一流的科研成果，造福了上千万的患者，为我国中医现代化发展做出了重要贡献。他始终坚持共产党员的本色，用自己的一生践行了鞠躬尽瘁为民做药的誓言。

　　白春礼说，王逸平同志始终淡泊名利，把荣誉和成绩归功于集体和团队，充分体现了一名优秀知识分子的道德修养。他担任党支部书记、党总支书记和所党委委员20多年，创新党建工作方法，推动党建和科研工作互相促进、协同发展，是一名优秀的党的领导干部。王逸平同志的先进事迹生动诠释了习近平总书记对广大科技工作者提出的"干惊天动地事、做隐姓埋名人"的要求。

　　白春礼表示，王逸平同志虽然离开了我们，但是他的事迹和精神是我们要倍加珍惜的宝贵财富，必将激励药物创新研究院的同志继承他的事业，推动我国新药研发事业不断取得新突破，为人民群众的生命健康做出应有的贡献；也必将激励全国广大科技工作者执着追求、矢志创新，在建设世界科技强国伟大征程中做出应有贡献。

中科院办公厅、上海分院及上海药物研究所主要负责同志陪同看望。

王逸平 42 岁就做成了治疗冠心病、心绞痛等疾病的丹参新药——丹参多酚酸盐粉针剂。迄今，该药物已在全国 5000 多家医院临床应用，有 1500 多万患者受益。做出"临床医生首选的新药"是他孜孜以求的梦想。然而，在与疾病抗争 25 年之后，王逸平却在 2018 年 4 月 11 日永远倒在了科研岗位上，时年 55 岁。

中科院井盖上的这些经典公式，
你能认出几个？

新华社　董瑞丰

中科院物理研究所的不少井盖近日换了"新装"，每个卡通图案对应着一个物理学公式，科学与艺术在 24 个井盖上碰撞出有趣的火花。

一只青蛙站在木块上在河中自在地漂流，背后蕴含的便是大家熟知的阿基米德浮力定律；一只猫咪望向鱼缸中的小鱼，猫咪眼睛看到的鱼的位置比它实际的位置要高，这其实是斯涅尔定律，也就是光的折射定律在中间"捣鬼"；一位男士向心仪的女生告白成功，而旁边的另一位男士却心灰意冷，其中的奥义就在他们身上箭头的方向上——描述微观粒子运动规律的泡利不相容原理让这个爱情故事变得"几家欢喜几家愁"……

据物理研究所所长特别助理、综合处处长魏红祥介绍，为了迎接即将到来的中科院物理研究所 90 周年所庆以及一年一度的大型公众科学日，物理研究所特别组织策划了这场井盖涂鸦活动。他们从上千个物理学核心知识点中反复斟酌，精选出了 24 个公式，并邀请专人进行艺术设计，在所内征集志愿者参与涂鸦工作。

这些天，"物理所的井盖"逐渐成为所里和园区周边人们的热门谈资。周边不少中小学生的家长带着孩子慕名而来，希望通过一个个小小的井盖给他们以科学的启迪，在他们的心中播撒下科学的种子。一名小学三年级学生的母亲对记者说，这种方式的科普活动非常贴近生活，特别接地气，5 月 19 日公众科学日的时候，她还会再带孩子来物理研究所，感受更加浓厚的科学氛围。

"立足新时代，物理研究所的创新文化建设也要有新的落脚点和延伸点，这次的物理主题井盖涂鸦活动便是一次很有意义的尝试。"物理研究所党委书记文亚说，这次的活动也为丰富基础科学园区的文化氛围起到了重要作用。下一步，围绕90周年所庆的相关文化建设工作也将陆续展开，中科院物理研究所将以全新的面貌迎接自己的90华诞。

1. 傅里叶变换公式

傅里叶变换是最常用的一种积分变换，它在物理学、信息学科等各领域都有广泛的应用。值得一提的是，很多芯片中就有专门进行傅里叶变换的组成部分。

2. 斯涅尔定理

斯涅尔定理就是大家熟悉的折射定理。光经过不同介质界面时会发生折射，折射的大小与折射率有关。现实生活中的例子就是将筷子一端倾斜着插入水中，从水面上看筷子似乎断了一样。

3. 麦克斯韦方程组

大名鼎鼎的麦克斯韦方程组简洁优美地刻画了磁场与电场的关系。图中表现的是电磁波，电磁波是横波，其电场和磁场振动方向互相垂直，都垂直于电磁波传播方向。

4.伯努利方程

伯努利在 1726 年提出的流体力学原理，基本内容是压力势能＋动能＋重力势能＝常量。生活中最常遇见的结论就是速度越快压力越小，如图所示：一张普通 A4 纸，抓住一边，向另一边用力吹气，纸的另一边就会飘起来。

5.薛定谔方程

薛定谔方程是量子力学最基本的方程之一。更著名的是"薛定谔的猫"思想实验：如果把猫关在箱子里，里面有一个可能衰变粒子控制的毒气装置，粒子衰变时候会触发毒气装置杀死猫，那么没观测粒子之前粒子处于叠加态上，猫是不是处于又死又活的状态？

6. 不确定关系

量子力学里非常有名的关系，1927 年由海森堡提出。对于粒子动量和位置而言，就是指无法同时测量得到粒子的位置和粒子的动量。注意：不确定关系是系统的内秉性质，与观察者无关，所以称之为测不准原理是不正确的。

7. 浮力

初中就学过的经典定律，物体在水中受到的浮力等于其排开水的质量。相传是阿基米德在洗澡时候发现的。

8. 牛顿万有引力定律

传说中牛顿被苹果树砸中后得到的方程。实际上是，牛顿在家乡躲避瘟疫时，仔细研究开普勒三定律后发展得出的定律。

9. 质能关系

爱因斯坦最被人津津乐道的看上去最简单公式——质能方程。物质的能量等于其质量乘以光速的平方。举个例子，1 克物质内含的能量释放出来相当于 2 万吨 TNT 爆炸释放的能量。

10. 这个井盖上画的是哪个公式？猜不出来，可到文中找一找。

人工智能是天使还是魔鬼？
谭铁牛院士指取决人类自身

中国新闻社　孙自法

中新社电讯通稿
2018 年 5 月 29 日

　　人工智能是近些年来最受关注也富有争议的科技领域之一，它会成为控制人类的魔鬼，还是造福人类的天使？

　　中科院院士、中央人民政府驻香港特别行政区联络办公室副主任谭铁牛29 日在北京给出答案说，任何高科技都是一把双刃剑，人工智能也不例外。人工智能这把双刃剑是天使还是魔鬼取决于人类自身。"我们应未雨绸缪，形成合力，确保人工智能的正面效应，确保人工智能造福于人类。"

　　中科院第十九次院士大会当天举行首场全体院士学术报告会，谭铁牛院士以"人工智能：天使还是魔鬼？"为题做报告。他强调，经过 60 多年发展，人工智能已经取得重大进展，但总体发展水平仍处于起步阶段。

目前，人工智能在信息感知和机器学习方面进展显著，但是在概念抽象和规划决策方面的能力还很薄弱。总体上看，目前的人工智能系统可谓有智能没智慧、有智商没情商、会计算不会"算计"、有专才无通才，"人工智能还有很多不能"。

谭铁牛特别提醒说，人工智能领域的误解和炒作普遍存在，包括人工智能就是机器学习（深度学习）、人工智能与人类智能是零和博弈、人工智能已经达到 5 岁小孩的水平、人工智能系统的智能水平即将超越人类水平、30 年内机器人将统治世界、人类将成为人工智能的奴隶等，这些错误认识会给人工智能发展带来不利影响。同时，还有很多人对人工智能预期过高，甚至存在有意炒作并通过包装人工智能概念来谋取不当利益。"因此，科学家有义务向社会大众普及人工智能知识，引导政府、企业、民众科学认识和了解人工智能。"

人工智能将向何处去？谭铁牛认为，当前人工智能处于从"不能用"到"可以用"的技术拐点，但是距离"很好用"还有数据、能耗、泛化、可解释性、可靠性、安全性等诸多瓶颈，理论创新和产业应用发展空间巨大。总体而言，人工智能的发展趋势是理论更完备、技术更先进、产业更繁荣、应用更广泛、法规更健全，并朝着从专用智能到通用智能、从机器智能到人机混合智能、从"人工 + 智能"到自主智能系统等方向发展，人工智能将成为更多国家的战略选择，人类将进入普惠型智能社会。

向世界科技强国进军

瞭望周刊社　孙英兰

5月28日～6月1日，中科院第十九次院士大会、中国工程院第十四次院士大会在京举行，这是党的十九大后我国科技界召开的一次盛会。习近平总书记出席会议并发表重要讲话，站在党和国家事业发展的战略全局，高度概括总结了党的十八大以来我国科技事业的历史性变革、取得的历史性成就，深刻分析了我国科技发展面临的形势与任务，对实现建设世界科技强国的目标做出了重点部署、提出了明确要求，并对包括两院院士在内的广大科技工作者提出了殷切希望，鼓舞激励科技工作者矢志不移自主创新，向着建设世界科技强国的目标奋进。

"总书记的讲话高屋建瓴、思想深邃，既鼓舞人心，又催人奋进，为我国科技创新发展指明了方向，让我们再次深切感受到以习近平同志为核心的党中央对科技工作的高度重视，深切感受到新时代国家发展对科技创新的迫切需求，深切感受到我们科技工作者肩负的重大使命和责任。"中科院党组书记、院长白春礼院士说。

多位受访院士、专家表示，一定要按照总书记的指示要求，坚定自主创新，努力实现关键核心技术自主可控，把创新主动权、发展主动权牢牢掌握在自己手中，不辱使命，不负重托，为建设科技强国勇攀高峰。

科技创新进入新阶段

经过改革开放40年的快速发展，我国科技创新能力大幅提升，涌现出一大批标志性的科研成果。尤其是十八大以来，创新成果密集"问世"，从量子卫星到量子计算机，从"天河"到"神威"的"超算"十连冠，从载人航天到探月工程取得的"天宫""神舟""嫦娥""长征"系列等重要成果，北斗导航、"天眼"、载人深潜、深地探测、国产航母、大型客机等，一系列重大科技突破捷报频传，移动通信、语音识别、重大传染病防控和疫苗研制、重大新药创制等，一大批与民生福祉密切相关的技术成果竞相亮相。

"在党中央坚强领导下，在全国科技界和社会各界共同努力下，我国科技事业密集发力、加速跨越，实现了历史性、整体性、格局性重大变化，重大创新成果竞相涌现，一些前沿方向开始进入并行、领跑阶段，科技实力正处于从量的积累向质的飞跃、点的突破向系统能力提升的重要时期。"习近平总书记的重要讲话明确了我国科技事业发展的历史方位，对我国科技事业发展态势给出了精准判断。

当今中国，科技创新已成为支撑国家发展、保障国家安全的关键力量和锐利武器，成为建设和实现"两个一百年"奋斗目标的发动机。但正如习近平总书记所指出的，"当前，我国科技领域仍然存在一些亟待解决的突出问题，特别是同党的十九大提出的新任务新要求相比，我国科技在视野格局、创新能力、资源配置、体制政策等方面存在诸多不适应的地方。"

白春礼把当前科技领域亟待解决的问题归纳为五方面"不适应"：即中国科技创新能力与建设现代化强国的要求还不相适应，科技创新水平与建设世界科技强国的目标还不相适应，科技成果的质量、效益与国家和人民的期待还不相适应，科技队伍的水平和结构与科技创新发展的要求还不相适应，体制机制和文化与新时代科技创新的要求还不相适应。

清华大学副校长、中国工程院院士尤政认为，习总书记在讲话中指出的我国科技领域仍然存在一些亟待解决的突出问题，如我国基础科学研究短板依然突出、科技成果转化能力不强、人才发展体制机制还不完善、科技管理体制还不能完全适应建设世界科技强国的需要等，需要引起中国科技界高度重视，并直面问题，攻坚克难。

白春礼说："科学技术要支撑国家强盛和复兴，就要直面这些挑战，解决这些问题。"白春礼强调，这是当前和今后一个时期中国科技界的主要任务，更是中科院深入实施"率先行动"计划、加快改革创新发展的着力点和突破口。作为中科院士、学部主席团执行主席，他希望广大院士在解决这些重大问题中，勇做科学技术的引领者、深化改革的促进者、创新发展的开拓者、科学文化的建设者，使院士群体真正成为中国建设创新型国家和世界科技强国的带头人和先锋队。

矢志不移自主创新

当今世界正处在科技创新最活跃的时期，新一轮科技革命与新一轮全球产业分工调整双重机遇叠加，正在重构全球创新版图、重塑全球经济结构。中国科技事业经历多年的积累和发展，已成为世界多极化创新版图中日益重要的一极，在主动布局和全方位融入全球创新网络方面迈出历史性步伐。

《2017 全球创新指数》报告显示，中国在全球创新指数的排名，由 2012 年的第 34 位跃升至 2017 年的第 22 位，成为进入前 25 名中唯一的中等收入国家，且多项指标排名居全球第一。

中科院科技战略咨询研究院院长、中国发展战略学研究会理事长潘教峰认为，经过多年的持续努力，我国科技创新能力正迎来突破的拐点。

习近平总书记在两院院士大会上的讲话指出："我们迎来了世界新一轮科技革命和产业变革同我国转变发展方式的历史性交汇期，既面临着千载难逢的历史机遇，又面临着差距拉大的严峻挑战。我们必须清醒地认识到，有的历史性交汇期可能产生同频共振，有的历史性交汇期也可能擦肩而过。"

在接受《瞭望》新闻周刊采访时潘教峰表示，抓住这一千载难逢的历史机遇才可能"同频共振"，否则，就会使我国现代化建设失去发展良机。要抢抓新一轮科技革命的发展机遇，就要直面现实的严峻挑战。

这个挑战首先来自国际社会。一方面大国竞争日益激烈，国际战略环境已经发生大的变化；一方面西方国家针对我国发展采取的封堵、遏制从未停止，且会伴随着我国实现民族复兴的全过程。正如习总书记所说，我们比历史上任何时期都更接近、更有信心和能力实现中华民族伟大复兴的目标。但中华民族伟大复兴，绝不是轻轻松松、敲锣打鼓就能实现的。如何"突出重围"，是中国发展道路上必须要面对、必须要破解的难题。

其次，我国的发展到了一个新的历史时期，要实现从站起来、富起来到强起来的伟大飞跃，我们比历史上任何时期都更需要建设世界科技强国，为此必须破除一切制约科技创新的思想障碍和制度藩篱，继续全面深化改革，解决"我国科技在视野格局、创新能力、资源配置、体制政策等方面存在诸多不适应的地方"，攻坚克难，不懈努力，久久为功。

再次，我国科技实力正处于从量的积累向质的飞跃、点的突破向系统能力提升的重要时期。这也正是我国科技改革"啃硬骨头"的攻坚期，发展中的问题交织叠加，深层次的矛盾逾益凸显。

一方面，我国科技在从跟跑、并跑到领跑的跃升中，科技界自身需要不断增强创新的能力、领跑的底气和争当第一的勇气，增强科技自信，敢于走前人没有走过的路；另一方面，在提高科研产出的同时，亟须提高科研质量。科技部提供的数据显示，2017 年我国国际科技论文总量比 2012 年增长 70%，居世界第二，被引量首次超过德国、英国，跃居世界第二位。但相较于美国，我国科技论文的高被引率还不高，科学原创不足，开创的新领域、新方向不多，科技成果转化成现实生产力还有非常大的提升空间。

此外，在国家转方式调结构的重大需求面前，科技领域能够提供的管用、适用的技术还不够多，还没能根本改变基础、关键、核心技术受制于人的局面。而提供更多、更高质量的科技供给，正是我国科技工作者的重要职责和使命。

基于此，习总书记强调"形势逼人，挑战逼人，使命逼人。我国广大科技工作者要把握大势、抢占先机，直面问题、迎难而上，瞄准世界科技前沿，引领科技发展方向，肩负起历史赋予的重任，勇做新时代科技创新的排头兵。"这就要求广大科技工作者必须深入分析我国在创新驱动发展中的优势、短板，增强危机感、紧迫感、使命感，直面挑战，抓住"历史性交汇期"这一历史机遇，矢志不移自主创新，勇做新时代科技创新的排头兵和勇攀世界科技高峰的实践者、赶超世界先进水平的推动者。

努力成为世界科学中心和创新高地

"中国要强盛、要复兴，就一定要大力发展科学技术，努力成为世界主要科学中心和创新高地。"这是习近平总书记向全国科技界发出的"动员令"。

为此，习近平总书记从五个方面做出了部署：第一，充分认识创新是第一动力，提供高质量科技供给，着力支撑现代化经济体系建设。第二，矢志不移自主创新，坚定创新信心，着力增强自主创新能力。第三，全面深化科技体制改革，提升创新体系效能，着力激发创新活力。第四，深度参与全球科技治理，贡献中国智慧，着力推动构建人类命运共同体。第五，牢固确立人才引领发展的战略地位，全面聚集人才，着力夯实创新发展人才基础。

白春礼认为，总书记提出的这五个方面，是科技发展全方位布局中最关键的内容，为下一步中国科技创新指明了重点、方向和目标。

白春礼说，事实一再告诫我们，关键核心技术是要不来、买不来、讨不来的。党的十八大以来，习近平总书记在多个重要场合讲过，核心技术受制于人是我们最大的隐患。"我们广大科技工作者，就要直面问题，着力解决'卡脖子'的瓶颈问题，自觉担负起创新驱动发展的神圣使命。只有把关键核心技术掌握在自己手中，才能从根本上保障国家经济安全、国防安全和其他安全。只有以关键共性技术、前沿引领技术、现代工程技术、颠覆性技术创新为突破口，努力实现关键核心技术自主可控，才能把创新主动权、发展主动权牢牢掌握在自己手中。"

中科院院士、量子工程首席科学家潘建伟曾告诉《瞭望》新闻周刊记者，我国自主研制的量子科学实验卫星"墨子号"成功发射，在国际上抢占了量子科技创新的制高点。当时也曾想从国外引进"光跟瞄"（光学跟踪瞄准）技术和空间的光学通道建立等技术，但遭遇某国的禁售限制。关键技术买不来，只能靠自力更生，自主创新。经过几年的协同攻关，终于解决了"卡脖子"的问题。"现在我们的指标跟国际上最先进的指标完全一样。"潘建伟说，只要我们坚定创新自信，咬紧牙关去做一件事，是能够成功的。

中科院院士、北斗卫星导航系统副总设计师杨元喜以北斗卫星导航系统为例说，"北斗"与GPS是竞争关系，它的任何一个核心技术关键零部件，甚至海外建站，都面对着激烈的竞争和封锁。正因为我们掌握了核心技术，"北斗"才有了真正的竞争能力。"北斗卫星导航系统这一领域是美国航天技术部门唯一愿与中国开展合作的领域。当你有足够的竞争能力的时候，对手便不再排斥与你合作了。"

习近平总书记在讲话中希望我国广大科技工作者"要有强烈的创新信心和决心，既不妄自菲薄，也不妄自尊大，勇于攻坚克难、追求卓越、赢得胜利，积极抢占科技竞争和未来发展制高点。"这令多位受访院士记忆深刻。

在2016年5月底召开的全国科技创新大会、两院院士大会、中国科学技术协会第九次全国代表大会，即"科技三会"上习近平总书记就强调，我国科技界要坚定创新自信，坚定敢为天下先的志向，在独创独有上下功夫，勇于挑战最前沿的科学问题，提出更多原创理论，做出更多原创发现。在本次两院院士大会上习近平总书记再次强调，广大科技工作者要坚定创新信心，着力增强自主创新能力。他指出"只有自信的国家和民族，才能在通往未来的道路上行稳致远。"多位受访院士表示，当前我们有的科技工作者还对自主创新不够自信，欠缺敢为天下先的勇气，仍需激发追求真理、勇攀高峰的科学精神。身为院士，我们一定要在弘扬科学精神上身体力行，勇于创新、敢于另辟蹊径走别人没有走过的路，担负起我们这一代人的使命责任。

自主创新是我们攀登世界科技高峰的必由之路。中国要成为 21 世纪的科技强国、成为世界科学中心的一员，这一过程注定不是坦途。

潘教峰认为，要实现这一宏伟目标，就要从国情出发，借鉴历史经验，适应世界局势变化，以习近平总书记对科技创新的一系列重要论述为指导，坚持目标驱动、规划先行，找准方向，从战略层面加快布局。

一是要打牢基础前沿研究的根基。基础研究是整个科学体系的源头，其发展水平直接反映了一个国家的科学实力，是提升国家原始创新能力和国际竞争力的基础。要瞄准世界科技前沿，抓住大趋势，下好"先手棋"，打好基础、储备长远，夯实建设世界科技强国的根基。优化基础研究和战略高技术的发展布局，加大对空间、材料、能源、信息、生命等领域的攻关力度，实现关键核心技术安全、自主、可控，解决好"卡脖子"问题。要加强对未来可能产生重大变革影响的颠覆性技术的研判，及时调整和布局，如将信息化战略上升为智能化战略等，选准突破口，力争在一些重要领域实现"弯道超车"，赢得主动，占领先机。

二是要建设一批强大的战略性科技力量，抢占前沿竞争制高点。战略性科技力量主要体现在重大基础平台和重大项目上。以国家实验室建设为抓手，结合国家重大专项、面向 2030 国家重大科技项目和工程实施、结合重大科技基础设施建设和运行，以及科技创新中心和全面创新改革试验区建设，整合全国创新资源，带动全国科研力量优化布局。按照集突破型、引领型、平台型于一体的国家实验室建设标准组建国家实验室，使之成为攻坚克难、引领发展的战略创新力量。与重大专项、其他研发机构形成梯次接续的协同创新布局。

三要建设一支高水平的创新人才队伍。近年来，我国科技人才的数量和质量都有了大幅提升，但人才结构不平衡、创新能力不强、顶尖人才匮乏等问题仍然存在，亟须通过改革，建立健全符合人才成长规律的制度体系，为打造一支高水平的人才创新队伍奠定基础。

四要继续强化改革攻坚，提升创新体系效能，着力激发创新活力。近些年来，科技体制改革全面发力、多点突破、纵深发展，科技体制改革主体架构已经确立，重要领域和关键环节改革取得实质性突破。但也应看到，科技体制改革还存在一些有待解决的突出问题，主要是国家创新体系整体效能还不强，科技创新资源分散、重复、低效的问题还没有从根本上解决，"项目多、帽子多、牌子多"等现象仍较突出，科技投入的产出效益不高，科技成果转移转化、实现产业化、创造市场价值的能力不足，科研院所改革、建立健全科技和金融结合机制、创新型人才培养等领域的进展仍滞后于总体进展，科研人员开展原创性科技创新的积极性还没有充分激发出来，等等。

科技体制改革已进入"深水区"，全面深化改革要敢于"啃硬骨头"，破除一切制约科技创新的体制机制障碍，最大限度解放和激发科技作为第一生产力所蕴藏的巨大潜能。

五要坚持开放不动摇，积极融入全球创新网络，树立人类命运共同体意识，在更高水平、更大范围、更多层次上开展国际合作，要最大限度用好全球创新资源，更要发挥我们自身的创新潜能，自主创新，让发展的主动权牢牢掌握在自己手中。

"自主创新绝对不是关起门来创新，而是全球环境下的一种创新，更需要有效地利用国际和全球的科技资源。"中科院党组副书记、副院长侯建国院士表示，自主创新可以有不同的路线图。科技是人类共同的事业，需要人类一起来推进这个事业的发展。

人才是强国之基

功以才成，业由才广。建设一支规模宏大、结构合理、素质优良的高水平创新人才队伍，是我们建设世界科技强国的基础和保障。

科技部提供的数据显示，目前我国科技人力资源总量已突破 8100 万。把这支队伍的积极性充分调动起来，创新成果才会不断涌现。

当前，我国高水平创新人才仍然不足，特别是科技领军人才匮乏。人才评价制度不合理，唯论文、唯职称、唯学历的现象仍然严重，名目繁多的评审评价让科技工作者应接不暇，人才"帽子"满天飞，人才管理制度还不适应科技创新要求、不符合科技创新规律。

创新之道，唯在得人。得人之要，必广其途以储之。

多位受访院士、专家认为，要夯实创新发展的人才基础，必须要通过改革，创新人才评价机制，建立健全以创新能力、质量、贡献为导向的科技人才评价体系，形成并实施有利于科技人才潜心研究和创新的评价制度，改变以静态评价结果给人才贴标签的做法，改变片面将论文、专利、资金数量作为人才评价标准的做法。"不能让繁文缛节把科学家的手脚捆死了，不能让无穷的报表和审批把科学家的精力耽误了！"

中科院院士王曦表示，科学研究有很多的不确定性，不能简单地通过静态的规划得来。科技人才评价体系要以创新能力、质量、贡献为导向，同时要形成并实施有利于科技人才潜心研究和创新的评价制度，从而鼓励科研工作者能甘坐冷板凳、做长时间的创新研究。如果社会没有形成这种鼓励敢为人先、宽容失败的氛围，科研人员就不敢冒险去做一些带有探索性的原创的基础研究，也就很难取得原创性的成果。

中科院院士邢定钰说，"现在关于人才培养的各种计划如雨后春笋，人才的'帽子'满天飞，很多青年才俊，为了一顶'帽子'，从申请到成功要折腾几年，花费了大量时间和精力。要是把这些时间花在科研上、创新上该有多好！"邢定钰认为，科技人才有其自身的成长规律，要尊重规律，解决人才队伍结构性矛盾，构建完备的人才梯次结构，形成有效的引才用才机制。

营造良好的创新环境，一方面需要形成一个有利于人才成长使用的好机制，充分释放科技人员的创新活力；另一方面，还需要有培植、育人的肥沃土壤，这就要培养崇尚科学、崇尚创新的社会氛围和环境，从娃娃抓起。

潘教峰认为，构建完备的人才梯次结构，科技创新才有后备力量，只有人才的根系发达了，科技强国的建设，才会有源源不断的可用人才。

经济日报

中国科学院院士潘建伟在两院院士大会上
进行专题讲座——

欢迎来到量子世界

经济日报社　佘惠敏　沈　慧

继对撞机、引力波之后，又一个"高冷"物理名词——量子，近年来逐渐从幕后走向了台前。在科学家们眼中，这一扑朔迷离的量子究竟是何方神圣？它有哪些神奇绝技，又有何用？

在近日举行的两院院士大会上，中国科学技术大学教授、中科院院士潘建伟带来了一场有关量子的精彩介绍。

神奇的量子

一旦确定了初始状态，根据力学方程，所有粒子未来的运动状态都是可以精确预言的——这是基于牛顿力学得出的结论。

"如果按照这个思路再往下思考，一切事件（比如今天的会议）都是在宇宙大爆炸时就已经确定好的吗？个人的努力还有意义吗？但人显然是有自由意志的。"潘建伟引用霍金的一句话：即使是相信一切都是上天注定的人，在过马路时也会左右看。

"所以，尽管我们对牛顿力学非常满意，但对其中蕴含着的决定论，仍持有异议。"潘建伟说。

20世纪初，归功于普朗克、爱因斯坦、玻尔、海森堡等众多杰出科学家的共同努力，又一扇科学之门徐徐打开。到底是什么改变了牛顿力学的基本观念？其中一个就是量子力学。量子是构成物质的最基本单元，是能量的最基本携带者，不可分割。所有人们所熟知的分子、原子、电子、光子等微观粒子，都是量子的一种表现形态。

根据经典物理学，一个客体的状态（用 0 和 1 表示）就像最简单的二进制开和关，只能处于开或者关中的某一个状态，即要么是 0 要么是 1，这就好比一只猫，要么是生要么是死，不能同时"又生又死"。但这一理论并不适用于量子世界。"比如在量子世界，一个氢原子的状态，可以是激发态和基态的相干叠加，可以 0 和 1 状态同时共存。"潘建伟举例。

这种所谓的量子相干叠加正是量子世界与经典世界的根本区别，由此有了量子力学不确定原理：量子体系中一般情况下一个物理量的值并不能预先确定，而是依赖于采取何种测量基，进一步，对处于量子纠缠的两个粒子，对其中一个粒子的测量结果会瞬间确定另一个粒子的状态，不论它们相距多么遥远。这就是"量子纠缠"，爱因斯坦称这个现象为"幽灵般的超距作用"。

潘建伟打了个比方：一个代表团从北京到法兰克福去访问，如果在飞行途中睡着了，不知道是途经莫斯科还是新加坡，到北京时，他们会觉得"又冷又热"，感觉好像同时穿越了两条路线。但如果飞行途中一直睁着眼睛去看，或者有仪器测量，那么检测到的状态是飞机只会处于一条航线上，代表团抵达北京时要么感觉冷，要么感觉热。

"叠加原理认为，一个量子客体可以处于不确定的状态，也就是说在测量之前，连上帝都不知道，观测者的行为还可以影响体系的演化。这种颠覆性的认知和相对论一起，带来了第二次科学革命，进而催生了新的产业变革。"潘建伟说。

安全的通信

从春秋时期的虎符到古希腊的加密棒，以及古罗马帝国凯撒大帝发明的字符移动加密术，再到第二次世界大战时出现的复杂密码……人类追求信息安全的脚步从未停止。

为确保被授权的用户身份不被窃取，可以用加密算法进行身份认证；为保证传输过程中信息不被窃听，可以进行传输加密；为保证传输内容不被篡改，可以用加密算法进行数字认证。某种意义上，现在的信息安全是建立在加密算法或者加密技术的基础之上。

"然而，经典加密算法依赖于计算的复杂度，如果计算能力足够强大，原则上都会被破解。人们早就怀疑'以人类的才智无法构造人类自身不可破解的密码'，这是目前经典加密算法面临的困境。"潘建伟说。

　　幸运的是，量子力学的发展已经为解决这一问题做好了准备。量子叠加的"分身术"，具有一个最直接的应用——就是广受关注的量子保密通信。

　　潘建伟说，科学家们可以利用单光子来传输密钥。如果有窃听者想截取单光子，测量其状态并发送，那么，单光子就会从原有状态"0+1"变成0或者1，通信中就会引入扰动并会被使用者察觉。当然，经典光通信中还有一种窃听方法——截获一部分光，让其余部分继续传送，仅对截获到的部分进行状态测量获取密钥信息。但是，由于单光子不可分割，窃听者不可能如同在经典光通信中那样，把信号分成一模一样的两半，窃听也由此失败。

　　"量子通信克服了经典加密技术内在的安全隐患，因为其安全性不依赖于计算复杂度，这是原理上无条件安全的一种通信方式，一旦存在窃听必然被发现。"潘建伟称。

　　单光子的不可分割性和量子态的不可复制性从原理上保证了信息的不可窃听，再结合"一次一密"的加密方法，就可以实现信息的不可破解，从而确保了身份认证、传输加密以及数字认证等技术手段的无条件安全。

　　不过，要在现实条件下实现远距离的量子通信，并非听起来那么简单。量子信号因为不能被复制，所以不能被放大，信号会随着传输距离的拉长，变得越来越弱。比如，长度为1200公里的商用光纤中，即使有每秒百亿发射率的理想单光子源和完美的探测器，也需要数百万年才能传送一个量子比特。这样的传输速率显然不适于远距离传输。

　　怎么办？目前国际上公认有两种可行的途径：一种是利用中继器进行分段传输，另一种是利用卫星中转进行自由空间单光子传输，实现数千公里甚至是全球化的量子通信。

　　2016年，随着全球第一颗量子科学实验卫星——"墨子号"发射成功，实现信息"绝对安全"的梦想又向前迈进了一步。"去年，千公里级量子密钥分发速率达到1kbps，比同距离光纤提高20个数量级；现在，每秒钟可以稳定分发十万个密钥甚至几十万个密钥。"潘建伟说。

可期的未来

　　量子通信不是唯一应用。

　　大数据时代，人类对计算能力的需求与日俱增。然而，目前人类拥有的计算能力还相当有限。例如，集全世界计算能力的总和都无法在一年内完成对 280 个数据的穷举搜索。与此同时，随着晶体管的尺寸逐步接近纳米级，晶体管的电路原理将不再适用。而通过超大规模处理器集成的超级计算机由于能耗惊人，也面临着发展模式不可持续的难题。以 AlphaGo 为例，下一盘围棋需要消耗 10 吨煤产生的电量。

"利用量子相干叠加原理，可以构造具有强大并行计算和模拟能力的量子计算机。"潘建伟说，量子计算机的计算能力随可操纵的粒子数呈指数增长，一台操纵 100 个粒子的量子计算机，对特定问题的处理能力可达到目前全世界计算能力总和的 100 万倍。利用万亿次经典计算机分解 300 位大数大约需要 15 万年，这正是目前广泛使用的 RSA 公钥密码体系安全性的基石——现有计算能力无法在短时间内破解密码，然而利用同样工作频率的量子计算机则只要一秒钟。由此可见，一旦量子计算机研制成功，对现有密码体系的冲击将是崩溃性的。不过，量子力学在提供了破解密码"最锋利的矛"的同时，也为我们提供了信息安全"最牢固的盾"——量子通信的安全性与计算能力无关，即使在量子计算机时代，照样可以保障信息的无条件安全。

当然，量子计算机造出来还需时日。"届时，量子计算可为人工智能、密码分析、气象预报、石油勘探、基因分析、药物设计等所需的大规模计算难题提供解决方案，并可揭示量子相变、高温超导、量子霍尔效应等复杂物理机制。"潘建伟表示。

不仅如此，利用高精度的量子信息处理技术，还可对时间、位置、重力等物理信息实现超越经典技术极限的量子精密测量，大幅度提升卫星导航、激光制导、水下定位、医学检测和引力波探测等的准确性和精度。例如，利用目前最好的传统自主导航技术，水下航行 100 天后，定位误差达数十公里，需要定期上浮使用卫星修正；而利用原子干涉重力仪等高精度量子自主导航系统，水下定位航行能力可大幅提升，不需卫星修正就可实现长期自主导航。

"第一次量子革命已经在 20 世纪对我们的社会面貌和生活方式产生了巨大影响。可以预期，以量子信息技术为代表的第二次量子革命也一定会带来人类社会物质文明的巨大进步。"潘建伟说。

CHINA SCIENCE DAILY

"国科大味道"的本科生熟了！

中国科学报社　肖　洁　韩扬眉　沈春蕾

《中国科学报》第 1 版
2018 年 6 月 13 日

　　"如果没有科研志向的话，我想当时自己抵挡不住'北大专业随便挑'的诱惑。"

　　回忆起 4 年前的选择，中国科学院大学（以下简称国科大）化学专业 2014 级本科生、也是该校首届本科生之一的汪诗洋笑着说，当时甚至为此与家长和老师产生分歧，但自己做好了当"小白鼠"的心理准备。

　　让汪诗洋心动的，是时任国科大校长丁仲礼的一句话。

　　那是 2014 年 4 月的一个中午，丁仲礼到汪诗洋的母校北京四中演讲。他说："我们动用这么多的资源，仅招收 300 多个本科生，目标就是培养未来中国科技的领军人才。"

　　后来的高校面试环节，有的名校考汪诗洋一道竞赛题，还有的通过抽签问他"如何看待心灵上的雾霾"。让他颇感意外的是，首次招收本科生的国科大考官让他畅谈科学的过去与未来、实际科学问题的解决思路和个人理想。

"这对我而言是一种幸福。" 2018 年 6 月，在国科大北京玉泉路校区小巧宁静的校园里，汪诗洋对《中国科学报》记者说。当年入学后他发现，当时认真听自己讲了 20 多分钟的主考官，是一位中科院院士。而大一的基础课，从数学分析、代数，到力学、热学、化学原理，都有院士授课，并且是 "从头至尾，每一节课都教"。

在 "苦难" 中 "活" 下来的 "黄埔一期"？

与汪诗洋同年进入国科大的，一共有 332 名学子。他们分布于 6 个专业，分别是数学与应用数学、物理学、化学、生物科学、材料科学与工程、计算机科学与技术。4 年间，自称 "小白鼠" 的他们，在国科大 "活" 得如何？

5 月 31 日下午五点，北京中关村，中科院数学与系统科学研究院南楼 205 房间，2014 级数学与应用数学专业最后一组 11 位本科生通过毕业论文答辩。至此，国科大首届本科生毕业论文答辩全部结束。

主持最后一场答辩会的，是中科院院士席南华。这位数学家恰好也是国科大本科教育从最初设计到后来实施的负责人。

席南华站起身，一边收拾面前的一摞论文，一边对等待合影的 11 个年轻人说："祝贺你们四年的苦难画上了句号。"

"苦难？" 在随后的采访中，《中国科学报》记者问席南华。

他不假思索地回答："因为他们的压力很大，学得很苦。"

"黄埔一期" 第一年的日程表很满。一位本科生跟中学同学说，在北京的同学聚会希望就安排在国科大附近，因为自己每天晚上学习很忙，没时间去远的地方。

虽然后来国科大也根据学生的反馈进行了一些课程调整，但仍然不轻松。

"进了国科大，如果想着轻松，肯定跑不好这场马拉松。" 在中科院院士周向宇看来，"学习就不是短跑。"

中科院院士袁亚湘也表示："好多人考上一个好大学以后就彻底放松了，很可惜。我们跟国科大这些孩子讲清楚，真正的竞争从本科开始，中学阶段其实只是热身。"

2015 年 12 月，在国科大雁栖湖校区一次会议上，席南华曾谈到，他教的本科班里有 69 个学生，虽然这些学生都很优秀，但上学期末仍有 12 人不及格，补考后还是有 10 人不及格。现在说起这件事，席南华表示，挂科率已经逐年下降，"因为学生们对此印象深刻，知道要努力，后来这几年招收的本科生更是如此"。

以教材为例，对于每门课，国科大都在全世界范围甄选教材，要求既有内容又有思想。比如，数学专业采用了俄罗斯莫斯科大学卓里奇编写的《数学分析》。席南华说："这本教材的确比国内很多大学用的教材难得多。"

学生是否吃得消？席南华说："那我看他们也都'活'下来了。"

本科"生存"真的很难吗？

在进入国科大之前，2014 级物理专业的陈俞嬖也以为，用高中 80% 的努力读大学就足够了。而来到国科大以后，她发现现实并非如此。

但陈俞嬖仍然知难而进，大一时选了一些较难的课程。最终她的结论是："没有难到让自己吃不消，这些课很有挑战性，能够提升自己。"她表示，国科大的课程设置，尤其是对数理基础的强调，让自己在学术上学到的更多。这一点，她在牛津大学访学时深有体会。

"大学是自由的，每一秒都能带来无限的可能，你有权利决定自己的生活。"毕业前夕，当牛津大学和芝加哥大学同时抛来橄榄枝时，陈俞嬖最终决定到芝加哥大学这个全新的环境深造。

"没有难到不能想象的那个地步。"化学系学生刘钰的下一站，也是芝加哥大学。她认为："很多人觉得很难，是因为一开始没有掌握这门课程的逻辑语言，就放弃了，但如果坚持下去，就会觉得越学越容易。"

游泳是刘钰的放松方式。她创办了国科大游泳社，担任首届游泳社社长。而最让她自豪的，是化学专业的她选修了物理系的《量子力学》、《固体物理》和《计算物理》，并取得了不错的成绩。

学业导师制，科学家班主任，跨专业选择课程，在中科院的各个研究院所做科研实践，很早接触顶尖科学家的课题组以及先进的科研设备和大科学装置，去一流的名校访学交流……国科大提供的各种资源琳琅满目，条件是本科生们有勇气去拿，并为之付出汗水。

因为对生物感兴趣，2014 级计算机专业的刘翼豪利用大一的暑期科研实践，申请到中科院昆明动物研究所研究员张云的动物毒素课题组学习。

"在张老师的指导下，我还写了一篇 3 万多字的报告。嗯，不错！"刘翼豪开心地描述着当时的情景。

从"码农"到"生物毒素"，刘翼豪了解了很多跟计算机学科"没有关系"的知识。他的科普文章《葫芦娃中的那些黑科技》涉及多个学科；《物理定律告诉你，天下有情人终将分手》在今年情人节"刷遍"微信朋友圈，登上微博热搜榜。他一边做着"科普小达人"，一边被中科院深圳先进技术研究院集成研究所录取为直博生。

汪诗洋说起自己所在的男生寝室，半夜一点突然兴起，聊的不是女生、游戏、篮球和日漫，而是为一篇文献争论，最后索性下床画结构分析机理。他还曾在宿舍楼下偶遇同学，为讨论科学问题而夜不归宿。

"比较而言，我们学校的氛围非常阳光。"席南华这样评价，"绝大部分学生具备向上的精神和对科学的追求。"

实际上，第一届本科生中也有一些因无法适应而退学或转学的例子，退学人数达到 10 人。席南华说，比较突出的原因是沉迷游戏，还有少数学生心理出现问题。有的辅导员搬到学生宿舍对落后的学生进行"贴身"陪伴，但还是无法将所有的孩子拉回来，这也是令席南华感到遗憾的事情。

科学家带出的本科生"味道"不一样

包括院士在内的科学家，能否给本科生讲好课？这是国科大 2014 年开始招本科生时，曾面对的一个疑问。

"这完全是一个荒谬的命题。"席南华摇着头说，"所谓'外行看热闹，内行看门道'，有些课，外行看起来觉得讲得行云流水，但主讲者其实就是说不到点子上。而有的老师，表面上看板书乱糟糟，似乎讲得也不大好，但是到了期末，他的学生学得非常好，掌握了课程的精髓。"

在席南华看来，包括他自己在内，中科院的科学家很多都有在国外给本科生授课的经历。另外关键的是，科学家能把科学问题说得更透彻，能站在更高更专业的角度上来讲课。

周向宇给本科生授课用的就是卓里奇的教材。他说自己会尽量站在更高的点上去引领学生。比如 2016 年诺贝尔物理学奖授予从事拓扑相变领域的科学家，他当时就借机向本科生普及拓扑最新的知识。而且，由于原定的课程时间安排太过紧凑，为了将这门课讲得更清楚，这位院士又给本科生加上了一学期的课。

袁亚湘则直接说："中科院其实有非常成功的办大学的经验啊。"

这个经验指的是中国科学技术大学。这所 20 世纪 50 年代中科院科学家在北京玉泉路办起来的大学，虽然招生数量不多，但在短时间内获得了高产出。

作为一名"非常积极主动支持中科院办本科教育的科研人员"，20 世纪 90 年代，袁亚湘曾给时任中科院院长路甬祥写信，建议把中国科学技术大学搬到北京来。现在国科大开招本科生，他成为主动要求为本科生授课的院士之一。

"在我的心目中，玉泉路是一个圣地。"袁亚湘说，"中科院有那么多研究所、那么多好的科学家，不教本科生多浪费！"

"科学家以科研的视野来培养本科生，带出来的学生'味道'会不一样，能更快地把学生带到科研最前沿。"袁亚湘说。

2014 年夏天，在浙江参加国科大首届本科招生的袁亚湘应高鸿钧院士之托，给一位名叫姜博鸥的考生的家长打电话，劝说这位全国女子奥数金牌获得者来国科大学习。他告诉孩子妈妈："如果您的孩子来国科大，我们这些人会亲自给她上课，会提供一对一的指导和帮助。"

姜博鸥真的来了国科大，袁亚湘也兑现了承诺。他每周给本科生上两次课，每次两个小时。他指导包括姜博鸥在内的 4 个本科生，每隔一周给他们开一次小会。除了学习，袁亚湘也关注他们的生活和思想。他曾凌晨 4 点从外地飞回北京给本科生上课，然后再直奔机场，去别的城市参加国际学术会议。

姜博鸥认为，自己在国科大最大的收获，就是能很早接触袁老师的课题组。她会跟着课题组做一些小项目、参加课题组研讨班。她有时也会和学长们一起，跟着袁老师去爬山，去吃农家菜。大三时，她获得了去牛津大学访学的机会，虽然感受过了"外国的月亮"，姜博鸥还是笃定地留在国内，跟着袁老师读直博。

而这次的毕业论文答辩，姜博鸥也获得了优秀。

这种培养模式很"任性"

曹桂兰老师是这次数学专业毕业答辩的组织者。答辩会上，她一边给记者按名单指认每位参加答辩会的评审，一边悄声说："这三天，除了每天都由院士牵头，其他评委也都是'大咖'啊。这个规格，都赶上研究员职称评审了。而且你看我给这么多老师发通知，就没有收到一封邮件回复说来不了的，全都按时参加。"

答辩过程中，"大咖"们不时地提问、建议。因为他们大部分都参与了本科生的论文指导，偶尔还会有人忍不住开口帮学生回答同事的提问。

袁亚湘对于一个学生论文中以公式结尾的句子不标句号"耿耿于怀"，一再向这名答辩者强调"科技论文写作要严谨"。

一组论文答辩结束，评审们讨论如何给每篇论文进行书面评价。周向宇索性坐到电脑前，逐字逐句亲自修改评语。

国科大对首届本科生答辩的重视，一如 4 年前招他们进来前的谨慎。

从课程体系设置方面，开招本科 6 个专业之前，席南华请中科院文献情报中心调研了每个专业世界上五所最好的大学。

30 万字的调研报告陆陆续续交到席南华手里时，他感到"我国先进的大学与这些大学有很大差别"。他认为，在课程体系上，我们注重知识灌输，能力培养却不够；我们培养了很多专才，但在思维能力训练方面多有不足。

"我有这么深的感触，是因为现在强调交叉研究，但真正做时发现很多困难。"席南华说，"这说明教育模式出了很大问题。"

国科大的本科培养，想走一条不同的路。

这种科教融合、科学家办本科教育的模式，已经引起了其他高校的兴趣。不过，国科大的模式，却是很难复制的。

正如席南华所说，他不担心有的院士、"大咖"因为工作太忙不能每年都给本科生授课，毕竟科学家数量多，选择起来可以"任性"。

"这么大的中科院，每年就招 300 多个学生，没问题。"

未来的大师会在他们当中产生吗？

2018 年，国科大拟招本科生 398 名。

国科大目前分管本科生工作的副校长苏刚向《中国科学报》记者明确表示，未来，国科大不会扩大招生规模。"少而精，特而强"的办学理念将继续坚持下去。

6 月 12 日，国科大在玉泉路校区召开本科生培养工作新闻通气会。在会上，苏刚介绍说，国科大本科生有两次转换专业的机会。2014 级本科生中有 70 名学生变更了攻读专业，占年级人数的 21.2%。161 名学生选择了

辅修 / 双学位，占年级人数的 48.5%。

此外，这届本科生参加国际访学项目总人数为 186 人，其中 46 名学生进入 2017 年世界排名前 10 名学校，168 名学生进入世界排名前 100 名学校，很多人都拿回了全 A 甚至全 A+ 的成绩单。

比如，材料科学与工程专业本科生朱宇巍在哥伦比亚大学访学期间，参加了由美国国家航空航天局赞助的商用空间站设计比赛，并进入全美总决赛。

不过，汪诗洋因为坚持自己的学业规划而放弃了去美国学习的机会。他将延期毕业修双学位并留在国科大完成博士学位。他对计算化学情有独钟，并认为是本科四年的点点滴滴最终促成了自己的选择。

"袁亚湘院士在微积分课上讲切空间时，深入讨论了从局部最优到全局的困难；在杨文国老师指导下，我发现计算精度和效率的提升来源于知识和数据的紧密结合。王建平老师喜欢从原子间作用过程而不是传统的分子总能量角度思考问题；罗三中老师把有机反应的机理和变化讲得特别透彻，他们让我对化学有了不一样的理解。计算机课听张科、胡伟武老师讲体系结构，听冯晓兵、崔慧敏老师讲编译原理，虽然写代码过程很折磨人，现在想来让我从硬件设计和软件执行角度理解了性能瓶颈的类型和原因……"汪诗洋细数让自己兴奋的课程。

"还有袁江洋老师以科学发展为线索梳理的世界历史，赫荣乔老师讲的运动神经丛，杨义峰与陈晓松老师的统计物理……哎，还有太多太多了！"

据统计，国科大 2014 级本科生在学业导师指导下完成学术论文近 80 篇，部分论文发表在国际顶级刊物。刚刚结束的本科学位答辩也获得了不少褒扬。比如，材料学院的董亦楠和黄淇的学位答辩被老师评价为"水平不逊色于博士学位论文答辩"。

苏刚在新闻通气会上宣布，截至 5 月 31 日，国科大首届本科生毕业后直接就业仅 7 人。已经明确的有 243 名毕业生将继续深造，攻读硕士或直接攻读博士学位，占毕业人数的 83.8%。其中 84 人到境外留学，159 人在国内读研究生。此外，今年毕业计划明年申请出国读研或国内深造的有 40 人。

境外留学的毕业生中，11 人进入全球 TOP 10 高校深造；52 人进入全球 TOP 100 高校（含前十）深造，占毕业人数 17.9%。

国内读研的 159 名毕业生中，155 人选择在国科大（中科院各研究所）

读研，其余 4 人分别选读清华、北大、上海交大和西湖大学。

中国科学的大师级人物，会在他们当中出现吗？

"'大师'并非每年都有，我们也不是追求立竿见影的效果。"席南华说，"但国科大有能力也有信心培养出世界级的杰出人才。总体来看，2018 届本科生基本达到了我们的设想，他们很好，当然我们希望他们更好。"

在新闻发布会现场，记者还从到场的国科大本科生那里获知，5 月 31 日，最后一场答辩结束后，数学系的同学们没有狂欢庆祝"苦难的四年"结束，而是静心看书，一如既往。

独家专访 | 中科院第一位外籍所长蒲慕明恢复中国国籍

"我从来都认为自己是中国人"

解放日报社 黄海华 等

　　中科院神经科学研究所所长蒲慕明曾经有这样一个身份——中科院历史上第一位外籍所长，如今他放弃了美国国籍，再次成为具有中国国籍的公民。2017 年对于蒲慕明来说特别有意义，一是他恢复了中国国籍，二是世界上第一个体细胞克隆猴诞生在神经所。

　　蒲慕明出生于南京，成长于台湾，求学于美国，担任神经所首任所长至今近 20 年。69 岁的他，下一个目标是什么？蒲慕明接受了《解放日报·上观新闻》记者的独家专访。

印象最深的书是梁漱溟的《中国文化要义》

　　"如果以美国国籍身份在国际上代表中国科学家为中国脑计划发声，有些不合适。"这些年，蒲慕明一直参与中国脑计划的规划，他觉得是时候恢复中国国籍了。20 世纪 80 年代他加入美国国籍的最重要原因，是当时经常要去世界各国开会，持美国护照前往许多国家不用办理签证，比较方便而已。如今，蒲慕明的工作重心早已转到中国，出国办理签证相比以前也方便许多。

　　而最最重要的是，"我内心从来都认为自己是中国人，在祖国的工作是我一生中对社会最大的贡献。"从有了这一念头，到恢复中国国籍，差不多花了一年时间。当中还有一个小插曲，蒲慕明 1948 年 10 月出生在南京，尚处襁褓中的他 1949 年跟随家人去了台湾，当时由于没来得及报户口，因此在南京找不到出生证明，后来因为找到了父母和姐姐在南京的户籍，就算他也有户籍了。

蒲慕明告诉《解放日报·上观新闻》记者，小时候，在他的卧室里，挂着一大幅中国地图，上面既有大陆，也有台湾，还标出了 1000 多个县名。中学时，中国历史和中国地理一直是他最有兴趣、学得最好的科目，他在中学时读过印象最深的一本书则是梁漱溟的《中国文化要义》。

1981 年，时任美国加州大学尔湾分校生理系副教授的蒲慕明，为学校和北京医学院联合开办的细胞生理讲习班授课，这是他离开大陆 32 年后第一次回国。当时北京留给他的印象是，一入夜到处都很暗。学员们虽然很少提问，但做笔记十分认真。从那时起，他就告诉自己要经常回国工作。

1982 年夏天，蒲慕明来到南开大学，帮助南开大学生物物理实验室研制单离子通道电记录仪，他从美国带回来的低噪音放大器和图纸派上了用场，中国第一台自制单离子通道电记录仪就此建成。1983 年夏天，他又到清华大学开了一个全国性的生物物理讲习班。

1984 ~ 1986 年，蒲慕明受聘担任清华大学生物系复系后的首任主任。那一次，他就想过全职回大陆工作，但当时没有任何科研经费，无法做研究。蒲慕明只好带着事业未竟的遗憾，离开了北京。1988 ~ 1991 年，他又参与了香港科技大学的筹备。

"临危受命"创建神经所，力排众议建非人灵长类平台

"几乎凭一己之力在上海打造了世界一流的神经科学研究所。"国际格鲁伯神经科学奖在评述他的科学贡献之后，加了这样一句话。对这一说法，蒲慕明很不以为然，但他的同事们却觉得"当之无愧"。

蒲慕明 1999 年创建中科院神经科学研究所并担任首任所长，称得上"临危受命"。当时的脑研究所只剩下 3 个研究组，科研陷入了困境。在蒲慕明带领下，仅用了短短 4 年，神经所的 13 个研究组就突破了中国生命科学领域在国际一流学术期刊发表论文的纪录。2003 年起，在全国科研院所中第一个引进了国际化的科研评估体系，与此同时探索了人才的流动与退出机制。2009 年，组建了脑疾病研究中心，建设了非人灵长类平台。2011 年，神经所参加全国国家重点实验室评估，获得生物科学类第一。2016 年，构建出世界上首个非人灵长类自闭症模型。去年 11 月 27 日，诞

生了世界上第一个体细胞克隆猴。

"科学家不能做跟着导游跑的游客，每到一处只敢在一定范围内探索，而要有胆识走别人没有走过的路。"正是怀着这样的信念，蒲慕明有过许多惊人之举。2009年，蒲慕明力主在神经所建立非人灵长类平台时，曾引发了所内种种质疑的声音，但蒲慕明顶着压力坚持了下来，因为研发脑疾病药物通用的小鼠模型和人类相差甚远。为了让猴子成为真正有用的动物模型，2012年，蒲慕明又做出了一个重大决策——用体细胞克隆猴。他对年轻的克隆猴团队说，美国科学家还差一半就成功了，我们只要做好另一半。如今，他向《解放日报·上观新闻》记者坦言，当时其实心里也没底，但为了鼓励团队，他没有说出另一句话"后一半也是最难的"，本来预计的目标是要在2020年前成功，没想到提前完成了目标，"确实有点意外。"据蒲慕明透露，神经所眼下正利用克隆猴着手建立睡眠障碍疾病模型，如果顺利预计年底可以完成。

蒲慕明认为，神经所目前处于世界非人灵长类研究最前沿，但整体实力还算不上国际顶尖的研究所，接下来还有很长的一段路要走。

"科研要有外在的宽松环境，但内在还是要有紧迫感"

蒲慕明2009年当选美国国家科学院院士，2011年当选中科院外籍院士。2016年获得世界神经科学领域有极高声誉的格鲁伯奖，以表彰他在大脑神经可塑性的分子和细胞机制研究方面所做的开创性工作。

2014年和2017年诺贝尔生理学或医学奖得主，之前都获得过格鲁伯奖。当《解放日报·上观新闻》记者笑着问起，是否也有希望获得诺奖时，蒲慕明很快作答："有许多比我更出色的科学家。"

"Random Walk in Neurobiology"（神经生物学中的自由漫步），这是蒲慕明在格鲁伯奖颁奖时的演讲题目，也是他科研经历的真实写照。蒲慕明是研究神经可塑性的，在许多人看来，他自身就非常具有可塑性，觉得有意思的课题就全情投入，没有什么一成不变的计划，而很多时候他会受社会需求的驱动，因为他总想着解决一点实际问题。早在1974年，他第一个测量了分子在细胞膜上的扩散运动速率，由他建立的"光漂白"技术至今仍是测量细胞内蛋白质运动速度的标准方法。

传统教科书上写着，神经细胞的轴突导向是由导向分子本身特性所决定，蒲慕明却提出了一个崭新的概念，认为神经轴突对导向分子的反应是依据神经元内部第二信使水平而决定的；过去一般认为神经营养因子的主要功能是维持神经细胞的存活，蒲慕明的工作却指出神经营养因子对突触的转递功能有快速的强化作用，从而开辟了"神经营养因子与突触可塑性"新的研究领域。蒲慕明的工作还极大地促进了人们对大脑可塑性在神经细胞层面的认识，即大脑神经细胞是如何形成新的连接，以及如何依据电活动的时序改变已有连接强度。

"网上流传着一封我写给实验室年轻人的信，其实里面很多话都不是我写的，比如不能午休之类。"蒲慕明笑着说，年轻人每周至少要工作6天总计50个小时，否则做不好科研，科研要有外在的宽松环境，但内在还是要有紧迫感。

蒲慕明的手上已经长出了老人斑，却被同事们打趣"逆生长"。对此，蒲慕明幽默地说："我的心理年龄和一个学生差不多，每天去上班的时候，我都感觉是去上学了。"只要在上海，就算是双休日，他都会去办公室，每天工作10小时对于他来说只是"标配"。有时觉得累了，他就在办公室打一会儿太极拳。

最欣赏"先天下之忧而忧后天下之乐而乐"的情怀

"请不要购买近期用不着的东西。我十分严肃地反对那种赶在年底之前把未用完的经费全部花出去的观念。如果我们不能用完这些钱，说明我们并不需要它，我们必须把它还给中科院或其他来源之处。这才是一个有社会责任感的科学家的正确态度。"这是蒲慕明曾经给神经所的课题组长群发的一封邮件。

他自己就是这么做的，神经所成立19个年头，至今没有一辆公车，他也没有专车或司机。在搬进新楼前，他的办公室墙面受潮剥落，他从未要求所里装修一下。"说话太直，对许多事不能容忍，是我的缺点，但也可能是优点。不管怎样，我不打算改了。"蒲慕明一字一顿地告诉《解放日报·上观新闻》记者。

和蒲慕明相处久了，很多人都会被他的赤子之心所感染。与他相处多年的同事说，天下兴亡匹夫有责的担当，早已融入蒲先生的血液之中。"我所仰慕的知识分子充满着'先天下之忧而忧，后天下之乐而乐'的情怀。就算待在一间狭小的斗室，也不会忘记打开窗户眺望远方。"他向《解放日报·上观新闻》记者说起了他仰慕的大师竺可桢。竺可桢早年在美国学习，是一名气象学前沿科学家，回国后他花了 10 年时间在全国各地建设简易的气象站，虽然没做前沿研究，但是对中国农业发展有很大贡献。后来他担任浙江大学校长，一心做教育，也没继续自己的研究。"他不是在自己科研兴趣驱动下工作的科学家，而是受国家社会需求驱动去做事，这正是我所敬重的。"

从 2005 年开始，蒲慕明每年都带研究生开展科普支教，一直坚持至今。有人曾对他说，做得再多也只是大海里的一滴水，何必花那么多时间去做科普。"一方面是想种下科学的种子，另一方面是想让学生接触社会，知道社会的需求，这样对社会才会有感情。"其实早在蒲慕明读大学期间，他就在一个暑假翻译了十万字的《汤普金梦游记：近代物理探奇》，至今仍是台湾地区最畅销的科普书籍之一。这对一个 20 岁的年轻人来说着实不易，他也因此学会了如何自律地完成必要的进度，每天坐在桌前 10 个小时以上。

受他的影响，两个女儿也热心公益。"她们都比我更有名气。"蒲慕明的大女儿蒲艾真是知名美国社会活动家，一直关注劳工权益保障，2012 年被美国《时代》杂志评选为最具影响力百大人物。小女儿蒲婷是今年奥斯卡最佳短纪录片《天堂堵车》的影片编辑，关注的是一位有抑郁症的艺术家。作为父亲，他一直是孩子们最坚实的后盾。大女儿长期做义工，没有经济来源时，都是由蒲慕明支付生活费。"要放手让孩子做自己想做的事，而不是强加我们的意志。"

人民日报

我国科学家发现锂元素丰度最高的巨星

人民日报社　吴月辉

日前，以中科院国家天文台为首的科研团队依托国家重大科技基础设施郭守敬望远镜（LAMOST）发现了一颗奇特天体，它"居住"在银河系中心附近的蛇夫座，距离地球约 4500 光年。它的质量不足太阳的 1.5 倍，锂元素含量却是太阳的 3000 倍。更重要的是，它是目前已知的锂元素丰度最高的巨星。

锂元素为何备受关注？什么是富锂巨星？它从何而来？这一发现又有何重要意义？带着这些问题，记者采访了中科院国家天文台闫宏亮博士。

由锂元素引出的科学难题众多

说起锂元素，大家应该不陌生。它的原子结构非常简单，是化学元素周期表中的 3 号元素。金属锂呈银白色，是密度最小的金属，可以漂浮在水上。

日常生活中，我们常常可以看到锂的身影。比如，手机、平板电脑、电动汽车等都在使用锂电池供电。此外，锂元素还被大量应用于航空航天、国防军工等领域。

当然，锂不光出现在日常生活中，它也是天体物理中最受关注的元素之一。为何这么说？"因为锂可以用来追溯宇宙早期的一些信息，而且由它引出的科学难题实在是太多了！"闫宏亮说。

闫宏亮从这些难题中归纳出主要的三个，并称其为：一"少"、一"多"、"先多后少"。

一"少"，即古老恒星中的锂太少了。宇宙大爆炸产生了宇宙中最初的 3 种元素，分别是氢、氦和锂，诞生于宇宙初期的第一代恒星保留了这些元素。粒子物理学家们通过计算，可以推断每种元素究竟产生了多少。

然而，从第一代古老恒星中实际观测到的锂含量与计算预期值并不吻合，只有计算预期值的 1/3 ～ 1/2。

一"多"，即星际物质中的锂太多了。天文学家们又发现星际物质中锂的含量（锂与氢的比例）比大爆炸理论所预言的要高 4 倍左右。

闫宏亮说："这就很奇怪了，和恒星不同，星际物质是存在于星系中的弥散物质，因其自身特性，按理说是无法产生锂的，必须要借助宇宙射线的帮助。不过即使算上所有可能性，产量也不到星际物质中锂丰度的一半。"

"先多后少"，则是指按大爆炸理论，所有的恒星在诞生之初都是含锂的，但演化到巨星阶段（恒星的老年阶段）时绝大多数的锂会被消耗掉。

"可是，像我们此次发现的这类富锂巨星的存在却无法用先前的理论来解释。这是为什么？"闫宏亮说。

为了解答由锂元素引出的这些问题，世界各国的科学家们一直在孜孜不倦地探索和前行。

富锂巨星不符合标准恒星模型

恒星如同人类一样，有诞生、成长、衰老和死亡的过程。而巨星阶段是恒星暮年的开始，几乎每一颗恒星都要经历这样一个阶段。闫宏亮说："在标准恒星模型中，恒星在巨星阶段会把自身的锂元素'消化'掉，成为一个在表面上几乎探测不到锂元素的天体。"

为什么会出现这种情况？

闫宏亮进一步解释："恒星在进入巨星阶段时会出现体积膨胀的现象，它的半径一般会膨胀十倍或几十倍。同时，它的内部会产生很强的对流，从而导致锂从恒星表面被带入恒星内部。由于恒星内部温度非常高，锂就被消耗掉了。所以说，恒星在巨星阶段锂的含量应该是呈几十倍到上百倍减少的。"

这样的理论在很长一段时间内被认为是正确的。直到 1981 年，天文学家乔治·沃勒斯坦和克里斯·斯奈登利用一架小型望远镜发现了一颗特殊的恒星，它的光谱非常奇特，在本不该有谱线的地方发现了一条很强的锂线。他们觉得这种现象极为罕见，也无法给出确切的解释。这种特殊的天体很快便成为大家关注的焦点，人们称其为富锂巨星。

那么，神秘的富锂巨星究竟是如何形成的呢？

闫宏亮说："关于富锂巨星如何形成至今没有定论，但主要有两种理论猜测：一种认为是恒星吞噬了自己的行星，'霸占'了原本属于行星的锂元素；另一种则认为这些锂元素来自恒星内部，巨星可以形成铍的同位素，而这种元素很容易衰变成锂。"

闫宏亮认为第一种猜测还是有一定道理的。"由于锂元素易消耗的特性，这种元素在行星中反而更容易稳定存在。"至于第二种猜测，他认为困难的地方在于如何让形成的锂元素不被恒星内部的高温所破坏。"这就需要一种运输方式将铍这种原材料快速搬运到恒星表面，让其在比较低温的区域变成锂。但这又怎样才能做到？"

富锂巨星数量稀少，须借助海量数据才能发现

为了搞清楚富锂巨星的来龙去脉，科学家们开始搜集这类天体样本。然而，他们发现富锂巨星的数量实在是太少了，大概只占巨星的 $0.5\% \sim 1\%$。

富锂巨星的数量如此稀少，必须借助海量数据才能发现。我国自主设计建造的郭守敬望远镜大规模巡天的开展，为搜寻富锂巨星提供了较大的便利。

闫宏亮说："LAMOST 以每年超过百万光谱的速度进行巡天观测，我们希望能通过这些海量光谱数据寻找到富锂巨星，然后进行仔细的研究，从而揭示其自身锂元素的来源之谜。"

闫宏亮介绍说，科研人员在最初寻找富锂巨星时主要是根据光谱。"因为光谱里都有谱线，每一种元素都会有相应的谱线与之对应。我们先找到有锂元素谱线的光谱，然后看一下这些谱线的强弱，把锂线很强的从中挑选出来。"

结果不负众望。不久前，科研人员终于在 LAMOST 海量的光谱数据中发现了一条罕见光谱，确定其来自于一颗锂丰度异常高的恒星。

"在初步确定之后，科研人员又利用自动行星搜寻者（APF）望远镜对其进行了跟踪观测"，闫宏亮说，"因为 LAMOST 光谱的数量非常多，但是分辨率相对比较低，不适合于针对某个恒星的细微观测，所以只能借助其他分辨率更高的望远镜。"

经过进一步的跟踪观测，科研人员发现这颗奇特恒星的质量为太阳的 1.5 倍，半径约为太阳的 15 倍，是一颗典型的巨星。接着，他们对其锂丰

度进行了精确测量，发现这颗恒星绝对锂丰度高达 4.51，是目前已知的锂丰度最高的巨星。

科研人员表示，这颗奇特恒星的发现刷新了人类对天体中锂丰度的认知，将国际上富锂巨星的锂丰度观测极限提高了一倍。

有了如此好的样本，科研人员的研究也随之又推进了一步。

闫宏亮说："关于富锂巨星如何形成的第二种猜测是锂元素来自恒星内部，但如何把锂带到恒星表面一直没有定论。寻找到这个样本之后，我们进行了数值模拟，结果表明借助不对称对流，产生如此高的锂是完全可能的。"

对此，闫宏亮打了个比方。"这种不对称对流就像是在恒星上安装了两种管道，一种是粗管道，一种是细管道。如果在固定的时间里流过相同量的物质，细的管道流速一定更快。这些铍元素就是通过这种快速管道迅速上升到恒星表层，进而在那里形成了锂。"

闫宏亮表示，这是我国科学家提出的独树一帜的新观点，在一定程度上改变了人们对富锂巨星的传统认知。

LAMOST 光谱巡天还在继续。接下来，人类是否能够发现锂含量更高的天体？究竟是什么机制触发了增强的不对称对流……这些还需要科学家们不断去探索和发现。

电视作品 一等奖

电视作品一等奖获奖作品

李爱莉：为植物大国绘就新绿	中央电视台	刘鑫 等
走进国家重点实验室（系列报道）	中央电视台	李瑛 等
归国科学家	湖南广播电视台	马婉琳

（以上获奖作品按照作品发表时间顺序排列）

李爱莉：为植物大国绘就新绿

中央电视台　刘　鑫　帅俊全　李　冬　张春玲　雷　飚　郑玮玮

中央电视台　《朝闻天下》
2017 年 4 月 29 日

【导语】

　　我国经典植物学史上第一个原创性国际项目、世界最高水平的植物志《泛喜马拉雅植物志》正在紧张编撰中。作为这一全球性重大植物学工程的首席植物科学画师，李爱莉承担着为世界屋脊近 2 万种植物以绘画建档的重任。喜欢无中生有、自我突破的李爱莉通过不断创新，有力地推动了中国在全球植物科学研究领域的领跑者地位。在植物科学界，李爱莉手中的一支画笔胜过几千万像素的单反相机。

【引子】

　　《中国植物志》由四代科学家历经 45 年完成，填补了我国植物资源国情普查的空白;《泛喜马拉雅植物志》引领世界，成为世界最高水平的植物志。在编撰中，有一个特殊而关键的岗位——植物科学画师。他们的责任是精准地反映植株和器官的形态特征，以备科学和历史研究。在中国，从事这个特殊科学职业的只有十几个人，但他们却承担着用手中的铅笔、心中的标尺和眼前的显微镜为这个世界上植物种类最丰富的国家的植物建档的重任。

【正文】

李爱莉刚刚收到一份从尼泊尔寄过来的马先蒿标本，接下来她要让这种生长在喜马拉雅地区的罕见标本再次复活，并绘出它们最旺盛生长时的状态。

【同期】中科院植物研究所植物科学画师　李爱莉

花萼筒已经断了，底下的柄也没了。有的材料不好的话，只有一朵花，那就需要特别谨慎，因为成败就在那朵花里。

【正文】

这个马先蒿标本将在随后的几周时间里被李爱莉精准而生动地绘制在《泛喜马拉雅植物志》中。

【同期】中科院植物研究所植物科学画师　李爱莉

让它充分浸泡。有水的作用，植物会很放松。像这个花萼筒，它自己就跟里面的花瓣分开了，毛也飘起来了，有一部分已经还原了它在野外的状态。

【正文】

带花朵的植物标本只能用温水慢慢泡开。而对于坚硬的球果标本，李爱莉有另一个绝活——用开水煮。

【正文】

水一点点沸腾，早已干裂的大果松标本逐渐闭合，呈现出原始的成熟状态，实现了神奇的逆生长。

【同期】中科院植物研究所植物科学画师　李爱莉

因为它长得太棒了，它是纯天然的，它就长得那么科学。

【正文】

要绘出植物更精细的细节特征，李爱莉还需要一种特殊的设备——数码显微镜。

【同期】中科院植物研究所植物科学画师　李爱莉

需要细工，就像大夫做外科手术一样，在显微镜下一点点弄。像这朵花，最需要记录的东西是这个花柄的长度、花萼筒的长度。比如说，我原来画过桔梗科，还要分析这个胚珠哪边是它着生的痕迹，可能大概也就0.1毫米，然后就要在显微镜下观察，把它一个一个复原。

【正文】

植物科学画，就像给植物拍身份证的标准照片，它比艺术绘画更要求对植株和器官的形态记录与特征描述。成千上万种植物分布在世界各地，而一幅植物科学画，画师可能需要绘制几周的时间。所以，植物科学画师是无法前往每个现场绘制植物的。他们必须借助标本、显微镜及独特的观测方法。

【同期】泛喜马拉雅植物综合考察项目负责人　中科院院士　洪德元

中国在世界的各种植物志上应该是可以领跑的。植物分类时要把它分清楚。鉴别植物不鉴别清楚，张冠李戴会误大事。所以科学画就帮助科学家把这两个东西鉴别出来，准确地鉴别出来。

【正文】

在很多合作过的植物科学家眼中，李爱莉手中的绘图铅笔甚至可以胜过几千万像素的单反相机。

【同期】中科院植物研究所副研究员、莎草科专家　张树仁

植物科学画既可以把整株又可以把局部的很细微的一些器官画在同一张画上。照片有时候因为对焦的关系，很难把一个立体的结构表现出来，显微照相也是这样，植物科学画可以把它一个立体的器官画成一个三维立体的一个状态，在植物鉴定和植物分类学研究中都能起到非常重要的作用。

【正文】

作为第四代植物科学画师，李爱莉虽然年轻但却经验老成。她已经参与完成了《中国植物志》《中国高等植物》《中国药用植物志》等 38 本植物书籍的插绘工作，近千种植物通过李爱莉手中的铅笔被永远定格在了植物志中。

【正文】

今年 4 月，李爱莉的科学植物画首次在北京植物园集中展出。而在 3 个月后，李爱莉绘制的这幅世界党参属植物图将在北京召开的第十九届国际植物学大会上展出。她第一次把同一个属的几十种党参集合在一张画作上，这是一件没有人做过的事情，李爱莉的植物科学画上开始萌生出一抹新绿。

【同期】中科院植物研究所植物科学画师　李爱莉

我一直在艺术和科学之间找交融点，搞交叉点的研究。我觉得我坚持了 19 年就没有后悔。现在才做了 3 本，接下来还有很多，还有 50 多本，我可能要不断地思考，不断地去创新。

【正文】

李爱莉说的 50 多本，指的就是标志着世界最高水平的《泛喜马拉雅植物志》。在这个项目中，年轻的李爱莉重任在肩，她将作为植物科学画的总负责，和其他植物科学画师一起为泛喜马拉雅地区的 2 万种植物做精密到毫米的科学绘画。

【同期】泛喜马拉雅植物综合考察项目外方科学家　若尼·维也纳

现在，越来越多的西方科学家来中国参与研究，我正在参与的就是《泛喜马拉雅植物志》这个项目。中国植物科学画发展得非常快，这对我们植物科学研究也非常有用。

【同期】中科院植物研究所植物科学画师　李爱莉

说实话我是非常的感激。科学院的平台、国家这个大平台都非常好，机会非常好。我觉得大家都是螺丝钉吧，我也是其中的一个，我这颗螺丝钉一定要做好，尽职尽责吧。

刘鑫

中央电视台新闻中心科技组组长，2013年开始从事科技领域报道，按照科技强国战略和创新发展理念的要求，策划、推出了一系列有影响力的科技成就报道和科技人物报道。尤其关注我国在基础前沿和战略新兴科技方面的成就与成果，注重挖掘科学家的创新精神和奉献精神的传承与发展。

帅俊全

中央电视台新闻中心首席科技记者和首席出镜记者，长期从事科技新闻报道工作。跟踪报道了世界最大射电望远镜FAST、暗物质卫星、量子卫星等重大工程和项目，策划制作了《探秘大科学工程》《国之利器》《领跑者》《未来已来》等重点节目。这些报道和节目曾获得中国新闻奖二等奖，多次获得中央电视台新闻中心优秀节目一等奖。作为首席出镜记者，曾参与尼泊尔抗震救援、纪念抗日战争胜利70周年大阅兵等重大事件报道，先后获得中央电视台先进个人、国家新闻出版广电总局优秀共产党员、北京市科普宣传工作先进个人等荣誉称号。

张春玲

　　中央电视台新闻中心科技组记者。毕业于中国传媒大学。从事科技领域相关报道 5 年。主要关注国家科技工程、创新创业、新技术发展、科技产业发展等相关内容。连续 5 年采访报道国家科学技术最高奖获奖人物故事，其采访的安徽合肥科学岛八剑客、寒武纪兄弟创业等一系列围绕科技创新的内容，在《新闻联播》播出后获得了极大社会反响。

雷飚

　　中央电视台新闻中心记者。重点关注国内科技政策改革变化，追踪国际国内科技发展趋势、动态、成果，特别是科技进步对社会经济和人民生活带来的影响。多次参与策划实施重大科技事件、人物、项目的特别报道，努力为科学精神传承传播及全民科学素养提高尽绵薄之力。

郑玮玮

　　中央电视台新闻中心科技组记者。2016 年开始从事科技领域相关报道，不仅关注国家重大科技成就、科技成果转化、大科学工程、科技人物等方面，还深耕于深海工程技术领域，曾搭乘"探索一号"科学考察船在我国南海海域进行深海考古调查，其采访《"探索一号"再探万米深渊胜利返航》等内容在《新闻联播》播出，见证了中国深海领域发展。

走进国家重点实验室（系列报道）

中央电视台　李瑛　杨力

【节目介绍】

1984年，为加快我国社会主义现代化建设，围绕国家发展战略目标，面向国际竞争，增强科技储备和原始创新能力，原国家计委启动了国家重点实验室建设计划。国家重点实验室作为国家科技创新体系的重要组成部分，是国家组织高水平基础研究和应用基础研究、聚集和培养优秀科技人才、开展高水平学术交流、科研装备先进的重要基地。为了让普通大众了解我国科研人员在各个领域的努力和成绩，中科院和《走近科学》栏目共同策划了10集系列专题片《走进国家重点实验室》。

《新药从何来》（上集）是该系列专题片的第一集，它讲述的是中科院上海药物研究所宣利江和王逸平为核心的研究团队，通过近10年的努力攻关，成功研制出现代植物新药丹参多酚酸盐，并成功上市的故事。

《土壤的秘密》（下集）讲述的是中科院南京土壤研究所的科研人员如何解决土壤开发利用和环境保护之间矛盾的过程。

该系列专题片尝试运用记者出境参与体验的方式，加之以航拍、水下拍摄、高速延时等特殊拍摄手法，同时后期增加动画等辅助手段，将一个崭新的国家重点实验室生动地展现在观众的面前，在传播科学知识的同时，也弘扬了科学家探索创新的科学精神。该节目播出后得到了相关科研人员和观众的一致好评。

新药从何来（上）

中央电视台 李 瑛 杨 力

中央电视台 科教频道
《走近科学》栏目
2017 年 6 月 5 日

　　丹参是一种传统的活血化瘀中药，在临床上被广泛用于治疗冠心病。因其有效成分不明确，无法适应中药现代化和国际化的要求。位于上海浦东的中科院上海药物研究所承担着国家原创新药研究的重任。国家重点实验室的宣利江研究员，20 多年前读研究生的时候，就开始探索从传统中药中寻找治疗冠心病的新药。在丹参药物成分系统研究中，他和王逸平研究员找到了具有药物活性的化合物乙酸镁，并将其开发成治疗冠心病的新药，成功实现了丹参从传统药物向现代植物药的转变。丹参多酚酸盐的问世，不仅是实验室的科研成果实现了产业化，也是将中国传统中药转化为现代植物药的一个成功典范。

土壤的秘密（下）

中央电视台　李瑛　杨力

中央电视台　科教频道
《走近科学》栏目
2017 年 10 月 24 日

　　现代工业排放的大量"三废"、大城市排放的生活污水以及过量使用的化肥和农药进入土壤，超过了土壤环境容量时，必将导致土壤降解能力衰竭。土壤遭受污染后，除了降低自身质量和土地生产能力之外，对大气质量、水质、生物和人体健康带来影响，从而妨害我国经济发展。记者走进中科院南京土壤研究所土壤与农业可持续发展国家重点实验室，探寻科研人员如何解决土壤开发和环境保护之间存在的矛盾。

李瑛

　　中央电视台科教频道主任编辑，具有物理学和电视编导专业教育背景。1999年进入电视行业，一直从事自然科学电视节目创作。曾制作了系列片《野生王国的朋友》《野性大熊猫》《创新中国》《走进国家重点实验室》等作品。创办了《科技盛典》，担任《2014年杰出工程师颁奖典礼》总导演，创作了政论纪录片《创新的力量》。其作品曾获第六届全国少儿电视节目"金童奖"科普作品奖，中国广播电视协会科技专题类创优节目奖和大型节目奖等奖项。20年的创作实践，在科学电视节目创作和电视科普发展理念上进行了创新。不忘初心，继续前行。做知识的传播者，更要做科学精神的传承人。

杨力

　　中央电视台资深记者、编导。2004年毕业，15年来一直专注于科学纪录片、科普节目的策划及拍摄。以时代为背景，以社会为舞台，以人为主角，以科技为内容，拍摄科学纪录片逾百集，曾赴大兴安岭林海、云南高原拍摄，足迹遍及全国。先后参与《走近科学——在南极》、央视十台《天宫一号与神舟十号成功实现手控交会对接》直播特别节目、《科技盛典》、《2014"杰出工程师奖"颁奖典礼》、《智能车挑战赛》、《全国机器人大赛》、大型政论纪录片《创新的力量》等重点节目。多次获得先进工作者称号。创新时代离不开"科学空气"，他深知科普宣传是新时代媒体工作者的使命，脚踏实地在科普宣传主流媒体的阵地上不断耕耘。

归国科学家

湖南广播电视台　马婉琳

湖南卫视 《新闻当事人》

2017 年 12 月 17 日

【导语】

　　本周，新闻当事人将推出庆祝建党九十六周年特别节目《归国科学家》。科学领域有这样一群人，他们曾在国外接受好的教育，也原本可以在国外过上优越的生活，但他们却放弃所有，不远万里回到祖国，扎根在艰苦环境中开展科学研究，他们为何做出这样的选择？选择的背后又发生了哪些动人的故事？让我们一起走进这些科学家。

星耀武：行走的植物百科全书

【字幕】云南　玉龙雪山

【实况】大家徒步前进，星教授手脚并用

【配音】这里是云南玉龙雪山海拔 3800 米处的一处流石滩，植物学家星耀武正带着他的学生们展开近期的一次野外科考。

【实况】

记者：哎，小心啊。

一块大石头滚下

【配音】大家早上 8 点出发，穿越雪山附近的针阔混交林、冷杉林、草甸、灌木丛，整整跋涉了 8 个小时，才从海拔 2800 米攀登到这里。周围风景绝美，但脚下尖锐、坚硬的碎石和近 50 度的斜坡，让我们的行进异常艰难。

【实况】

记者：你看全都没有着力点，每一步都在滑，只敢看前面，不敢看后面。得用膝盖跪着过来。拖住我，一定要拖住我。

【配音】流石滩是位于雪线之下、高山草甸之上的过渡地带，属于高山地区特有的生态系统。在这片不大的流石滩上，星耀武相继发现了大黄属、绿绒蒿属等十几科属的植物。

【实况】

记者：这个是什么？

星耀武：这个是十字花科葶苈。

记者：好美。

星耀武：我们吃的很多蔬菜都是十字花科的。

记者：我能不能这么理解，把这种高海拔的耐寒十字花科植物采回去，研究出来它的耐寒基因，再跟我们现在的油菜花这些结合起来，是不是可以培育出更耐寒的油菜花？

星耀武：对，可以简单地这样说。

【配音】看上去寸草不生的流石滩，竟然能生长出这么多五彩斑斓又种类繁多的植物，如果不是和经验丰富的星耀武同行，我们无论如何也感受不到植物多样化带来的惊喜。星耀武说，云南四季温和，物种多元，它的西北部属于横断山区，是全球生物热点地区之一，这里不仅一个流石滩，连一块岩石都有可能创造出一个空中花园。

【实况】

星耀武：可以毫不夸张地说，就是一个空中的花园。

记者：岩石上的花园？

星耀武：你看黄色的这个是黄苞大戟，这个是灰岩皱叶报春，那个是姜科的大花象牙参。

记者：然后这个树呢？

星耀武：这个树就是壳斗科的高山栎。

【配音】这些外形其貌不扬的小花小草，每株在星耀武眼里都是一个独特的存在。它们有自己的名字、属种、特性，甚至还隐藏着能解释附近生态信息的植物密码。星耀武目前的工作就是搜集这些植物样本，破解它们的密码，继而弄清我国西南地区植物多样性的来龙去脉。

【实况】和学生将植物挖出，放进塑料袋里，标号

【配音】迄今，全世界已经发现的植物种类大约有 50 万种，而整个中国有 3 万多种。星耀武的研究范围，从热带雨林到冰原带，从古植物化石到现代植物，从海拔 800 米到 5500 米，包揽了 1 万多种植物。每天和这些不会言语却包罗万象的小生灵们打交道，星耀武一直在向它们、也向自己提问。

【同期】

星耀武：我最想关注的就是，我们有那么多的植物种类，为什么有些地方非常多，有些地方却非常少。这貌似是一个非常简单的科学问题，但是回答起来是非常难的。

【配音】植物分布的规律到底是什么？这个听起来简单，却需要用无数研究数据和植物样本才能试图解答的问题，一直牵引着星耀武在植物领域不断精进。他 24 岁攻读博士，28 岁出国开展博士后研究，30 岁建立了全球最大的被子植物化石数据库，34 岁在权威国际期刊《美国科学院院报》上发表论文而闻名业内。深厚的学术功底支撑着星耀武 35 岁便成为中科院西双版纳热带植物园最年轻的研究员和博士生导师。

【实况】

星耀武：这个草本，一般尽量把根给挖出来。小心，小心。这个就可以了。

记者：这个就可以了，有一个就行。

【配音】经过十几年的记录和研究，星耀武不仅重建了横断山区 19 个植物类群的系统发育关系和生物地理历史，还主持研究了云南晚中新世先锋植物群。在国际上，他首次用冬春季降雨及冬春季温度来描述古季风的强度，而季风的强度变化可能是导致很多植物灭绝的重要因素。他的系统研究，为我国的生物多样性保护及合理利用提供了重要的科学依据。

【实况】星教授和大家走进密林

【配音】要成为优秀的植物学家，光关在实验室里埋头研究是不够的，星耀武的很大一部分时间活跃在户外。他需要和水、风、岩石等大自然万物打交道，甚至得学会爬树、攀登，因为野外科考的惊喜总是和危险并存的。

【实况】头破血流

闷闷的"砰"一声

这个口子大不大？

口子有一点儿大。

看一下，看一下。

弄点儿酒精，这个是酒精。

忍着点儿痛。

消消毒很重要。

口子深吗？

消消毒没事。

挺长的。

【配音】就在一处密林，为了采集植物样本，星耀武的头皮挂出了一条半厘米长的口子。他自己毫不在意。在野外，这样的磕磕碰碰对他来说是家常便饭。

【实况】

没关系。这是难免的，野外嘛，磕磕碰碰。

很痛吗？

不很痛，没痛。

这个这么尖怎么不痛？

【同期】

星耀武：野外工作可以说是我们这些做植物学研究的，我觉得最快乐的一部分。你可以亲近大自然，可以去普通人到不了的地方，看到普通人见不到的植物、见不到的美景。

【配音】星耀武 1982 年出生于山东曲阜，在中科院昆明植物研究所读研究生时，云南广袤的土地和丰富多元的植物种类让他对这门学科产生了浓厚兴趣。毕业那年，星耀武获得了一个难得的出国机会。

【同期】

星耀武：有一个瑞士的导师在招聘博士后，正好招古植物学的。然后我就去申请。经过面试，等到了瑞士的时候，我的瑞士导师说，其实你的这个职位全世界有 30 多个人在竞争。

记者：就选了你一个？

星耀武：对，这个职位就选了我一个。

【配音】凭着扎实的研究成果，2010 年，星耀武从全世界的竞争者里脱颖而出，进入瑞士苏黎世大学任职博士后，师从世界著名的植物学家和生物地理学家 Peter Linder 做研究。Peter 以严苛著名，要求博士后都要有独立开展研究的能力，而他交给星耀武的第一个研究任务被古植物学的同行们知道了都大呼：不可能完成！

【同期】

星耀武：他要做全球被子植物在新生代的演化。

记者：被子植物？

星耀武：被子植物，也就是我们常说的开花植物。要知道，全球的开花植物大概有 30 多万种。

记者：你们要做 30 多万种植物的研究？

星耀武：当时他的设想是这样的。但是后面我们还是决定就一个大的类型这样开展。我是负责建一个全球性的植物化石的数据库。

【配音】当时全球只有美国有一个植物化石数据库，但是里面的植物化石的数据非常少。这个项目要成功，必须要把古植物学开展 100 多年来发表的数以万计的研究论文系统收集、分类并进行研究。这是一个吃力不讨好的工作，被分配到相同数据库任务的同事先后都放弃了，星耀武却卯上了劲儿。

【同期】

记者：为什么你愿意接这个活呢？

星耀武：因为只有有了这个东西，你才能有机会去探索，利用这个数据来探索、回答更大的科学问题。

记者：后来做出来了吗？

星耀武：对，我们做成了。然后，我们发表了。我的数据库最后大概有 2000 多个化石点的将近 3 万条数据。

【配音】凭借着对这个数据库前景的信心，星耀武用了两年多的时间，以一己之力和全世界各大洲上百名古植物学家一个个死磕，最终完成了一个庞大的包含全球每个大洲已发现的古植物化石的数据库，为全世界的植物学家提供了一个前所未有的探讨植物多样性变化的大数据平台。

【同期】

星耀武：尤其是对现在想做这方面研究的人很重要。比如说他做现代植物的想找化石数据或者想利用这些化石数据来回答一系列问题。我经常会收到这样的来找我合作的邮件。

【配音】数据库的出色完成，引起了美国著名生物地理学家 Richard Ree 的注意。他向星耀武发出邀请，但瑞士导师 Peter 却不愿意放人了。经过双方多次协商，星耀武最终以瑞士科研组到美国开展项目的名头，于 2014 年到美国菲尔德自然历史博物馆从事世界横断山脉植物演变研究，并史无前例地领了美国和瑞士的双份工资。在国外期间，他的两个孩子也相继出生，事业和生活的前景都很美好。但仅仅到了美国两年后，他却决定：回国！

【同期】

记者：为什么突然要做回国这样的决定呢？

星耀武：我就没有想过真正要在国外定居。

记者：为什么呢？

星耀武：我在国外也一直在关注我国西南地区的生物多样性。我在国外开展这个工作可能会很难。相反我认为，我国现在科研条件改善了很多。如果有想法，你可以静下心来做你的研究。

【配音】星耀武做出这个决定，父母都不太理解。他们认为国外的环境对孩子未来的成长会更好，而且工资也很丰厚。幸好，星耀武的爱人非常支持他的决定。

【同期】

星耀武爱人 张付娟：国内的教育也不见得会差多少，我们国内每年出国的很多学生都非常优秀，就比如说我和他吧！我们两个其实都是农村孩子出身的，小时候的教育不见得比豆豆他们现在受的教育要好，但是我们也没有做得很差，所以我觉得这不是大问题。

【配音】2016 年 6 月，星耀武入选中科院"百人计划"，得到国家项目资金的支持，回到中科院西双版纳热带植物园，担任生物地理与生态学研究组组长。回来不久，就相继有来自法国、马来西亚等地的学生慕名拜入他门下。他带领着他的学生们，在不到一年的时间里，走遍了云南的大小山脉。他觉得自己的这份工作既有趣又很酷，而大自然也总是能不断给人惊喜。

【实况】

星耀武：这边好像有一个花有点儿奇怪。这个是有点儿变异了。

记者：这个是滇牡丹吗？

星耀武：其实它有一个变种是纯黄色的，但这个花瓣又有一点儿红，好像有点儿变异了。

记者：什么样的情况下会变异呢？

星耀武：可能是控制花色的或是某些基因有些突变，可能是这个原因，但是具体的还不知道。

【配音】一株变异的滇牡丹，是今天野外科考的一大收获。星耀武小心地摘下两片叶子以方便回去提取 DNA。世间的每个生物都是独一无二的。星耀武希望保留他们的独一性，也希望能借助他们关注和繁衍出更多的新生命。作为一位植物学家，曾经，星耀武离开过这方土壤，离别的日子，他内心充斥着对故土的渴望。如今，他千里迢迢回到这里，他决定像植物一样深深扎根，每天能在探头时发现新的风景，能和这里的风雪雨露一起呼吸、徜徉，这才是他期盼的未来！

【导语】

与祖国这片辽阔土地上的植物一起，扎根于此，盛放于此，这是植物学家星耀武的抱负。而另一位冰川科学家康世昌，从美国千里迢迢回到祖国，只为了破解青藏高原上冰川的秘密。他与冰川打了 24 年交道，甚至差点儿被冰川吞噬了生命。

冰川守望者——康世昌

【字幕】甘肃省　祁连山

【视频】车轮碾过一道冰河，溅起大水花

【实况】

康世昌：这个路非常难走，因为夏天河水特别大，总是会冲毁路基。

记者：那路断的时候怎么办呢？出不去了呀。

康世昌：我们有时候自己修，有时候就是上面一台车，下面一排车，互相对接。

【配音】四驱越野车在全是尖石的河滩上活生生地碾出了一条路。车体剧烈起伏，车上的我们被这毫不间断的颠簸抖得骨头都快散了。从敦煌出发一路往西北，整整 3 个多小时，中科院祁连山站终于出现在眼前。

【实况】开车进入祁连山站

【配音】两排板房，几张高低床。每年的夏秋季，冰川科学家康世昌和他中科院的同事们都要在这里待上足足 6 个月，没有网络、没有电视，眼前高大威猛的冰川和耳畔呼啸而过的山风便是这半年里唯一的风景。

【实况】大家爬山上冰川

记者：我们现在来到了祁连山西部的老虎沟冰川，这是第十二号冰川，对不对？

康世昌：冰川融水从冰川下面出来，侵蚀作用形成了这个冰洞。这个冰川的末端退缩非常快，为什么呢？因为冰川在持续地消融、持续地退缩。每年这个冰川末端的平均退缩量是 10 米，就是往后退缩 10 米。

【配音】康世昌带着学生们正在攀爬的老虎沟 12 号冰川，位于甘肃省西北部的河北走廊，总面积 21.9 平方公里，储冰量达到 2.63 立方千米。当地干旱少雨，全年降水不超过 150 毫米，这个冰川就是保障周围绿洲用水的固体水库。但是监测表明：近 50 年来，这里的冰川正在快速消融退缩。

【配音】为什么冰川会消融的这么快？这是康世昌展开科学研究的一个重要内容。今天，他的任务就是采集雪样进行分析。从 4250 米爬上 4500 米，仅仅 150 米的海拔，相当于爬上 60 层楼。记者自信满满地出发，可不一会儿，就在已经快 50 岁的康世昌面前败下阵来。

【实况】

记者：我刚刚在这儿滑了一跤，裤子全湿了。你看他们在前面走得健步如飞的，其实特别艰难。一个是海拔高，空气很稀薄，喘不上气，另外可以看到这边全是这种碎石头，就是随便踩一下都是很滑的那种，很容易就摔倒了。所以说，真是太不容易了，你看他还是走到哪儿就讲到哪儿。我很佩服他。

【配音】康世昌，中科院西北生态环境资源研究院的研究员，博士生导师。青藏高原地区的冰川与气候变化是他的主要研究方向之一。为了摸清楚冰川和气候变化的规律，从 1993 年开始，他已经和冰川打了 24 年交道，上到 6500 米处的珠峰更多达 9 次，常人寸步难行的冰川，他如履平地。

【实况】康世昌边走边唱歌

【配音】白雪皑皑，晶莹纯净。但其实，看似冷静的冰雪下却往往隐藏着意料不到的凶险。

【视频】记者陷到雪里

【实况】

康世昌：往前趴，往前趴。

【配音】当摄像拍到这一段时，记者的脚已经在冰水里泡上一阵子了。短短两三分钟，在极寒的冰川水里，记者的脚迅速刺痛到失去知觉。

【实况】

康世昌：搓搓，搓搓，搓趾头。

记者：已经冰掉了。

【配音】搓了好一会儿，记者的脚才慢慢地恢复了知觉。

【实况】

记者：你们看我全踩到水里面去了，我不知道冰面以下全是水，整个脚卡在那个冰水里，就感觉刺骨的水一直往鞋里灌。好疼，我到现在脚都是刺疼的。

【配音】踩进雪层掩盖下的冰裂隙，是冰川科学家常常遇到的事。今天记者的运气好，只是碰到了一个小裂隙。如果运气不好，踩进了深达几百米的大裂隙，就是九死一生了。

【同期】

康世昌：我们有同事在其他地区出现过失事的，掉到冰裂隙

后，到现在还没有找到。我曾经在珠峰掉过一次冰裂隙，也是上面是雪，任何东西看不到，结果风把我的采样用品给刮过去了，往前刮了大概五六米，我一个箭步冲上去要抓它，结果"扑哧"就进去了。那个冰裂隙不是太宽，我记得也就是 40 公分宽。在往下陷的时候，我就一脚蹬到冰壁上，所以没有陷进去。

【配音】冰川上到处分布着冰裂，像一个个暗藏在脚下的血盆大口。想要躲开这些吃人的家伙，光靠经验并不够，因为冰川每年都在移动变化，这些冰裂也随着冰层四处游走。对于冰川科学家来说，上冰川，每一步都得异常谨慎。

【同期】

记者：那你还敢上冰山呢？

康世昌：你不能因噎废食啊。出现过一次危险，下次尽量避免这种危险，而不是说有了危险我就不去干了。

【配音】从早上 11 点出发，整整 3 个小时，在经历了几十次滑倒、陷进雪坑、踩进冰裂缝后，我们终于抵达了本次的目的地。

【实况】

康世昌：好，我们就在这儿采样。

记者：我们到了是吧。我们现在是在一个什么位置？

康世昌：我们是在海拔 4500 米，现在采表层雪样。

记者：我们现在采的这个地方属于雪层还是冰面？

康世昌：这是冰面。你看，这是表层雪，下面都是冰川冰面，回去以后会分析它的化学成分，像黑炭啊、重金属啊这些。特别是黑炭的含量是怎么样的，因为黑炭可以导致冰川表面的反照率降低。

【配音】黑炭吸光，如果雪样里的黑炭含量增高，就意味着冰川会吸收更多的短波辐射，导致加速消融。当然，黑炭只是冰川消融的原因之一。近几十年来，大量焚烧石油、煤炭等化石燃料产生的巨量温室气体，导致全球变暖升温，冰川冻土大量消融，海平面逐年上升。据统计，在过去的 50 年间，中国将近 5000 条小冰川永远地消失了，储水总量相当于一整条黄河。而从全世界范围来看，今年美国国家冰雪数据研究中心发布数据显示，2016 年 12 月，南极、北极海冰面积降至历史同期最低，总面积比 1981 ～ 2010 年期间的平均水平少了 384 万平方公里，比印度整个国土面积还大。

【同期】

记者：冰川的消失对我们生活最大的影响是什么？

康世昌：过去 50 年，我们的冰川面积总计退缩了近 18%。如果未来冰川持续减少的话，我们未来能够获得的水资源也就是我们固体水库的储量在减少，所以这个影响是非常大的。

【实况】采集雪样

【配音】这些年，康世昌和他的团队就辗转在中国不同海拔、不同区域的冰川采集雪样，进行数据研究。他们通过冰冻圈采样研究重建了过去数百年来人类活动对大气环境的影响历史，为推动我国冰冻和气候变化研究做出了巨大贡献。

【实况】雪地啃大饼，吃午餐

【配音】1969 年，康世昌出生于甘肃陇西一个贫穷农村，家里十分清苦。康世昌的父亲虽然读书不多，却最喜欢给儿子讲一些历史人物的励志故事。

【同期】

康世昌：你要知道，在 70 年代，农村有时候连饭都吃不饱。很多人指着小孩说，你赶快去放羊，扫院子做家务，到地里去干活，（但）他经常鼓励我，给我讲一些故事，讲一些历史故事。再一个是从一笔一画开始，一开始基础就打得很好。

【配音】父亲的循循善诱让康世昌从小对学习有着饱满热情。通过高考，他以优异的成绩考上了兰州大学地理系，成了村里和父母的骄傲。之后，康世昌在导师中科院院士秦大河的建议下选择了冰川作为自己的研究对象。1993 年，24 岁的康世昌第一次登上了冰川。

【同期】

康世昌：在唐古拉山，我们住在 5000 多米。3 个月，又苦又寂寞，生活特别单调，当然也有高原反应。刚去的时候是帐篷，帐篷支几张桌子睡高低床，头疼得根本睡不着觉。

【配音】那时候的唐古拉山科考站，天寒地冻，连板房都没有，不过年轻的科考队员靠激情就能燃烧自己。尽管环境恶劣，但从 1993 年到 2000 年，每年 5 ~ 10 月的冰川科考季，康世昌都会在冰川上度过。7 年的时间，青藏高原上的冰川他几乎走了个遍。也是在那时候，他因为工作结识了美国缅因大学的冰川科学家 Paul。

【同期】

康世昌：我背 20 公斤，他连 10 公斤都背不动，我就身强力壮嘛。再一个我也特别能吃苦，该干什么活拼尽全力干。所以他觉得这个小伙子能吃苦，比较喜欢我。

【配音】冰川考察结下的友谊，带来了不同的机遇。2000 年，康世昌被录取为美国缅因大学第四纪与气候变化研究所的博士后，开始了美国的工作生涯。

【同期】

康世昌：美国的实验室设备非常好，他们对冰芯记录的研究很有历史。因为他们在前期做了很多工作。

【配音】2000 ～ 2004 年，康世昌就像海绵般快速地吸收、学习美国的经验技术，三次获得美国国家科学基金项目奖励。在美国仅两年，他就升任副研究员，拿上了丰厚的研究资金，妻女也到了美国定居。奇怪的是，事业生活都有了良好发展的康世昌却不想再待在美国了。

【同期】

康世昌：在美国看到落日下去后就特别想家，不知道怎么那么想家，想我母亲怎么样，想我父亲怎么样。真的，我记得我说这个长安虽好却不是久留之地，我还是爱自己的国家、爱自己的文化。所以我想回来，还是想回来。

【配音】2004 年，康世昌入选中科院"百人计划"，得到国家项目资金的支持，回到中科院青藏高原研究所担任研究员，继续从事现代冰川和气候变化研究工作。迄今，在回国后的 13 年时间里，他先后主持和参加国家级、国际合作项目 40 余项，组织参加极高海拔的野外科学考察 40 多次，发表冰冻圈与其他圈层相互作用机制等方面的学术论著总计 450 余篇，并培养出众多优秀学生。

【配音】放弃国外优厚的待遇和优渥的生活，康世昌选择回到了这片生他养他的土地。这位甘肃农家子弟，曾从老树枯藤的村口出发，一路跨越千山万水追寻自己的梦想。如今，又因为对这片土地浓烈的情感，选择不远万里重归故里，将自己的所有力量投射于此。而在他的未来，如何守卫和保护这片土地，将是他一生的责任。

【尾导】

科学没有国界，但科学家的心里，有自己的祖国，有无法割舍的栖息之地。明天，我们将继续推出特别节目《归国科学家》，敬请关注。

马婉琳

湖南广播电视台记者,从事新闻工作14年。策划制作科学家系列专题《归国科学家》《中国面壁者》等,致力于科学传播报道工作。曾专访潘建伟、周建平、马云、张艺谋等近百位新闻人物。先后参与四川雅安地震、日本福岛地震、神舟八号、神舟九号、神舟十号系列发射、中俄联合军演、全国两会等大型事件的新闻报道。获得中国经济新闻奖、湖南省新闻奖等奖项。

在对科学家们的系列报道中,她跟着科学家上山下海,深入科研一线。在多次遇险的情况下,她仍然毫不退缩,忠实地记录下科学家们的工作情况。

电视作品二等奖

电视作品二等奖获奖作品

探秘世界第一大峡谷的植物天堂（系列报道）	中央电视台	陈琴 等
我国科学家突破体细胞克隆猴技术	中央电视台	帅俊全 等
专访中国科学院院长白春礼	中央电视台	宋达

（以上获奖作品按照作品发表时间顺序排列）

探秘世界第一大峡谷的植物天堂（系列报道）

首次展开墨脱植物种子采集大调查

中央电视台　陈　琴　汪成健　益西边巴

中央电视台　《新闻直播间》
2017 年 2 月 17 日

【导语】

　　青藏高原是全球生物多样性最丰富的地区，尤其是世界第一大峡谷雅鲁藏布大峡谷。高达 6000 多米的垂直落差，孕育出最令人着迷的植物天堂，也吸引着全世界的科学家关注和研究。从去年 11 月到今年 2 月，中科院昆明植物研究所的专家们来到峡谷核心区墨脱，首次大规模采集植物种子，并送到位于昆明的亚洲最大野生植物种质资源库进行保存和研究，这是保护青藏高原生物多样性和我国生物战略安全的重要举措。从千辛万苦采集再到入库冷藏，再到萌发实验成功，到底植物天堂有什么样的新发现，一起来看央视记者3个多月的独家记录。

【记者现场】

位于雅鲁藏布大峡谷的墨脱县是生物多样性最丰富的一个地区。今天，我们要跟随中科院昆明植物研究所的专家们，到墨脱县城旁边的这座叫卓玛拉山的地方，去进行植物种子基因的采集和调查。

【正文】

墨脱是中国最独特的植物天堂，分布了从我国海南到极地的各种植被类型，拥有青藏高原已知高等植物种类的2/3。不过，大规模、成系统地采集墨脱植物种子，再送到中国最大的野生植物种质资源库，过去还没有做过。山路上，荚蒾属观赏植物的红色浆果吸引了采集员们，他们用4米长的高枝剪将浆果采集下来，收入袋中，现场制作成植物标本、记录采集数据、拍摄照片。

【同期】中科院昆明植物研究所党委书记、副所长　杨永平

记者：咱们要采多少粒这样的种子呢？

杨永平：我们要采的话是2500粒以上，但是我估计这个应该有七八千到一万。除了保存以外，还要经常做萌发实验，看它保存在库里面以后活力怎么样。

【正文】

带着10多位采集队员在原始森林穿行的，是来自中科院昆明植物研究所的专家杨永平。研究高原植物几十年的他，希望这次能找到特有种"西藏蒲桃"，有经济价值的墨脱花椒、藏咖啡等。所谓特有种，就是只生活在墨脱这个地方，其他地方没有的种。

【同期】中科院昆明植物研究所党委书记、副所长　杨永平

我们收藏肯定是收藏这种生物多样性热点的地方。墨脱现在自然环境保护得很好，所以我们希望能够采到我们库里没有的200种左右。这次算

是填补空白吧。

【正文】

采集种子，有苦有甜。甜的是，比如这个红彤彤的异形南五味子，从十几米的树上采集下来，为了取得里面的种子，你可以大大方方地吃掉外面的果肉，甜甜的，十分美味。更多的却是苦中作乐：幽深的密林，吸血的蚂蟥、蜇伤皮肤的荨麻，都不能掉以轻心，还得睁大眼睛，不停地寻找珍稀植物的种子。好在有两个当地门巴族朋友当向导。

【记者现场】

现在我们来到了卓玛拉山的顶部。这是一个非常完好、美丽的原始森林。我是站在一棵大概 30 米高的大树下面，四周有很多这样的薄片青冈种子。像这样的种子专家们却不收入库里，这是为什么呢？

【正文】

原来，保藏到零下 20 摄氏度的种质资源库里的植物种子，都要先经过脱水，而这种薄片青冈的种子在脱水环节就干死掉了。种子采集入库后，当外界物种群受到严重干扰甚至灭绝时，科研人员可以利用"萌发实验"，使脱水的种子发芽，恢复活力，就像是搭乘了东方植物世界的"挪亚方舟"，这是我国生物战略安全的重要举措之一。

【同期】中科院昆明植物研究所种子采集员　亚吉东

有些物种甚至我们还不知道它存在过，就已经灭亡了。所以我们做这个事情，就能让更多的物种能够在我们的世界里留下来。

中科院植物专家发现五个西藏新纪录属

中央电视台　陈　琴　汪成健　益西边巴

【导语】

经过 3 个多月的采集、整理和鉴定，中科院的植物专家们从采自墨脱的植物标本中发现了新耳草属、鸭胆子属等五个西藏新纪录属，这对摸清喜马拉雅山脉地区的植物家谱有重要意义。

【正文】

为期半个多月的墨脱野外考察，科考队员们在墨脱海拔 700～4300 米的地方，采集了包括不丹松、墨脱花椒、藏咖啡、马蛋果、西藏蒲桃等在内的 433 号重要的植物种质资源，制作植物标本 1300 多份，种子 371 份。为防止种子发霉、腐烂，大多数浆果都必须当天晚上进行清理。

【同期】中科院昆明植物研究所工作人员　张凤琼

张凤琼：这个是一个紫金牛科的（种子）。

记者：为什么要使劲儿搓它？

张凤琼：它的表面有一层种皮，种皮处理掉以后做实验的时候比较好做。

【正文】

把 371 份墨脱种子送到位于昆明的中科院昆明植物研究所中国西南野生生物种质资源库后，研究人员先将种子放入 15 摄氏度、15% 相对含水量的干燥间中进行干燥，然后再进行清理、X 射线检测、计数等过程，当种子进一步干燥至 3%～7% 的相对含水量时，再将种子放入零下 20 摄氏度的冷库中进行长期保存。2 月中旬，"墨脱花椒、不丹松"等已经经过干燥处理的种子，通过萌发实验长出了幼苗，这说明这些植物种子是有活力的。

【同期】中科院昆明植物研究所墨脱种子采集队队长　刘成

活力检测最直观的就是用种子进行萌发，看看种子能不能发芽。这个是我们这次从墨脱采回来的不丹松，在 1 月进行了一次活力检测，就是做了萌发实验。不丹松发芽发得好，也就说明我们这次采集的不丹松的质量比较高。

这个是我们这次采集的墨脱花椒，到目前为止发芽了一颗，我们还会进一步进行一些种子萌发、特性方面的研究。

【正文】

专家表示，用经验公式倒推，保存在库里的种子可以保存几百年甚至上万年，但是需要定期检测它们的活力。

通过最新的墨脱种子标本鉴定，专家发现了新耳草属、鸭胆子属、萼距花属、石荠苎属、刺蕊草属 5 个西藏新纪录属，及疑似中国新纪录属和中国新纪录种各 1 个。这对摸清喜马拉雅山脉地区的植物家谱、了解植物区系分布有重要意义。所谓西藏新纪录属，就是这个属在其他地方记录过，但过去在西藏没有记录有分布，这次专家们首次在墨脱采集并记录下来，非常不容易。

【同期】中科院昆明植物研究所所长　孙航

实际上有不少新的记录、新的发现，特别是从基因组水平上或分子水平上来探讨植物多样性的形成演化，有了比较好的进展。这些植物是从哪来的、什么时候来的、为什么长在这个地方，它们各自形成的机制是什么样的，是这样更深的科学问题。

【正文】

生物多样性保护包括就地保护和迁地保护，收集中国野生植物资源，把种子从野外采集送到种质资源库，就是一种迁地保护。现在，昆明的中国西南野生生物种质资源库已收集了来自青藏高原的种子 4100 多种，约占高原种子植物种类的 1/3。

热带到寒带一天穿越　植物世界真奇妙

中央电视台　陈　琴　汪成健　益西边巴

【导语】

雅鲁藏布大峡谷长 504.6 公里，是世界第一大峡谷，拥有中国山地生态系统从"热带"到"寒带"最完整的垂直植被类型组合。从热带到寒带，一天就能穿越，一起来探秘这个全世界"最奇、最深、最幽、最绿"的植物博物馆吧。

【正文】

【字幕】穿越第一站：墨脱低山热带季风雨林。海拔 115～1100 米
常见植物：植物活化石"桫椤"与墨脱兰草

【航拍】

穿越的起点，当然是有隐秘莲花之称的墨脱。因为印度洋水气通道由南向北的润泽，墨脱奇迹般地囊括了雅鲁藏布大峡谷 5 个垂直顶级生态组合。从热带到寒带，从最低的 115 米到最高的 4800 多米的嘎隆拉山，短短 100 多公里的路，垂直落差近 5000 米。

【海拔动效】

大片的低山热带季风雨林，这里是西藏最热的地方。满山苍翠，最好认的就是我们。野芭蕉林里的一把把"绿色大伞"，羽状纱裙随风摇曳。没错，我们就是原始古老的植物活化石"桫椤"。7000 万年前，它曾经是恐龙的美食，现在成为国际保护的珍稀濒危物种。

穿梭雨林或者行走江边，很容易碰到的还有我们——墨脱兰草。别看我们贝母兰的果实只有小拇指头大，肚子里可装着上万颗兰花种子呢。不过，只可观不可随便采哟，现在像我们这样生活在西藏的 200 种兰科植物都受到国际公约的保护。

【字幕】穿越第二站：亚热带常绿、半常绿阔叶林。海拔 1100～2400 米
霸主植物：青冈与小果紫薇

海拔上升 1000 米，现在开始加外套了。亚热带常绿、半常绿阔叶林里，抬头仰望的是高达几十米的霸主植物青冈。人们喜欢把我们青冈叫气象树，我们在长江以南分布很广，老乡有时候还根据我们树叶颜色的变化来判断天气。比如，叶子变红，可能会下雨；雨过天晴，又变回深绿色。有用就好！

如果您在墨脱公路旁看到一群树干又白又高的树，那就是我们这些"白衣仙女"了。我们的学名其实叫"小果紫薇"，是墨脱的旗舰树种。不过高手在民间，聪明的老乡给我们取了一个有趣的别名——猴子树。因为树干太光滑，猴子爬不上去急得哭。

有药用价值的植物在墨脱也很多，得有上千种。红彤彤的我们，叫南五味子。尝尝，果肉甜美，健脑安神。我们的种子，植物专家当然不会错过，采集入袋，拿回去保藏起来。

【字幕】穿越第三站：亚高山温带常绿针叶林。海拔 2400 ～ 4000 米
霸主植物：墨脱冷杉、云杉

海拔上升到 2400 ～ 4000 米，霸主植物变成了我们云杉和冷杉。雅鲁藏布大峡谷区域，有着中国最大的云杉林区，里面"最能长"的肯定是云杉家族，生长量是其他树种的 2 ～ 3 倍不说，而且别的长到 100 岁就够本了，我们到两三百岁还在长。针叶树林里最显个儿的也是我们，最高有80 米。

有人说墨脱冷杉"高冷"，没办法，老祖宗就选了冷湿的阴坡、棕色的土壤当作家。不过，我们冷杉家族住得高，也有高的好处。中科院的专家们专门研究我们家的位置，也就是林线的海拔，这是研究青藏高原气候变化的一个重要坐标。现在整个大峡谷里冷杉林线的最高海拔在 4400 米。

【字幕】穿越第四站：高山灌丛草甸。海拔 4000 ～ 4600 米
霸主植物：四大高山花卉 杜鹃、龙胆、报春花、绿绒蒿

再往上走，穿越之旅最幸福的时候到了，号称"高山四大花卉"的我们——杜鹃、报春花、龙胆、绿绒蒿，在海拔 4000 多米等着您呢。全世界有 960 多种杜鹃花，中国占到六成，而作为世界杜鹃花的发祥地和分布中心之一，西藏的高山杜鹃，如雪层杜鹃、林芝杜鹃等，因海拔不同而各有千秋。

要知道高原的春天什么时候来，往草甸看，我们报春花只待冰雪消融就绽放。不过，最特别的还是在青藏高原隆升过程中新形成的类群绿绒蒿。在欧洲朋友的心中，我们是世界名贵花卉，而在牧民心中我们则是可爱的高原牡丹。

【字幕】穿越第五站：高山冰缘植被。海拔 4800 ～ 5200 **米**

有人说高处不胜寒，其实生活在高山冰缘带的我们自有"生存之道"。恶劣的低温、干旱、强紫外线都不怕。风大，我们红景天趴在地上长矮点。蒸发快，叶片纤细点"锁水"，别忘了地下还有强大的根系"蓄水"。冷的话，我们雪莲裹上雪白的绒毛，天然羽绒服保暖足够。当然，海拔上到 5200 米以上的高寒冰雪带，我们就去得少了！也有武林高手，江湖人称"偃卧繁镂花"，生活在喜马拉雅山脉北侧 6100 多米的地方，耐寒指数无人能比！

航拍喜马拉雅山脉罕见袖珍湖

中央电视台　陈　琴　汪成健　益西边巴

【导语】

来继续关注中科院昆明植物研究所在世界第一大峡谷雅鲁藏布大峡谷的核心区——西藏墨脱进行野生植物种质（zhì）资源采集。位于墨脱背崩乡原始林区的"布裙湖"，是喜马拉雅山脉罕见的袖珍湖，人迹罕至。而这个湖却是全世界植物科学家的向往之地，植物学家们在这里会有怎样的发现呢？我们先通过一个航拍短片来了解布裙湖的故事。

【正文】

【一段音乐＋航拍】

神秘的"布裙湖"海拔 1400 米，面积大约 1 平方公里，是喜马拉雅山脉万山丛中和雅鲁藏布大峡谷里最特别的一个湖泊。据考证，它是高山泥石流爆发后形成的堰塞湖。布裙湖虽小，却是全世界植物学家们向往的科考殿堂。作为热带和亚热带植物分布的交汇点，这里的生物多样性令人叹为观止。成群的野鸭、隐藏的大蟒蛇、悬吊的藤萝植物，还有随处可见的珍贵树木和野花。

喜马拉雅地区的植物一直备受世界关注。1974 年，中科院青藏高原综合科学考察队曾经进入墨脱展开科考，在公路不通的情况下获取了大量第一手资料。不过受到条件限制，当时收集的植物标本和种子不充分。1992 年，中科院昆明植物研究所的专家们为摸清东喜马拉雅山脉的种子植物区系情况，在墨脱进行了 9 个月的植物考察，也曾到过布裙湖。时隔 25 年，他们再次来到这里展开植物考察，采集种子，运回昆明，保存到亚洲最大的野生生物种质资源保存地——中国西南野生生物种质资源库里。会有什么样的新发现呢？

穿越超强蚂蟥区
科考发现疑似中国新记录种

中央电视台　陈　琴　汪成健　益西边巴

【导语】

到布裙湖做植物种子采集和调查比想象的要困难得多。原始森林里时常变化的天气、湿滑险峻的道路、吸血的蚂蟥等让你步步惊心。就在一个超强蚂蟥区，中科院昆明植物研究所的采集队员们慧眼识珠，发现了一种特别可爱的葫芦科植物。经过最新鉴定，认为这是国内目前没有分布记录的疑似中国新记录种。

【正文】

【记者现场】中央电视台记者　陈琴

现在我们从墨脱县城往背崩乡方向大概走了一半的路。通过这条路，我们上到了旁边就是雅鲁藏布江峡谷的半山腰上。今天我们的目的地是山上一个叫布裙湖的地方，它是一个非常秀美的袖珍湖，整个路途是非常艰辛的。

【正文】

用胶布把裤腿捂紧。山路上，喜欢阴湿的蚂蟥绝对少不了。同行的墨脱门巴族向导拿着镰刀，一是清理密布的树枝开路，二是防止林里的熊、野猪等野生动物袭击。山里，鸟儿的鸣叫声十分动听，使我们暂时忘记了背负着几十斤重的设备。

【一段现场】

【同期】中科院昆明植物研究所采集队员　杨云珊

上面果子这儿全是小绒刺，摸一个倒没什么，摸多了这个刺就长在手上了。

【同期】中科院昆明植物研究所副所长　杨永平

记者：咱们今天有什么计划吗？

杨永平：今天不知道能不能采到那个滇桐，还有西藏蒲桃。

记者：为什么一定要采滇桐呢？

杨永平：它是国家二级保护植物。

【正文】

这片密林，野生芭蕉树最多，又累又渴的时候，一串串血红蕉出现了。

【一段现场】

记者：好吃吗？

杨云珊：好吃，可甜了。黑色的籽，籽特别多。

【正文】

味道好，可嘴却嚼酸了，这是为了让吐出来的种子完好无损。

科考队员们的午饭很简单，馒头、咸菜、鸡蛋。吃过干粮，整理好标本袋，得赶紧出发。向导说，前面最危险，是超级蚂蟥区！道路险峻湿滑，看似有草木掩护，但下面就是悬崖。有的路，干脆就是长满青苔的木头。湿漉漉的网眼鞋里，不知什么时候钻进了两只蚂蟥。

科考队员却顾不得蚂蟥。路边，一棵葫芦科植物吸引了大家，都没见过。

【一段现场】切开瓜，看看

中科院昆明植物研究所种子采集员　亚吉东

哦，黑的这个种子，这个种子，哦，这个种子太好看了，像个乌龟一样。

【正文】

这10粒黑色的种子和植物的外形让大家十分兴奋。

【同期】中科院昆明植物研究所种子管理员　何华杰

它这里的盖子，到成熟的时候就打开了，就像这个一样，里面的种子已经散掉了。

【正文】

原来，这个葫芦科植物成熟的时候，它的果子前端像伞盖一样的部分会脱落缩进果实内部，种子没有遮挡就自然掉下来了。种子的多角结构有利于"落地生根"。设计精密、环环相扣，为的就是生命的延续。专家鉴定认为，这个葫芦科丝瓜属的植物可能是国内没有分布记录的新记录种。

【正文】

4个小时后，我们终于大汗淋淋地来到布裙湖边。杨永平拿着当年专家们拍摄的书籍图谱一一对照，找到了西藏蒲桃这个生长在墨脱的特有种。果皮还有点儿青，没有成熟，暂时采集不了。也找到了结果的滇桐。

【同期】中科院昆明植物研究所副所长　杨永平

今天的收获很大，看到了真正的原始森林。我们比较了一下我们同事90年代拍摄的照片，和现在的森林几乎没有什么变化，那几棵树都还在。所以它是一个稳定的生态系统。

【正文】

傍晚，往返徒步8个小时的我们已经精疲力竭，却是收获满满。不管是种子，还是植物标本，都将成为珍贵的种质资源，进入中国植物保护的档案中。对于当代植物学家们来讲，没有前辈一步一个脚印的积淀，就没有《中国植物志》的构成；而现在，国内外植物学家正在研究编写的国家重点项目《泛喜马拉雅植物志》，正在从全新角度解读包括墨脱在内的喜马拉雅山脉植物的奥秘。

走进奇妙种子世界：
会飞　弹射　喷籽　复活

中央电视台　陈　琴　汪成健　益西边巴

中央电视台　《新闻直播间》
2017 年 2 月 19 日

【导语】

　　来继续关注中科院昆明植物研究所在世界第一大峡谷雅鲁藏布大峡谷的核心区——西藏墨脱进行野生植物资源调查。在跟随专家采集种子的时候，我们发现种子世界千姿百态。有的会飞，有的会弹射，有的会喷籽，有的冷冻还能复活，生命的魅力真奇妙。来看一个有趣的短片。

【正文】
【字幕】采集地点：西藏墨脱县仁钦崩寺。海拔 1950 米

墨脱县城山顶有一座著名的藏传佛教寺庙——仁钦崩寺。山林苍翠，鸟语花香。在寺庙旁边的密林，来自中科院昆明植物研究所的专家们采集到了一种种子会飞的植物——大百合。

【采集大百合种子的现场】
【正文】

奇特的是，大百合的果实有一个鳄鱼般的嘴巴，上面有几十根"锯齿"，或许只有种子成熟的时候才"张嘴"让它们飞出来吧。

种子会飞，其实是聪明的植物的一种生存策略，就像大家熟悉的蒲公英。不会飞的咋办？有的是办法！第一招，拼颜值，长得好看，总有喜欢我的把我带走；第二招，拼内涵，果肉好吃，抵不住馋嘴的鸟儿好这一口；第三招，拼数量，墨脱森林里的野生兰花——贝母兰，小拇指头大小的果实里面就有上万颗特别细小的种子。

【字幕】（中科院提供资料）

其实，早在 1 亿年前，植物就开始用不同的绝招来繁衍后代。会弹射的凤仙花，会喷射种子的喷瓜，力量之强大，不亚于"天宫二号"。还有这个翅葫芦种子，不仅会飞，还很有气质，这就是第四招。在西藏很多寺庙里，也有类似翅葫芦的种子，藏语叫"糌粑咖"，串在一起，悬挂在重要的殿堂里，代表祈福吉祥。

当然，还有第五招，零下 20 摄氏度脱水冷藏后，种子还能复活，这关系到全世界的生物安全战略。比如，著名的英国丘园千年种子库还与亚洲最大的中国西南野生生物种质资源库交换种子。即或是外界物种群受到严重干扰甚至灭绝时，各国科研人员都可以利用"萌发实验"，使脱水的种子发芽，恢复活力，回植到户外。现在位于昆明的这个种质资源库已备存了 45 个国家和地区的植物种子 1197 份。

追寻喜马拉雅植物的"迁移之谜"

中央电视台　陈　琴　汪成健　益西边巴

【导语】

其实，生活在喜马拉雅山脉的植物真的很聪明。来自中科院昆明植物研究所的最新研究表明，这些植物会随着地球系统的"沧海桑田"以及气候环境变化而发生迁移，在全球范围内搬家。到底有什么样的"迁移之谜"，一起来了解一下。

【正文】

喜马拉雅山脉发现了上千种植物和动物化石。这些化石证明，2亿多年前，青藏高原曾是一片蓝色的海洋。而最新研究发现，大约在6500万年前，印度板块和欧亚板块发生碰撞后，青藏高原逐渐隆升。于是，这片全世界最高的高原逐步成为野牦牛、藏羚羊、雪豹、沙棘、红景天等野生动植物的摇篮。喜马拉雅山脉就是其中最重要的一条山脉。

【同期】中科院昆明植物研究所副所长　杨永平

高原里面的植物，有一些可能就是本土长起来的，有一些可能是外来的。我们特别熟悉的杜鹃花的祖先可能是在北极这些区域。它在那里起源以后来到了青藏高原，而且青藏高原特别多，其中就包括喜马拉雅地区。这就成了这个多样化的地区，从这个地区再延伸到别的地方。

【正文】

每年的五六月，是西藏野生杜鹃花的花期。杜鹃花有170种这么多，分布在1200米到5000多米不同的海拔。西藏也是世界杜鹃花的发祥地和分布中心之一。杜鹃属植物的祖先在北极，这可能很多朋友没听说过。这一结论其实来源于最新的分子学证据。大约在2000万年前，有些种类的杜鹃花结伴向南迁移，到喜马拉雅地区形成分化中心，又向全球扩展。

大家熟悉的红景天属还有沙棘属等植物，则是起源于青藏高原，后来因为气候变化等原因，扩散到了欧洲和北美洲。当然也有与青藏高原"同呼吸共命运"的"土著居民"。比如，象牙参属的植物的起源与演化跟青藏高原的隆起和地质历史休戚相关。

【老资料】

包括植物泰斗、中科院院士吴征镒老先生在内，过去的植物学家们跋山涉水，主要是想摸清青藏高原植物的家底，如种类、分布、区系情况等。而新一代的植物学家则是要摸清植物家谱，从家底到家谱，这是植物研究的重大变化。

【同期】中科院昆明植物研究所所长　孙航

所谓植物的家谱，就是说它从什么地方来的、什么时候来的、长在什么地方。这项工作现在大的框架已经出来了。比如说，有的来自古地中海，有的来自北半球，也有的来自这个区域本身，还有一部分呢，可能是从热带渗透过来的。总体上看，我们的研究方法、研究深度、研究广度和类群在国际上都是领先的。

【正文】

是土著还是移民？搬了多少次家？青藏高原植物的演化过程涉及生物地理、种群遗传、分子进化、古生物学、古地质学和气候变化等多个学科领域。因此，破解喜马拉雅地区植物迁徙之谜，其实还有更长的路要走。

【编后】种质资源库　保护生物多样性

不管怎样，从雅鲁藏布大峡谷核心区墨脱采集来的 371 份种子和 1300 多份植物标本，将为今后的植物研究提供重要基础。作为我国一项重要的生物安全战略，中国西南野生生物种质资源库收藏种子今年将突破 1 万种，数量占到中国种子植物的 1/3。未来，种质资源库将担负起全球生物多样性保护"挪亚方舟"的使命。

墨脱植物科考丰富西藏种质资源库

中央电视台　陈　琴　汪成健　益西边巴

中央电视台　《新闻联播》
2017 年 2 月 25 日

【导语】
　　从去年 11 月开始，中科院昆明植物研究所的专家在西藏墨脱展开了为期 3 个月的植物科考调查，并发现了 5 个西藏之前没有分布记录的新记录属。

【字幕】采集地点：西藏墨脱布裙湖。海拔 1400 米
　　在墨脱背崩乡，专家们采集沿线的野生植物种子。

【一段现场】切开瓜

中科院昆明植物研究所种子采集员　亚吉东

黑的这个种子，这个种子，哦，这个种子太好看了，像个乌龟一样。

【正文】

这种植物叫葫芦科丝瓜属，在国内还没有分布记录，属于新记录种。

专家刚小心翼翼地把种子放进收纳袋，那边就有了新发现。大百合的果实有一个鳄鱼般的嘴巴，上面有几十根"锯齿"，或许只有种子成熟的时候，才"张嘴"让它们飞出去，所以专家把它们称作"会飞的种子"。

【同期】中科院昆明植物研究所副所长　杨永平

希望能够采到我们库里没有的 200 种左右。这次算是填补空白吧。

【正文】

墨脱是中国最独特的植物天堂，拥有青藏高原已知高等植物种类的 2/3。在海拔 700 ～ 4300 米墨脱原始森林里，专家们不仅采集了 433 号重要植物种质资源，还发现了新耳草属、鸭胆子属等 5 个西藏新纪录属。

【同期】中科院昆明植物研究所所长　孙航

有不少新的记录、新的发现，特别是从基因组水平上或分子水平上来探讨植物多样性的形成演化，有了比较好的进展。

【正文】

植物专家还把采集到的种子进行了"萌发实验"。让他们欣喜的是，前不久，"墨脱花椒、不丹松"就首次通过萌发实验长出了幼苗。

世界首例体细胞克隆猴在中国诞生

我国科学家突破体细胞克隆猴技术

中央电视台　帅俊全　李　燕

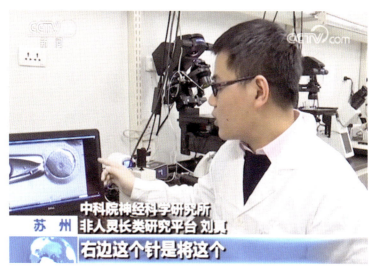

中央电视台　《朝闻天下》
2018 年 1 月 25 日

【正文】
【导语】

　　首先我们来看一个科学的新突破。经过 5 年的研究攻关，我国科学家成功克隆出了两只食蟹猴。这也是世界首例通过体细胞克隆技术诞生的灵长类动物。这一世界级成果今天（25 日）在国际权威学术期刊《细胞》上以封面文章发表，对于构建非人灵长类动物模型、研究人类疾病等具有重要意义。

【同期】中央电视台记者　帅俊全

在育婴箱里可以看到这两只通过世界首例体细胞克隆技术诞生的食蟹猴。大的叫"中中"，不到两个月，小的叫"华华"，比它还要小 10 天。可以看到，两只遗传基因完全一致的克隆猴在精心照料下，成长得非常健康。

【正文】

体细胞克隆猴是指从猕猴的体细胞中提取细胞核，然后注射到去过核的卵母细胞中，通过表观调控因子将其激活并重新编程，最后通过母猴载体不断发育怀孕出生的猕猴。

【同期】中科院神经科学研究所非人灵长类研究平台　刘真

用针将这个促进重编程的表观调控因子注入胚胎，我们是首次用这个方法来提升克隆猴的胚胎发育质量，这是我们成功的一个关键环节。

【正文】

体细胞克隆猴技术的成功突破，可以在短期一年内产生遗传基因完全一致的大批猴群，标志着我国将率先在国际上开启以猕猴作为实验动物模型的新时代。

【同期】中科院院长白春礼

通过这种灵长类动物的克隆，为研究人类的疾病健康等方面提供了非常好的一个模型动物，应该是中国科学家做的一个具有领跑意义的重大科学工作。

【同期】《细胞》期刊主编　艾美莉·马库斯

该成果是一项令人兴奋的重要工作，这是全世界科学家花了 20 年时间才达到的技术里程碑。它是有潜力引发动物研究的革命并帮助研发治疗人类疾病的新方法。

专访中国科学院院长白春礼

中央电视台　宋　达

中央电视台　《中国新闻》
2018 年 3 月 9 日

【导语】

　　日前，全国人大代表、中科院院长白春礼接受中央电视台记者独家专访。白春礼表示，中国在越来越多的科技领域领跑全球。在新药研发、癌症防治方面，已做了重要部署。白春礼还透露，全球首款治疗阿尔茨海默病（也就是老年痴呆症）的药物有望今年年内在中国问世。

【同期】全国人大代表　白春礼

　　我觉得过去 5 年，中国的科技应该说得到了长足的发展。举个例子，量子通信、铁基超导、深海的探测，乃至我们一些空间科学卫星的探测，都是中国在这个领域领跑世界的一个标志性的成果。我想这主要是得益于中央对科技的高度重视，对科技投入大幅度增加，得益于习近平科技创新思想的指引，同时全国的广大科技工作者也提高了创新自信，在原始创新方面付出了更大的努力。

【同期】中央电视台记者　宋达

这次政府工作报告中也强调国家的科技投入要更多地向民生领域倾斜。要加强雾霾治理、癌症等重大疾病的防治攻关。中国已经在很多领域在国际上处于并跑和领跑的水平了，但是在癌症的防治、新药的研发方面，跟发达国家仍有一定的差距。下一步我们怎么去齐头并进呢？

【同期】全国人大代表　白春礼

科学院也跟全国的科技业一起，在民生领域做了一些重点的布局。比如，我们定了一个先导专项，叫"大气灰霾追因"。同时，前不久我们刚刚发射了一个卫星，就是全球二氧化碳监测卫星，这样对研究分析二氧化碳的产生源解析提供了一个重要的数据。在民生领域，癌症和健康是民生领域最关注的问题，国家已经设立一个先导专项，科学院设立了先导专项，国家也专门设立了关于新药创制的专项。在干细胞、癌症治疗、新药创制方面都做了一些重要的部署。现在科学院正在研究一种新药，这种新药是从天然产物提取出来的。这种药是治疗阿尔茨海默病的，目前正在做三期临床。我们寄希望于今年 7 月份能够出来，这样就为阿尔茨海默病患者及他们的家庭带来福音。

【正文】

阿尔茨海默病也就是我们通常所说的"老年痴呆症"。这是一种在全球非常流行的疾病。数据显示，中国阿尔茨海默病患者总人数接近 800 万。而目前，全球范围内没有一种可以有效治疗该疾病的药物。

【同期】中央电视台记者　宋达

政府工作报告中也指出，要改革科技管理的制度，绩效评价要更多地从重过程向重结果转变，那么这项制度改革的初衷是什么？

【同期】全国人大代表　白春礼

我想这个改革的初衷，希望不仅仅是注重立项的过程，关键是希望它能够产出一些真正有用的科研成果，不仅是技术前沿方面能够原始创新的，对于能够结合国民经济发展的、结合民生的也希望产出的成果能够用得上。

【同期】中央电视台记者　宋达

有一些项目的科研周期很长，也不会很快地产出成果，那么怎么去评价这些科研工作者的工作呢？

【同期】全国人大代表　白春礼

实际上我们对不同类型的科研活动，应该设立不同类型的评价体系、评价标准。比如，从事原始创新的、从事基础研究的，我们确实需要有"十年磨一剑""甘坐冷板凳"这样的精神。

【同期】中央电视台记者　宋达

下一步怎么去激励科研工作者工作的积极性呢？

【同期】全国人大代表　白春礼

这次总理的政府工作报告中也专门谈到了，对于探索科研人员所有的成果，它的转化和所有权的长期拥有这样一个机制，同时要破除阻碍创新的各种弊端和体制、制度，这方面可能要做很大力度的改革。

电视作品三等奖

电视作品三等奖获奖作品

志在深空 世界最大射电望远镜主体工程完工	中央电视台	帅俊全
中科院发布"寒武纪"新一代人工智能芯片	中国教育电视台	邹德智
安徽合肥 首次直播形式呈现"人造太阳"	中央电视台	李 屹
林文雄与激光的不解之缘	福建省广播影视集团	李 慧
余迪求:改良水稻基因 不忘科技报国	云南广播电视台	刘 莹
聚力支撑——国家科技创新成果巡礼(系列报道)	中央电视台	李瑛 等

(以上获奖作品按照作品发表时间顺序排列)

志在深空　世界最大射电望远镜主体工程完工

中央电视台　帅俊全

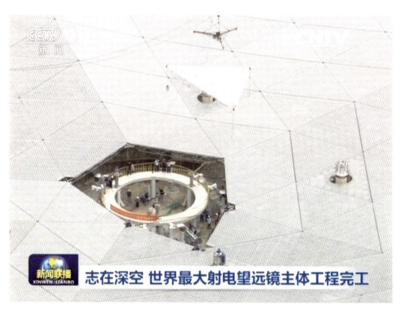

中央电视台　《新闻联播》
2016 年 7 月 3 日

【导语】

从选址到建设，历经 22 年时间，位于贵州平塘的 500 米世界最大单口径球面射电望远镜——FAST 主体工程，今天全部完工。作为国家重大科技基础设施项目，FAST 将于今年 9 月投入使用，有望将人类探索宇宙的能力提升到前所未有的高度。

【正文】

　　今天上午 11 点 50 左右，随着最后一块反射面板安装在望远镜底部中心区域的索网盘上，历时 5 年半的 FAST 主体建设工程全部完工。经过 13 年选址，最终在贵州喀斯特洼地大窝凼历时 5 年半建设的 FAST 望远镜，实现了多项技术创新，将在未来 20 ～ 30 年保持世界领先地位。

　　【同期】本台记者　帅俊全

　　从这口超级大锅的锅底向上绕上 4 圈，就来到了位于锅边位置的圈梁之上。500 米口径的射电望远镜，即使你不恐高，绕着这个镂空的钢网绕上一圈，也得需要 40 分钟的时间。仅仅这个圈梁，它的用钢量就达到了 5000 多吨，几乎可以建造一座埃菲尔铁塔了。

　　为了支撑这样一个巨型的反射面板，建设团队使用了 9000 多根钢索，织出了一张超级大网。而这 9000 根钢索，每根都是经过特殊研制设计的，它的抗疲劳强度超出了国家规范标准的 2.5 倍。就像我身旁的这样一根钢索，它的强度足以吊起 500 个我。

　　500 米跨度的大科学工程，带给我们的将是超强的灵敏度，不仅可以将我国的空间测控能力从月球轨道延伸到太阳系边缘，而且可以捕捉到百亿光年前来自宇宙爆炸时的神秘信息。

　　【同期】澳大利亚天文学家　兹欧密斯博士

　　我见过很多类似的射电望远镜，这的确是最大的。

　　【正文】

　　FAST 探测天体时，会在 500 米球面上实时形成一个 300 米直径的瞬时抛物面。如果把 FAST 比作一个观天巨眼，那么它就是依靠这个 300 米直径的灵活自如的眼球来汇聚电磁波观测深空的。

【同期】中科院国家天文台台长　严俊

FAST 是拥有世界最强灵敏度的望远镜，将人类探测宇宙的能力拓展到 137 年前。

【正文】

今年 9 月，FAST 将正式投入使用，可巡视宇宙中的中性氢，以探索宇宙起源和演化；观测脉冲星，研究极端状态下的物质结构；它能接收更远的系外行星上发射的信号。

中科院发布"寒武纪"
新一代人工智能芯片

中国教育电视台　邹德智

中国教育电视台　《全国教育新闻联播》
2017 年 11 月 7 日

【男女播】由中科院孵化的寒武纪科技有限公司昨天下午（11 月 6 日）在北京发布了全球新一代人工智能芯片。

【配音】此次发布的新一代智能处理器有三款，分别是面向低功耗场景视觉应用的寒武纪 1H8、拥有更广泛通用性和更高性能的寒武纪 1H16 以及面向智能驾驶领域的寒武纪 1M。中科院计算技术研究所研究员、寒武纪公司 CEO 陈天石介绍，此次发布的 3 款新品在功耗、能效比、物理面积等方面进行了优化，性能大幅提升，适用范围覆盖了图像识别、安防监控、智能驾驶、无人机、语音识别、自然语言处理等各个重点应用领域。识别图像效率要比传统芯片高几百倍。

【采访】中科院计算技术研究所研究员、寒武纪公司 CEO　陈天石

这个智能处理器就是专门去处理关键性的人工智能应用，是一个专门的、专业的处理器。如果说我们传统的 CPU 是一个通用的处理器，各种任务都可以做的话，它可能更像一个瑞士军刀，那么我们这个专用的处理器就更像一个面向特定领域的刀具，比如做饭用的菜刀，它不去处理其他任务，只关注这一块，就是为了让人工智能的这个应用处理得速度更快、能耗更低。

【配音】

据介绍，寒武纪公司脱胎于中科院计算技术研究所，于 2016 年发布了全球首款商用深度学习专用处理器——寒武纪 1A 处理器。它的横空出世打破了多项纪录，并入选了第三届世界互联网大会评选的十五项"世界互联网领先科技成果"。

【相逢在伟大时代】中国此时此刻

安徽合肥　首次直播形式呈现"人造太阳"

中央电视台　李　屹

中央电视台　电视直播：【相逢在伟大时代】

2018 年 1 月 2 日

【主持人】欧阳夏丹

　　我觉得如果用一句话简单来概括一下的话，这个"人造太阳"的功能就是帮助人类寻找新型的清洁能源。

【主持人】刚强

　　那么，它现在这种努力正在进行当中。比如说去年，人造太阳就创造了一个新的世界纪录。这个世界纪录是什么呢？就是 101.2 秒。这是在高约束的状态下可以持续工作的最长时间。

【主持人】欧阳夏丹

听起来挺神奇的啊，101.2 秒。接下来，我们就跟随央视的前方记者李屹一起去探访一下这个"人造太阳"的威力。李屹，我想先请你给大家介绍一下这个 101.2 秒到底是怎么实现的，它意味着什么呢？

【记者】李屹

好的，夏丹。我现在所在的位置就是在全超导托卡马克的装置大厅内。今天，也是我们第一次以直播的方式，将这个重量级的大装置全景式地展现在大家面前。它完全是由我国科学家自主设计和自主制造的，是真正的中国创造。

对于这个装置，我国科学家从设计到建造，用了 8 年的时间，也是世界上最早研究出这个装置的团队。

去年 7 月份的时候，它创造了持续放电 101.2 秒的世界纪录。我们现在就请导播播放一段视频。这段视频就是当时通过高速可见相机拍摄下来的，它记录了我国科学家在核聚变研究中的一个历史性突破。视频中发出红光的就是高温等离子体，这些等离子体在装置的最核心区域，放电一直持续了 101.2 秒。别小看这 101.2 秒，这是目前世界上的托卡马克装置能够在高约束状态下持续工作的最长时间。

为了实现更长时间的放电，这里科学人员的努力也一直没有停止。今天是 2018 年的第一个工作日。我们看到，这里的科研人员们已经忙碌起来了，他们正在为托卡马克的新一轮实验做准备。他们要做的就是让托卡马克的持续放电时间变得更长，以最终达到 24 小时的不间断工作。而下一轮的实验中，我国科学家就将在这里冲击 400 秒持续放电的目标。夏丹。

【主持人】欧阳夏丹

所以，科学家们还在争分夺秒、只争朝夕，国之重器，安徽力量。没有想到，一个小小的科学岛上居然蕴含着这么大的含金量。大家还非常的感兴趣，除了这个"人造太阳"之外，在这个科学岛上还有哪些非常值得关注的神秘的大科学装置呢？再来给我们简单介绍一下。

【记者】李屹

好的，夏丹。正如你所说，真的，我现在所在的托卡马克科学装置只是科学岛上的众多科研平台之一。在科学岛上，像这样的科研院所一共有 10 家。而这里的大科学装置，不光有"人造小太阳"，还有稳态强磁场实验装置。相比"人造小太阳"的光芒，这个装置可以说真的是毫不逊色。

它同时汇聚了强磁场、超高压、极低温的综合极端条件。这些大科学装置和科研平台，现在都处在国际前沿。所以，也有人说，科学岛就是一个强磁场，它能够吸引和凝聚到海内外的大量顶端人才，来共同创造出世界级科研成果。

除此之外，我还想告诉大家的是，科学岛的成果并不是它所在的安徽合肥市的一枝独秀。合肥还有不少的国家实验室，中国科学技术大学里的合肥光源就是中国第一束同步辐射光发射出来的地方。就在刚刚过去的2017年，中国科学技术大学的潘建伟量子团队也提前完成了"墨子号"的三大既定科学目标，让中国在量子通信研究领域方面也领跑世界。

这些科学研究瞄准了世界的科技前沿，引领了原创性的国际性成果。它们都共同支撑了合肥在2017年1月能够成为继上海之后的国家第二个综合性的国家科学中心。接下来，还会有更多的大科学装置落户合肥。我旁边的这个规划图就展示了未来的整个规划。未来，围绕科学岛和中国科学技术大学新区，会建立起更多的大科学装置的集中群。正是这些大科学装置里的基础性研究，在不断地推动着中国创造，也不断推动着我国的科技从站起来到强起来，推动着中国的科技研究从原来的跟踪、跟随到现在的领跑世界。

【主持人】欧阳夏丹

非常感谢李屹来自前方的最新报道。

林文雄与激光的不解之缘

福建省广播影视集团　李　慧

福建电视台　《时代先锋》栏目

2018 年 4 月 22 日

【宣传片】

　　他们是国家高层次人才，是科技界的杰出人才、领军人才和青年拔尖人才。福建省委组织部、福建电视台综合频道 2018 年度联合推出大型人物系列片。《八闽人才风采录之万人计划篇》于 4 月播出，《林文雄与激光的不解之缘》正在播出。

【解说 1】

　　3D 打印技术出现于 20 世纪 90 年代中期，它是以数字模型文件为基础、快速成型的一种技术，应用领域十分广泛。2016 年，中科院福建物质结构研究所林文雄课题组，率先在国内突破了可连续打印的三维物体快速成型关键技术。在短短的时间内，他们就开发出了一款连续打印的数字投影3D打印机，可以在6分钟内从树脂槽中"拉"出一个高度为60毫米的三维物体。如果使用国外的立体光固化成型工艺，同样的物体打印出来则需要约10个小时，林文雄课题组将速度提高了100倍。

【采访1】中科院福建物质结构研究所副所长　林文雄

2015年，美国在《Science》上面发表了一篇文章，就是使得注塑非常快的一项技术，就是能够快速从高分子的液面通过光固化迅速地成型。我国在3D打印领域非常重要的一位倡导者，就是航空航天部的老（原）部长。林宗棠部长非常关注这件事。他认为海西研究院很可能在这一块有所作为。

【解说2】

林文雄是中科院福建物质结构研究所副所长，国家"万人计划"的领军人才。他长期致力于全固态激光、非线性光学技术应用基础研究、系统集成技术及工程化应用研究。接到挑战之初，林文雄就做好啃下这根硬骨头的准备。

【采访2】中科院福建物质结构研究所副所长　林文雄

我们发现他所采用的材料和相关的装备还存在比较大的缺陷，如果用我们已有的一些工艺，再结合纳米技术，有可能实现比较大的提升。

【解说3】

作为团队的灵魂，林文雄最主要的工作就是突破思维的禁锢，去发现未知的不可能。实验本身十分枯燥，而要想有所突破，需要的是绝不放弃的毅力。

【采访3】中科院福建物质结构研究所副所长　林文雄

你看现在它已经出来了，我们这么快打，这么一层现在已经是厘米级的了。传统的技术是要按小时来算的，所以我们几分钟就已经打出来了。我们这个团队并没有由于当时局部的一两个实验碰到的一些困难就放弃了，而是紧接着做了一些相应的改进。结果很快就发现这个事有很好的转机。

【转场　过渡】

【解说4】

激光是20世纪以来人类的重大发明之一。虽然它的原理早在1916年就被爱因斯坦发现，但是直到1960年，激光才被制造出来。林文雄与激光的不解之缘，则要从他小时候说起。

【采访 4】中科院福建物质结构研究所副所长　林文雄

自己去做玻璃的幻灯片，然后用手电筒把它照到白墙上，就觉得非常神奇。当做了这个事后被大孩子、大人说做这个事挺有意思的，都来表扬你，就引起了兴趣。

【解说 5】

1984 年，林文雄以优异的成绩考入上海交通大学应用物理系光电子专业。谢绳武是当时应用物理系的系主任，还是中国非线性光学相位匹配计算的开拓者。林文雄在学校勤奋好学，大三的时候加入了谢绳武的实验室。从此在激光和非线性光学方向，他得到了谢绳武的言传身教。

【解说 6】

1988 年，林文雄本科毕业，拿着谢绳武的亲笔推荐信，免试成了为中科院福建物构研究所的研究生。毕业之后，他留在了所里，成为一名普通的研究人员。1994 年，林文雄被公派赴美国学习交流，在硅谷与国际著名公司进行合作研究。

【采访 5】中科院福建物质结构研究所副所长　林文雄

我国在光纤激光器这块，现在产业化工作，特别是中低功率，已经做得很好。在全固态激光这块，和欧美之间的差距逐步在缩短，甚至在局部领域完全处于领先的地位。

【解说 7】2000 年，初出茅庐的林文雄，这匹还未崭露头角的千里马，遇到了他人生中的又一位伯乐。时任物构所常务副所长的洪茂椿院士邀请他在所里成立一个新的课题组，进行激光器的应用研究。

【采访 6】中科院福建物质结构研究所副所长　林文雄

当时刚成立的课题组非常需要光学平台。但是因为光学平台通常需要 2 万～ 3 万元，非常贵，所以自己实验室是买不起的。于是就在全所到处找，发现这边有一片建筑垃圾，后来发现这个建筑垃圾是一个相对比较平整的水磨石。当时那个水磨石上面已经长满了青苔，所以我和我的实验助手就说如果把这个平台切割成 1.2 米 ×2 米的尺寸，放到我们实验室是刚刚好。我们又找来建筑工人，用切割机把它切出来。

【解说 8】

成立之初，林文雄的课题组只有两个人。为了能够尽快打出名声，课题组刚成立不到 1 个月，林文雄就到全国各地的激光实验室走了一趟，寻找科研项目。

【采访7】中科院福建物质结构研究所副所长　林文雄

我们知道科学研究实际上是在做相互说服的事。我有的时候和大家讲，这实际上也是一种销售，销售你的思想，销售你的方案，销售你的做人。那么，第一桶金就是来自于这种销售，一旦做成了，就形成了正向的口碑了。

【解说9】

慢慢地，林文雄课题组在业内的口碑也立起来了。他们研发的多种固体激光器以优异的功能受到了业内外的青睐。林文雄的课题组从最初的两个人发展到如今的28个人，承担着越来越多的国家重点实验。

【解说10】

2009年10月，中科院福建物质结构研究所成立了福建省激光技术集成与应用工程技术研究中心。接着，根据中央提出的海峡西岸发展战略精神，2010年1月，福建物质结构研究成立了海西工业技术研究院激光技术集成与应用工程技术研究中心。林文雄任重道远，除了担任国家光电子晶体材料工程技术研究中心这一国家级平台主任，还兼任了这两个省级研究平台的主任职务。

【采访8】中科院福建物质结构研究所副所长　林文雄

我觉得，这些年并不是说自己做得有多好，能够往前走下来，有几个要素一定是要具备的。一个是对自己热爱的东西要执着，第二个是碰到困难的时候要有坚韧的毅力去做它，第三个就是要有一种没有完全禁锢的边界，有创新的理念在那里。

【解说11】

中国是激光技术使用大国，用户市场份额占全球的75%。中国许多的全固态激光器技术在实验室的研究水平很有特色，但系统集成与工程化、产业化水平却与国外有相当大的差距。林文雄看到了激光应用在国内的巨大市场前景。

【采访9】福建中科院福建物质结构研究所副所长　林文雄

你先不要去搞太多技术研究，你也没有这个条件，你要先招到足够的人才能做这个事。

【解说12】

2011年年底，林文雄引进了美国纽芬公司的首席科学家杨健，为他提供了良好的创业环境和技术支撑。2012年6月，杨健带着他的创业团队和物构所正式签约，成立福建中科光汇激光科技有限公司。

【采访 10】中科院福建物质结构研究所副所长　林文雄

第一轮在杨健还没有很好地展示他的产品的时候，我们就已经为他募集了 3000 万的资金去支持。很多刚回国的同志是很难有这么一个发展机会的。当公司发展到一定程度又缺资金的时候，我们迅速为他又找到了第二轮 5000 万的融资。

【解说 13】

在林文雄的支持下，杨健和他年轻的团队一次又一次突破技术的壁垒。在不到 3 年的时间内，他们就推出了 6000 瓦的高功率连续光纤激光器。

【采访 11】福建中科光汇激光科技有限公司董事长　杨健

在高功率领域，我们还有一定的路要走。目前国外仍然占了 80%，国内占了 20%。但是这个趋势是非常明显的，就是 Made in China 一定会替代国外进口的激光器，并且 Made in China 会逐渐从中国走出去，占领全球的市场。

【解说 14】

对于普通人说，"增材制造"是一个陌生的名词。但是对于林文雄课题组来说，这是他们的力量支撑，他们希望能够有更多的突破。

【采访 12】中科院福建物质结构研究所副所长　林文雄

我国当时没办法自主解决高质量的钛合金粉体，就要向国际上做得比较好的，主要是加拿大和德国，稍微多进口一些。完全对中国进行封锁的产品是不能进到中国来的，特别是高性能的、氧含量超过 1000 以上的、细粉率到多少以上的。这些是严格对中国完全封锁，不卖给中国。我们知道，钛合金实际上是在我国很多领域非常重要的材料，包括和我们民生非常贴近的种植牙、种关节的更换、我们的头盖骨。受伤修复也需要这种材料，有了这种需求的时候，我们就紧急部署了这个方向。

【解说 15】

经过不懈的努力，林文雄课题组终于有了突破。他们生产出了一种全新的设备。这个设备生产出的材料能够在很大程度上解决增材制造生产过程中原材料浪费的巨大问题。

【采访 13】中科院福建物质结构研究所副所长　林文雄

通过这套装备，使我国在 TC4 制粉的工艺可以获得高性能、低成本、自主可控的钛合金粉体，来支撑我国的 3D 打印。有句话叫"得粉体者得天下"，就说粉体我国完全可以自主可控，同时又能够用非常低的成本制备，就能很好地支撑我国在产业、在重大的国家急需应用的、高端装备的应用方面解决材料基础性的问题。

【解说 16】

近年来，林文雄在国内外共发表论文 60 余篇，作为第一发明人获得 6 项中国授权专利和 20 项中国受理专利，同时他还主持了科技部第一批重点研发计划项目、国家科研基础项目、国家自然科学基金项目等 15 项科研项目。作为第一完成人，获得国家科学技术进步奖二等奖一项。他的多项研究成果在国际上处于领先水平，对增强我国在激光高技术领域的实力和企业市场竞争力具有重要的意义。

云南广播电视台

奋斗　我们的新时代　劳动者风采

余迪求：改良水稻基因　不忘科技报国

云南广播电视台　刘　莹

云南卫视　《云南新闻联播》

2018 年 5 月 13 日

【导语】

　　15 年来，中科院西双版纳热带植物园研究员余迪求，带领团队成功培育出适应云南及周边国家种植的 6 个水稻新品种，切实践行科技报国为民。

【正文】

【现场】

　　你看，这个基因突变以后，它的抗衰老能力增强了……

.

【解说】

　　今年 54 岁的余迪求，是中科院西双版纳热带植物园在 2003 年引进的"百人计划"择优支持人才。5 年前，他与省农科院陶大云合作，申请到中科院战略性先导项目"水稻陆生适应性的分子机制和育种应用"。经过努力，现在已经掌握了调控水稻陆生适应性功能基因 5 个，成功培育出适应云南及周边国家在山地或水田种植的水稻新品种 6 个。

【同期】中科院西双版纳热带植物园研究员　余迪求

　　水分的需求量只有水稻的 30% 左右，需要水稻 1/3 的肥料就能生长得很好，而且产量很高，能够极大改善当地的粮食结构，防止一些水源性的病虫害。

【同期】中华人民共和国人与生物圈国家委员会主席　许智宏

　　我觉得在这么短的时间，他们做得非常出色，有些旱稻的品种已经在东南亚获了奖。现在缅甸设立了一个东南亚多样性中心，他们有些旱稻的品种已经在东南亚国家得到了审定，潜力很大。

【解说】

　　作为余迪求旱稻研究团队的领队，成就的取得与他的性格和营造的团队氛围密不可分。

【同期】中科院西双版纳热带植物园党委书记　李宏伟

　　个人治学严谨，非常注重团队的建设和人才的培养，将自己的科研成果应用于云南的经济社会发展，为扶贫脱贫、为山区经济的区域发展做出了重要的贡献。

【解说】

　　近年来，余迪求带领的团队多次获得省自然科学、优秀创新团队等奖项，研究团队还到西双版纳州、普洱市等少数民族贫困地区推广种植陆稻新品种 60 多万亩。

【同期】中科院西双版纳热带植物园特聘核心研究员　余迪求

　　将研究在一些喀斯特地貌的地区种植旱稻，保护喀斯特地貌生态环境。在土地有限的情况下，通过我们高产量陆稻的推广，在保证粮食安全和粮食结构的前提下，利用多余的土地种一些经济作物，能够提高老百姓的收入。

聚力支撑——国家科技创新成果巡礼（系列报道）

中央电视台　李　瑛　杨　力

【节目介绍】

科技兴则民族兴，科技强则国家强。党的十八大以来，我国科学家通过大量自主研发的新技术、新装备、新材料，实现了"上天入地下海，宏观微观贯通、顶天立地结合"的创新实践与创新成就。中科院科学传播局和《走近科学》栏目共同策划了8集系列片《聚力支撑——国家科技创新成果巡礼》。聚焦我国不同领域的20多个科研项目，多角度展示了我国建设创新型国家的标志性成果，以反映我国科技创新事业由大转强，由跟踪迈向引领的巨大历史性进步。

中央电视台　《聚力支撑——国家科技创新成果巡礼》系列报道

探 索 深 海

中央电视台 李 瑛 杨 力

中央电视台 《聚力支撑——国家科技创新成果巡礼》系列报道

2018 年 6 月 5 日

　　至今，海底仍然是人类很少涉足的处女地，但是深海中却隐藏着关于地球起源、生命起源、地质演化等许多重要信息，同时海底还埋藏着地球上为数不多的剩余资源。所以我国必须要突破深海探测的大量关键技术。

　　于 2010 年 10 月开工建造、2011 年 11 月下水的科学号海洋科考船，是由中科院海洋科学研究所订造，具有全球航行能力及全天候观测能力的综合性科考船。自建造完毕后，该船已航行数万海里，航次涉及南海成因演化、南海北部冷泉区及冲绳海槽热液区生态系统调查、西太平洋地质、气候及海山环境调查等众多科考项目。初步建成了热带西太平洋潜标观测网，破解了深海观测数据实时传输的世界难题。现在我国与科学号一样的海洋科考船还有探索一号、向阳红号等多个系列，为中国的科学家们更深地调查研究海洋水文、地质、气象、生物、探明海底资源等提供了条件。科考船可以将科学家及实验室带到茫茫的大海，而各种不同特点的无人下潜器和水下机器人则像是科学家探秘海洋的工具一样，会帮助科学家们进入未知深海世界，揭开它神秘的面纱。

生 命 科 学

中央电视台 李 瑛 杨 力

中央电视台 《聚力支撑——国家科技创新成果巡礼》系列报道
2018 年 10 月 24 日

  1991 年 8 月，原国家计委批准成立了兰州重离子加速器国家实验室，并向国内外开放。为使我国重离子物理研究继续在部分前沿领域保持国际先进性，同时深入开展重离子治疗肿瘤等交叉学科研究。依托该装置开展了重离子治疗肿瘤的基础研究和关键技术攻关，先后建成浅层和深层治疗肿瘤终端，临床试验治疗肿瘤研究取得了显著疗效，使中国成为继美国、德国、日本之后，世界上第四个实现重离子治疗肿瘤的国家。

  如今，中科院广州生物研究院的裴端卿科研团队，利用尿液细胞变身出的万能细胞，成功支持发育出牙齿的牙胚。这为再生器官提供了最原始的雏形，而直接从尿液细胞转化的神经干细胞也为治疗神经系统疾病的患者提供了更多的可能。虽然这些成就离真正治疗人类重大疾病还有一段距离，但裴端卿坚信在可预知的未来是完全能够实现的。

近百年来，脊髓损伤修复一直是世界性临床医学难题。在中国，就有超过 200 万的脊髓损伤患者等待救治。如今，脊髓损伤修复难题在临床上有了新突破。中科院遗传与发育生物学研究所的再生医学研究团队，经十余年努力，研制了基于胶原蛋白的神经再生支架，结合间充质干细胞，能够引导脊髓再生。2015 年 1 月 16 日，该项目在中国武警脑科医院顺利完成了世界首例临床手术，目前情况良好。

广播作品一等奖

广播作品一等奖获奖作品

超级计算机"神威·太湖之光"
——阿尔法狗的本事你会吗?

中央人民广播电台　　潘　毅

《砥砺奋进的五年·超级家族》第七集——

超级计算机"神威·太湖之光"

——阿尔法狗的本事你会吗?

中央人民广播电台　潘　毅

央广网
2017 年 6 月 20 日

《超级家族》栏目曲

男： 昨天（19日）中国保持了一项世界纪录：最新一期超级计算机排名在德国颁布，"神威太湖之光"再次夺魁，实现"三连冠"。

女： 这位超级家族成员，平时住在江苏省无锡市太湖北岸。我们的记者进入国家超级计算机无锡中心，看到一个黑黢黢的大家伙，蹲在有两个篮球场大的屋子里，蓝色光点不停闪烁，科技感十足。它就是我们昵称为"神算子"的"神威太湖之光"。

【数码声压混】

记者： 神算子，你到底能算多快呢？

神算子： 这么说吧，在这个世界上，比我算得快的还没有出生。有一次，国际上给超级计算机排座次的时候，我的速度都超过了当时榜单报名系统的上限。国家超级计算机无锡中心主任杨广文回忆，他们只能改用邮件报名。

杨广文： 我们当时提交世界超级计算机 TOP 500 的排名时提交不上去，因为人家不支持这么大的计算机，只支持 10 亿亿次以下的，我们是 12.5 亿亿次。

记者： 光说数字我们可不明白，那你给我们好好说说，算那么快有什么用？和我们常说的云计算是不是一回事？

神算子： 我和云计算是有区别的。区别就在于它是分散的。比如，谁来买了什么东西，是可以分开来处理的。我呢，是解决尖端复杂疑难问题的高手。而且，我国有六七个超算中心了，我可是个年轻的大个子，我的体量相当于他们几个的总和。国家超级计算无锡中心副主任、清华大学副教授付昊桓经常打这样一个比方来介绍我。

付昊桓： 我们这台机器让他算一分钟，相当于全球 72 亿人，每个人拿个计算器在那里不间断地算 32 年，才能达到这样一个计算力的程度。美国的一个专家当时也有一个比较有意思的比方。假设我们在一个 10 万人的体育场，每个人拿一台笔记本电脑，需要 100 个这样的体育场加起来才相当于我们这样一台超级计算机的计算能力。把非常巨大的计算力集中在一个系统里面去解决尖端、复杂的问题。

记者： 你又能干、集成度又高，一定是引进了国际上最先进的芯片吧？

神算子： 还真不是，关键是你想引进也没法弄，人家对咱禁运啊。以前中国的超级计算机用的是美国的英特尔芯片，而我是正宗的"中国芯"。

这个啊，还是得让付昊桓副教授来给你说说：

付昊桓：牵涉到整个机器的设计，从 CPU 的设计、主板的设计到整个集成技术的设计都是自己设计的。所有的这些系统都是经过了十几年甚至几十年的积累，慢慢形成了我们自己的这样的技术力量，然后能去做这样的事情。

神算子：还真不是我吹牛，其实我们自己研发的芯片一点儿不比国外的差，而且更加绿色高效！

付昊桓：我们有一个简单的测算，就是你每消耗 1 个瓦特，我们能提供 6 个 G 的计算力。像美国最顶尖的系统泰坦，是提供 2 个 G 左右，我们比他要高效 3 倍，日本的京系统是 1 个 G 左右，我们比它的能耗效率要高 6 倍.

记者：我们这里有一组关于你的数据：峰值运算首次超过 10 亿亿次/秒、达到 12.5 亿亿次，持续性能高达 9.3 亿亿次/秒，一面世，就荣登全球超级计算机 500 强榜单之首。你一出生起点就这么高，压力大不？投入运行一年来，你都做了些啥？

神算子：嗨，我们"超级家族"都是能力越大，责任越大。从云雨嬗变，到海浪潮汐，再到分子运动、宇宙穿行，只要设计好相关的程序，我都可以模拟甚至预测。全机运行的复杂计算我已经做了 3 个。

付昊桓：一个应用是大气，希望未来能够达到 1 公里甚至 1 公里以下的分辨率去做这个大气的模拟。我们讲叫云分辨，就是天空中的甚至每朵云都可以把它模拟出来。这样的话，台风这些事件我们都可以模拟。第二个应用是全球的海浪模拟，也是做到 1 公里的分辨率。第三个应用是材料科学方面合金的核心的一个分子级别的过程模拟。还有天宫一号、天宫二号等重大装备的设计，需要我们去进行相应的模拟。模拟之后，研发进程可以加快。

记者：那个下围棋的 AlphaGo 这两年可大出风头，轻轻松松就把我们人类的围棋高手打了个遍。他的这些本事你也会吗？

神算子：其实这方面的内功修炼可是一点儿都没放松，付昊桓副教授和他的团队也正在做一套这样的框架。

付昊桓：我们其实和百度、搜狐这些公司都有一些前期的合作会谈，他们对我们国产的这个平台也非常感兴趣。就是说，我们这个平台打造好了之后，他就可以在我们这个上面再去做。下围棋、语音的识别、图形的识别、未来的机器人小助手等这些事情，我们也希望这个国产的平台能去支持这样的事情。

记者：“神算子”你这么能干，下一步在事业上有何打算？

神算子：我能做、要做的事情太多了。除了继续去推进前沿科学，将来还要借鉴云计算的思路，让更多的企业甚至个人来使用。对于未来的事，付昊桓副教授比我操心更多。

付昊桓：我们所处的这个无锡包括江苏的这整个地域，是一个制造业比较密集的区域，所以我们现在也在和很多的制造相关的院所和公司去合作。比如说，大型船舶的设计、飞机的设计，包括飞机发动机的设计，我们都在和他们合作去研发一些咱们国产的、自己的模拟软件，去加快这个模拟的过程。很多的服务，希望把它转换成对广大人民群众都有用的服务。

潘毅

中央人民广播电台《中国之声》时政采访部记者，长期负责时政、科技类报道，参与了"神舟"与"天宫"系列发射、暗物质探测卫星、量子卫星、FAST 等重大科技事件的报道。曾获中国新闻奖一等奖、人大新闻奖一等奖。

广播作品二等奖

广播作品二等奖获奖作品

中国散裂中子源首次打靶成功　　　　　　　　　　　　中央人民广播电台　　黄光辉

中国散裂中子源首次打靶成功

中央人民广播电台　黄光辉

位于广东东莞的国家大科学工程——中国散裂中子源（CSNS）首次打靶成功，获得中子束流。这标志着中国散裂中子源主体工程顺利完工，进入试运行阶段。预计2018年春CSNS将按计划全部完工，正式对国内外用户开放。建成后的CSNS将成为世界第四台脉冲式散裂中子源，在材料科学和技术、生命科学、物理、化学化工、资源环境、新能源等诸多领域具有广泛应用前景，将为我国产生高水平的科研成果提供有力支撑，并为解决国家可持续发展和国家安全战略需求的许多瓶颈问题提供先进平台。

央广网
2017 年 9 月 1 日

今天上午，中国散裂中子源工程总指挥、中科院院士陈和生表示，中科院从2006年起支持了相关关键技术的预研，攻克了诸多技术难题。加速器、靶站和谱仪工艺设备的批量生产在全国近百家合作单位完成，许多设备的研制达到国内外先进水平，设备国产化率达到 96.7% 以上。2011 年 10 月，CSNS 举行了工程奠基典礼；2014 年 10 月，加速器首台设备——负氢离子源投入安装；2017 年 7 月，快循环同步加速器成功将质子束流加速到设计能量 1.6GeV。2017 年 8 月 28 日，CSNS 终于优质、按期完成了主要建设任务，质子束流在低流强和高流强状态下均一次打靶就获得成功。这表明加速器和靶站设计科学合理，证明了各项设备加工制造与安装调试的高质量和高可靠性，调试进度大大超过国际上其他散裂中子源调试过程，创造了高能物理研究所历史上的又一次辉煌。

CSNS 将是国际前沿的高科技、多学科应用的大型研究平台。首批建设的三台谱仪为通用粉末衍射仪、多功能反射仪、小角散射仪。通用粉末衍射仪主要用于研究物质的晶体结构和磁结构，以满足来自材料科学、纳米科学、凝聚态物理、化学等众多领域的科学研究和工业应用的需求。多功能反射仪通过分析来自样品的反射中子，研究物质的表面和界面结构，主要应用领域包括各种新兴薄膜材料的结构、磁性低维结构及表面磁性、聚合物 LB 膜及生物膜的结构和界面现象等。小角散射谱仪用于探测物质体系在 1 ～ 100 纳米尺度内的微观和介观结构，实验应用范围将包含化学、物理、生物、材料和地质等多个学科，服务于国家能源、环境、生物和新材料等诸多高科技研发领域。

CSNS 是国家"十一五"期间立项、"十二五"期间重点建设的重大科技基础设施，由中科院和广东省共同建设，法人单位为中科院高能物理研究所，共建单位为中科院物理研究所。2006 年，项目选址广东省东莞市大朗镇。2007 年 2 月，中科院和广东省政府、高能物理研究所与东莞市政府分别签订了散裂中子源落户东莞共建协议。

广播作品三等奖

广播作品三等奖获奖作品

国之利器	上海人民广播电台	陈靓靓
——北京正负电子对撞机		

2017 年度中国科学十大进展系列报道之

国之利器

——北京正负电子对撞机

上海人民广播电台　陈靓靓

【节目预告】

最关键的是，这个装置在几十年的运行过程中培养了大批的粒子物理实验人才。在国内做粒子物理的科学家都得益于北京正负电子对撞机。

我们是不是有可能造一个比现有的北京正负电子对撞机的亮度高100倍的新型对撞机？

亮度提高100倍也就意味着将来只要取一天的数据，就相当于现在我们取100天的数据。

【节目片头】

靓靓： 欢迎收听由上海市科协和上海新闻广播联合制作的广播科普节目《十万个为什么》，大家好，我是靓靓。2017年度中国科学十大进展包括首次探测到双粲重子。我们需要借助哪些科学仪器来探测到这些重要的粒子呢？在北京，我们知道有北京正负电子对撞机；在欧洲，有大型强子对撞机。它们之间有怎样不同的分工呢？对于这些先进的仪器，未来科学家们对他们又有怎样的憧憬呢？今天的节目中我们请到中国科学院大学物理科学学院的郑阳恒教授来给大家详细介绍一下。

靓靓： 郑教授，我们先来说说北京正负电子对撞机的任务是什么？

郑阳恒： 北京正负电子对撞机是中国高能物理研究或是粒子物理实验研究上的一个旗舰式的仪器。

靓靓：为什么说它是旗舰式的呢？

郑阳恒：因为它是我国粒子物理研究的第一个大科学装置。也就是说，北京正负电子对撞机建成之前，实际上研究高能物理的人是非常少的。以前会有一些核物理研究，主要是当年两弹一星的很多科学家们为核武器做了一些核物理的相关研究。但是真正在粒子物理，也就是比核更深入进去方面进行的研究非常少。原子核是组成原子的一部分，但是原子核内部是有很多结构的。再进一步深入进去的时候，我们称为"粒子物理"。所以北京正负电子对撞机当年是邓小平亲自拍板建设的我国粒子物理上的第一个装置，而且得到了李政道先生的大力支持。

靓靓：这样的一个物理实验装置的规模是不是也要求非常庞大呢？

郑阳恒：实际上并不是特别庞大。它是一个环，再加上一个直线加速器、一个环境加速器组成。环境加速器的周长大概是 200 多米，它的直线加速器大概是 80 多米。所以实际上它并不庞大，但是跟欧洲核子研究中心的大型强子对撞机比，它小太多了。大型强子对撞机的环境加速器在地下有二十几公里长，整个跨越了法国和瑞士边境，跨了一个很深的地下100 米的隧道，这个隧道的长度大约是 26 公里。所以我们的北京正负电子对撞机小太多了。我们只有 200 多米的周长，所以在一个玉泉路的高能物理研究所就可以把这个装置装下了。但是，就是这么一个装置，在过去的几十年里产生了大量的物理成果。其中有很多成果都被列为当年的科技进展、几大物理进展等。而且最关键的是：这个装置在几十年的运行过程中培养了大批的粒子物理的实验人才。现在，大部分在国内做粒子物理的科学家都得益于北京正负电子对撞机。

靓靓：像这个北京正负电子对撞机，它的加速度或者说它的粒子加速器的速度有多快呢？

郑阳恒：基本上把电子和正电子可以加速到光速，非常接近光速。但是接近了光速之后，如果一个粒子被加速到光速一定有很高的能量。我们使得正电子和正电子发生碰撞，我们把它的一部分能量可以转化成一些我们感兴趣的基本粒子。比如说，4 夸克的物质也是 2013 年我们看到的，就是由北京正负电子对撞机通过对撞产生出来的。

靓靓：这个对撞是怎么个对撞法呢？

郑阳恒：对撞实际上就是把电子和正电子加速到接近光速，它们带有很高的能量，然后我们使得两束——电子和正电子的束团——相互穿过。穿过的过程中就有概率一对电子和正电子发生碰撞。发生碰撞以后，我们知道可以有弹性碰撞，有可以非弹性的碰撞。然后它就会产生新的物质形态。

靓靓：北京正负电子对撞机服役期间还做了一些什么很伟大的事情呢？

郑阳恒：除了我刚才说的可以让他们发生对撞产生新的粒子以外，这个机器还可以用来做同步辐射光源。因为我们知道电子或者正电子在做环形运动的时候，会沿着切线方向放出固定能量的光子。然后这个光子实际上是和我们医院拍 X 光片的这些 X 光是一样的。这样的话，就可以研究很多通过可见光看不到的物质内部，有很大的应用价值。也就是说，北京正负电子对撞机除了能做粒子物理研究以外，还可以作为一个同步辐射的光源来提供给做生物的人来研究生命的大分子结构，或者是做材料的人来研究原子内部结构，还可以提供给做化学、凝聚态物理等，有很强的应用价值。这也是为什么中国最近几年在很多地方都要在建设这种同步辐射光源。比如，上海光源就是比北京正负电子对撞机更新一代的同步辐射光源。它们两个的原理是一样的，只不过上海光源建设得更晚一些。它的光源使用的技术手段比北京正负电子对撞机还要更高级。

靓靓：国际上粒子加速器的实验室多吗？

郑阳恒：实际上不是很多。因为真正能够做粒子物理实验研究的国家都要有很强的国力。最典型的是美国有费米实验室，现在还有美国布鲁克海文国家实验室。费米实验室曾经有过世界上最高能量的对撞机，但是现在已经停止运行了。布鲁克海文实验室现在有离子与离子的对撞机，然后整个欧洲共同支持了欧洲核子研究中心。这是由欧洲很多国家共同组建的，现在中国也加入到里面去，参加了相关的物理研究。日本在筑波科学中心有对撞机，有高能物理实验室。德国还有一些加速器实验室。实际上这些高能物理实验室是可以数得过来的。因为并不是每个国家都有实力能够承担得了高能加速器的建设。

你刚才也问到了，正负电子对撞机实际上是有寿命的。也就是说，实验不会永远地运行下去。装置中的每个零部件都会有寿命。所以下一代，中科院高能物理研究所王贻芳院士曾经提出未来希望我国建造一个更大型的环形正负电子对撞机。那个就比欧洲核子研究中心的大型强子对撞机的环境加速器在法国、瑞士的隧道还要长。可能是 50～100 公里，现在欧洲的要二十几公里。现在我国提出下一代的正负电子对撞机是 50～100 公里，所以要比那个还要大。

　　当然，我们北京正负电子对撞机也不会在这等着它结束。我们正在考虑是不是把它的量度再进一步升级。也就是说，我们把装置进一步升级后，可以取得一些我们认为有同样重要意义的物理成果。现在有很多考虑，在整个的粒子物理研究的领域，大家有很多的讨论，也就是为了我们未来粒子物理研究怎么发展，有不同的提议、不同的设想。我们将来可能会在中国建下一代正负电子对撞机，甚至下一代的强子对撞机。现在中国科学技术大学在北京正负电子对撞机结束之后，会做一个比现有的北京正负电子对撞机量度高 100 倍的新型对撞机。能量还是在低能下，并没有像欧洲走那么高的能量，没有王贻芳院士提出的四五十公里大型的装置。在中国科学技术大学，我们正在考虑去预研究是不是有可能造一个比现在的北京正负电子对撞机量度提高 100 倍的对撞机。能区和北京正负电子对撞机是一样的，我们处在 2 ~ 7gv 之间。而且亮度提高 100 倍也就意味着将来只要取一天的数据，就相当于现在我们取 100 天的数据。

　　靓靓：这正是我要问您的问题。

　　郑阳恒：所以将来我们取一年的数据就相当于北京正负电子对撞机可以取 100 年的数据，是一样的。

　　靓靓：这个就厉害了。

　　郑阳恒：我们可以找到一些更稀有的事件。你可以看到，如果数据量越多的话，我们就能找到非常稀有而珍贵的物理事件。

　　靓靓：就很有可能夸克下面，又会多出一些成员。

　　郑阳恒：对。这个将来大家一定会非常感兴趣，做相关的研究。但是，是不是夸克下面还有更基本的结构，也就是夸克不是最基本的。或者是不是还有这些新的成员存在，这些都是未来高能物理或者粒子物理实验研究的一个基本研究方向。

　　靓靓：好的，感谢郑教授的科普介绍。我们也希望这些"国之利器"更够帮助科学家、帮助我们人类更好地认识自然界。

网络新闻作品 一等奖

网络新闻作品一等奖获奖作品

| "天眼之父"南仁东的人生告别：他就这样安静离去 | 人民网 | 赵竹青 |

"天眼之父"南仁东的人生告别：
他就这样安静离去

人民网　赵竹青

历经了 22 年的风雨，巨型"天眼"终于向世界睁开，让中国的射电天文学一举领先世界水平 10~20 年。然而，就在"中国天眼"运行将满一年、首批成果即将出炉的时候，FAST 工程首席科学家、总工程师，72 岁的国家天文台研究员南仁东却悄然离去，这位将毕生心血都奉献给了"天眼"、被尊为"中国天眼之父"的老人，再也看不到这一切了。

人民网
2017 年 9 月 28 日

南仁东站在 FAST 圈梁上的经典回眸

最后的时光

"如果有一天我真的不行了，我就躲得远远的，不让你们看见我。"这是南仁东刚刚得病的时候曾经说过的一句话。

当时，他的学生、助理姜鹏只觉得这是一句玩笑，不曾想，他真就这么悄悄地出国看病，自己连他最后一面都没能见上。

5 月 15 日，就在南仁东出国的前几日，姜鹏在电话里汇报完工作，突然问他："老爷子，听说你要去美国？"他用低沉的声音说："是的。"沉默半刻后，他问："你有时间回来吗？"姜鹏当时没有多想，就一贯的直来直去："这边事儿太多了，我可能回不去。"

没想到，这寥寥数语，竟成了诀别，成为姜鹏心头难以平复的遗憾。

在得知他已经离世的时候，姜鹏打开邮箱里南仁东的最后一封邮件，回复道："老爷子，咱们还能聊聊吗？怎么感觉我的心情糟透了呢……"

怎么可能忘记你

"我特别不希望别人记住我。"他曾和家人说过这样的话。如今，这个洒脱的老爷子独自驾鹤西去，并留下遗愿：丧事从简，不举行追悼仪式。

再谈起南仁东，他的学生、FAST 工程办公室副主任张海燕数度哽咽，泣不成声。她总以为自己还能再见到那个似乎无所不知、爱抽烟、嘴硬心软的老爷子，听到他在隔壁办公室喊自己的名字。而这些昔日普通得不能再普通的场景，如今却成了一种奢望。

"我们 FAST 人都非常敬重他。"FAST 工程馈源支撑系统副总工潘高峰告诉记者。在南老师过世之后，很多合作单位、评审专家都自发打电话来问候，为他的离去感到悲痛。还有人自发地在南仁东生前工作的办公室门口献上鲜花，有人路过他的办公室时，会在门口鞠躬致敬。

一个神奇的老头

"他可以很讲究，也可以很不讲究。"一位学生这么形容南仁东。

FAST 工程副经理、办公室主任张蜀新对记者说，南仁东是一个很有个性、爱美的老爷子。他说，老爷子的审美很好，"你看 FAST 多漂亮。"。

这样一个爱音乐、爱画画，常年留着小胡子、爱穿西装的"讲究人"，却是个相当随性的老头儿。他爱抽烟、爱喝可乐，还经常往西装口袋里装饼干，而又忘记拿出来，过段时间一看，全都成饼干末儿了。

他精干、率性、气场强大，姜鹏这样描述自己第一次见到他的情形："我并不知道他是谁，但一看他就是头儿，甚至有点像土匪头儿"。

他给学生发邮件都自称"老南"，也让大家直接这么叫他。而大伙儿私下里更爱喊他"老爷子"。

令所有人大跌眼镜的是，身任 FAST 工程"总司令"的他竟成了现场与工人最好的朋友。同事们回忆，南仁东常常跑到工棚里和他们聊家长里短，他记得许多工人的名字，知道他们干哪个工种，知道他们的收入，知道他们家里的琐事。他经常给工人带些零食，还和老伴亲自跑到市场给他们买过衣服。而工人们也完全不把他当"大科学家"，甚至直接用自己吃过饭的碗盛水给他喝，像家人一般不避嫌。

他就是这样一个极善良，一心为别人着想的人。南仁东过 70 岁生日，学生们要给他庆祝，他只同意简单一起到园区餐厅吃了个午饭；他生病期间，学生们去看他，他说人来可以，什么东西都不许带；治疗期间，他仍然坚持到办公室工作；他从不愿意麻烦别人，却经常带学生改善生活、操心他们的工作和发展。在贵州山区，他见到当地人生活的艰苦、上学的不易，就自掏腰包给他们资助。时至今日，仍有受助的学生给他写信。

南仁东（右五）和工程人员、施工工人合影留念

最令姜鹏羡慕甚至有点"嫉妒"是，"老南"有着近乎传奇的人生经历：年轻时，他曾利用"大串联"的机会跑遍祖国的大好河山，在上山下乡的十年里苦中作乐，到北京天文台工作后，又跑去荷兰求学，之后在日本工作当了客座教授，最后又回到了祖国。

对于这其中精彩的细节，姜鹏听得"如痴如醉"。一开始以为他在吹牛，慢慢发现不是这样——"我能求证的事情，他说的都是真的。"在姜鹏眼里，南仁东的人生充满着执着、义气和随性，"太有意思了，我太喜欢了。"

FAST 是他的生命

同事们都说，FAST 是他用生命换来的。长时间的巨大压力，压垮了身体的免疫系统，令南仁东原本健壮的身体不堪重负。

FAST 是我国天文学发展的一个"窗口"，让中国有了一个领先世界的机会。在这个机会面前，南仁东当仁不让，挑起了重担。

"这是一件没有退路的事，FAST 立项后，南仁东多次和我提到自己肩上担子的重量，说不敢有半点疏忽，项目做不好没办法交代。"共事多年的老同学、FAST 工程顾问、高级工程师斯可克回忆道。

20 多年来，南仁东始终以超强的责任感来应对超负荷的工作量，癌症发病后仍然坚持工作。这在斯可克看来，是一种不惜以命相搏的悲壮。

在 FAST，南仁东是最勤奋的人，基本没什么节假日，每天都要处理上百封工作邮件。他常给同事们算一笔账："如果因为工作没做好，FAST 停一天，就等于国家白扔了 12 万。"

这让一贯洒脱的南仁东也有了寝食难安、手足无措的时候。"也许是他背负太多的责任了。"他的学生、助理姜鹏说。那是许多人都能回忆起来的 FAST 经历的一场重大技术风险，即索网的疲劳问题。2010 年，工程从知名企业购买了十余根钢索结构进行疲劳实验，结果没有一例能满足 FAST 的使用要求。

姜鹏说，"当时，台址开挖工程已经开始，设备基础工程迫在眉睫，可由于索疲劳问题，反射面的结构形式却迟迟定不下来，可想'老南'的压力之大。"

南仁东总是说，人是要做一点事情的。姜鹏说，他不在乎名利，不然也不会放弃日本的高薪，对于院士的名头也相当淡然。"自从认识他以来，没见过他为任何事情低过头。但他自己却说，他低过头，就是为了 FAST 立项"。

2014 年，馈源支撑塔开始安装，南仁东立志要第一个爬上所有塔的塔顶。令所有人没想到的是，不久后他真的一座一座都亲自爬上去了。回想起南老师在塔顶推动大滑轮的情景，FAST 工程馈源支撑系统副总工李辉不禁感慨：FAST 就像是他亲手拉扯大的孩子一样，他在用他自己的独特方式拥抱望远镜。

南仁东在 FAST 工程施工现场

在 FAST 竣工落成的当天，南仁东站在 FAST 圈梁上，望着"初长成"的大望远镜，憨厚地笑着，欣慰地说：这是一个美丽的风景，科学风景。

群山之中的 FAST，成为南仁东人生最后的绝唱

赵竹青

    人民网采访中心记者。从事新闻传媒工作 11 年，曾获 2010 年度中国新闻奖一等奖、2011 年度中国新闻奖二等奖。

网络新闻作品二等奖

网络新闻作品二等奖获奖作品

习近平牵挂的湖南花垣县十八洞村如何精准扶贫	中国网	王振红
看图识人！这些与习近平同框的科技"大咖"们	新华网	赵银平

（以上获奖作品按照作品发表时间顺序排列）

习近平牵挂的湖南花垣县十八洞村
如何精准扶贫

中国网　王振红

中国网

2016 年 10 月 25 日

　　提起湖南省花垣县十八洞村，大家清楚地记得，2013 年 11 月 3 日，习近平总书记考察湘西十八洞村。在这里，他首次提出了"精准扶贫"的重要思想，做出了"实事求是、因地制宜、分类指导、精准扶贫"重要指示，并提出十八洞模式要"可复制、可推广"6 字原则和"不能搞特殊化，但不能没有变化"的 13 字要求。

脱贫致富向来是习近平工作的重中之重，乡亲们幸福与否时时刻刻都为他所牵挂。今年全国两会期间，习近平参加湖南代表团审议，他细心询问了十八洞村的村容村貌、乡亲们的收入状况、当地大龄青年的脱单问题，句句不离乡亲。这三年，十八洞村又是如何探索习近平提出的"扶贫开发贵在精准，重在精准，成败之举在于精准"的呢？10 月 20 日，记者随中科院精准扶贫记者行实地走访了十八洞村。

十八洞村村民的生活怎么样？十八洞村第一支书施金通向记者列举了一系列数据：十八洞村有 225 户 993 人，通过"户主申请，群众投票识别，三级会审，公告公示，乡镇审核，县级审批，入户登记"，从全村甄别出 136 户、542 位贫困人口。人均纯收入由 2013 年的 1668 元增加到 2015 年的 3580 元，增长 115%，减贫 61 户 269 人。这些贫困人口已实现不愁吃、不愁穿，学生义务教育、家庭基本医疗和住房全部得到保障，学生入学率100%，家庭人口加入新型农村合作医疗率 100%，住房全部达到安全标准。

帅气大学生村官、湖南省花垣县十八洞村村支书龚海华（右）
被十八洞村民称为最接地气的科学家——中科院武汉植物园猕猴桃专家钟彩虹（中）
王振红摄

股份合作扶贫
跳出十八洞村建设十八洞产业

十八洞村山高路远、交通条件恶劣、人多地少，全村村民生活非常贫苦。如何找准病根对症下药，让群众早日脱贫致富？毕业于中国人民解放军陆军航空兵学院的帅气大学生村官、十八洞村村支书龚海华谈起十八洞村的精准扶贫经验滔滔不绝。"十八洞村精准扶贫、精准脱贫经验基本成型。有些经验可复制、可推广。"龚海华说，"针对村内耕地面积少难以发展产业的实际，探索股份合作扶贫，用'跳出十八洞村建设十八洞产业'的新思路发展猕猴桃产业。"

股份合作扶贫具体如何操作？龚海华解释说，在花垣县国家农业科技示范园里流转土地1000亩进行猕猴桃产业建设。组建了花垣县十八洞村苗汉子果业有限责任公司，对猕猴桃产业进行公司化运作。公司注册资本金600万，苗汉子出资306万占51%股份，十八洞村出资294万占49%股份。十八洞村的股份由十八洞合作社和村集体经济两部分组成，十八洞合作社由村民出资组建，入社资金按照贫困人口542人政策扶持资金每人3000元共162.60万元入股，占27.1%股份。非贫困人口397人政策扶持资金每人1500元共59.55万元入股，占9.9%股份。村集体经济申请专项资金71.85万元入股，占12%股份。

施金通补充说，"我们全村人均耕地仅有0.83亩。依靠农业种植仅能维持温饱，为了扶贫致富，我们先在十八洞村境内流转100亩土地建设精品猕猴桃示范基地；又跳出十八洞村，在相邻的道二乡的花垣县现代农业科技示范园流转土地900亩，创办了十八洞村最大的产业项目1000亩猕猴桃产业园，农户以入股的方式受益。技术上我们请来中科院武汉植物园猕猴桃专家钟彩虹坐镇；猕猴桃还没挂果，成都阳光味道公司就下了订单，以保底价收购了全部产品。2017年猕猴桃就将挂果了，2019年进入盛果期后，入股贫困户人均纯收入可达5000元以上。"

目前，十八洞村有17户村民不愿意参加股份合作扶贫。习近平多次强调，"在扶贫的路上，不能落下一个贫困家庭，丢下一个贫困群众。"龚海华说，"针对这17户，我们会用村集体的分红资金，为他们量身打造适合他们的产业脱贫方案，让每个村民都能享受到乡村富裕的红利。"

"十八洞计划发展十八洞山泉水厂、小水电、酒厂等，实现农户长期效益和短期效益共同发展。"龚海华对此信心满满。"真正实现脱贫的关键还在于产业发展。"龚海华说，十八洞村积极探索创新扶贫机制模式，建立了专业合作社。组建了苗绣、成志牧业、猕猴桃、果桑种植、油茶种植、山羊养殖、养猪、辣木树种植等9个农民专业合作社组织。因地制宜确定了五大产业：劳务经济；特色种植业，重点发展烤烟、猕猴桃、野生蔬菜、冬桃、油茶等种植；特色养殖业，如湘西黄牛、养猪和稻田养鱼；苗绣；旅游服务业，以对接周边县市短期游为主。

天更蓝、山更绿
桃子采摘权推动乡村旅游

　　贫困多发的地区往往也是环境脆弱的地区，扶贫攻坚和生态保护同等重要。习近平多次强调："我们既要绿水青山，也要金山银山。"十八洞村风景秀丽，溶洞成群，民风淳厚，民俗特色浓郁，具有丰富的旅游资源。第一支书施金通爽朗地说："我们要让十八洞村天更蓝、山更绿、水更清、村更古、心更齐、情更浓。鸟儿回来了、鱼儿回来了、虫儿回来了、打工的人儿回来了、外面的人儿来了。"

　　施金通说，2014年年初，花垣县委精准扶贫工作队进驻十八洞村，并结合村里的实际情况，将基础设施建好了，鼓励村民发展旅游产业。村民慢慢富起来，曾经的泥巴路变成了青石板路，破木屋变成了青瓦房，还砌上了颇具苗乡特色的泥巴墙，冬暖夏凉。

　　"在225户农户中，每户种植冬桃10棵、黄桃10棵、养殖稻花鱼300尾，创新推行桃子采摘权带动旅游业发展的模式，同步带动乡村旅游业的发展。"施金通向记者算了笔经济账：每株桃子树按照每年采摘权418元的标准进行公开营销，购买桃树采摘权的每人发放一张"十八洞村荣誉村民证书"。每当三月桃花盛开的季节，十八洞将淹没在桃花的海洋里，购买桃树采摘权的人每年要带20人左右来村游玩消费，这样20棵桃子树每年可带来固定客源400人，按照每人最低消费100元计算，加上桃树采摘权和稻花鱼销售收入，三年后每户每年毛收入达5万元以上。今年，依托中国邮政的"邮三湘"网络平台，完成4060株桃树采摘权的销售任务，到账资金169万余元。

被十八洞村民称为最接地气的科学家——中科院武汉植物园猕猴桃专家钟彩虹（左）
现场指导村民猕猴桃种植技术
王振红摄

十八洞村出名后，慕名而来的游客越来越多，许多村民开起了农家乐。2013年在浙江打工的本地村民施全友看到习近平考察十八洞村的新闻后，马上辞职回家开起了全村第一家农家乐，主打的招牌菜是苗家豆腐、腊肉和酸菜。一年下来能纯赚五六万元。

目前十八洞村已经开启了8家农家乐，一天最多可以接待400~500人就餐，这为发展乡村旅游迈出了一大步。也吸引了很多像施全友这样的本地人回家乡创业，还利于解决当地大龄青年的婚配问题。

"距离习近平总书记在十八洞村首次提出'精准扶贫'已经快三年，我们希望能在三周年的时候，给习总书记一个满意的答卷。"施金通说。

看图识人！这些与习近平同框的科技"大咖"们 ①

新华网　赵银平

【学习进行时】作为科技工作者，往往敏于行而讷于言，大部分人的面容不为人们熟识。

对于科技工作者，习近平始终重视。他盛赞他们是"国家的财富、人民的骄傲、民族的光荣"。今天是全国科技工作者日，新华社《学习进行时》原创品牌栏目"讲习所"推出图文故事，让我们一起来认识这群科技"大咖"，这群为我们撑起了岁月静好的可敬的人！

---

①　本文为部分截选，原文请见 http://www.xinhuanet.com/politics/xxjxs/2018-05/30/c_1122909418.htm
　　——编者注。

网络新闻作品三等奖

网络新闻作品三等奖获奖作品

看见黑科技｜"三体人"用来毁灭
地球的"水滴"人类能否造得出来?

新华社　缪异星　王　普

新华社客户端
2017 年 8 月 14 日

【正文】报道为视频报道，此处为脚本
【引子】
【画外音】
　　在刘慈欣的科幻小说《三体》中，描述三体人与人类舰队第一次"刚正面"的情节让很多三体迷们津津乐道。三体人名为"水滴"的探测器依靠简单的撞击，在 30 分钟内就歼灭了由 2000 艘恒星级战舰组成的人类太空武装力量。

"水滴"对人类来说是无解的，它的强度比太阳系中最坚固的物质还要高百倍。这个世界中的所有物质在它面前都像纸片般脆弱，它可以像子弹穿透奶酪那样穿过地球，表面不受丝毫损伤。在小说中，将它描述为用"强相互作用力材料"制造。

Chapter 1

【采访文字】中科院高能物理研究所研究员　曹俊

曹俊：如果我们能找到"强相互作用力材料"的话，那么我们就有可能制造"水滴"材料。

我们知道宇宙中有四种相互作用力，有时候我们就会简称四种力，包括强力、弱力、电磁力和引力。他们的强度是不一样的，像强力的强度是电磁力的 100 倍。

我们地球上的所有物质都是由电磁力构成的。如果强力的强度比电磁力高 100 倍，那么由强力构成的材料就有可能比地球上所有的物质都要坚固 100 倍以上。所以我们要找到制造"水滴"的材料，就是要去找是不是有强相互作用力构成的材料。"

曹俊：强相互作用的作用范围非常短，只有我们进入微观世界才能看到它的踪迹。我们知道地球上的物质都是由原子组成的，总共有 100 多种原子，每个原子都非常小，它的大小一般是一根头发丝的 50 万分之一，但是强相互作用的作用范围比原子的大小还要小 10 万倍。

【画外音】

原子虽小但其实是块"空心砖"，它的绝大部分空间都是空的。之所以这么说，是因为由质子和中子组成的原子核的直径仅为原子的几万分之一。既然原子核那么小，而这种把多个质子与中子束缚成原子核的核力，会是我们要找的强力吗？

很遗憾，原子核的尺度要超过强力的作用范围，强力只能发生在原子核内部，所以核力不是真正的强力，而是强力的剩余作用。看来要找到"水滴"那种由强力维系的材料，还需要进入质子、中子内部，去发现更小的"砖块"。

实际上在 20 世纪 60 年代，我们就找到了这样的砖块，这些砖块我们把它叫作夸克。质子跟中子都是由夸克组成的，再加上 3 种轻子、3 种中微子，这 12 种微粒子就是组成我们宇宙的最基本的粒子，其中只有夸克才参与强相互作用。

所以要想形成"强相互作用力材料"，首先夸克之间要靠得足够近，进入强力的力程范围，不能被电子分割成遥远的"小岛"。

我们知道，一个大的恒星在生命的晚期会塌缩成一个中子星，中子依靠非常大的引力，把电子压到原子核里面，这样就把一个质子转变成了中子。所以说中子星基本上就是全部由中子组成的物质，就没有原子核的结构。

【采访文字】中科院高能物理研究所研究员　曹俊

曹俊：中子星的密度就非常大，比如说，如果我们把地球上所有的海水都变成中子星这种物质的话，那么它的大小只有我们北京的水立方那么大；如果我们把渤海的海水也压成这种物质的话，它大概只有一个观音的净瓶那么大。

曹俊：但是我们现在知道，中子星仍然是由中子构成的，而不是由夸克通过强力束缚成的，所以呢，实际上是由很大的引力把它压在一起，才能形成一个中子星，如果没有引力的话，那么这个材料马上就会烟消云散。所以呢，中子星也不是我们要找的强相互作用力材料。

Chapter 2

【画外音】

既然中子星也不是强相互作用力材料，那么我们在宇宙中到底能不能找到强相互作用力材料呢？

要回答这个问题，我们先了解一下强力是怎么起作用的。所有由强力形成的粒子，我们都把它称为强子。一般来说，强子有两种，一种是由 3 个夸克组成的，我们把它叫作重子，另外一种是由一对正反夸克组成的，我们把它叫作介子。

所有的介子都不能稳定地存在，重子中也只有质子以及在原子核内部的中子才是能够稳定存在的，所有其他的重子都只能在加速器或在宇宙线撞击大气的过程中才能短暂地存在，然后转瞬即逝。

既然很难稳定存在，那么"水滴"这种靠强力维系的材料在理论上有存在的可能吗？

【采访文字】中科院高能物理研究所研究员　曹俊

曹俊：我们有一个非常好的描述强力的理论，叫量子色动力学。

原则上，它可以精确地预言夸克能组成什么样的粒子。在高能量的时候，它的描述是非常精确的，我们有很多实验证实了它的预言，但是在能量比较低的时候，我们现在还没有办法来求解它。

尽管不能够精确求解，我们还是可以通过一些近似来建立模型。有些模型就预言了介子跟重子以外的新粒子，希望就孕育在这些未知粒子中。

Chapter 3

【画外音】

20 世纪 70 年代，有科学家认为，在物质密度非常高的时候，核子中的上夸克和下夸克可以部分地转化为奇异夸克，这样会形成一种新的物质，叫作奇异夸克物质。它由大致数量相同的上夸克、下夸克和奇异夸克以及少量的电子组成，这种形态有可能能量更低，也就是更加稳定的材料形态。

就像铁元素可以是一个原子、可以组成一块铁板、也可以构成一颗恒星的星核一样，奇异夸克物质有可能像一个核子那么重，我们把它叫作奇异子；也有可能是上千上万个夸克组成，我们把它叫作奇异核素；它甚至可能组成一个恒星的内核，我们把它叫作奇异夸克星。

【采访文字】中科院高能物理研究所研究员　曹俊

曹俊：1984 年，著名理论物理学家爱德·华威腾进一步证明，在很大的参数空间内奇异夸克物质绝对稳定。也就是说，理论上它很可能是存在的。

Chapter 4

【采访文字】中科院高能物理研究所研究员　曹俊

曹俊：奇异夸克物质在理论上有存在的可能性，那么我们在实验中是不是真的能找到它呢？因为奇异夸克物质远远重于普通核组物质，因此会呈现出很多独特的性质，我们可以利用这些性质来寻找它的踪迹，比如在国际空间站上的阿尔法磁谱仪就曾经利用它在磁场中的轨迹来寻找这种奇异子。

【画外音】

比奇异子更重的奇异核素的穿透力更强，质量为 0.1 克的奇异核素就可以轻松地穿透地球。当奇异核素穿过岩石等普通物质的时候，它会与其径迹上的原子发生弹性碰撞，形成高温等离子体激波，温度可达 1 万度以上。

如果奇异核素穿过地球大气，就会产生流星现象，而且这颗"流星"比普通的流星更快、更亮。如果奇异核素的质量超过 20 克，在夜空中会产生超过天空中最亮的天狼星的亮度。

关于奇异核素还有个令人震惊的小猜想，有人提出 1908 年通古斯大爆炸可能是由更重的奇异核素导致的。因为当质量为 1 吨的奇异核素（其半径仅为 0.01 毫米）穿过地球时会诱发地震并释放相当于 5 万吨 TNT 当量的核武器爆炸时产生的能量。

【采访文字】中科院高能物理研究所研究员　曹俊

曹俊：像我们正在建设中的江门中微子实验，也可以用来寻找奇异核素，如果这个奇异核素穿过我们探测器，会形成非常明显的信号。

科学家们费尽心思地找，奇异夸克物质或许根本就不存在。不过，这正是人类探索未知事物的必经旅程。从现有的理论模型看，它是可以有的。万一真的存在呢，人类就能立刻制造"水滴"，反攻三体……

3米大长图！画的全是2017年
中国"黑科技"

人民日报社　李志伟　熊　捷　汤　帅　陈　露　安　然　黄金亮　赵学敏

人民网

2017 年 12 月 31 日

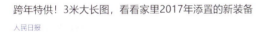

作品简介

2017 年最后一天,《人民日报》在新媒体平台推送了 307 厘米长图,以一颗螺丝钉在 2017 年的历程为视角,串起了国家在科技领域的发现与突破，"用轻松活泼的口吻＋画风，完成了一波年末科普"。"悟空号"卫星、"墨子号"量子卫星、"天眼"FAST 等国家重器悉数登场。网友"浅草微微笑"留言："背后离不开科技工作者的奉献，为他们点赞。"

　　作品发布后，业内评价这是"一种全新的新闻模式""新颖而极具创意"。《人民日报》微博发布作品的单条微博阅读量 833 万，转赞数 1.2 万；《人民日报》微信阅读数 70.8 万，点赞 2.4 万；《人民日报》客户端浏览量 40.6 万。《人民日报》平台共计阅读数 944.4 万，加上多家媒体转载，阅读量超过 1000 万。

正文（部分截图）：

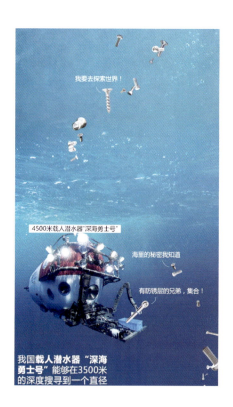

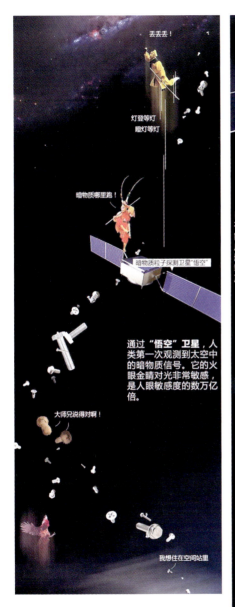

丢丢丢！

灯登等灯
暗灯等灯

暗物质哪里跑！

暗物质粒子探测卫星"悟空"

通过"悟空"卫星，人类第一次观测到太空中的暗物质信号。它的火眼金睛对光非常敏感，是人眼敏感度的数万亿倍。

大师兄说得对啊！

我想住在空间站里

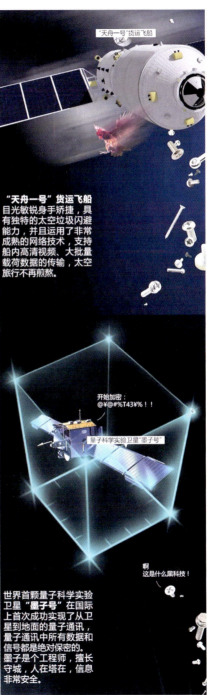

"天舟一号"货运飞船

"天舟一号"货运飞船
目光敏锐身手矫捷，具有独特的太空垃圾闪避能力，并且运用了非常成熟的网络技术，支持船内高清视频、大批量载荷数据的传输，太空旅行不再煎熬。

开始加密：
@¥@#%T43¥%！！

量子科学实验卫星"墨子号"

啊
这是什么黑科技！

世界首颗量子科学实验卫星**"墨子号"**在国际上首次成功实现了从卫星到地面的量子通讯，量子通讯中所有数据和信号都是绝对保密的。墨子是个工程师，擅长守城，人在塔在，信息非常安全。

重磅！世界首个体细胞克隆猴"中中"
在我国诞生

新华网　王　莹

新华网

2018 年 1 月 25 日

　　中科院 24 日举行新闻发布会，宣布我国在国际上首次实现了非人灵长类动物的体细胞克隆：2017 年 11 月 27 日，世界上首个体细胞克隆猴"中中"在中科院神经科学研究所、脑科学与智能技术卓越创新中心的非人灵长类平台诞生；12 月 5 日，第二个克隆猴"华华"诞生。生物学国际顶尖学术期刊《细胞》（*Cell*）将以封面文章发表此项成果，并于 2018 年 1 月 25 日在线发表（online）。该成果标志中国率先开启了以体细胞克隆猴作为实验动物模型的新时代，实现了我国在非人灵长类研究领域由国际"并跑"到"领跑"的转变。

图为体细胞克隆猴"中中"和"华华"

中科院供图

自 1997 年首个体细胞核移植克隆动物"多莉"羊出生以来，利用体细胞克隆技术不仅诞生出包括马、牛、羊、猪和骆驼等在内的大型家畜，还诞生了包括小鼠、大鼠、兔、猫和狗在内的多种实验动物，但与人类相近的灵长类动物（猕猴）的体细胞克隆一直没有解决，成为世界性难题。

记者了解到，近 20 年来，美国、中国、德国、日本、新加坡和韩国等多家科研机构在此方面进行了不断地探索和尝试，但始终未能成功。一个主要限制性因素是供体细胞核在受体卵母细胞中的不完全重编程导致胚胎发育率低。同时，用作受体的卵母细胞数量有限，且非人灵长类动物胚胎操作技术尚不完善，也是影响实现非人灵长类动物体细胞克隆的重要因素。

按照中科院前瞻性战略部署，在蒲慕明院士的带领下，位于上海的中科院神经科学研究所孙强研究员率领以博士后刘真为主的团队，经过五年的不懈努力，熟练掌握并改进了非人灵长类动物体细胞核移植的显微操作技术，同时不断尝试各种实验方法，通过表观遗传学修饰促进体细胞核重编程，显著提高了体细胞克隆胚胎的囊胚质量和代孕猴的怀孕率，成功地突破了这个生物学前沿的难题，在国际上首次实现了非人灵长类动物的体细胞克隆。

视频为体细胞克隆猴"中中"和"华华"
中科院供图

这一成功标志着中国率先开启以猕猴作为实验动物模型的时代，这一突破也实现了"领跑、弯道超车、三个面向"的目标，进一步巩固了中国科学家在我国即将启动的灵长类全脑介观神经联接图谱国际大科学计划中的主导地位。

据孙强研究员介绍，体细胞克隆猴的重要性在于能在一年内产生大批遗传背景相同的模型猴。"使用体细胞在体外有效地做基因编辑，准确地筛选基因型相同的体细胞，用核移植方法产生基因型完全相同的大批胚胎，用母猴载体怀孕出生一批基因编辑和遗传背景相同的猴群。这是制作脑科学研究和人类疾病动物模型的关键技术。"

除了在基础研究上有重大意义外，此项成果也为解决我国人口健康领域的重大挑战做出贡献。据介绍，利用体细胞克隆技术制作脑疾病模型猴，为人类面临的重大脑疾病的机理研究、干预、诊治带来前所未有的光明前景。"当前很多神经精神疾病不能得到有效治疗的一个重要原因是，药物研发通常使用的小鼠模型和人类相差甚远，在小鼠模型上花费巨大资源筛选到的候选药物用在病人身上大都无效或有不可接受的副作用。"孙强说。

体细胞克隆猴的成功，以及未来基于体细胞克隆猴的疾病模型的创建，将有效缩短药物研发周期，提高药物研发成功率，使我国率先发展出基于非人灵长类疾病动物模型的全新医药研发产业链，促进针对阿尔茨海默病、自闭症等脑疾病，以及免疫缺陷、肿瘤、代谢性疾病的新药研发进程。

摄影作品 一等奖

摄影作品一等奖获奖作品

"问诊"天路

——科技支撑川藏交通廊道建设

上海文汇报社　谢震霖

一侧是波涛汹涌的大河，另一侧是陡峭的悬崖峭壁，行进在两道天险间的车辆不时还会遇到横亘在路上的巨大石块，甚至遭遇峭壁崩塌。这条艰险的"天路"，就是川藏交通廊道。

从四川成都到西藏拉萨，一路上复杂的地质条件、频发的山地灾害时刻考验着川藏交通廊道，也考验着中科院成都山地灾害与环境研究所及其合作者应对各类地质灾害、护航川藏交通安全的能力。

实验室里模拟堰塞湖溃决

中科院成都山地灾害与环境研究所内，有一座大型山地灾害模拟实验室。科研人员在这里利用泥石流生成实验系统、螺旋泵循环试验系统等基础设施，模拟泥石流、山洪和崩塌、滑坡等自然灾害现象。

在一条长长的水槽里，科研人员用沙石颗粒布置了一个"堰塞坝"。这一装置是以 1 : 400 的比例模拟 2008 年汶川大地震时出现的"唐家山堰塞湖"。

实验开始，先从源头放水，水位逐渐升高，4 分钟后水漫过坝顶，坝体左侧出现一个三角形溃口，溃决从这个位置开始，整个过程持续约 2 分钟。

中科院成都山地灾害与环境研究所副所长陈晓清介绍说，该实验系统为汶川震后山地灾害防治提供了重要的科技支撑；而川藏交通廊道上有多个泥石流多发区域，极易形成此类堰塞湖，实验室内获得的数据将有助于厘清堰塞湖溃决时造成的灾害程度，为川藏铁路等国家重大工程建设"保驾护航"。

山地"大夫"望闻问切

对于研究山地灾害的科学家们来说，实验室数据远比不上"实地踏访"来得可靠。游勇是中科院成都山地灾害与环境研究所总工程师，他把自己比作给山地看病的"大夫"。眼下，他面对的是从业以来最棘手的"病例"：给川藏铁路沿线的山地灾害"把脉"。

川藏铁路是继青藏铁路之后我国又一条进藏"天路"，因其面临"显著的地形高差""强烈的板块活动""频发的山地灾害"和"敏感的生态环境"四大极具挑战性难题，被称作"最难建的铁路"和"最险天路"。

　　根据游勇团队的调研，川藏铁路沿线可能会遭遇的山地灾害包括滑坡灾害、泥石流灾害、水毁灾害、雪害、冰害、溜砂坡灾害等，可以说是集各种山地灾害"疾病"为一体的"大病号"。

　　了解"病史"，是大夫下诊断书、开药方的重要依据。科研人员对每个可能发生危险的路段进行走访调查。首先是"望"，科研人员动用包括遥感卫星在内的手段来摸清铁路沿线的崩塌、滑坡、泥石流的数量、分布现状等。但仅靠"望"是远远不够的，必须"闻、问、切"多管齐下。除了查阅历史资料、实地踏勘、现场采样、试验分析、数值模拟等，他们还向上了年纪的老人了解当地发生大型泥石流的时间和规模。

　　通过调查访问，再结合植物的年龄、遥感卫星观测等数据，科研人员可以确定大规模泥石流造成的影响，如有没有冲毁桥梁、持续时间多长、当时有无降雨等，这些调研结果对川藏铁路选址至关重要。

躲避灾害绕过"72 道拐"

　　沿 318 国道一路向西，盘旋爬升到海拔 4600 多米的业拉山口，科研人员在"怒江 72 道拐"前停下脚步，这里除了壮美的风景，映入眼帘的还有嘎玛沟滑坡。

　　"这是 318 国道上一处典型的堆积层老滑坡。"山地灾害与环境研究所副研究员李秀珍介绍道。陡峭的高山，险峻的峡谷，平均坡度在 45 度以上，加之断裂带纵横密布，地层岩性为易滑坡的变质砂板岩，使该区域成为滑坡高发区。

　　放眼望去，被"72 道拐"切割成块的山体上分布着供水流下泄的排水沟，还有像城墙般整齐排列的抗滑桩、挡墙。这是 20 世纪 90 年代山地灾害与环境研究所科学家对嘎玛沟滑坡进行调查研究后采取的综合治理方案。治理后的嘎玛沟滑坡未再发生变形。

　　沿"72 道拐"向怒江大桥方向西进，科研人员指出了多处位于怒江及其支流嘎玛沟的老滑坡、崩塌。考虑到这一区域地质灾害密集，中科院成都山地灾害与环境研究所和中铁二院、中科院地质与地球物理研究所的专家经过多次联合考察、现场会商后，提出川藏铁路绕避山地灾害的选线建议。

　　再向西进发至八宿地区，有一个体积为 8000 万方的旺北村巨型滑坡堆积体。"川藏铁路用什么方式穿越这个滑坡堆积体，它会对铁路产生什么影响，这是我们关注的重点。"游勇说。

在淅淅沥沥的小雨中，科研人员登上了陡峭的旺北村滑坡堆积体。他们用计算机连接一根长长的管线，然后拖着管线沿坡体横向穿行——这是利用地质雷达为滑坡堆积体做"体检"。地质雷达可探测到滑坡堆积体内部四五十米深的坡体结构。科研人员根据收集到的数据，并结合实地考察，可以了解滑坡体状况。中科院成都山地灾害与环境研究所副研究员杨宗信得出的"检查报告"显示，该滑坡堆积体"目前整体基本稳定，堆积体前缘产生了两个新滑坡，在降雨、地震条件下欠稳定"。

对于川藏交通廊道是在旺北村滑坡堆积体前缘走明线还是进行隧道穿越，科研人员和工程师均倾向前者。中铁二院高级工程师、川藏铁路副总体设计负责人夏烈解释说，铁路路基建设成本较低，如果工程可行、安全，则尽量采取路基形式通过。

位于西藏自治区东南部的波密县易贡乡，2000 年曾发生特大滑坡碎屑流、堰塞湖、洪水溃决、泥石流灾害链。图为科研人员用 3D 激光扫描仪对这一区域进行扫描，获取灾害发生后的地貌形态数据，并结合滑坡预测模型，分析灾害再度发生的可能性及其危害范围，从而为川藏铁路选线中的隧道和桥梁进出口提出相对应的标高建议

专家在评估米堆冰川对铁路选线的环境影响

科考队员在八宿山间用雷达探测地貌情况

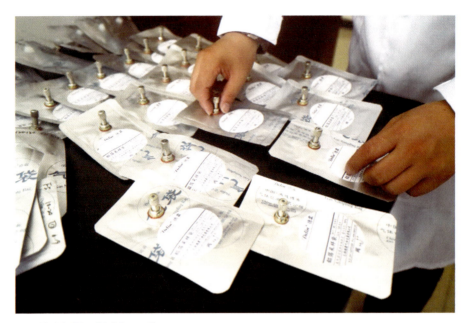

对环境空气做取样分析观测

室内水槽实验用以获取溃决过程的流量

利用大型泥石流模拟实验设备进行数据分析

堰塞湖仿真模型模拟溃决过程

川藏铁路拉林段在建桥墩施工现场

谢震霖

　　《文汇报》原摄影部主任、上海市新闻摄影学会副主任、秘书长，中国摄影家协会会员，中科院科技摄影联盟副理事长，上海市摄影家协会常务理事。

新华社
XINHUA NEWS AGENCY

世界生命科学重大突破！两只克隆猴在中国诞生

新华社 全立旺

　　用一把毫毛，变出千百个一模一样的猴子——《西游记》里的神话正在成为现实。克隆猴"中中"和她的妹妹"华华"在中国诞生近两个月！北京时间1月25日，它们的"故事"登上国际权威学术期刊《细胞》封面，这意味着中国科学家成功突破了现有技术无法克隆灵长类动物的世界难题。

　　自1996年第一只克隆羊"多利"诞生以来，20多年间，各国科学家利用体细胞先后克隆了牛、鼠、猫、狗等动物，但一直没有克服与人类最相近的非人灵长类动物克隆的难题。科学家曾普遍认为现有技术无法克隆灵长类动物。

　　中科院神经科学研究所孙强团队经过5年努力，成功突破了世界生物学前沿的这个难题。利用该技术，科研团队未来可在一年时间内培育出大批基因编辑和遗传背景相同的模型猴。

克隆猴"中中"和"华华"在中科院神经科学研究所非人灵长类平台育婴室的恒温箱里向外张望

克隆猴"中中"和"华华"在中科院神经科学研究所非人灵长类平台育婴室的恒温箱里得到精心照料

在中科院神经科学研究所非人灵长类平台育婴室，克隆猴"中中"和"华华"被护士抱在怀里

克隆猴"中中"和"华华"在中科院神经科学研究所非人灵长类平台育婴室的恒温箱里得到精心照料

在中科院神经科学研究所非人灵长类平台育婴室，克隆猴"中中"和"华华"被护士抱在怀里

中科院神经科学研究所非人灵长类平台，孙强研究员（后）向兽医了解怀孕母猴的监护情况

这是中科院神经科学研究所孙强研究员（左）和刘真博士

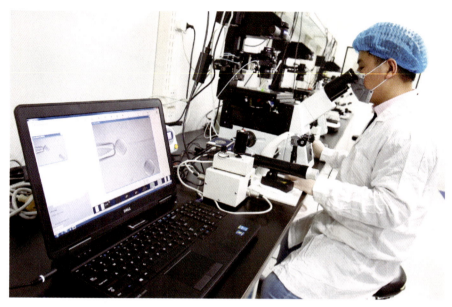

在中科院神经科学研究所非人灵长类平台实验室，刘真博士借助显微设备对卵母细胞进行"去核"操作

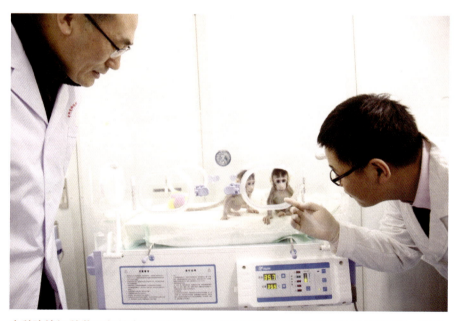

中科院神经科学研究所孙强研究员（左）和刘真博士在育婴室查看克隆猴"中中"和"华华"的情况

护士在中科院神经科学研究所非人灵长类平台育婴室给克隆猴喂奶

2016 年 9 月 5 日采访 G20 峰会

金立旺

　　男，浙江宁海人。2000 年毕业于复旦大学国际新闻专业，2007 ～ 2008 年以志奋领学者身份获英国利物浦大学 MBA 学位。曾先后在上海文汇报社、东方早报社、北京奥组委等单位工作，现为新华社摄影部主任记者。2017 年被评为"新华社十佳记者"。他曾多次获得中国新闻奖、中国新闻摄影"金镜头"、中国国际新闻摄影比赛（华赛）等奖项，翻译有《〈生活〉杂志数码摄影教程》、《单灯摄影》、《镜头中里的生活》（合译）、《摄影梦想家》等摄影类书籍。

2017 年 6 月 4 日，在高海拔宇宙射线观测站建设工地拍摄首席科学家曹臻

2017 年 6 月 26 日在米堆冰川

摄影作品二等奖

摄影作品二等奖获奖作品

全球最大单口径射电望远镜主体工程完工

中国新闻社　贺俊怡

　　7月3日，位于中国贵州省内的500米口径球面射电望远镜（FAST）顺利安装最后一块反射面单元，标志着FAST主体工程完工，进入测试调试阶段。FAST主动反射面由4450块反射面板单元组成，面积约25万平方米，近30个标准足球场大小，用于反射无线电波。据介绍，FAST旨在实现大天区面积、高精度的天文观测，其科学目标包括巡视宇宙中的中性氢、观测脉冲星、探测星际分子、搜索可能的星际通信信号等，其应用目标是在日地环境研究、搜寻地外文明、国防建设和国家安全等国家重大需求方面发挥作用。

最后一块反射面板单元安装完毕

准备安装最后一块反射面板单元（一）

准备安装最后一块反射面板单元（二）

运送最后一块反射面板单元

起吊最后一块反射面板单元

航拍安装完成的"天眼"（一）

航拍安装完成的"天眼"（二）

工人正在安装最后一块反射面板单元

航拍安装完成前夕雾中的"天眼"

航拍安装完成前夕雾中的"天眼"

航拍安装完成前夕的"天眼"

航拍安装完成前夕的"天眼"（一）

航拍安装完成前夕的"天眼"（二）

安装完成前夕的"天眼"（三）

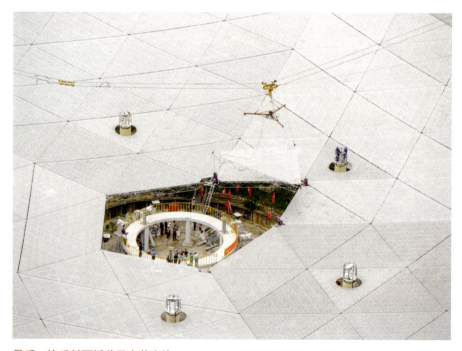

最后一块反射面板单元安装完毕

星地对话前夜

——"量子卫星"首席科学家潘建伟速写

上海文汇报社　谢震霖

　　量子卫星临近发射，采访潘建伟院士堪比火箭登天，难！

　　机会眷佑有心人。8月14日傍晚，在酒泉基地的大食堂瞅见潘院士收起餐具离开饭桌，我立马扔下吃了一半的晚饭小跑跟了过去。这位个子不高的科学家穿着随便，运动T恤、休闲裤，没有想象中院士的岸然模样，不免肃然生敬。

　　"潘院士，能否随您一起散步？"面对突现的"纠缠"，潘建伟爽性地说："好啊！这里伙食很丰富，几天下来快要胖了，饭后正好需要散步消化，不过我得去趟宿舍换一下衣服。"由于事先获悉他的作息规律，因此预先设伏成功。潘院士宿舍的简陋程度让人愕视，一幢貌似20世纪五六十年代式样的旧楼，屋内设施极为简单。原来，为方便发射准备工作，他放弃入住当地条件最好的东风宾馆，而选择与试验团队住在一起。

　　潘院士回房换了双拖鞋，并在楼道叫上另几位同事结伴而行。

　　随着时间的推移，星地之间已经拉开对话序幕，"墨子号"升空进入临战状态，围绕卫星发射的工作千头万绪，基地的氛围分外紧张凝重。"我坚信这次量子科学实验卫星一定发射成功！"参加完下午聚集各路精英的发射会商会议后，潘院士此时倒是显得一脸轻松，因为卫星、火箭、遥测、气象等各项工作状态和技术指标完全符合发射要求。

　　夏季的戈壁日照较长，通常要到晚上八九点钟才完全天黑。闲步中的潘院士身披金灿灿的暮色，引领大家走向附近一片菜园，且走且停，边看边聊，对长势良好的各种蔬果饶有兴趣。也许是从小生长在浙江东阳农村的缘故，他对田间的稻、黍、稷、麦、菽等见多识广。当来到一处南瓜大棚，看到藤蔓结出累累的橘色南瓜，他连连赞语，还示意我以大棚为背景为其留影。这是受大任举重若轻的显现，更是潘院士期许量子通信研究扩大战果的一种心绪溢出。

弯道超车，在体育竞技场上或许不难，但是国家科技取得某一项战略性先导的成果谈何容易。眼下，世界量子科学领域竞逐的"赛点"已经攥在中国人的手上，多么振奋人心！

作为我国最年轻的院士，潘建伟是国际上量子信息实验研究领域的开拓者之一，他领衔的团队首次实验实现量子隐形传态及纠缠交换，实现突破大气等效厚度的量子纠缠和量子密钥分发，率先实现绝对安全距离达400公里的量子密钥分发及全通型量子通信网络。虽然普通人很难搞懂量子科学的深晦名词及原理，但是公众从这次科研活动沉甸甸的份量，还是能悟彻它的重要意义。

马上绕回驻地了，潘院士忽然大声招呼："王院长好！ 您是什么时候到基地的？"他看见迎面走来的王建宇后停下脚步交谈了起来。 时间快到握别潘院士的时候，他提醒道："不能光盯着采访我，你们要多报道团队的其他同志。"

次日一早，协调卫星采访事务的新闻官王晓亮告诉我，潘院士亲自打电话嘱咐他，一定要安排记者专访一下量子科学实验卫星工程常务副总师兼卫星总指挥王建宇。这位虚怀若谷、敬贤重士的科学家，对于团队成员其心之诚，其意之切，令人钦敬！

潘建伟院士（右二）偕团队成员中国科学技术大学副校长朱长飞（左二）、中国科学技术大学上海研究院副院长陈良高（右一）等一起信步而行

潘建伟说："卫星发射成功并不代表我们的努力到此为止。下一步的目标是到 2030 年左右建成全球化的广域量子通信网

媒体见面会上，潘建伟（右）与王建宇（中）、龚建村等团队领导成员交流

卫星发射临近，潘建伟却一脸轻松，显示出对实践成果的满满自信

中国在量子科学实验领域实现"弯道超车"，这背后镌刻着一个为国际学界所熟悉的
名字——潘建伟

"墨子号"发射瞬间

世界首颗量子科学实验卫星"墨子号"正式交付使用

新华社 金立旺

世界首颗量子科学实验卫星"墨子号"正式交付使用。

1月18日，相关单位负责人在交付使用证书上签字。

当日，世界首颗量子科学实验卫星"墨子号"在圆满完成4个月的在轨测试任务后，正式交付用户单位使用。

量子卫星"墨子号"是我国自主研制的世界上首颗空间量子科学实验卫星，于2016年8月16日发射升空，是中科院空间科学先导专项首批科学实验卫星之一。

1月18日，相关单位负责人在交付使用证书上签字

研究人员在德令哈量子通信地面站操纵望远镜，准备与"墨子号"联系

丽江量子通信地面站望远镜发射红色信标光，"等待""墨子号"过境

研究人员在阿里量子隐形传态实验平台操纵设备，准备与"墨子号"联系

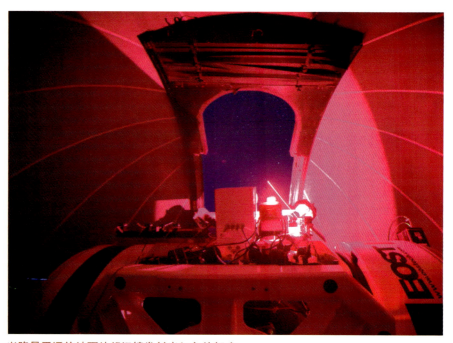

兴隆量子通信地面站望远镜发射出红色信标光

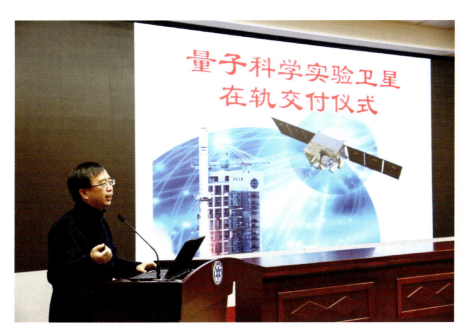

1月18日，量子卫星首席科学家潘建伟在交付仪式上致辞

"墨子号"量子科学实验卫星掠过阿里量子隐形传态实验平台上空

"墨子号"量子科学实验卫星与阿里量子隐形传态实验平台建立天地链路

"墨子号"量子科学实验卫星与阿里量子隐形传态实验平台建立天地链路

研究人员在阿里量子隐形传态实验平台操纵设备，准备与"墨子号"联系

"墨子号"量子科学实验卫星与兴隆量子通信地面站建立天地链路

摄影作品三等奖

摄影作品三等奖获奖作品

世界最大单口径射电望远镜落成启用	中国新闻社	贺俊怡
中国"深海勇士"号载人深潜试验圆满成功	中国新闻社	张　素
中国科学院院长白春礼向新当选外籍院士代表颁授证书	中国新闻社	孙自法

（以上获奖作品按照作品发表时间顺序排列）

世界最大单口径射电望远镜落成启用

中国新闻社　贺俊怡

　　9月25日，世界最大单口径射电望远镜——500米口径球面射电望远镜（简称FAST）在贵州平塘县克度镇喀斯特洼坑中落成。

FAST 工程中的索网结构

FAST 馈源舱

FAST 馈源舱底部

馈源舱底部

航拍落成前夕的 FAST

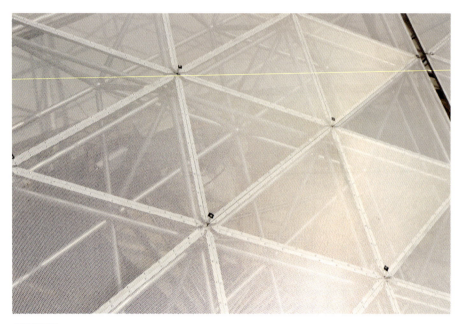

反射面板

FAST

厚度约 1.3 毫米的主动反射面

两名记者在 FAST 馈源舱底部进行现场报道

航拍落成前夕的 **FAST**

航拍落成前夕的 **FAST**

碗状 FAST

记者与 FAST 合影留念

一名记者在测量基墩上工作

透过反射面板可见蓝天白云（一）

透过反射面板可见蓝天白云（二）

航拍的 FAST（一）

航拍的 **FAST**（二）

航拍的 **FAST**（三）

中国"深海勇士"号载人深潜
试验圆满成功

中国新闻社　张　素

10月3日,"深海勇士"号载人深潜试验队在中国南海完成"深海勇士"号载人潜水器的全部海上试验。"深海勇士"号载人潜水器是国家"十二五"863计划的重大研制任务,由中国船舶重工集团702所牵头、国内94家单位共同参与。图为8月中旬拍摄的"深海勇士"号载人潜水器海上试验。

"深海勇士"号载人潜水器海上试验

中国科学院院长白春礼向新当选外籍院士代表颁授证书

中国新闻社　孙自法

　　5 月 28 日，中科院院长、学部主席团执行主席白春礼（右）向巴基斯坦卡拉奇大学教授阿塔·拉曼（Atta-ur Rahman）颁授中科院外籍院士证书。当天下午，中科院第十九次院士大会在北京举行第一次全体会议，白春礼代表学部主席团做工作报告，并向来自美国、英国、俄罗斯、日本、巴基斯坦、芬兰、波兰等国 13 位近年来新当选的中科院外籍院士一一颁授中科院院士证书和徽章。

中国科学院院长、学部主席团执行主席白春礼（右）向巴基斯坦卡拉奇大学教授阿塔·拉曼（Atta-ur Rahman）颁授中科院外籍院士证书

中国科学院第十五届科星新闻奖
突出贡献奖获奖名单

获奖者	单 位
赵永新	人民日报社
董瑞丰	新华社
金立旺	新华社
张 越	中央电视台
李 忆	中央电视台
帅俊全	中央电视台
王晓萌	中央电视台
谢震霖	中科院科技摄影联盟

中国科学院第十五届科星新闻奖
丰产奖获奖名单

分　类	获奖者	单　位
文字作品	董瑞丰	新华社
	李大庆	科技日报社
	邱晨辉	中国青年报社
	丁　佳	中国科学报社
	张　素	中国新闻社
	喻　菲	新华社
	齐　芳	光明日报社
	黄海华	解放日报社
电视作品	帅俊全	中央电视台
广播作品	陈靓靓　龙　敏　袁林辉	上海人民广播电台
网络作品	赵竹青	人民网
	王　莹	新华网
摄影作品	金立旺	新华社